Le secret d’une nuit

*

Un bébé à Rio

*

La surprise d’un été

LINDSAY ARMSTRONG

Le secret d'une nuit

Traduction française de
MARIE CHABIN

HARLEQUIN

Titre original :
THE RICH MAN'S VIRGIN

Ce roman a déjà été publié en 2015

Réalisation graphique couverture : L. SLAWIG. (HarperCollins France)

HARPERCOLLINS FRANCE
83-85, boulevard Vincent-Auriol, 75646 PARIS CEDEX 13
Service Lectrices — Tél. : 01 45 82 47 47

www.harlequin.fr

ISBN 978-2-2804-3369-3

Prologue

Maggie Trent et Jack McKinnon tenaient parfois de bien étranges conversations, sans doute était-ce dû à la nature tout à fait particulière de leur relation. Du moins, c'était ce que pensait Maggie. Par exemple, rien ne se déroulait jamais comme ils l'avaient prévu. Leur toute première rencontre avait été le fruit du hasard, leur deuxième entrevue avait bien failli tourner au cauchemar et la troisième, aux yeux de Jack en tout cas, n'avait fait que témoigner du caractère têtu et capricieux de celle qu'il considérait comme une petite fille riche et trop gâtée, prête à tout pour parvenir à ses fins.

Leurs chemins s'étaient séparés après cette dernière rencontre, précisément. Ils s'étaient quittés fâchés, jurant leurs grands dieux de ne jamais se revoir.

Il s'écoula pourtant moins d'un an avant que Maggie et Jack tiennent de nouveau une de leurs étonnantes conversations. Il fut question de leur fils de deux mois qui avait vu le jour sous le nom de Trent-McKinnon — comme l'indiquaient son bracelet de naissance et l'étiquette collée à son berceau, à la maternité. Une semaine plus tard, le trait d'union qui séparait les deux patronymes disparut, mais ce fut là leur unique concession mutuelle. Leur bébé s'appelait donc Trent McKinnon.

Leur conversation débuta ainsi :

— Nous avons un bébé très discipliné, tu sais, déclara Maggie avec le plus grand sérieux.

— On croirait que tu parles d'une poupée de porcelaine.

— Non… je voulais juste dire que… qu'il est incroyablement bien réglé. Il fait tout ce qu'un bébé doit faire en théorie à son âge.

Jack fronça les sourcils.

— Il n'a que huit semaines. Qu'est-ce qui te fait dire ça ?

Elégamment vêtue d'un pantalon blanc et d'un chemisier en lin, Maggie était assise à côté du berceau où dormait paisiblement leur fils. Un ruban du même vert que ses yeux retenait en queue-de-cheval sa longue chevelure blond foncé.

— C'est simple, répondit-elle en balayant l'air d'un geste gracieux. Il a tout de suite adopté un rythme très régulier. Malgré une naissance quelque peu mouvementée, il réclame à manger toutes les quatre heures depuis le début. Il fait de jolis rots et dort à poings fermés entre les repas. Il n'y a qu'après la tétée de 14 heures qu'il reste un peu éveillé et là, il babille joyeusement et adore qu'on le promène dans les bras. Pour couronner le tout, il fait ses nuits depuis quelques jours et dort huit heures d'affilée, de 22 heures à 6 heures du matin.

— Y a-t-il quelque chose qu'il ne fasse pas correctement ? demanda Jack avec un sourire moqueur. Excuse-moi, Maggie, mais c'est presque trop beau pour être vrai.

Elle réfléchit quelques instants.

— Il déteste qu'on lui lave les cheveux, admit-elle finalement. Il pique des colères noires chaque fois que je lui mouille la tête… Mais là encore, c'est plutôt normal pour un bébé. Je l'ai lu dans un de mes livres. A part ça…

Elle s'interrompit pour hausser les épaules.

— Non, je ne vois rien d'autre.

— Dans ce cas, peux-tu me dire ce qui te chagrine ?

Maggie détourna les yeux pour contempler la petite silhouette de son fils profondément endormi. Son regard se voila.

— Je ne peux pas m'empêcher de penser qu'il serait horrifié s'il savait à quel point sa situation est… hors norme.

Elle leva les yeux et rencontra le regard de Jack.

— Parce qu'il est né en dehors des liens du mariage, c'est

ça ? fit Jack tandis que sa bouche prenait un pli dur. Dois-je te rappeler que c'est toi qui en as décidé ainsi, Maggie ?

Elle baissa la tête.

— C'était avant que… qu'il se passe toutes ces choses, répondit-elle d'un ton posé en promenant ses doigts sur les bras du fauteuil. C'était avant que je prenne conscience de ce qu'être mère voulait dire, avant que je réalise tout ce dont un bébé a besoin.

1

Maggie Trent était agent immobilier.

Aucun membre de son entourage ou de sa famille ne l'avait encouragée à épouser cette profession. En fait, seule sa mère lui avait manifesté son soutien. Puis, un beau jour, Mary Donaldson de Tasmanie s'était fiancée avec le prince héritier Frederik du Danemark, et la presse avait révélé que la future princesse travaillait elle aussi dans une agence immobilière avant de rencontrer son prince.

A partir de ce jour-là, on porta sur Maggie Trent un regard neuf, teinté d'un mélange d'espoir et d'envie… qui sait, et si elle aussi avait la chance de rencontrer le prince charmant sur son lieu de travail ?

Le prince charmant, Maggie aurait pu le rencontrer n'importe où, n'importe quand, mais encore aurait-il fallu qu'elle le souhaitât. Issue d'une famille aisée, elle était une jolie femme blonde de vingt-trois ans, au physique de mannequin, toujours élégante, fraîche et soignée.

Outre ses atouts naturels, Maggie possédait un réel talent dans le milieu de l'immobilier : elle savait d'instinct qui aurait le coup de cœur pour telle ou telle demeure et flairait de manière infaillible le potentiel de certaines propriétés dédaignées par d'autres agents.

Sans doute avait-elle acquis ces qualités au cours de ses études d'arts plastiques, d'architecture et de dessin. Quant à sa nature sociable, attentive et généreuse, son bon goût inné, ils venaient avantageusement compléter ses compétences professionnelles.

Le credo de Maggie était aussi simple que clair : rien sur cette terre n'était invendable.

La jeune femme aimait beaucoup trop son train de vie et son métier — le boom de l'immobilier lui laissait à peine le temps de souffler — pour envisager une seule seconde de se marier.

Un homme pourtant aurait tout donné pour que l'idée lui traversât l'esprit un jour. Un homme qui était entré dans sa vie sur la pointe des pieds, ni prince ni chevalier…

Malheureusement pour lui, Maggie s'était fixé deux objectifs dans la vie : avant toute chose, elle désirait mener une carrière brillante dans le secteur qu'elle avait choisi, se prouver à elle et aux autres qu'elle était une femme d'affaires compétente, respectée par ses pairs. L'autre était d'éviter soigneusement les hommes qui la traiteraient comme une belle écervelée, sous prétexte, précisément, qu'elle était une femme. Ces deux priorités étaient nées des rapports complexes qu'elle entretenait avec son père, un homme riche, puissant, souvent arrogant qui lui reprochait de perdre son temps à travailler et qui se plaisait à comparer les agents immobiliers aux vendeurs de voitures d'occasion.

Ce fut probablement cet état d'esprit — à quoi bon le nier ? — qui la poussa à faire une exception de taille avec Jack McKinnon, célèbre promoteur immobilier… et qui la mena au désastre !

C'était pourtant bien ce qui s'était passé, hélas. Le résultat avait été le même pour elle, du reste, mais apparemment, cela ne comptait guère aux yeux de Jack McKinnon. En fait, ses reproches quant à ses motivations secrètes continuaient de l'irriter considérablement…

Tout commença par un dimanche après-midi ensoleillé.

Attablés à la terrasse d'une brasserie de la marina, Maggie et Tim Mitchell sirotaient tranquillement un café en écoutant un excellent groupe de jazz. Tim était un bon ami à elle. Ils passaient certes beaucoup de temps ensemble, mais la jeune femme veillait en permanence à ne jamais franchir le cap fatal qui aurait fait d'eux un vrai couple. A la vérité,

Tim supportait assez mal la situation, même s'il dissimulait assez bien sa frustration grandissante.

— Qui est-ce ? demanda soudain Maggie.

Elle se sentait bien ici, parfaitement détendue. Le matin même, elle avait vendu une maison qui lui rapporterait une jolie commission. Bref, tout allait pour le mieux dans le meilleur des mondes.

Tim jeta un coup d'œil par-dessus son épaule, en direction du petit groupe qui venait d'arriver.

— C'est Jack McKinnon, répondit-il d'une voix empreinte d'excitation. Tu sais bien… le promoteur immobilier.

Maggie considéra l'homme avec attention. Elle le connaissait de nom et de réputation, évidemment, mais elle ne l'avait encore jamais vu en chair et en os.

A la tête d'une fortune colossale, Jack McKinnon dirigeait entre autres l'entreprise chargée de construire une multitude de résidences dans le secteur que Maggie considérait comme le sien, l'arrière-pays de la Gold Coast.

Pour être tout à fait franche, Maggie n'aimait pas le genre de maisons proposées clés en main par Jack McKinnon. A ses yeux, ce projet anéantirait à terme la zone rurale qui longeait la côte. Toute cette région sauvage où l'on pouvait encore s'offrir quelques hectares pour y élever des chevaux, des lamas ou que sais-je encore, toute cette région, donc, constituait un véritable poumon vert, un havre de paix épargné par la flambée des prix qui faisait rage dans la région.

A présent, hélas, « grâce » à Jack McKinnon et à quelques-uns de ses pairs aux dents longues, cette jolie campagne disparaissait à vue d'œil, peu à peu grignotée par ce que Maggie appelait non sans mépris des « cages à lapins » de luxe.

Elle n'était pas sans savoir que les gens étaient de plus en plus nombreux à vouloir s'installer sur la Gold Coast. En plus de son climat attrayant et de ses plages magnifiques, sa proximité avec Brisbane ajoutait encore à son charme. De fait, le développement immobilier s'avérait inévitable.

« Ce n'est pas pour ça que je suis obligée d'apprécier

les gens qui s'enfoncent dans cette brèche dans le seul but de brasser des millions », songea Maggie en reportant son attention sur Tim.

— Tu le connais ? demanda-t-elle comme Jack McKinnon et ses compagnons, un homme et deux femmes, prenaient place à une table voisine.

— J'allais à l'école avec lui, mais il est un peu plus âgé que moi. Je continue à le croiser de temps en temps. C'est l'exemple même du gars du coin qui a brillamment réussi, conclut Tim avec une pointe d'admiration dans la voix.

Sur le point de répliquer vertement, Maggie se retint de justesse. A quoi bon s'en prendre à Tim ? Après tout, il n'y pouvait rien… A vingt-neuf ans, il avait ouvert son propre cabinet de dentiste et possédait déjà une clientèle fidèle. Avec sa nature amène et la passion qu'il nourrissait pour tout ce qui touchait à l'orthodontie — sans parler des tarifs exorbitants que pratiquaient les dentistes de nos jours ! —, Maggie ne se faisait aucun souci pour son avenir professionnel : lui aussi « réussirait brillamment », même s'il ne jouait pas dans la même cour que Jack McKinnon !

Pour une raison qu'elle ne s'expliquait pas, elle brûlait d'envie d'en savoir davantage sur ce dernier. Quel genre d'homme était-il, dans l'intimité ? Pourquoi cet intérêt, tout à coup ? Etait-ce parce qu'il dégageait une certaine aura qui ne la laissait pas insensible… à son grand désarroi ? C'était tout simplement incompréhensible !

Comme attiré par un aimant, son regard se posa de nouveau sur l'objet de ses pensées. Ses cheveux châtains striés de mèches dorées par le soleil retombaient légèrement sur son front. A vue de nez, il mesurait un bon mètre quatre-vingt-dix et possédait une carrure athlétique, un corps à la fois souple et puissamment musclé.

Contrairement à ce qu'on avait coutume d'appeler ici la « brigade des mocassins blancs », qui regroupait tous les grands noms de la Gold Coast, en particulier les chefs d'entreprise qui, au fil des ans, avaient gagné ce sobriquet à cause de leurs goûts vestimentaires tapageurs, Jack McKinnon était vêtu très sobrement d'un jean délavé et d'un T-shirt blanc. Un pull bleu marine était noué sur ses épaules et aucune chaîne en or ne brillait à son cou.

Il émanait de lui une sorte de dynamisme presque tangible. En le contemplant, on l'imaginait facilement aux commandes d'un avion de chasse, prêt à franchir le mur du son, ou à bord d'un yacht ultrarapide… ou bien accroché aux parois enneigées de l'Everest… ou encore en train de chasser un gros gibier… Oui, il avait l'air d'un homme mû par le besoin de repousser ses propres limites. Bref : tout plutôt que promoteur immobilier.

Comme s'il se sentait observé, Jack McKinnon se retourna brusquement et leurs regards se heurtèrent.

Un flot de sang envahit les pommettes de Maggie comme Jack McKinnon arquait les sourcils avec ironie. Malgré cela, elle fut incapable de détourner les yeux. C'était un peu comme s'il la tenait à sa merci, comme s'il avait réussi à la piéger, songea-t-elle, en proie à un trouble grandissant. Le regard de Jack McKinnon glissa ensuite sur Tim.

Et ce fut ainsi qu'ils se retrouvèrent à la table de Jack.

Oh, Maggie tenta bien de protester, mais comment lutter contre l'enthousiasme de Tim ? Et puis, elle n'avait absolument pas à se sentir intimidée par les amis de Jack McKinnon. Sa robe en lin noir et ses fines sandales à talons étaient l'essence même du chic. Mi-longs, souples et brillants comme la soie, ses cheveux blonds étaient retenus en queue-de-cheval par un simple ruban de velours. Pour parfaire le tableau, elle possédait un teint doré et lumineux, éclatant de santé.

En d'autres termes, Maggie n'avait rien à envier aux deux compagnes de Jack McKinnon. Non qu'elles fussent désagréables, loin de là. Disons simplement qu'elles incarnaient toutes deux la quintessence de la sophistication. La première, une brune sulfureuse, s'appelait Lia Montalba et la deuxième, blonde comme les blés, Bridget Pearson. L'autre homme se présenta lui-même : Paul Wheaton, avocat au service de la McKinnon Corporation. Laquelle des deux jeunes femmes était sa compagne ? C'était difficile à dire.

S'engagea une conversation à la fois légère et animée. On parla d'abord musique. Le petit groupe avait passé la nuit sur le bateau de Jack, le long de la côte, et chacun y alla ensuite de ses anecdotes de pêche, évoquant surtout les belles prises qui leur avaient échappé.

Jack McKinnon — pourquoi diable ne parvenait-elle pas à détacher son attention de lui ?— possédait une voix grave et profonde, au timbre mélodieux, un sourire ravageur et un humour décapant.

Si elle n'avait d'yeux que pour lui, ce dernier, en revanche, l'ignorait superbement... et elle ne s'en portait pas plus mal.

Vraiment ? Et s'il se comportait ainsi dans le seul but de l'humilier devant les autres ? A cette pensée, son sang ne fit qu'un tour. Pour qui se prenait-il, à la fin, ce bellâtre arrogant ?

Au même instant, Jack McKinnon posa enfin son regard gris sur elle. Un sourire mi-figue, mi-raisin flottait sur ses lèvres.

— Maggie Trent. Seriez-vous par le plus grand des hasards la fille de David Trent ?

Elle hésita avant de répondre d'un ton bref :

— Oui.

— Le fameux David Trent ? s'exclama Lia en écarquillant ses grands yeux noirs. Le richissime David Trent, issu d'une longue lignée d'honorables juges et politiciens, célèbre éleveur de chevaux et grand amateur de bateaux ?

Elle se contenta de hausser les épaules.

— Maggie n'aime pas beaucoup parler de son père, intervint Tim comme pour excuser son mutisme.

Quelle jolie formule pour désigner leurs relations houleuses ! songea Maggie, amusée.

— Vous avez beaucoup de chance, Maggie, fit observer Paul.

— C'est vrai, renchérit Jack McKinnon. A quoi occupez-vous votre temps, Maggie ? Oh, n'ayez crainte, personne ne vous en voudra si vous ne faites rien de particulièrement utile.

A ces mots, même Tim, pourtant transi d'admiration pour Jack McKinnon, sursauta légèrement. Quant à Maggie, elle darda sur l'auteur de l'attaque un regard étincelant de rage.

— J'avais déjà une bonne raison de vous détester, commença-t-elle d'une voix suave. Je hais les cages à lapins que vous construisez partout en vous moquant bien de saccager la côte et son arrière-pays. Eh bien, il se trouve que j'en ai une autre, désormais. Les hommes de votre espèce, monsieur McKinnon, les parvenus riches, influents et imbus de leur petite personne me font horreur.

Sur ce, elle se leva et quitta le restaurant.

De congé le lundi suivant, Maggie passa la matinée en compagnie de sa mère — une mère qu'elle adorait, ce qui ne faisait qu'accentuer les rapports conflictuels qui la liaient à son père.

Sémillante quadragénaire, Belle Trent promenait sa silhouette longiligne et son élégance naturelle dans bon nombre d'associations caritatives pour lesquelles elle donnait sans compter son temps et son énergie. Parsemée çà et là de fils d'argent, sa longue chevelure noir de jais, lustrée comme l'ébène, encadrait l'ovale délicat de son visage, éclairé de grands yeux bruns.

Parfois, pourtant, Maggie percevait en elle une certaine tristesse, une sorte de mélancolie qu'elle avait du mal à définir. Elle savait que son père n'était pas étranger à ce curieux vague à l'âme. Comme pour de nombreux couples, leur mariage connaissait des hauts et des bas, mais la raison précise de leur mésentente lui échappait.

Belle ne s'étendait jamais sur le sujet et n'avait même jamais parlé de séparation, mais non sans un certain cynisme, Maggie se demandait parfois si ses parents n'étaient pas découragés d'avance à l'idée d'entamer une longue et coûteuse procédure de divorce.

Ce lundi matin cependant, alors qu'elles prenaient un café à la terrasse d'un bistrot chic de Sanctuary Cove, Maggie avait tout autre chose en tête.

— Dis-moi, maman, que sais-tu de la McKinnon Corporation et de son propriétaire, Jack McKinnon ?

Belle saupoudra de sucre son café au lait.

— Mmm… J'ai entendu dire que ce type était une sorte de génie des affaires. Parti de rien, paraît-il. Il aurait réussi à convaincre une banque de financer son tout premier projet immobilier et depuis, tout lui sourit. Ses activités se sont diversifiées, naturellement : en plus de sa casquette de promoteur, il dirige à présent une société de travaux publics qui se charge de la construction de la plupart de ses projets. Mais ce n'est pas la seule corde à son arc.

— Ah bon ?

Belle secoua la tête.

— Non. Avec ses premiers millions, Jack McKinnon s'est lancé dans la construction navale. Et bien entendu, ses catamarans ont tout de suite connu un succès fulgurant. Tiens, tu n'auras qu'à jeter un coup d'œil à la marina, ajouta-t-elle en indiquant d'un geste gracieux la forêt de mâts rutilants qui cliquetaient au soleil, de l'autre côté de la rue, je suis sûre que tu trouveras de nombreux bateaux portant la griffe McKinnon.

— S'il est parti de rien, il doit être sacrément intelligent, fit observer Maggie d'un ton rêveur.

— Je crois en effet qu'il fait partie de *ces gens-là*, minauda Belle en plissant le nez. Tu sais, le genre de type très brillant, bourré d'énergie, débordant d'intuition et qui transforme en or tout ce qu'il touche. A sa décharge, je ne crois pas qu'il ait pris la grosse tête.

— Mmm…

Belle arqua les sourcils d'un air intrigué.

— L'aurais-tu rencontré, petite cachottière ?

— Eh bien… oui. Pas plus tard qu'hier, en fait. Et il s'est montré assez incorrect à mon égard, si tu veux tout savoir.

Sa mère cligna des yeux.

— Vraiment ? Pourquoi donc ?

— Je n'en ai aucune idée, répondit Maggie avant de froncer les sourcils. Mais dis-moi, pourquoi en sais-tu autant sur lui ?

Belle esquissa un sourire gêné.

— Figure-toi que ta tante Elena a décidé de l'inscrire sur sa fameuse liste des célibataires les plus convoités du moment.

La mère et la fille échangèrent un regard complice avant d'éclater de rire. La fameuse Elena Chadwick était en réalité la cousine de Belle. Célibataire endurcie, elle tenait une rubrique dans un grand hebdomadaire féminin où elle dispensait aux lectrices toutes sortes de conseils visant à régler leurs problèmes conjugaux. Et lorsqu'une voix s'élevait pour souligner son inexpérience en la matière, elle répliquait que c'étaient précisément ses opinions objectives, dépourvues de toute partialité, qui apportaient une aide précieuse à ses fidèles lectrices.

Pour la plus grande joie de celles-ci, elle tenait également une liste des dix célibataires les plus convoités qu'elle mettait scrupuleusement à jour tous les trois mois. L'autre talent notoire d'Elena Chadwick consistait à exhumer toutes sortes d'anecdotes croustillantes sur les gens qui venaient à croiser sa route, qu'ils fussent célèbres ou non.

— Si je ne le détestais pas autant, je le plaindrais presque d'avoir Elena à ses trousses ! s'écria Maggie entre deux éclats de rire. En même temps, je ne doute pas un seul instant qu'il soit tout à fait en mesure de se défendre seul.

— A quoi ressemble-t-il… je veux dire, physiquement ?

Maggie fit mine de réfléchir.

— Disons que… certaines femmes plaqueraient tout pour une simple soirée avec lui. Enfin, je veux dire, quelques-unes, oui… sans doute.

— Je vois, fit Belle en soupirant.

Mais Maggie ne vit pas le regard intrigué qui accompagna son petit soupir.

En regagnant son domicile, Maggie referma la porte derrière elle et prit le temps d'inspirer profondément, toute à sa joie de se retrouver chez elle.

L'élégante villa de deux étages qu'elle avait héritée de sa grand-mère paternelle surplombait un magnifique terrain de golf sur Hope Island. Entourée d'un petit jardin orné d'une fontaine, la maison possédait une ravissante serre aménagée en salle à manger et regorgeait de meubles et de bibelots anciens que Maggie tenait également de cette aïeule qu'elle avait tant chérie.

A entendre son entourage et les membres de sa famille, Maggie ressemblait énormément à feu Leila Trent, et pas seulement physiquement. D'aucuns soutenaient que les deux femmes possédaient la même personnalité, le même tempérament de feu. De son vivant pourtant, la vieille femme se plaisait à clamer haut et fort que si Margaret Leila Trent, sa petite-fille chérie, tenait de quelqu'un, c'était forcément de son fils, David Trent, le père de Maggie.

— Mais enfin, grand-mère, nous passons notre temps à nous disputer, papa et moi ! protestait souvent Maggie en entendant les curieux propos de Leila.

— C'est précisément parce que vous vous ressemblez trop, tous les deux, répliquait alors sa grand-mère avec un sourire indulgent. Oh, bien sûr, tu possèdes également les gènes plus doux de ta mère pour contrebalancer le caractère bien trempé de ton père, mais tu es une Trent avant tout, ma chérie, que cela te plaise ou non. Et si ça peut te rassurer, ton grand-père était comme vous, débordant de fougue et d'énergie.

Un jour, Maggie avait laissé entendre qu'il aurait été préférable qu'elle soit un garçon — tout au moins pour gagner les faveurs de son père. A ces mots, Leila l'avait gratifiée d'un regard incendiaire.

— Je t'en prie, Maggie, ne t'engage pas sur cette voie. Ta mère l'a déjà fait avant toi et…

Là, elle s'était interrompue avant de reprendre plus posément :

— Contente-toi d'être toi-même.

Leila avait refusé de s'étendre davantage sur la question. Et six mois plus tôt, elle s'était éteinte paisiblement dans son sommeil.

Toute à ses pensées, Maggie jeta son sac à main sur le sofa et ôta ses escarpins.

Elle avait réussi à éviter Tim depuis la rencontre avec Jack McKinnon. Il l'avait appelée, évidemment, et elle avait accepté ses excuses de bonne grâce. Le pauvre n'y était pour rien, certes, mais l'étonnement sincère qu'il avait manifesté au sujet de l'incident l'avait irritée au plus haut point.

— Je ne comprends pas, Maggie, je t'assure. Jack n'est pas… *comme ça* d'habitude, avait-il affirmé à plusieurs reprises, visiblement interloqué par la conduite de son ami.

Ah oui, vraiment ? avait raillé la jeune femme en son for intérieur tout en assurant de vive voix qu'il n'y pouvait rien et qu'elle l'appellerait bientôt.

— J'espère que ce n'est pas une façon de me congédier, Maggie ?

Sur le moment, la jeune femme avait sincèrement protesté : non, bien sûr, il ne s'agissait pas de ça du tout !

Elle sortit pieds nus sur la terrasse pour arroser les plantes de son jardin. Depuis le fameux incident, elle ne se sentait pas dans son assiette. Pour quelle raison, au juste ? C'était bien cela le pire : elle était incapable d'expliquer l'étrange malaise qui l'habitait depuis vingt-quatre heures. Pourquoi diable, tout à coup, la vie dorée et bien réglée qu'elle menait jusqu'alors ne la comblait-elle plus ?

Cela n'avait tout de même rien à voir avec les paroles et la conduite insultantes de Jack McKinnon… n'est-ce pas ?

Le jugement qu'il se permettait de porter sur elle n'était absolument pas fondé. Il la prenait pour une petite fille à papa oisive, une héritière futile et écervelée… Qu'à cela ne tienne !

Mais si elle se moquait de l'opinion de Jack McKinnon, pourquoi éprouvait-elle ce curieux sentiment d'insatisfaction qu'accompagnaient de bien étranges pensées ? Par exemple :

qu'en était-il de sa relation avec Tim ? Trouverait-elle jamais le bonheur auprès de lui ? N'étaient-ils pas en train de perdre leur temps, tous les deux ?

Une vague de culpabilité la submergea soudain. Ne devrait-elle pas mettre les choses au point avec lui, une fois pour toutes ?

Mais il n'y avait pas que ça… C'était surtout l'idée qu'elle ressemblait à son père qui l'agaçait. Elle espérait de tout cœur ne pas avoir hérité de son arrogance et, si elle possédait un réel talent, un flair infaillible dans le secteur qu'elle avait choisi, qu'elle n'avait rien de l'entrepreneur ambitieux, implacable et égoïste qu'était son père.

Comme d'habitude, son jardin lui apporta le réconfort dont elle avait tant besoin ce jour-là. Sa passion pour les fleurs et les végétaux était née le jour où elle avait reçu la villa en héritage. En l'espace de six mois, elle avait transformé le jardinet abandonné en un ravissant écrin de verdure parsemé de fleurs aux couleurs éclatantes. Les rosiers grimpaient entre les camélias lourds de boutons délicats ; les impatiens, les pétunias et les marguerites jaunes, roses et blanches complétaient le joli tableau végétal. Le gazon ressemblait à un tapis de velours émeraude et, près de la terrasse, un jardin aromatique sentait bon le basilic, la menthe, la coriandre, le romarin, la sauge, le persil, le thym et l'origan.

Maggie arrosa, rempota et tailla jusqu'à ce que Tim Mitchell et Jack McKinnon désertent ses pensées. Elle ignorait encore, bien sûr, que le fameux Jack surgirait de la manière la plus incongrue qui fût dès le lendemain matin, lorsqu'elle retournerait travailler.

Maggie était la seule à ne pas être occupée quand un couple de retraités poussa la porte de l'agence le mardi matin. Après les avoir accueillis, elle les entraîna jusqu'à son bureau et se mit en devoir de leur poser les questions habituelles afin de cerner leurs attentes. Il s'agissait là d'un véritable sujet de discorde conjugale.

D'après leurs explications, Maggie apprit qu'ils avaient vendu à un promoteur immobilier leur ancienne propriété, une belle bâtisse entourée de quatre hectares. Sophie s'était opposée jusqu'au bout à cette décision : elle ne se sentirait bien nulle part ailleurs, c'était certain.

Ernest, quant à lui, entreprit d'exposer à Maggie les raisons de son choix avec un agacement à peine dissimulé. De toute évidence, le couple avait eu mille fois la même discussion.

Ils n'étaient plus tout jeunes et l'entretien d'une propriété de cette taille demandait un travail titanesque. Et puis, les promoteurs avaient commencé à s'arracher le petit coin de paradis où nichait leur maison… Quelle autre solution leur restait-il que de s'en aller à leur tour s'ils ne voulaient pas se retrouver cernés par une multitude de résidences ? Toujours est-il que la somme qu'on leur avait offerte leur permettrait d'avoir une retraite sereine…

— Peut-être, intervint Sophie Smith d'un petit air buté, mais si tu m'avais écoutée, nous aurions obtenu encore plus !

Ernest secoua la tête.

— Nous ne le savions pas à l'époque et comme dit le proverbe : « un tiens vaut mieux que deux tu l'auras » !

Maggie s'efforça de détendre l'atmosphère avant de reprendre sa petite enquête. Les Smith avaient été les premiers habitants de leur rue à être contactés par un promoteur immobilier et les seuls, de fait, à vendre moins cher que les autres. Leurs voisins avaient préféré attendre un peu et cette hésitation leur avait valu des offres plus intéressantes. La vente de la maison s'était avérée un véritable crève-cœur pour Sophie et leur relative mauvaise opération financière ne faisait qu'attiser le feu de la discorde entre les deux époux.

— De quel promoteur s'agit-il ? demanda Maggie.

Ernest exhala un soupir.

— De Jack McKinnon.

A ces mots, le cœur de Maggie s'emballa. Et pourtant,

elle n'aurait absolument rien entrepris si le destin n'en avait pas décidé autrement.

Quelques jours plus tard, la jeune femme partit estimer une demeure dont on lui avait confié la vente.

Les propriétaires avaient déménagé à Melbourne un an plus tôt, et Maggie avait reçu le trousseau de clés par courrier après s'être entretenue avec eux au téléphone.

La maison, constata-t-elle bientôt, présentait tous les signes d'une maison abandonnée et c'était d'autant plus regrettable qu'il s'agissait d'une demeure pleine de caractère, dotée d'un cachet incomparable. Planté de nombreuses essences, le parc ondulait en pente douce jusqu'à une ravissante petite crique abritée des regards indiscrets. Une crique, songea Maggie, où les ornithorynques venaient très probablement s'ébattre au point du jour.

S'arrachant à contrecœur à ce havre de paix, elle alla inspecter le hangar de brique rouge qui occupait le fond du parc. Ignorant la grande porte de garage solidement cadenassée, Maggie se dirigea vers la petite porte de bois protégée d'un verrou dont elle avait la clé. Elle l'ouvrit et pénétra dans le bâtiment baigné d'une lumière blafarde.

Une partie du hangar avait été aménagée en studio au confort rudimentaire, équipé d'une kitchenette et d'une salle d'eau. Une vieille bouilloire reposait sur une plaque chauffante, de la vaisselle dépareillée et quelques casseroles garnissaient une étagère. L'unique placard contenait des boîtes de conserve et des pâtes. Quant au mobilier, il était réduit : un canapé avachi donnait la réplique à une table en formica flanquée de quatre chaises bancales. Mais il y avait l'eau et l'électricité, constata Maggie en ouvrant un robinet, après avoir appuyé sur l'interrupteur de la kitchenette.

Elle griffonna quelques notes sur son carnet et promena un regard circulaire autour d'elle. Soudain, dans le fond du hangar, une forme massive protégée de grandes bâches attira son attention. Intriguée, elle s'apprêtait à inspecter ce coin sombre lorsque des crottes de souris disséminées le long des murs la stoppèrent dans son élan. Avec une grimace de dégoût, elle recula d'un pas.

Ce fut à cet instant qu'elle entendit le bruit d'un moteur. Se dirigeant vers la porte d'entrée, elle aperçut le dernier modèle de Range Rover, flambant neuf.

Maggie fronça les sourcils. Qui pouvait bien venir ici alors que la maison était en vente ? A l'instant où la question germait dans son esprit, son cœur fit un bond.

Non, le doute n'était pas permis… c'était bel et bien Jack McKinnon qui venait de sauter à terre, plus décontracté que jamais dans un pantalon de treillis beige et une chemise kaki. Décontracté, certes, mais toujours aussi intimidant…

Au même instant, une petite voix s'insurgea dans l'esprit de Maggie : « Ah, non alors ! Non ! Il est hors de question que vous massacriez ce petit coin de paradis pour le transformer en cages à lapins, Jack McKinnon ! »

Poussée par un élan de colère, elle sortit du hangar.

— Tiens, tiens, lança-t-il lorsqu'ils se retrouvèrent nez à nez, ne serait-ce pas Miss Trent, militante écolo et féministe acharnée ?

Tout en parlant, Jack la détailla de la tête aux pieds avec une lenteur calculée. A sa grande surprise, il la trouva absolument craquante… Quel dommage qu'elle fût la fille de David Trent…

Craquante ? Le mot résonna à ses oreilles tandis que sa bouche prenait un pli ironique. D'où pouvait bien venir ce drôle de qualificatif ? Il ne conviendrait certainement pas à… voyons voir, Lia Montalba, par exemple. Elancée, éblouissante, sexy, sophistiquée, oui, mais « craquante » ? Non, jamais de la vie. Alors pourquoi ce mot lui était-il venu à l'esprit en contemplant Maggie Trent ? Etait-ce cette fraîcheur, cette bouffée d'innocence qu'il détectait en elle derrière son allure soignée et ses magnifiques yeux verts ?

Jack secoua la tête, perturbé par une image parasite, celle de Maggie Trent entièrement nue… Bon sang, cette femme était la fille de David Trent !

Troublée malgré elle par l'examen que Jack McKinnon lui faisait subir, Maggie serrait de toutes ses forces son téléphone portable et son calepin. Lorsqu'elle se rendit compte de sa fébrilité, elle posa le tout sur le toit de sa voiture et posa les mains sur ses hanches avant de répliquer.

— C'est bien elle, monsieur McKinnon, plus que jamais. Et comme je suis ici à la demande expresse du propriétaire en ma qualité d'agent immobilier, votre présence me paraît tout à fait injustifiée, c'est pourquoi je vous prierai de bien vouloir quitter les lieux sur-le-champ.

Un sourire narquois joua sur les lèvres de son interlocuteur tandis qu'il la contemplait sans ciller.

En vue de cette visite à la campagne, la dernière de la journée, Maggie était repassée chez elle pour troquer son tailleur et ses escarpins contre une tenue confortable : un jean, un chemisier rose et des bottines. Elle avait tressé ses cheveux et ne s'était pas donné la peine de se remaquiller. Une légère touche de brillant à lèvres et elle s'était remise en route.

Jack admira sans vergogne les courbes déliées de sa silhouette longiligne : des jambes interminables, des hanches féminines à souhait, une poitrine ronde et haut perchée… et puis, elle avait cette façon souple, gracieuse de se déplacer qui le poussait à imaginer ce corps doré et satiné entre ses bras, dans son lit…

Sous son regard insolent, Maggie sentit ses joues s'empourprer violemment. Maudissant sa propre faiblesse, elle foudroya des yeux son compagnon qui la gratifia en retour d'un sourire ironique.

— Voici donc à quoi vous occupez votre… temps libre, c'est ça ? Laissez-moi mettre les choses au point tout de suite, poursuivit-il sans lui laisser le temps de répliquer. Les propriétaires m'ont également contacté : ils souhaiteraient savoir si leur domaine possède un quelconque intérêt dans le cadre d'un projet immobilier.

Maggie ferma les yeux, submergée par la frustration.

— Ils ne m'ont pas mise au courant ! s'écria-t-elle.

Jack McKinnon haussa les épaules.

— Vous n'avez qu'à les appeler si vous ne me croyez pas.

Maggie attrapa son téléphone, mais le reposa aussitôt, en proie à un tumulte d'émotions.

— Vous ne feriez tout de même pas ça ! Cet endroit est tellement joli. Ce serait une honte, vraiment !

— De le raser pour le couvrir de cages à lapins ? lança Jack en pénétrant dans le hangar.

Elle lui emboîta le pas.

— Exactement !

— Ecoutez, dit-il en faisant volte-face de sorte que Maggie faillit lui rentrer dedans. Vous me faites bien rire, vous autres, les pseudo-défenseurs de la veuve et de l'orphelin.

Elle recula d'un pas, intimidée malgré elle par la carrure et la souplesse féline de son compagnon. Son regard gris semblait la transpercer. D'épais cheveux couleur miel encadraient son visage aux traits volontaires, empreints d'arrogance, une impression encore accentuée par un nez aquilin et une bouche bien dessinée, bien qu'un peu dure à son goût. De près, Jack McKinnon s'avérait encore plus impressionnant.

Il émanait de lui une telle virilité qu'il était tout à fait impossible de ne pas se sentir femme en sa compagnie et, à la grande surprise de Maggie, ce sentiment se traduisit par l'envie irrépressible de se montrer à la hauteur. « Regardez-moi, Jack McKinnon, je suis tout aussi élégante, attirante et sexy que… que vos amies Lia et Bridget ! » chantonnait une petite voix dans son esprit confus.

Vraiment ? Et d'abord, d'où lui venait cette idée ridicule ? D'où venait cette soudaine envie de séduire cet homme qu'elle connaissait à peine, mais dont elle méprisait déjà les méthodes professionnelles et l'air hautain ?

Et de quel droit se permettait-il de la jauger ainsi ? Pour qui se prenait-il, à la fin ? Pour couronner le tout — comment avait-elle pu oublier ce détail alors que même sa mère l'avait souligné avec insistance ?—, Jack McKinnon était doué d'une intelligence exceptionnelle et d'un sens de la repartie aiguisé.

— Si le développement immobilier et ses conséquences sur l'environnement vous inquiètent, vous n'avez qu'à vous adresser à la mairie. Agissez au lieu de critiquer, conclut-il avec hauteur.

— Agir ? répéta Maggie, incrédule.

— Oui. Faites campagne pour défendre votre point de vue. Présentez-vous aux élections municipales ou votez pour une équipe plus « écologique ». Tout ceci est du domaine du possible. Mais je vous en prie, cessez de m'attaquer, car contrairement à ce que vous semblez croire, je ne suis pas un hors-la-loi.

— Qu'en est-il de l'éthique ? répliqua Maggie, piquée au vif. Apparemment, vous n'avez aucun scrupule à vous enrichir aux dépens de l'environnement et de pauvres gens comme les Smith !

— J'ignore de qui vous parlez, mais…

Il marqua une pause et fit glisser son regard gris sur elle avec une lenteur délibérée.

— Mais ce sont souvent les gens fortunés, enfermés dans leurs tours d'ivoire et leurs parcs verdoyants qui sont incapables de comprendre les véritables aspirations de la grande majorité de la population, bien plus modeste qu'eux, cela va de soi.

Maggie retint son souffle.

— C'est faux ! En ce qui me concerne, en tout cas.

— Vraiment ? fit son compagnon en haussant les sourcils d'un air sarcastique. Vous devriez essayer de vous glisser dans la peau de ces gens, mademoiselle Trent. Vous devriez vous mettre à la place de tous ces couples qui s'efforcent d'élever leurs enfants avec un seul salaire parce que les structures d'accueil des tout-petits sont trop coûteuses… Vous comprendriez mieux ce que cela signifie pour eux d'avoir un toit qui leur appartient vraiment.

— Je…

— Vous qualifiez peut-être mes résidences de « cages à

lapins », mais elles ont au moins le mérite d'être à la portée de toutes les bourses et elles s'intègrent parfaitement dans le grand rêve australien, celui qui prône le droit à la propriété. N'oubliez pas non plus que nous vivons peut-être dans un pays immense, mais que la plupart des régions sont inhospitalières, ce qui nous pousse à construire sur les côtes et leurs environs.

Il s'interrompit de nouveau avant de reprendre d'un air dédaigneux :

— Le milieu privilégié dont vous êtes issue vous empêche-t-il vraiment d'appréhender les dures réalités d'une vie ordinaire ? Combien d'hectares de pelouse, soigneusement entretenue par un jardinier, possède votre père ?

A ces mots, Maggie perdit tout contrôle de ses émotions. C'était l'insinuation, l'insulte de trop, songea-t-elle en fulminant, cherchant désespérément un moyen d'évacuer la pression qu'elle sentait monter en elle. A bout de nerfs, elle saisit la poignée de la porte et la referma d'un coup sec.

— J'espère que ce n'est pas ce que je crains, lança Jack tandis que le bruit sourd de la porte se répercutait dans le hangar.

— J'espère surtout que ce geste vous en dit long sur les sentiments que m'inspirent vos semblables, riposta-t-elle d'un ton glacial.

Jack promena un regard autour de lui, sourcils froncés.

— Ces sentiments seraient-ils assez brutaux pour vous donner l'idée de me kidnapper ?

— Ils sont assez brutaux pour me donner envie de hurler et taper du pied, lancer des objets à toute volée, trépigner de colère et…

Elle se tut brusquement.

— Vous kidnapper ? répéta-t-elle, interloquée. Quelle drôle d'idée ! C'est bien la dernière chose que…

— Excusez-moi, mais vu l'animosité que vous me témoignez, je suis en droit de me poser la question, coupa Jack McKinnon en l'enveloppant d'un regard lourd de sous-entendus. J'en conclus donc que vous avez une clé dans votre poche ?

Maggie le considéra d'un air abasourdi.

— Une clé ? Non. Pourquoi ?

Il passa devant elle pour se diriger vers la porte dont il tourna la poignée. Rien ne se produisit.

— Cette porte est condamnée. Essayez de vous souvenir : avez-vous laissé la clé dans la serrure, à l'extérieur ?

— Oui.

Les lèvres de la jeune femme s'entrouvrirent comme les conséquences de son geste commençaient à prendre forme dans son esprit. Elle toussota avec nervosité.

— Oui, c'est exact. Mais il doit y avoir d'autres issues.

— Montrez-les-moi. Pour ma part, je ne vois que deux fenêtres protégées par des grilles et deux portes hermétiquement closes.

— Oh non…, souffla Maggie. C'est impossible. Vous avez bien un trousseau de clés sur vous.

— Non. A vrai dire, ni la maison ni le hangar ne m'intéressait réellement.

— Bon… bon, alors le téléphone, bredouilla-t-elle avant de se souvenir qu'elle avait laissé le sien sur le toit de sa voiture.

Elle ferma les yeux, gagnée par la panique.

— Je vous en supplie, ne me dites pas que vous n'avez pas votre portable sur vous, fit-elle à mi-voix.

— C'est pourtant la vérité : je l'ai laissé dans ma voiture. Tout ceci est extrêmement contrariant, mademoiselle Trent, ajouta-t-il d'un ton glacial. Et puisque vous êtes responsable de cette situation, je vous demande de bien vouloir trouver une solution au plus vite. J'ai un avion à prendre dans deux heures.

Maggie balaya la pièce d'un regard impuissant avant de lever les yeux au plafond.

— Nous pourrions peut-être… passer par le toit ?

Après avoir étouffé un juron, Jack McKinnon attira son

attention sur la hauteur de la charpente. Pour couronner le tout, il n'y avait ni faux plafond, ni échelle, ni escabeau…

Cédant à la colère qui bouillonnait en elle, Maggie planta ses poings sur ses hanches.

— Vous êtes un homme, non ? Vous allez bien trouver un truc pour nous sortir de là !

En face d'elle, Jack McKinnon croisa les bras sur sa poitrine. Une expression ironique se peignit sur son visage.

— Ainsi, les hommes riches et puissants que vous détestez d'ordinaire peuvent s'avérer utiles de temps en temps… Tiens, tiens, qui l'eût cru ?

Maggie ouvrit la bouche et la referma à plusieurs reprises, incapable de trouver la réplique qui aurait fait mouche. Une lueur moqueuse traversa les yeux gris de son compagnon.

— Auriez-vous perdu votre langue, mademoiselle Trent ? dit-il d'un ton suave sans cesser de la regarder. Tant pis, écoutez plutôt ce que je vous propose : voilà… Etant donné que c'est vous qui nous avez fourrés dans ce guêpier, c'est à *vous* de nous en sortir.

2

— C'est… c'est complètement ridicule, balbutia Maggie.

— Pourquoi ?

— Je croyais que vous aviez un avion à prendre.

— J'ai la désagréable impression que cet avion partira sans moi, peu importe les efforts que je déploierai pour tenter de sortir d'ici.

Maggie promena autour d'elle un regard angoissé.

— Ce n'est pas une raison pour vous tourner les pouces ! s'écria-t-elle.

Jack la toisa d'un air moqueur avant de lancer tout à trac :

— Mettons les choses au point une bonne fois pour toutes, Maggie Trent. Si ce n'est pas pour critiquer mes projets immobiliers que vous m'avez attiré ici, que recherchez-vous au juste ? Mon corps ?

Prise au dépourvu, Maggie rougit violemment.

— Vous rêvez, monsieur Trent, siffla-t-elle entre ses dents.

— Quel dommage ! Je suis sûr que nous nous entendrions à merveille, tous les deux… au lit, bien sûr.

Maggie déglutit avec difficulté, troublée par l'image que les paroles de Jack McKinnon avaient fait naître dans son esprit… Il était penché au-dessus d'elle, il promenait ses doigts experts sur son corps nu, tremblant de désir…

C'était d'autant plus surprenant qu'elle n'avait pas l'habitude de fantasmer sur les hommes qu'elle croisait, si séduisants fussent-ils. A ce propos, elle s'était souvent demandé si quelque chose clochait chez elle, si elle n'était pas différente des autres femmes. Mais l'irruption de Jack

McKinnon dans sa vie lui apportait la preuve tangible que sa libido fonctionnait tout à fait bien. L'attirance qu'elle avait aussitôt éprouvée pour lui la laissait perplexe : en sa présence, elle perdait tous ses moyens et elle détestait ça !

— Ecoutez, commença-t-elle en feignant d'ignorer son regard narquois et le feu qui lui brûlait les joues, vous feriez bien de mesurer vos paroles… Tout ceci est parfaitement ridicule !

Contre toute attente, un sourire effleura les lèvres de son compagnon.

— Auriez-vous une préférence pour les premiers de la classe, gentils et propres sur eux dans le genre de Tim Mitchell ?

Maggie en resta bouche bée.

— Je suis sûr que vous prendriez goût aux hommes si vous changiez de cible, lança Jack sur un ton doucereux. Le problème, c'est que vous êtes une petite fille riche, capricieuse et bornée qui ne supporte pas qu'on lui résiste, je me trompe ? Tel père, telle fille.

Il se détourna.

— Hé, une seconde ! Que voulez-vous dire par là ? Vous… vous connaissez mon père ?

Jack McKinnon jeta un coup d'œil par-dessus son épaule.

— Qui ne le connaît pas ? Sa réputation de tyran le précède partout où il va.

Maggie se mordit la lèvre, en proie à une colère grandissante.

— Je vous ai pourtant déjà dit que… enfin, non, c'est Tim qui vous l'a dit, mais peu importe… Je déteste parler de mon père.

— Votre dérobade ne me surprend guère : les gens de votre espèce se serrent les coudes dès qu'ils sentent le loup dans la bergerie, lâcha Jack en haussant les épaules.

— Et de quelle « espèce » s'agit-il, je vous prie ?

Il la considéra un long moment avant de daigner répondre :

— Je veux parler de toutes ces vieilles familles bourgeoises qui n'ont jamais eu à se battre pour gagner leur vie. Ceux qui ont tout depuis qu'ils sont venus au monde : l'argent, la classe, l'éducation… vous savez très bien de qui je parle.

— C'est en général la jalousie qui provoque ce genre de jugement à l'emporte-pièce de la part d'individus qui ne possèdent rien de tout ça, riposta Maggie, à bout de patience.

Il eut la bonne grâce de sourire.

— Vous avez raison sur un point : je n'ai aucune classe naturelle, mais vous vous trompez pour le reste : je ne suis pas jaloux de ceux qui ont eu la chance de naître du bon côté de la barrière et je n'ai aucune intention de les rejoindre. Bien, à présent que nous nous sommes mutuellement percés à jour et jeté quelques insultes à la figure, revenons plutôt à nos moutons…

— C'est-à-dire ?

— Nous n'avons toujours pas trouvé le moyen de sortir d'ici. Aviez-vous prévu de voir quelqu'un cet après-midi ou plus tard dans la soirée ? Vos collègues savent-ils que vous êtes ici ?

Ravalant à grand-peine sa rancœur, Maggie tira une chaise et s'assit à la petite table de cuisine. « Une petite fille riche, capricieuse et bornée », elle ? C'était tout de même un peu fort, non ?

Sourcils froncés, elle s'efforça de se concentrer sur la question qu'il venait de lui poser.

— Oui, je les ai informés de mon intention de venir ici cet après-midi, mais je les ai également prévenus que je ne repasserais pas au bureau après ma visite. Ils ne se rendront compte de rien avant demain matin… oh non, zut, marmonna-t-elle en esquissant une grimace.

Jack McKinnon haussa les sourcils d'un air interrogateur.

— J'ai pris ma journée de demain…

— Pourquoi ?

— J'ai rendez-vous chez le médecin dans la matinée et j'avais prévu de consacrer mon après-midi à…

Elle s'interrompit, en proie à un embarras grandissant.

— Laissez-moi deviner, railla Jack. Vous aviez rendez-vous chez le coiffeur, puis chez l'esthéticienne et la manucure, c'est ça ? Et pour conclure la journée, une petite virée shopping chez vos créateurs préférés, peut-être ?

A son grand désarroi, Maggie rougit comme une enfant prise en faute. Cet homme était extralucide… et terriblement cynique !

— Mon emploi du temps ne vous regarde pas, que je sache ! D'accord, j'ai la chance d'avoir des horaires assez souples, mais je ne compte pas les heures supplémentaires. Et lorsqu'il m'arrive de prendre un ou deux jours de congé en semaine, c'est parce que je travaille le week-end ! Contrairement à ce que vous semblez croire, je ne bénéficie d'aucun traitement de faveur à l'agence !

Jack McKinnon se contenta de hausser les épaules.

— Si je comprends bien, seuls votre médecin et votre esthéticienne remarqueront votre absence demain, c'est ça ?

Maggie s'adossa à sa chaise en exhalant un soupir résigné.

— Oui !

— Votre rendez-vous chez le médecin est important ?

— Pas vraiment, non.

— Donc il ne s'inquiétera pas outre mesure.

— Hélas, non.

— Vous vivez seule.

— Je vis seule, en effet. Et vous ?

— Moi aussi.

— Et cet avion que vous étiez censé prendre tout à l'heure ?

Il réfléchit quelques instants.

— Personne ne remarquera mon absence avant un ou deux jours. Je dois… enfin, je *devais* assister à une conférence à Melbourne, mais j'avais prévu de m'arrêter en chemin à Sydney pour rendre visite à ma mère.

Maggie se redressa.

— A la bonne heure ! Votre mère va se faire un sang d'encre, elle !

— Je ne lui ai rien dit, je voulais lui faire une surprise.

— C'est risqué de votre part, vous ne trouvez pas ? Imaginez qu'elle ait décidé de s'absenter de son côté ?

Jack observa un bref silence avant de répondre :

— Aucun risque. Ma mère est malade, elle ne peut pas se déplacer seule.

— Je suis désolée, murmura Maggie, mortifiée.

— Ce n'est rien. J'aurais dû la prévenir de mon passage, vous avez raison, mais elle a la fâcheuse manie d'imaginer le pire si j'ai cinq minutes de retard sur mon horaire…

— Oh, fit Maggie, forcée de sourire. Ma mère est un peu comme ça, elle aussi.

Le silence retomba. Au bout d'un moment, Jack haussa les épaules et se dirigea d'un pas nonchalant vers l'imposante masse recouverte de plusieurs bâches, au fond du hangar.

Maggie l'avait suivi du regard et elle retint son souffle lorsque Jack tira sur les bâches de protection. Apparurent alors une magnifique voiture de collection ainsi qu'une vieille Harley Davidson rutilante. Les deux engins devaient valoir une petite fortune.

— Les propriétaires ne m'ont rien dit à ce sujet ! murmura Maggie.

— Ah bon ? En tout cas, je comprends mieux pourquoi ce hangar ressemble à une véritable forteresse.

Maggie fronça les sourcils, perplexe.

— C'est tout de même bizarre. Cela fait plus d'un an qu'ils n'ont pas mis les pieds ici, m'ont-ils dit. La maison est à l'abandon, personne ne se charge de son entretien… Avouez qu'il faut être fou pour délaisser ces petits bijoux dans un vieux hangar humide, conclut-elle en se levant pour se diriger à son tour vers les deux engins de collection.

Du bout des doigts, elle caressa le capot de la voiture.

— Ils auraient au moins pu les mettre sur cales, fit observer Jack en ouvrant la portière avant du véhicule.

Ils jetèrent un coup d'œil à l'intérieur. Les banquettes en cuir capitonné étaient comme neuves et les clés pendaient à côté du levier de vitesse. Jack se glissa au volant et ne résista pas à l'envie de démarrer. Le moteur ronronna au quart de tour.

— Ils ne se donnent peut-être pas la peine d'entretenir la maison, mais quelqu'un vient s'occuper de cette voiture régulièrement, déclara-t-il après avoir coupé le contact. Il n'y aurait plus de batterie sinon.

— Que vous ont-ils dit, à vous ?

— Je ne leur ai pas parlé personnellement, c'est mon assistante qui a préparé le dossier. Mais j'imagine qu'ils ne lui ont rien dit de plus qu'à vous. Une chose est sûre, ils n'ont pas mentionné l'existence de ces superbes engins et comme je n'avais pas l'intention de visiter le hangar…

Il laissa sa phrase en suspens. De plus en plus intriguée, Maggie tourna les talons et alla ouvrir le placard de la cuisine.

— Ces boîtes de conserve ont moins d'un an, j'en mettrais ma main au feu, déclara-t-elle en brandissant une boîte de haricots blancs, et ce paquet de céréales entamé n'aurait pas survécu tout ce temps aux souris qui vivent ici.

Elle lui tendit le paquet, mais il secoua la tête.

— Je vous crois sur parole. Seriez-vous en train d'insinuer que quelqu'un s'est approprié le hangar en l'absence des vrais propriétaires ?

— C'est tout à fait possible, oui ! Les voisins les plus proches vivent à plusieurs kilomètres de là et le chemin qui mène à la propriété est presque invisible de la route. On peut facilement aller et venir sans se faire remarquer, vous n'êtes pas de mon avis ?

— Mmm… si quelqu'un vit ici, nous serons vite fixés.

Un frisson d'excitation parcourut Maggie.

— Vous avez raison !

Jack fit le tour de la voiture et ouvrit le coffre.

— Bon, c'est déjà ça.

— Qu'est-ce que c'est ? demanda-t-elle en le rejoignant.

— Une boîte à outils, répondit Jack en soulevant un volumineux coffre de bois qu'il posa par terre avant de l'ouvrir. Et pas des moindres…

D'un geste sûr, il s'empara d'une scie électrique et ajouta d'un ton légèrement amusé :

— Si nous ne trouvons pas le moyen de sortir avec ça…

Maggie exhala un long soupir de soulagement.

— Dieu soit loué !

Jack lui jeta un regard en coin.

— Heureuse, on dirait ?

— Avec un peu de chance, vous aurez même votre avion.

— Je ne crois pas, non. Ce n'est pas une scie très puissante, ça risque de prendre un peu de temps.

— Eh bien, vous n'avez qu'à vous y mettre tout de suite, suggéra Maggie. Je vais préparer du thé.

En croisant son regard narquois, elle ajouta sur un ton faussement innocent :

— Je n'ai encore jamais eu l'occasion d'utiliser ce genre d'instrument… Mais si vous me montrez, je veux bien essayer pendant que vous vous occupez du thé. Ça vous va ?

— Bien sûr que non. Je n'ai aucune envie de m'éterniser ici, si vous voyez ce que je veux dire.

Maggie réprima à grand-peine un sourire triomphant.

— Ceci dit, ajouta-t-il, si vous tenez vraiment à me rendre service, essayez de trouver une rallonge électrique. La prise est trop loin de la porte et…

Il s'interrompit brusquement, soudain dépité.

— N'ayez crainte, il y a l'électricité ! s'écria Maggie. Et l'eau aussi, j'ai vérifié !

Jack hocha la tête.

— Parfait. Alors trouvez-moi une rallonge.

Luttant contre l'envie de crier « Oui, chef ! » en se mettant au garde-à-vous, Maggie s'exécuta sans mot dire. Et quelques instants plus tard, elle ravala à grand-peine un cri de victoire en découvrant une rallonge au fond d'un tiroir, dans la cuisine.

Une heure plus tard, l'humeur de Jack ne s'était guère améliorée. Bien au contraire. La lame de la scie s'était vite émoussée et il n'y en avait pas de rechange dans la boîte à outils.

— On ne couperait même pas du beurre avec cette maudite scie, maugréa-t-il en la reposant d'un air dégoûté.

Il n'avait réussi qu'à percer une malheureuse entaille

d'une dizaine de centimètres dans la porte d'entrée. Il faisait nuit à présent ; sommairement accrochée à une poutre, une ampoule dénudée dispensait une lumière blafarde qui n'éclairait pas les recoins du hangar. Les souris, ayant jugé qu'elles ne couraient aucun risque, avaient repris leurs discrètes allées et venues.

Après le thé, Maggie avait fait du café, quelques minutes plus tôt. Les yeux rivés sur sa tasse fumante, elle fut secouée d'un léger frisson.

— Nous risquons fort de passer la nuit ici, n'est-ce pas ?

Jack McKinnon s'approcha de la table et tira une chaise.

— J'en ai bien peur, mademoiselle Trent. A moins que les occupants clandestins du hangar ne se décident à rentrer.

Maggie leva les yeux, en proie à une bouffée d'excitation.

— Vous avez donc les mêmes soupçons que moi ?

— Il y avait l'électricité dans la maison ?

Elle secoua la tête.

— Non. C'est bizarre, n'est-ce pas ? Je veux dire, qu'il y en ait ici et pas là-bas.

— Il semblerait que nos squatteurs aient réussi à se brancher sur le réseau principal, ni vu ni connu, fit observer Jack, l'air songeur.

Le silence retomba. Soudain, un long soupir s'échappa de ses lèvres.

— Savez-vous ce que je serais en train de faire si je n'étais pas prisonnier dans ce hangar ? demanda-t-il d'un ton accusateur.

Maggie le considéra sans mot dire. Quelques copeaux de bois s'étaient glissés dans ses cheveux et sa chemise était toute poussiéreuse. Il jeta un coup d'œil à sa montre avant de reprendre :

— Je serais dans ma chambre d'hôtel, à Sydney, je viendrais tout juste d'arriver… je me servirais un apéritif puis j'irais prendre une douche. Ensuite, je commanderais un steak au poivre saignant avec des pommes de terre sautées… peut-être une douzaine d'huîtres en entrée et un plateau de fromages pour finir. Tout ça accompagné d'une bonne bouteille de vin… puis d'un café.

Maggie baissa les yeux, penaude.

— Et vous ? reprit Jack.

Elle réfléchit quelques instants.

— Je me serais contentée d'un croque-monsieur et d'une salade et je serais allée me coucher tôt.

Il arqua les sourcils d'un air dubitatif.

— Une vraie soirée de célibataire, dites-moi.

— Je suis célibataire.

— Une célibataire probablement très convoitée.

— Je vous en prie, ne recommencez pas. Vous n'en êtes peut-être pas conscient, mais j'ai dû me battre bec et ongles pour acquérir mon indépendance et travailler comme n'importe quelle autre femme.

Son compagnon ne fit aucun commentaire, mais à son regard pénétrant, elle devina que ses paroles l'avaient plongé dans une réflexion profonde au terme de laquelle il ne la considérerait peut-être plus de la même manière.

Tant mieux ! songea-t-elle en se levant souplement, la tête haute.

Jack la regarda s'éloigner. La pauvre aurait été atterrée de connaître ses véritables pensées… des pensées tout à fait troublantes qui le conduisaient sur un chemin glissant, il en était conscient… Il se voyait dans sa chambre d'hôtel à Sydney, attablé devant une table dressée pour deux… Maggie était assise en face de lui… Après un savoureux dîner, il aurait entrepris de la déshabiller vêtement par vêtement, dans un jeu sensuel qui l'aurait rendue folle de désir, même si elle ne l'appréciait pas particulièrement en tant qu'homme…

— Je crois pouvoir soulager au moins l'un de vos petits tracas, déclara soudain Maggie.

Arraché à son étrange rêverie, Jack lui jeta un regard interdit.

— Ah oui, vraiment ? fit-il en s'efforçant de bannir les images sensuelles qui peuplaient son esprit.

Sans mot dire, Maggie ouvrit le placard de cuisine et fouilla à l'intérieur. Au bout de quelques instants, elle en sortit une bouteille de scotch puis attrapa deux verres et un pichet qu'elle rinça soigneusement avant de disposer le tout sur la table.

— Vous devrez vous contenter d'une boîte de conserve en guise de dîner, mais cela ne nous empêche pas de prendre un petit apéritif… Qui sait, nous serons peut-être plus détendus après…

Jack contempla les verres et la bouteille avant de lever les yeux sur sa compagne.

— Vous voulez que je vous dise, mademoiselle Trent ? Vous êtes une vraie perle !

Maggie avait vu juste.

Après un scotch bien tassé et un repas composé de boulettes et de haricots en sauce, Jack McKinnon semblait nettement plus calme.

— Parlez-moi des Smith, suggéra-t-il comme elle s'apprêtait à faire la vaisselle.

Maggie pressa le flacon de détergent au-dessus de l'évier.

— En fait, commença-t-elle en ouvrant le robinet, je me demandais si vous aviez le droit de faire ça… d'un point de vue éthique, bien sûr.

— Vous voulez dire, proposer davantage d'argent aux gens qui refusent de vendre tout de suite ? A ma connaissance, c'est un procédé tout à fait légal.

Maggie contempla les bulles qui dansaient dans l'évier.

— Sophie et Ernest ne s'en remettront pas, déclara-t-elle en fermant le robinet.

— Ne pensez-vous pas que le cœur du problème se trouve ailleurs ?

Elle se tourna vers lui.

— Ailleurs ?

— Oui… Ernest aurait pu, par exemple, sauter sur l'occasion de se débarrasser de cette propriété qui lui demandait beaucoup trop d'efforts — croyez-moi, le prix d'appel était plus que correct — tandis que Sophie, elle, aurait préféré y rester jusqu'à sa mort. Le genre de désaccord somme toute assez banal dans la vie d'un couple.

Maggie lava la première assiette en silence.

— Peut-être, concéda-t-elle à contrecœur.

— Vous savez, les maisons que je construis ne sont peut-être pas immenses, mais elles n'ont rien des cages à lapins que vous abhorrez tant, reprit Jack. Je respecte scrupuleusement le cahier des charges établi par les mairies, et je veille à prévoir des espaces verts, des terrains de sport et des structures d'accueil destinées aux enfants.

— Je... je ne peux que vous croire sur parole, Jack, murmura Maggie.

Elle termina rapidement la vaisselle puis pivota sur ses talons.

— En même temps, je ne peux m'empêcher de me sentir triste à l'idée que cette propriété, par exemple, sera dans un avenir plus ou moins proche complètement rasée pour être recouverte d'une multitude de pavillons.

Confortablement adossé à sa chaise, Jack McKinnon la contemplait d'un air vaguement amusé.

— Qu'y a-t-il ? demanda-t-elle en fronçant les sourcils.

— Rien... je suis d'accord avec vous, c'est tout.

— Mais vous m'avez dit que...

— Je vous ai dit que les propriétaires m'avaient contacté en vue d'un projet immobilier. Comme vous le savez sans doute, il me faudrait pour cela demander un certificat d'urbanisme que je ne suis pas du tout sûr d'obtenir. Si je me suis déplacé personnellement, c'est que j'ai une autre idée en tête.

— Ah bon ?

Il hocha la tête.

— J'aimerais me lancer dans un projet plus rural, disons même écologique, confia-t-il en passant la main dans ses cheveux ébouriffés. Je suis donc à la recherche de propriétés qui conviendraient à ce concept. Confidence pour confidence, je cherche également une maison pour moi. Et celle-ci pourrait fort bien faire l'affaire.

Maggie le considéra un instant, bouche bée, partagée entre des sentiments contradictoires.

— J'étais sûr que cette nouvelle vous laisserait sans voix, reprit Jack d'un ton ironique. Venez vite vous asseoir, je vais vous servir un verre pour vous remettre du choc.

— Je... vous... c'est... d'accord..., balbutia Maggie. Jamais je n'aurais...

Elle ne trouvait pas les mots justes et elle se laissa tomber sur une chaise avant d'accepter le verre que Jack lui tendait.

— Que se passe-t-il, Maggie ? Allez-vous me reprocher de jouer sur les deux tableaux, à présent ?

— Oui ! Enfin, non, ce n'est pas un reproche... simplement...

Le rire rauque de Jack la coupa dans son élan.

— Est-ce mon intérêt pour la sauvegarde de l'environnement qui vous surprend à ce point... ou mon désir d'avoir une grande maison ?

Maggie haussa les épaules d'un air faussement désinvolte.

— Je me disais simplement qu'à ce train-là, vous ne tarderiez pas à rejoindre le club des nantis que vous semblez pourtant détester.

— Ne vous inquiétez pas, il n'y a aucun risque.

Maggie but une gorgée de scotch. La température s'était rafraîchie et l'alcool diffusait dans ses veines une agréable chaleur. Incapable de résister à l'envie qui la tenaillait, elle jeta un coup d'œil en direction de Jack.

Les mains enfoncées dans les poches de son pantalon, il semblait parfaitement détendu, perdu dans des pensées qu'elle aurait beaucoup aimé deviner.

Et tout à coup, sans qu'elle puisse expliquer le cheminement de ses propres pensées, une constatation la frappa de plein fouet : Jack McKinnon possédait une classe folle, un charisme tout à fait singulier qu'elle n'avait décelé chez aucun autre homme.

Troublée, elle baissa les yeux. Elle avait très chaud, tout

à coup. Oui, d'accord, Jack McKinnon était un homme brillant, extrêmement séduisant… sexy en diable… c'était un fait indéniable… et alors ? Le monde n'était-il pas peuplé de personnes intéressantes, de gens qui valaient la peine qu'on les rencontre ?

— Alors, que proposez-vous ?

Arrachée à sa rêverie, Maggie leva les yeux et rencontra le regard de son compagnon qui l'observait avec une attention presque gênante. Elle s'agita nerveusement sur sa chaise.

— Euh… A quel sujet ?

Une lueur amusée brilla dans les yeux de Jack qui se leva et s'étira longuement.

— Où allons-nous dormir, mademoiselle Trent ?

— Oh ! Ce n'est pas un problème, j'y ai déjà réfléchi, répondit-elle en s'efforçant de se ressaisir. Je vais m'installer sur la banquette arrière de la voiture. Quant à vous…

Elle désigna le sofa d'un geste de la main.

— Vous dormirez ici.

Jack fit la grimace.

— Si telle est votre décision…

— Vous êtes trop grand pour tenir à l'arrière de la voiture.

— Je suis également trop grand pour le sofa qui me semble plutôt miteux, soit dit en passant, répliqua-t-il en s'asseyant dessus pour tester sa résistance. D'un autre côté, reprit-il en observant les coussins élimés, s'il s'agit bien de ce que je crois, je ne m'en sors peut-être pas si mal que ça.

Maggie arqua les sourcils avec perplexité.

— Que voulez-vous dire ?

Sans se donner la peine de répondre, Jack débarrassa la vieille banquette de ses coussins poussiéreux, tira une barre métallique et le sofa se transforma comme par enchantement en lit d'appoint garni de draps relativement propres, d'une fine couverture et de deux oreillers aplatis.

— Je devrais tenir sans trop de problème en diagonale.

— Veinard, railla Maggie.

— Vous êtes jalouse, n'est-ce pas ? N'oubliez pas que c'est votre choix, mademoiselle Trent. Tenez, je vous laisse la couverture, ajouta-t-il d'un ton espiègle. Allez vous coucher maintenant.

Maggie tourna les talons à contrecœur. Elle ôta ses bottines, libéra ses cheveux et s'enferma brièvement dans la salle d'eau. Puis elle s'engouffra à l'arrière de la voiture pour en ressortir presque aussitôt.

— Que se passe-t-il ? demanda Jack.

Assis au bord du convertible, il était en train de retirer ses chaussures.

— Je crois qu'il vaudrait mieux laisser la lumière allumée, répondit Maggie en balayant la pièce d'un geste théâtral. Ça dissuadera les souris de se montrer trop familières.

— Auriez-vous peur des souris, mademoiselle Trent ?

— Je n'en ai pas *peur*, non. Mais je n'ai pas très envie d'entrer en contact étroit avec elles.

— D'accord, nous laisserons la lumière, concéda Jack en réprimant mal un sourire moqueur.

— Merci.

Une autre pensée tout aussi troublante traversa alors Maggie. Oui, pourquoi n'y avait-elle pas songé plus tôt ? Jack et elle auraient pu partager le convertible. Ç'aurait été plus confortable et elle se serait sentie en sécurité auprès de lui. En tout bien tout honneur, évidemment. Elle se passa la main dans les cheveux. D'où lui venait cette curieuse idée ?

Les joues en feu, elle fit volte-face et remonta dans la voiture.

Jack attendit qu'elle ait fermé la portière, baissé une vitre et qu'elle ait complètement disparu de son champ de vision pour s'allonger à son tour. Il tira le drap sur lui puis laissa tranquillement ses pensées vagabonder vers cette étonnante créature qu'était Maggie Trent.

Spontanée, impulsive, une vraie tornade, c'était le moins qu'on puisse dire… il ne se trouverait pas dans cette situation délicate, sinon. Il esquissa une moue. Pleine d'assurance aussi, voire un tantinet dédaigneuse… A l'image de son père, en d'autres termes. Et pourtant, aussi étrange que cela puisse paraître, il la trouvait extrêmement attirante.

Peut-être était-ce la force de ses émotions, justement : cette manière qu'elle avait de les exprimer sans retenue ni pudeur. Son engagement pour l'environnement, même si ses convictions la poussaient parfois à lancer de fausses accusations. La compassion qu'elle témoignait aux Smith.

Il fit encore la moue. Il y avait tout ça, oui… et encore autre chose…

Son côté *craquant* ? Encore ce satané mot ! Maggie Trent était une très jolie femme, d'accord. Elle devait mesurer un bon mètre soixante-dix et possédait une silhouette élancée, gracile. Instinctivement, il devinait les mille et un secrets que recelait son corps : ses courbes délicieusement féminines, les tétons veloutés qui couronnaient sa poitrine ronde et haut perchée, ses hanches à la fois étroites et arrondies, sa peau satinée et son abondante chevelure, sans parler de ses incroyables yeux verts. Mais ce qui le troublait par-dessus tout, c'était l'espèce de candeur qu'elle dégageait, cette sensualité naturelle, tout à fait rafraîchissante, qui émanait d'elle.

Alors qu'il aurait dû être furieux contre elle — quelle guigne, quelle perte de temps de se retrouver coincé ici alors que mille et une choses l'attendaient au-dehors ! —, il ne pouvait s'empêcher d'imaginer cette délicieuse jeune femme dans d'autres circonstances… beaucoup plus intimes.

Jack eut un haussement d'épaules impatient. Quoi qu'il en soit, il allait devoir trouver une solution, et vite. Instinctivement, il leva les yeux vers le plafond. C'était le seul moyen de sortir d'ici : passer par le toit. Oui, mais comment ?

Recroquevillée sur la banquette arrière de la voiture, Maggie s'efforça de trouver une position un tant soit peu confortable. Elle n'avait aucune envie de dormir. Elle était bien trop tendue… tendue, confuse et furieuse contre elle-même ! Réussirait-elle un jour à maîtriser ses impulsions qui l'entraînaient régulièrement dans des situations délicates ? Et quand sortiraient-ils enfin de ce maudit hangar ?

Bon, tout ceci justifiait aisément sa contrariété et sa nervosité, mais comment expliquer la confusion qui l'habitait ?

La réponse s'imposa vite à elle : Jack McKinnon. Pourquoi était-elle incapable de le chasser de ses pensées ? Parce qu'elle avait un mal fou à cerner sa véritable personnalité ? Quoi de surprenant, au fond ? Elle le connaissait à peine… Peut-être, mais d'après ce qu'elle savait de lui, il avait des réactions pour le moins étonnantes.

D'accord, elle avait perçu un certain dédain dans ses sourires, ses regards et ses paroles, mais il aurait pu se montrer mille fois plus dur avec elle.

De là à éprouver pour lui de la sympathie… plus inquiétant encore, une attirance parfaitement incontrôlable…

Exhalant un soupir exaspéré, Maggie ferma résolument les yeux.

Il était 3 heures du matin lorsque Jack émergea d'un profond sommeil.

En consultant sa montre, il s'étonna d'avoir dormi aussi longtemps : il récupérait vite, d'ordinaire. Mais Jack n'était pas au bout de ses surprises : auréolée d'une clarté blafarde, Maggie Trent était assise à la table de cuisine. Elle dormait, le visage enfoui dans ses bras croisés.

Devant cet étonnant spectacle, Jack se redressa et les ressorts rouillés du vieux convertible protestèrent en grinçant bruyamment.

Maggie sursauta.

— Qui… que…, balbutia-t-elle en ouvrant les yeux, affolée.

— Ce n'est que moi, ne vous inquiétez pas. Que fabriquez-vous ici ?

— Je… Je n'arrivais pas à dormir. J'avais l'impression d'être enfermée dans un cercueil… ou plutôt dans un corbillard, corrigea-t-elle avec un soupir las. C'est la première fois de ma vie que je suis claustrophobe.

— Vous auriez dû me le dire, enfin !

Elle le considéra quelques instants puis esquissa un petit sourire d'autodérision.

— J'ai parfois du mal à reconnaître que j'ai eu tort.

Jack ne put s'empêcher de rire.

— Bien, fit-il en se levant. Cette humble confession vous donne droit à quelques heures de sommeil sur le convertible.

— Mais vous ne tiendrez jamais à l'arrière de la voiture…

— Ne discutez pas, Maggie. Pour votre information, je n'ai aucune intention de tester la banquette de la voiture.

— Il n'est que 3 heures du matin ! Que comptez-vous faire, alors ?

— Je vais réfléchir sérieusement à un moyen de nous sortir d'ici. Quant à vous, venez vous coucher.

Maggie se leva à contrecœur, mais un soupir de soulagement lui échappa lorsqu'elle se laissa tomber sur le convertible. Soudain, un pli barra son front.

— Dois-je comprendre que vous n'y avez pas réfléchi *sérieusement* jusqu'à présent ?

Jack lança un coup d'œil dans sa direction. Ses cheveux étaient éparpillés sur l'oreiller, et même dans la semi-pénombre, ses yeux verts étincelaient comme deux pierres précieuses. Il n'avait encore jamais vu des yeux de cette couleur. A l'instant où cette pensée lui traversait l'esprit, il se rappela le père de Maggie et sa bouche prit un pli dur.

Mais déjà, la voix flûtée de cette dernière l'arrachait à ses réflexions.

— Plus j'y pense et plus le toit me semble être la seule issue possible. Ce n'est que de la tôle ondulée, vous avez remarqué ? Si nous réussissions à y grimper, nous pourrions peut-être soulever une plaque, en déclouer une, je ne sais pas… Sans fausse modestie, je suis assez bonne en escalade.

Jack était en train de s'étirer. A ces mots, il se tourna vers elle, les mains croisées sur la nuque. Maggie retint son souffle, frappée par sa beauté virile, presque animale.

— En escalade ?

— Oui. J'ai fait beaucoup de gymnastique dans mon enfance et j'ai même pris des cours de rappel. Je n'ai pas peur du vide et j'ai un excellent sens de l'équilibre.

Elle se tut et leva les yeux vers le plafond.

— Je n'aurai aucun mal à marcher sur ces poutres.

Il la dévisagea un moment puis promena autour de lui un regard circulaire.

— Si je montais sur le toit de la voiture et que vous grimpiez ensuite sur mes épaules, vous pourriez attraper une poutre, qu'en pensez-vous ?

Maggie se redressa, gagnée par l'excitation.

— Oui ! Mais avec quoi pourrais-je bien m'attaquer au toit, une fois là-haut ?

La boîte à outils que Jack avait exhumée du coffre de la voiture reposait encore par terre, à côté de la table. Il s'en approcha et, après avoir fouillé son contenu, en extirpa une courte barre métallique.

— Dieu seul sait à quoi sert cet outil, mais en l'occurrence, ça devrait faire l'affaire, qu'en pensez-vous ?

Il s'interrompit et examina attentivement la barre avant d'esquisser une moue dubitative.

— Reste à savoir si vous aurez assez de force pour…

— Je relève le défi ! s'écria Maggie en se levant d'un bond, toute trace de fatigue dissipée comme par magie.

Jack hésita encore quelques instants avant de hausser les épaules.

— Très bien. Allons-y.

Cinq minutes plus tard, ils se tenaient tous deux sur le toit de la voiture.

— Heureusement qu'ils construisaient des véhicules solides, à l'époque, fit observer Jack avec un sourire espiègle.

Il leva les yeux vers le plafond.

— Parfait. Voilà ce que je propose, commença-t-il en s'emparant de la couverture qu'il avait coupée en deux avant de grimper sur la voiture. Je vais essayer de jeter ces morceaux de couverture par-dessus la poutre principale pour que vous puissiez vous y accrocher. Tenez, ajouta-t-il en ôtant sa chemise, prenez ça avec vous. Une fois que vous serez là-haut, vous en aurez probablement besoin pour vous protéger des échardes. Asseyez-vous pendant que je lance la couverture.

Cette fois, Maggie ne put se retenir.

— Oui, chef ! s'écria-t-elle d'un ton où perçait l'espièglerie.

Jack lui jeta un regard surpris.

— Vous êtes une fille bizarre, Maggie Trent.

— Je sais.

Leurs regards se nouèrent. Jack parut sur le point d'ajouter quelque chose, mais il se ravisa. Sans mot dire, Maggie s'assit en tailleur sur le toit de la voiture et entreprit de nouer la chemise de Jack autour de sa taille. Au bout de deux tentatives, ce dernier atteignit son objectif : les deux bandes de couverture pendaient de chaque côté de la poutre centrale.

— Et maintenant, la partie délicate, annonça-t-il en s'agenouillant. Montez sur mes épaules. Ne vous inquiétez pas, je suis solide, nous ne risquons pas de tomber. J'ai moi aussi un assez bon sens de l'équilibre.

— Avez-vous fait de la gym quand vous étiez petit ?

— Non, mais j'ai pratiqué les arts martiaux au cours de ma jeunesse dévoyée.

Maggie grimpa sur ses épaules.

— Eh bien, je suis ravie d'apprendre que je ne m'étais pas totalement trompée à votre sujet.

— Ah oui ?

— Dès l'instant où je vous ai vu, je vous ai pris pour un homme d'action, un sportif-né qui serait mille fois plus heureux de gravir l'Everest plutôt que de concevoir des projets immobiliers dans un bureau confiné.

— Ah bon, vraiment..., murmura Jack tandis que l'ombre d'un sourire jouait sur ses lèvres. Voilà qui ferait un excellent sujet de conversation dans d'autres circonstances. Pour l'heure, comment vous sentez-vous, là-haut, mademoiselle

Trent ? Si pour une quelconque raison vous désirez renoncer à notre entreprise, n'hésitez surtout pas à me le dire, vous entendez ? Je ne vous en tiendrai pas rigueur. Tout le monde commet des erreurs de temps en temps.

Maggie baissa les yeux et posa délicatement ses mains sur les cheveux épais de Jack.

— Allez-y, vous pouvez vous lever… Je vous aurais bien appelé Samson, mais vous n'avez pas les cheveux assez longs. En tout cas, soyez rassuré, je me sens tout à fait à l'aise.

— J'espère que vous n'avez pas les sales manies de Dalila, chère Maggie, railla Jack en l'enlaçant par la taille. Attention…

Il se leva lentement, d'un mouvement fluide et assuré. Pas un seul instant Maggie ne douta de sa force ni de son adresse. Lorsqu'il fut complètement debout, elle leva les bras pour tenter d'attraper les deux bandes de couverture qui pendaient au-dessus d'eux.

— Ça va ?

— Ça y est, je les tiens.

D'un geste habile, elle agrippa chaque extrémité et assura sa prise.

— Si j'arrivais à me mettre debout, je pourrais facilement attraper la poutre et grimper dessus. La couverture me servirait de filet, en quelque sorte.

— Etes-vous vraiment sûre de vouloir tenter le coup, Maggie ?

— Absolument. Et vous, êtes-vous prêt à supporter la manœuvre ?

— Sans problème. Un jeu d'enfant.

S'accrochant à la couverture, Maggie se dressa sur ses pieds.

— Je ne vous fais pas mal, j'espère ? demanda-t-elle en sentant les mains de Jack s'enrouler autour de ses chevilles.

— Pour qui me prenez-vous, mademoiselle Trent ?

— Pour un homme fort et résistant, répliqua Maggie du tac au tac. Attention… J'y vais.

L'instant d'après, Jack vacilla légèrement et Maggie se propulsa souplement vers la poutre qu'elle chevaucha bientôt.

— Bien joué, Maggie !

Elle lui adressa un sourire rayonnant.

— Un jeu d'enfant, vous l'aviez dit. J'ai remporté plusieurs titres dans ma jeunesse, vous savez !

— Je vous crois. Bon… si vous arriviez à ramper jusqu'au mur, là où le toit est au plus bas, vous pourriez peut-être tenter quelque chose, soulever un morceau de tôle, par exemple. Vous avez toujours la barre ?

Elle dénoua la chemise et palpa la manche droite.

— Oui. Berk, cette poutre est pleine d'échardes et de vieux clous rouillés… sans parler des toiles d'araignées !

— Faites très attention à vous, Maggie. Prudence.

— C'est mon deuxième prénom, ça tombe bien ! Non, en fait, c'est Leila mon deuxième prénom. C'était celui de ma grand-mère… mais pourquoi est-ce que je vous raconte tout ça ? lança-t-elle en progressant lentement le long de la poutre.

— L'excitation ? Le stress ? Qu'importe ! Personnellement, je n'ai pas de deuxième prénom, confia Jack en la suivant des yeux avec attention.

— Pourquoi donc ?

Maggie s'immobilisa pour l'interroger du regard. Jack haussa les épaules.

— J'ai été adopté quand j'étais tout bébé… ceci dit, ce n'est pas une raison.

— C'est vrai ? s'écria Maggie, interloquée. Mais vous m'avez parlé de votre mère, tout à l'heure !

— De ma mère adoptive, oui. Mais pourquoi est-ce que je vous raconte tout ça ? ajouta-t-il avec humour.

— Ça alors…

Maggie secoua la tête avant de reprendre sa lente progression.

— On peut dire que vous vous en êtes drôlement bien sorti ! Evidemment, ça ne doit pas être aussi simple que ça. Vous devez être rongé de névroses, fit Maggie sur un ton pince-sans-rire.

— Oui, bien sûr, répondit Jack d'un air très sérieux alors qu'une lueur moqueuse dansait dans ses yeux.

— Je ne sais pas si je dois vous croire… aïe !

— Qu'y a-t-il ?

— Un clou. Je crois bien que ma chemise est accrochée à un clou. Flûte.

Elle se redressa tant bien que mal au son du tissu qu'on déchire. Sa chemise se fendit en deux, du col jusqu'à la taille.

— Enlevez-la et mettez la mienne à la place. Elle est plus épaisse. Vous n'avez qu'à utiliser la vôtre et les morceaux de couverture pour vous protéger des échardes.

— Oui, chef ! lança-t-elle de nouveau en se redressant sur la poutre, jambes ballantes dans le vide.

Elle était sur le point d'enfiler la chemise de Jack lorsqu'un bruit de moteur s'éleva dans le silence de la nuit. L'instant d'après, une portière claqua comme un coup de fouet.

— Maggie, dépêchez-vous de descendre de là, murmura Jack d'un ton pressant.

— J'arrive. Nous allons enfin être libérés !

— J'aimerais être aussi optimiste que vous. Si ce hangar est bel et bien occupé illégalement, c'est qu'il y a anguille sous roche et si vous voulez mon avis, notre présence ici ne sera pas forcément bien vécue… descendez vite, je vous en prie… je ne pourrai rien faire pour vous sinon !

— O.K., O.K., j'arrive, chuchota-t-elle en rebroussant chemin jusqu'à ce qu'elle se retrouve au-dessus de lui. Attention… me voilà !

Accrochée aux deux pans de couverture, elle se laissa tomber dans ses bras, abandonnant au passage sa chemise et celle de Jack. Au même instant, la porte s'ouvrit à toute volée et le faisceau d'une puissante lampe-torche balaya la pièce tandis qu'une voix masculine marmonnait une série de jurons.

Le souffle court, aveuglée par la lumière, Maggie se blottit contre Jack. Ce dernier l'enlaça dans une étreinte rassurante.

— Ça alors, j'y crois pas ! tonna une voix rocailleuse. Qu'est-ce que c'est que ce binz ? J'ai comme l'impression d'interrompre quelque chose de torride…

Le faisceau de la torche éclaira deux hommes, deux parfaits inconnus. L'instant d'après, des flashs crépitèrent, aveuglants.

Jack émit un grognement.

— A deux, on saute, Maggie.

— D'accord, répondit-elle dans un souffle.

Lorsque Jack murmura « deux », ils sautèrent ensemble sur le capot de la voiture, puis à terre. Jack la garda dans ses bras jusqu'à ce qu'elle ait retrouvé l'équilibre, puis il fonça sur les nouveaux venus.

Tout s'enchaîna très vite ensuite, sous le regard ébahi de Maggie. En voyant Jack se diriger vers eux d'un pas décidé, les deux hommes reculèrent tant et si bien que l'un deux trébucha et tomba à la renverse, lâchant au passage son précieux appareil photo. Vif comme l'éclair, Jack le ramassa.

— Je suis désolé, s'excusa-t-il poliment en ouvrant l'appareil, exposant délibérément la pellicule à la lumière. Je suis sûr que vous ne souhaitez pas être l'auteur de photos qui pourraient s'avérer compromettantes alors même qu'elles n'ont aucune raison de l'être… n'est-ce pas ?

L'homme se releva en s'époussetant fébrilement.

— Si vous le dites, mon vieux.

— A la bonne heure ! Asseyez-vous, je vous en prie, et dites-moi un peu qui vous êtes et ce que vous faites ici. Sophie, ajouta Jack en jetant un coup d'œil par-dessus son épaule, va m'attendre dans la voiture, tu veux ?

Il fallut quelques instants à Maggie avant de comprendre qu'il s'adressait à elle et ce fut avec soulagement qu'elle accepta sa proposition. Jamais encore elle n'avait eu l'occasion de faire une telle sortie : en jean, chaussettes et soutien-gorge, la tête haute, comme s'il n'y avait là rien d'anormal. Au prix d'un effort surhumain, elle résista même à l'envie de prendre ses jambes à son cou. Ce ne fut qu'une fois la porte du hangar refermée qu'elle courut jusqu'à sa voiture et s'y engouffra en exhalant un long soupir. Puis elle chercha à tâtons la veste en jean qu'elle avait laissée sur la banquette arrière.

Un quart d'heure plus tard, Jack émergea enfin du hangar. Avant de la rejoindre, il récupéra son téléphone et son sac dans sa voiture.

Après s'être installé sur le siège passager, il lui adressa un petit sourire insolent.

— Conduisez-moi à la maison, je vous prie.

— Mais votre…

— Allez-y, Maggie, ne discutez pas. J'ai fait de mon mieux pour protéger votre véritable patronyme, mais je préférerais ne pas m'attarder dans les parages, si vous voyez ce que je veux dire.

Sensible à ses arguments, Maggie démarra et appuya sur l'accélérateur. Deux minutes plus tard, alors qu'elle s'engageait sur la route principale, elle se tourna vers lui.

— Je brûle de curiosité ! Qui étaient ces deux types ? Que leur avez-vous dit ? Croient-ils encore que nous sommes… que nous sommes…

Elle se tut en sentant ses joues s'empourprer. Heureusement, Jack était occupé à fouiller dans son sac. Il en sortit un T-shirt qu'il enfila non sans mal.

— Attendez, ordonna-t-il en tapotant sur les touches de son téléphone. Donnez-moi votre adresse, s'il vous plaît.

Maggie obéit sans ciller. C'était une dénommée Maisie que Jack appela — une Maisie qui ne voyait apparemment aucun inconvénient à ce qu'on la dérangeât à 4 h 30 du matin pour lui donner toute une série d'instructions.

En résumé, quelqu'un irait récupérer la Range Rover avec le double des clés, tandis que quelqu'un d'autre passerait prendre Jack chez Maggie dans une demi-heure. Il faudrait aussi lui réserver une place sur un vol en partance pour Melbourne, de préférence en fin de matinée… et, non, il ne ferait pas escale à Sydney cette fois-ci. A l'autre bout du fil, la fameuse Maisie ne put contenir très longtemps sa curiosité. Que lui était-il arrivé, à la fin ?

— Une femme m'a kidnappé et m'a enfermé dans un hangar sinistre et… je te raconterai la suite une autre fois, Maisie, enchaîna-t-il, pince-sans-rire. Sois un ange… essaie de régler tout ça au plus vite. Merci !

Ce fut ainsi qu'il mit fin à la communication. Maggie lui lança un regard accusateur.

— Ce n'est vraiment pas drôle !

— Vous trouvez ? Ne vous en déplaise, Maggie Trent, cette journée — ou plutôt cette soirée — fut l'une des plus amusantes de ma vie, rétorqua Jack.

Ses yeux pétillaient de malice comme il passait une main dans ses cheveux ébouriffés. Son petit air d'enfant terrible le rendait encore plus séduisant… Maggie se mordit la lèvre et s'efforça de concentrer son attention sur la route… jusqu'à ce que Jack pose une main sur son genou.

— D'accord, d'accord. Je vous présente mes excuses. Qui étaient ces deux énergumènes, m'avez-vous demandé ? Il y avait un détective privé et un journaliste.

Les yeux de Maggie s'arrondirent de stupeur.

— Oh, non !

— Vous pouvez le dire, renchérit Jack avant de lui révéler toute l'histoire.

Avant leur déménagement, les propriétaires du domaine géraient une entreprise de location de matériel agricole qu'ils entreposaient dans le fameux hangar, ce qui expliquait l'impressionnant dispositif de sécurité qui le protégeait. Ils avaient également un fils pas très honnête, lequel avait volé sur un coup de tête la voiture et la moto de collection qu'il s'était empressé de dissimuler sous des bâches dans le hangar de ses parents — après avoir pris soin de faire un double des clés, probablement à leur insu.

Sous l'emprise de l'alcool et de la drogue, le même jeune homme se montrait très volubile et les détails du larcin étaient rapidement parvenus aux oreilles d'un journaliste, lui-même passionné de vieilles voitures. En apprenant que le propriétaire des deux engins avait engagé un détective privé pour retrouver son bien, le journaliste s'était joint à lui dans l'espoir d'élucider au plus vite le mystère.

— Tout s'explique, murmura Maggie en hochant la tête.

— N'est-ce pas ? Imaginez un peu leur surprise quand ils nous ont aperçus… Nul doute qu'à leurs yeux, il aurait été mille fois plus intéressant de surprendre Maggie Trent et Jack McKinnon en train de se livrer à des pratiques peu orthodoxes…

A ces mots, Maggie frissonna.

— J'espère qu'ils ont cru à votre histoire. A propos, que leur avez-vous dit, au juste ? demanda-t-elle en s'arrêtant à un feu rouge dans le quartier d'Oxenford.

— La vérité, dans les grandes lignes. Je leur ai expliqué que la maison allait être mise en vente et que nous étions intéressés.

— C'est la vérité, en effet !

— Je sais.

Il lui jeta une œillade amusée.

— J'ai juste omis certains détails. Je leur ai dit que c'était le vent qui avait refermé la porte sur nous, d'où notre présence dans le hangar en pleine nuit.

Maggie tressaillit de nouveau.

— Oh, c'est un tout petit mensonge, murmura-t-elle d'une voix incertaine. N'est-ce pas ?

— Minuscule. Euh… le feu est vert, Maggie.

Elle enclencha la première et démarra un peu brutalement.

— Vous vous moquez de moi, je le sais bien, lança-t-elle d'un ton accusateur.

Du coin de l'œil, elle le vit hausser les épaules.

— Cet incident vous aidera à maîtriser vos impulsions la prochaine fois que vous aurez envie de hurler, taper du pied et claquer les portes, dit-il. Avouez qu'il eût été extrêmement embarrassant de se retrouver à la une des journaux people, surtout pour vous…

Maggie s'arrêta à un nouveau carrefour et soupira.

— Vous avez raison. Je retiendrai la leçon.

— Bravo. A titre d'information, je leur ai dit que vous vous appeliez Sophie Smith…

— Quelle présence d'esprit, dites-moi, murmura Maggie avant d'être parcourue d'un nouveau frisson.

Rencontrant le regard interrogateur de Jack, elle ajouta :

— J'étais en train d'imaginer la tête de mon père s'il avait vu ma photo à la une des journaux dans des circonstances plus que scabreuses… il m'aurait étranglée ! Enfin, non, il ne ferait jamais ça, Dieu merci… mais il serait entré dans une colère noire !

— C'est moi qu'il aurait étranglé, oui, fit observer Jack d'un ton laconique. Toujours est-il que nos deux loustics n'ont pas grand-chose à se mettre sous la dent en ce qui vous concerne et c'est bien mieux ainsi, croyez-moi.

Maggie fronça les sourcils.

— Mais… et vous ? Savent-ils qui vous êtes ?

— Ils le savent, oui, et ils ne sont pas près de l'oublier.

Son ton menaçant la fit frissonner.

— C'est que vous me feriez peur, monsieur McKinnon…

Il haussa les épaules.

— Le feu est vert, Maggie.

Elle enclencha la vitesse et accéléra.

— Non pas que je m'en plaigne, au contraire. En fait, je vous suis très reconnaissante d'avoir géré la situation avec tant de tact et de présence d'esprit. Même mon père, s'il était au courant, vous tirerait son chapeau.

— Je ne parierais pas là-dessus, si j'étais vous.

Le silence retomba comme ils traversaient le quartier de Hope Island. Maggie s'engagea dans sa rue avant de demander d'un ton légèrement inquiet :

— A votre avis, quelle est la conduite à tenir, maintenant ?

Jack s'agita sur son siège.

— A votre place, Maggie, je disparaîtrais quelques jours, histoire de brouiller les pistes si nos deux hommes décidaient de fouiner un peu.

— Je ne peux pas partir comme ça, voyons ! J'ai un travail,

au cas où vous l'auriez oublié, ajouta-t-elle en empruntant l'allée de gravier qui conduisait à sa demeure.

Jack contempla la jolie villa avant de hausser les épaules, un sourire narquois aux lèvres.

— Je vous en prie, reprit-elle. Gardez vos sarcasmes pour vous. Si je ne suis à vos yeux qu'une petite bourgeoise égoïste et gâtée, sachez que…

— Ne déformez pas mes paroles, Maggie Trent, coupa Jack. Une chose est sûre : vous êtes unique dans votre genre… Malgré tout, il me semble sage de vous conseiller la prudence et je suis sûr que votre père m'approuverait, pour une fois.

A cet instant, les phares d'une voiture éclairèrent l'habitacle et il jeta un regard par-dessus son épaule.

— Mon chauffeur est arrivé, on dirait.

— Maisie ?

— Perdu, murmura-t-il en secouant la tête.

— Bien… Alors voilà, ainsi se termine notre aventure, non ? fit Maggie en maudissant le léger tremblement de sa voix.

Un sourire joua sur les lèvres de son compagnon.

— Tout est bien qui finit plutôt bien, vous ne trouvez pas ? Après tout, vous pourriez être en train de forcer un panneau de tôle ondulée à l'aide d'une barre en fer, assise en équilibre instable sur une poutre…

— Vous allez l'acheter ? La maison ?

— Je ne sais pas. Allez, mademoiselle Trent, prenez soin de vous.

Avant qu'elle ait le temps de réagir, il se pencha vers elle et embrassa furtivement ses lèvres. Puis il ouvrit la portière et sortit de la voiture en traînant son sac derrière lui.

Maggie n'avait toujours pas bougé d'un pouce lorsque l'autre voiture s'enfonça dans la nuit, emportant avec elle Jack McKinnon. En proie à une vive émotion, elle avait porté une main à sa bouche juste après qu'il l'eut embrassée.

Ce fut ainsi qu'il sortit de sa vie.

Plus tard dans la journée, elle reçut un énorme bouquet

de fleurs accompagné de ce simple message : « Tout est bien qui finit bien, Jack. »

La mère de Maggie se montra du même avis que Jack McKinnon lorsque sa fille lui fit le récit de leurs tribulations. Non seulement elle insista pour que Maggie quittât la ville quelque temps — c'était plus prudent, en effet —, mais elle se proposa même de l'accompagner la première semaine.

3

D'un bleu profond, parcouru d'une myriade de ridules, l'océan s'étalait paresseusement entre les bras de la baie. Un cordon de brume ourlait l'horizon, mais le soleil continuait sa glorieuse ascension, déroulant une langue de feu à la surface de l'eau. Dans un bruissement doux, apaisant, les vagues venaient s'échouer sur le sable blond, laissant derrière elles de délicats entrelacs d'écume.

On avait baptisé cette région la Côte du Soleil. Située à une heure de route de Brisbane, c'était une destination touristique prisée, la grande rivale de la Gold Coast.

Depuis la fenêtre de son appartement niché au neuvième étage d'une luxueuse résidence de Mooloolaba, Maggie s'arracha à sa contemplation de l'horizon embrumé pour porter son attention sur la plage de sable fin qui formait un croissant de lune de l'autre côté de la rue, protégé des vents dominants par un écran de verdure. Des pins majestueux se dressaient le long de l'avenue quasiment déserte à cette heure matinale.

Il n'y avait pas beaucoup de monde à la plage non plus, malgré les nombreuses empreintes sur le sable mouillé. Les sportifs irréductibles, marcheurs ou joggeurs, avaient disparu, et les adeptes du farniente à la plage n'étaient pas encore arrivés.

C'était là sans nul doute un petit coin de paradis, songea Maggie en s'asseyant à une table ronde où se côtoyaient une corbeille de fruits frais, un bol de muesli, une cafetière fumante et quelques croissants dorés à souhait. Cela faisait dix jours qu'elle occupait ce refuge de luxe. Il appartenait à une amie de sa mère et celle-ci avait passé une semaine avec elle avant de regagner Sydney où elle devait assister à une soirée caritative qu'elle n'aurait manquée sous aucun prétexte.

Fort heureusement, son père était en voyage d'affaires à l'étranger et, d'un commun accord, Maggie et sa mère avaient décidé de lui taire l'épisode du hangar.

Elles avaient passé quelques jours très agréables, toutes les deux, à faire les magasins, lézarder à la plage, nager dans les vagues, flâner sans but précis, lire, aller au cinéma... Mais déjà, l'ennui guettait Maggie qui se sentait tout à fait prête à retourner travailler bien qu'elle disposât encore de deux semaines et demie de congé... autant dire qu'elle allait devoir prendre son mal en patience.

Elle toucha à peine à son bol de muesli et se servit un café. De quoi avait-elle envie, au juste ? A la vérité, elle l'ignorait. Au cœur de son vague à l'âme se trouvait un homme, un seul : Jack McKinnon.

Elle n'avait eu aucune nouvelle de lui depuis leur mésaventure : ni mail ni coup de téléphone. Silence total.

Quelle serait sa réaction s'il savait quel étrange revirement s'était opéré en elle ? S'il apprenait qu'il occupait toutes ses pensées la journée, tous ses rêves la nuit ? S'il savait que... — oui, il s'agissait bien de cela, à quoi bon se voiler la face ? S'il savait qu'elle était tombée amoureuse de lui, juste un peu ?

Quels étaient donc ces étranges sentiments qui naissaient en elle ? Sans même qu'elle s'en aperçoive, la rancœur qu'elle nourrissait à l'égard de Jack McKinnon avait vite cédé la place à une sorte d'euphorie, une délicieuse ivresse qui la submergeait chaque fois qu'elle pensait à lui. Plus inquiétant encore : Maggie avait l'impression d'être arrivée à une étape cruciale de sa vie... plus rien ne l'intéressait à part Jack McKinnon.

Naturellement, son trouble n'avait pas échappé à sa mère.

— Maggie chérie, avait murmuré celle-ci en plongeant

son regard dans le sien, ne serais-tu pas par hasard tombée sous le charme de Jack McKinnon ? Je te trouve bien songeuse, ces temps-ci.

Maggie avait choisi ses mots avec soin.

— Disons que je suis plutôt bien tombée… vu les circonstances de notre… rapprochement.

Maggie se leva brusquement. Elle n'avait pas touché à la tasse de café qui fumait devant elle. A quoi bon se morfondre ici sans rien faire ? Elle devait à tout prix se reprendre, bouger pour chasser ses troublantes pensées. Et pour cela, rien ne valait un plongeon dans les eaux revigorantes de l'océan.

Quelques minutes plus tard, elle fendit les flots avec bonheur, savourant la caresse de l'eau sur son corps. La température était idéale, ni trop chaude ni trop froide. Lorsqu'une vague s'éleva juste devant elle, elle se laissa porter en riant jusqu'au rivage puis s'allongea sur le sable blond, paupières closes, le visage offert au soleil.

Ce fut à cet instant précis que l'idée germa. Si la montagne refusait de se déplacer jusqu'à elle, elle irait jusqu'à la montagne.

Prise d'une soudaine frénésie, elle alla boucler ses valises et rentra chez elle.

Deux jours plus tard — deux jours durant lesquels elle s'était efforcée de rester la plus discrète possible au cas où quelqu'un aurait guetté ses allées et venues —, Maggie avait épuisé tous les moyens d'entrer en contact avec Jack McKinnon.

Ce qui lui avait semblé clair et limpide alors qu'elle paressait au soleil de Mooloolaba était en passe de devenir un véritable casse-tête.

Elle ne supportait plus les explications pourtant courtoises de la secrétaire de Jack — non, ce dernier n'était pas disponible pour le moment, mais elle serait heureuse de lui transmettre un message… non, elle ne savait absolument pas à quelle date il devait rentrer. Oubliant toute retenue, Maggie s'était retrouvée à faire le guet devant les bureaux de Jack, ratatinée derrière le volant de sa voiture de peur qu'on la remarque. Absolument ridicule !

D'accord, elle ne supportait pas d'être évincée de la sorte, mais si Jack McKinnon n'avait pas envie qu'on le retrouve, ne ferait-elle pas mieux de respecter ses souhaits ?

Mais pourquoi ? Pourquoi la fuyait-il ainsi ? Avait-elle imaginé l'esprit de… camaraderie qu'ils avaient partagé alors qu'ils s'étaient retrouvés enfermés dans le hangar ?

En proie à un douloureux sentiment de frustration, Maggie essuya une larme solitaire et alla se coucher, le cœur lourd.

Lorsqu'elle se réveilla le lendemain matin, sa décision était prise : elle renonçait à poursuivre Jack McKinnon de ses assiduités.

En fin de matinée, elle reçut la visite de sa tante Elena. Cette dernière passait la voir régulièrement pour échanger quelques nouvelles. Cette fois-ci, Maggie l'invita à déjeuner. Elena avait le don de lui changer les idées et elle tombait à pic !

En un tour de main, elle prépara des sandwichs au saumon fumé arrosés d'un filet de jus de citron et saupoudrés de poivre noir, puis déboucha une bouteille de chardonnay bien frais.

— C'est parfait ! s'écria Elena en contemplant le plateau joliment disposé.

— Installons-nous sur la terrasse.

A l'ombre du grand parasol, elles bavardèrent de choses et d'autres en mangeant de bel appétit.

— Ta mère m'a raconté que tu avais fait la connaissance de Jack McKinnon, lança soudain Elena.

A ces mots, Maggie se figea.

— Que t'a-t-elle dit, au juste ?

— Qu'il s'était montré très impoli avec toi, ce qui me donne très envie de l'exclure de ma liste des célibataires les plus en vue du moment.

Maggie se détendit. Dieu merci, Elena n'était pas au courant de l'aventure du hangar.

— Ne te crois surtout pas obligée de faire ça pour moi, protesta-t-elle d'un ton faussement léger.

Elena s'adossa à son fauteuil et sirota une gorgée de vin avant de répondre :

— Oh, ce n'est pas uniquement pour ça. J'ai un mal fou à obtenir des informations sur lui.

Maggie gratifia sa tante d'un regard espiègle.

— Ça doit être très agaçant pour toi, en effet.

Elena esquissa une grimace.

— Mon dossier n'est pas complètement vide, je dispose tout de même de quelques éléments. En fait, c'est surtout sa vie amoureuse qui me pose un problème.

Maggie hésita un instant avant de céder à la curiosité.

— Que sais-tu sur lui ?

Sans se faire prier, Elena lui fournit tous les renseignements dont elle disposait sur Jack McKinnon. Bébé, ce dernier avait été adopté par une famille de classe moyenne, aimante et dévouée. Très tôt, il avait fait preuve d'une intelligence hors norme ; plus tard, il avait décroché plusieurs bourses qui lui avaient permis d'étudier dans de prestigieuses écoles privées puis à l'université où il avait suivi un cursus d'ingénierie civile et de dessin industriel, option industrie navale.

Malgré l'obsession qu'il montrait à vouloir protéger sa vie privée, il semblait mener une existence tout à fait ordinaire, compte tenu de ses débuts difficiles. Ce n'était certainement pas le genre à afficher des signes extérieurs de richesse : il ne possédait ni propriété grandiose, ni jet privé, ni yacht rutilant…

— Quant aux femmes qui traversent sa vie, poursuivit Elena dans un soupir, il ne les exhibe pas non plus et elles restent muettes comme des tombes une fois la rupture consommée.

Une fois de plus, Maggie ne résista pas à l'envie de poser la question qui lui brûlait les lèvres.

— Y a-t-il quelqu'un en ce moment ?

— Pas que je sache, non. Mais il possède un refuge loin de tout, ajouta sa tante d'un air songeur. Peut-être est-ce là-bas qu'il reçoit ses maîtresses, conclut-elle en haussant les épaules.

Maggie fronça les sourcils.

— Comment sais-tu ça ?

— Sache que mes sources sont toujours secrètes, ma belle enfant. Il a une maison de vacances à Cape Gloucester, c'est tout ce que je peux te dire… et je compte sur toi pour tenir ta langue ! Alors que dois-je faire, à ton avis ? Le garder sur ma liste ou le rayer définitivement ?

— Je… je, balbutia Maggie, incapable de mettre de l'ordre dans ses pensées. Ça m'est égal, en fait. Où… où se trouve Cape Gloucester, au juste ?

— Dans le Queensland du Nord. Tout là-haut dans les tropiques, près de Bowen. D'après mes sources, il faut traverser un élevage pour y arriver. Je ne peux pas t'en dire plus.

Après le départ d'Elena, Maggie resta sur la terrasse, perdue dans la contemplation des ombres qui s'allongeaient sur les pelouses rases du golf voisin.

Etait-ce un signe du destin ?

On venait de lui offrir sur un plateau l'adresse secrète de Jack ! Bien sûr, il ne s'y trouvait peut-être pas… peut-être était-il toujours à Sydney ou à New York ou même à Katmandou… Mais à supposer qu'il ait décidé de passer quelques jours à Cape Gloucester, à supposer qu'elle le rejoignît là-bas… réussirait-elle à lui soutirer l'explication dont elle avait tant besoin ? Cela valait la peine d'être tenté.

Le passage de Gloucester coulait entre la côte et l'île de Gloucester, un merveilleux havre de verdure parsemé de plusieurs pics rocheux. C'était un endroit retiré du monde, d'une beauté brute et sauvage auquel on accédait après avoir traversé un ranch immense — les sources d'Elena s'étaient avérées exactes. Il y avait peu de temps encore, ce coin de paradis n'était accessible que par la mer.

Deux petits complexes hôteliers se nichaient sur les côtes arborées du continent ; l'un offrait une vue imprenable sur l'île de Gloucester et le passage Islet tandis que l'autre surplombait la baie d'Edgecumbe. Instinctivement, Maggie choisit celui qui donnait sur l'île. Pour une raison qui lui échappait, cet endroit la fascinait.

Elle s'installa dans un joli bungalow, face à la mer. Un cocotier flanquait sa véranda tandis que les hibiscus et les bougainvilliers rivalisaient de couleurs éclatantes pour masquer le muret qui entourait son jardinet débordant de fleurs et de plantes exotiques.

Le soir de son arrivée, elle foula avec bonheur le sable brun de la plage déserte — brun comme du sucre de canne, songea-t-elle en s'asseyant face à l'océan. Elle resta là un long moment, perdue dans la contemplation des vaguelettes qui venaient s'échouer sur la grève dans un doux chuchotis.

Elle retint son souffle, interdite, lorsque deux étranges canards entrèrent dans son champ de vision ; on eût dit qu'ils portaient des brides en cuir, avec leurs grandes plumes noires qui se détachaient de manière saisissante sur leur cou et leur poitrail d'un blanc crémeux.

Après un dîner léger, Maggie regagna son bungalow, rattrapée par la fatigue. Une vague d'appréhension la submergea au moment où elle allait se coucher. Avait-elle bien fait de venir jusqu'ici ? Et si Jack ne se trouvait pas dans son refuge du bout du monde ? Pourquoi ne s'en était-elle pas assurée sur-le-champ ?

« Demain est un autre jour », murmura-t-elle en fermant résolument les yeux.

Le soleil se leva à 6 h 15 précises, alors que Maggie flânait sur la plage. La silhouette sombre de l'île de Gloucester se découpait au large, ourlée d'un mince filet d'or. Et soudain, la lumière se fit plus intense et tous les éléments du paysage — la plage, les rochers, les arbres, les vagues qui creusaient l'océan —, tout se mit en place pour former un décor glorieux, idyllique.

Et cette haute silhouette armée d'une canne à pêche qui venait vers elle… C'était Jack McKinnon, indubitablement.

Maggie aspira une grande bouffée d'air et garda la même allure. Jack, lui, s'était immobilisé. Lorsqu'elle fut à sa hauteur, elle lui tendit la main et demanda le plus sérieusement du monde :

— Docteur Livingstone, je suppose ?

Jack resta de marbre.

— D'accord, d'accord, ce n'est pas drôle, fit Maggie en laissant retomber sa main. Mais j'ai bien cru que je ne vous retrouverais jamais, d'où l'allusion au fameux docteur… Bon… est-ce que vous comptez rester muet longtemps ?

Jack prit le temps de la détailler — ses longues jambes et ses pieds nus, son short blanc, son petit haut rayé, sa queue-de-cheval d'écolière — avant de demander d'un ton abrupt :

— Comment avez-vous su que j'étais ici ?

— C'est top secret. Mais si vous me proposiez, disons, un petit café, je vous raconterais volontiers pourquoi je me suis donné tant de mal pour vous retrouver.

— Vous séjournez là ? reprit Jack en désignant les bungalows qui essaimaient le long de la plage.

— Oui. Ne vous inquiétez pas, personne n'est au courant. Je sais garder un secret, monsieur McKinnon.

— Maggie…, commença-t-il d'un ton bourru avant de se reprendre. Très bien, puisque vous avez fait tout ce chemin, je vous invite à boire un café, c'est la moindre des choses, j'imagine. Suivez-moi.

Il leur fallut à peine cinq minutes pour arriver chez lui. Toute de bois blanchi par les éléments, la maison, invisible depuis la plage, se dressait fièrement derrière un bosquet d'arbres touffus. Des plantes grimpantes lourdes de fleurs tapissaient la façade. Protégé d'une bâche, un yacht à la silhouette effilée gisait sur le sable.

Jack gravit les marches qui conduisaient au premier étage et Maggie lui emboîta le pas. Sur la véranda, elle retint son souffle, époustouflée par la beauté de la vue. Le soleil levant irisait de rose et d'argent la baie d'Edgecumbe et les sommets montagneux de Bowen, au-delà du passage de Gloucester.

— C'est magnifique, murmura-t-elle. Vous avez beaucoup de chance.

— C'était encore plus tranquille avant la construction de la route. Peu de gens s'aventuraient jusque-là, alors…

Piquée au vif par l'allusion, Maggie se tourna vers lui.

— Ma présence vous dérange, n'est-ce pas ? C'est drôle, j'avais l'impression que nos différences s'étaient considérablement estompées lors de notre mésaventure…

Jack s'était emparé d'une canne à pêche qu'il examinait attentivement.

— Vous n'êtes même pas consciente de tout ce qui nous sépare, Maggie, murmura-t-il d'un ton sibyllin.

Il se redressa et passa la main dans ses cheveux indisciplinés. Maggie l'observait du coin de l'œil : il portait un short en toile kaki et un vieux polo de rugby dont les manches avaient été coupées au-dessus des coudes. Il arborait un bronzage cuivré, parfaitement uniforme ; le soleil avait blondi ses cheveux déjà clairs.

— Soyez plus explicite, je vous en prie, Jack. Que cela vous plaise ou non, je ne suis pas la petite bourgeoise pourrie gâtée que vous méprisiez avant même de la connaître, et pour être franche, vos a priori m'agacent au plus haut point ! Je mérite mieux que ça, non ?

— Mieux que ça ? répéta-t-il d'un ton absent qui acheva de l'exaspérer.

— Oui, mieux que ça ! Je ne comprends pas, Jack… pourquoi ne pourrions-nous pas faire tranquillement connaissance, tous les deux ? Pour ma part, jamais il ne me viendrait à l'idée de vous juger à travers votre père…

Elle se mordit la lèvre, réalisant sa bévue une fraction de seconde trop tard.

— Enfin… vous m'avez comprise ! reprit-elle d'un ton bougon.

— Pour votre information, les hommes ne fonctionnent pas de la même manière, Maggie.

— Eh bien, ça ne vous ferait pas de mal de prendre exemple sur les femmes, rétorqua-t-elle, excédée par sa désinvolture. Notre terre serait beaucoup plus agréable si les femmes étaient davantage prises en compte !

L'ombre d'un sourire se dessina sur les lèvres de Jack. Sur le point d'ouvrir la bouche, il se ravisa, eut un petit haussement d'épaules et rentra dans la maison.

Décontenancée, Maggie haussa les épaules à son tour et le suivit à l'intérieur.

Agencée de manière simple et fonctionnelle, la maison était spacieuse, décorée de matériaux sobres et naturels. Aucune cloison n'entravait l'immense pièce ornée d'un parquet clair. Au fond trônait un grand lit recouvert d'un jeté de coton écru. Une table de chevet croulait sous les livres tandis que l'autre accueillait une magnifique lampe en laiton martelé.

Deux canapés d'angle en cuir entouraient une longue table basse sur laquelle reposaient d'autres livres ainsi que quelques maquettes de bateaux, l'une d'elles prisonnière d'une bouteille. Une imposante armoire de bois sombre abritait une télévision, un lecteur DVD et une chaîne stéréo. Plusieurs ventilateurs pendaient au plafond et de grands stores protégeaient les fenêtres.

Habillée de bois et de chrome rutilant, équipée de larges plans de travail en marbre noir, la cuisine regorgeait de gadgets et d'appareils électroménagers dernier cri. Des plantes en pot disséminées aux quatre coins de la pièce renforçaient l'impression de fraîcheur qui se dégageait de l'endroit. Le mur qui faisait face à la porte d'entrée était orné d'un immense tableau représentant deux éléphants peints dans une éclatante harmonie de vert, d'or et de vieux rose.

— Oh ! s'écria Maggie en contemplant le tableau. Il est magnifique ! Où l'avez-vous trouvé ?

Occupé à préparer le café, Jack jeta un coup d'œil par-dessus son épaule.

— En Thaïlande.

Maggie s'approcha du comptoir et se percha sur un tabouret. Consciente de la tension qui régnait entre eux, elle joignit nerveusement ses mains et s'efforça de jouer la carte de la franchise.

— Vous savez, Jack, c'est la première fois que je change aussi radicalement d'avis sur un homme, confessa-t-elle. Pour être franche, je n'y suis pour rien… c'est arrivé sans même que j'en prenne conscience. Malheureusement, je traîne derrière moi quelques casseroles qui compliquent considérablement…

— Vous voulez parler de votre tentative d'enlèvement dans un hangar sombre et désert ? coupa-t-il en la gratifiant d'un regard narquois.

Maggie secoua la tête, déstabilisée.

— Non ! Je veux dire… ce n'est pas comme si je fantasmais uniquement sur votre physique ou que je m'obstinais à vouloir vous rallier à ma conception de l'immobilier…

— Tant mieux, murmura Jack avec un sourire ironique.

Il s'interrompit pour servir le café et poussa une tasse dans sa direction.

— Car bien que votre corps soit absolument sublime et qu'il m'ait empêché de dormir à plusieurs reprises, je n'ai aucune intention de faire quoi que ce soit pour y remédier. Maintenant que les choses sont claires, je comprendrais parfaitement que vous ayez envie de partir.

Mortifiée, Maggie se leva et tourna les talons, luttant à grand-peine contre l'envie de prendre ses jambes à son cou. Non, elle partirait dignement, sans cris ni gestes incontrôlés… Elle montrerait à ce goujat qu'il n'avait pas le monopole du self-control ! Hélas, le destin — ce traître — en avait décidé autrement : en faisant volte-face, sa main balaya le comptoir, emportant la tasse de café qui vola en éclats sur le parquet. Maggie étouffa un petit cri de surprise. Quelle malchance, décidément ! Submergée par une vague de honte, elle voulut accélérer le pas, glissa sur la flaque de café et se rattrapa de justesse au comptoir. Un gémissement de douleur s'échappa de ses lèvres. Comme si cela ne suffisait pas, un éclat de porcelaine s'était enfoncé dans son talon ! Vif comme l'éclair, Jack fit le tour du comptoir et la souleva prestement dans ses bras.

— Que… Puis-je savoir ce que vous faites ? balbutia-t-elle, au comble de la confusion.

Il se dirigea à grandes enjambées vers un des deux canapés en cuir et s'y installa en la maintenant contre lui.

— Ça, dit-il simplement.

Maggie voulut se débattre. En vain.

— Calmez-vous. Vous n'irez nulle part avec un éclat de porcelaine dans le pied. Soyez raisonnable, pour une fois.

— Oh, vous !

Partagée entre la fureur et la frustration, elle martela le torse de Jack de ses petits poings fermés.

— La colère vous sied à merveille, mademoiselle Trent, murmura Jack en inclinant son visage vers elle.

Un sourire amusé jouait sur ses lèvres, des lèvres pleines et sensuelles… des lèvres proches, de plus en plus proches…

Une bouffée de désir la submergea à l'instant même où les lèvres de Jack capturaient les siennes. Non, elle était en train de rêver, c'était tout simplement impossible… Jack McKinnon était en train de l'embrasser ? Impensable ! Mais comment aurait-elle pu imaginer ces sensations exquises qu'il faisait naître en elle, cet incroyable mélange de douceur et de chaleur, ce sentiment d'intimité, cette extraordinaire complicité ?

Une complicité telle qu'elle ne songea pas à protester lorsqu'il glissa une main sous son débardeur pour caresser ses seins, prisonniers d'un léger voile de soie et de dentelle.

— Mmm…

— C'est bon ?

— Délicieux, murmura-t-elle en fermant les yeux.

— Et ça, alors ?

Sans cesser de la caresser, il la repoussa doucement sur

le canapé et reprit sa bouche dans un baiser plus exigeant. Elle s'accrocha à lui, éperdue de désir, et savoura le contact de son grand corps musclé contre le sien, parcouru de mille frissons, totalement abandonné.

Ce fut Jack qui mit un terme à leur baiser, mais il ne relâcha pas tout de suite son étreinte. Au bout de quelques instants, Maggie souleva les paupières et cligna plusieurs fois des yeux, comme quelqu'un qui émerge d'un rêve à contrecœur. Elle avait le souffle court, ses lèvres étaient encore entrouvertes et sa chevelure se répandait autour de son visage rosi par l'émotion.

Penché au-dessus d'elle, Jack la contemplait sans mot dire en souriant. Il était si proche qu'elle distinguait les fines rides qui encadraient sa bouche et la minuscule cicatrice qui ornait son sourcil droit. Il sentait bon le savon, le vent et la mer…

C'était la première fois qu'elle regardait un homme d'aussi près, la première fois qu'elle brûlait d'envie de mieux connaître quelqu'un. Une foule de questions incongrues dansaient dans son esprit confus : comment s'était-il blessé à l'arcade sourcilière ? Que ressentirait-elle si elle avait un jour la chance de se réveiller dans ses bras ?

— Reprenons notre conversation là où nous l'avions laissée, voulez-vous ? fit-il à voix basse.

— Je…

Maggie s'efforça de recouvrer ses esprits.

— Vous vouliez savoir pourquoi j'ai fait tout ce chemin pour vous retrouver, c'est ça ? Vous continuez à me prendre pour la petite fille gâtée et capricieuse qui a l'habitude d'obtenir tout ce qu'elle souhaite d'un simple claquement de doigts, n'est-ce pas ? Eh bien, vous vous trompez complètement !

— Ah oui ?

— Parfaitement ! En fait… c'est la première fois que je me retrouve dans cette situation, avoua-t-elle en détournant les yeux. D'ordinaire, c'est plutôt moi qui repousse les avances des hommes. Jamais encore je ne me suis sentie vraiment… vraiment intéressée par quelqu'un. Oh, bien sûr, j'ai eu quelques flirts, quelques amis — Tim en fait partie, d'ailleurs —, mais à la vérité, je suis assez inexpérimentée dans ce domaine-là et cela me convenait assez bien…

Elle s'interrompit, le temps d'un soupir et d'un haussement d'épaules.

— Disons que j'appréciais pleinement ma liberté.

Jack fixait sur elle son regard intense, pénétrant.

— Continuez, je vous écoute.

— Pour une… pour une raison obscure, ma vie a basculé le soir où nous nous sommes retrouvés enfermés dans le hangar, tous les deux. J'ai ressenti quelque chose de fort, ce soir-là, et personne, poursuivit-elle avec emphase, personne ne pourra me donner une seule raison valable pour me dissuader de mieux vous connaître… même si vous persistez à me fuir comme la peste.

— Maggie…

— Ecoutez.

Elle posa une main sur son bras.

— Vous avez sans doute raison : je déteste qu'on me dise non, mais la question n'est pas là… En l'occurrence, j'ai très envie de savoir ce que signifie le changement qui s'est opéré en moi.

Sans mot dire, Jack glissa un doigt sous son menton et la força à rencontrer son regard.

— En d'autres termes, ajouta-t-elle, donnez-moi une seule raison… Je ne sais pas, moi : « Maggie Trent, vous n'avez absolument rien à m'apporter »… ou bien : « Désolé, il y a déjà quelqu'un dans ma vie », donnez-moi une bonne raison et je disparaîtrai sur-le-champ.

Jack la contempla un long moment. Finalement, il rejeta la tête en arrière en soupirant.

— Je suis à couteaux tirés avec votre père, Maggie.

— Oubliez mon père. Si vous voulez tout savoir, j'ai des rapports plutôt houleux avec lui. J'ai eu un mal fou à lui faire admettre que je comptais bien vivre ma vie comme bon me semblait et non comme il aurait aimé que je la vive. D'accord, c'est peut-être une vie dorée par rapport à celle que vous avez connue, mais il me paraît profondément injuste que vous m'en teniez rigueur !

Jack ne put s'empêcher de sourire.

— Vous avez raison. Il n'y a pas grand-chose dont je puisse vous tenir rigueur au plan personnel.

— Y a-t-il quelqu'un dans votre vie ? demanda Maggie le plus sérieusement du monde.

Il la regarda longuement avant de secouer la tête.

— Bon… très bien, reprit-elle avec un petit geste de la main. Dans ce cas, qu'est-ce qui nous empêche de faire plus ample connaissance ?

— Sachant que j'ai déjà cédé à l'envie de vous embrasser et que cela n'a pas semblé vous déranger, rétorqua Jack avec humour.

Les yeux verts de Maggie pétillèrent.

— Exact, monsieur McKinnon. Mais il serait quelque peu réducteur de cantonner une relation à son aspect purement physique, vous ne trouvez pas ? Il y a tant de choses que nous ignorons l'un de l'autre… non ?

« Si tu avais un tant soit peu de bon sens, songea Jack en étudiant la ravissante créature lovée sur ses genoux, tu mettrais tout de suite un terme à cette conversation, une fois pour toutes… D'un autre côté, j'ai bien essayé de me faire oublier… c'est elle qui est venue me chercher jusqu'ici ! Est-ce que cela suffit à me blanchir ? Certainement pas aux yeux de son père, en tout cas. Quelle que soit l'issue de cette aventure, l'autel ou la rupture, David Trent mettra ma tête à prix dès qu'il apprendra que sa fille n'a plus de secret pour moi… »

Il exhala un soupir avant de se jeter à l'eau.

— Maggie… que se passera-t-il si l'aventure tourne court prématurément ?

Elle haussa ses frêles épaules.

— Je ne sais pas, quelle drôle de question ! L'essentiel, pour moi, ce sera d'être allée au bout de mes envies. Je ne regretterai rien puisque je n'aurai pas laissé passer bêtement ce qui me semble être une chance unique… une chance inouïe.

Un sourire éclaira soudain le visage de Jack qui se pencha vers elle pour effleurer ses lèvres d'un baiser aérien.

— Vous aussi, vous êtes unique, vous savez. Alors dites-moi, combien de temps aviez-vous l'intention de rester ici ? ajouta-t-il en traçant délicatement du bout des doigts le contour de sa bouche frémissante.

— J'ai réservé pour une semaine, mais il me reste encore une semaine après. C'est l'endroit idéal pour quelqu'un qui fuit les journalistes et les détectives privés : j'y serais restée même si vous n'aviez pas été là.

Les pupilles de Jack se rétrécirent.

— Comment avez-vous su que j'avais une maison ici ?

— Je ne dévoile jamais mes sources. Mais ne vous inquiétez pas, votre secret sera bien gardé.

Jack fronça les sourcils, dubitatif.

— Et vous, combien de temps pensez-vous rester ici ? reprit-elle.

— Comme vous, une semaine.

— Quand êtes-vous arrivé ?

— Il y a deux jours.

— Génial ! lança Maggie en se redressant. Ça nous laisse amplement le temps de faire connaissance !

Jack la libéra et croisa les bras sur sa poitrine.

— Qu'avez-vous prévu, au juste ? De venir vous installer chez moi ?

Maggie fit mine de réfléchir. Au bout de quelques instants, elle le gratifia d'un regard espiègle.

— Non… vous seriez capable de m'accuser de harcèlement sexuel !

— Impossible, murmura-t-il en l'attirant de nouveau contre lui.

— Si vous avez encore l'intention de m'embrasser…

— Telle est mon intention, en effet. Cela vous pose un problème ?

— Pas à proprement parler…

— Heureux de l'entendre, murmura Jack en faisant courir ses doigts le long de ses cuisses.

— Simplement…

Elle s'interrompit, parcourue d'un long frisson, comme Jack caressait délicatement son cou puis le creux de sa nuque, tellement sensible, tout à coup.

— Je vous écoute…

— Les choses pourraient déraper facilement, articula-t-elle. Pour moi, en tout cas…

— Vous devrez donc vous reposer entièrement sur mon sang-froid légendaire.

Elle le dévisagea d'un air sceptique.

— Seriez-vous en train de vous moquer de moi, Jack ?

— Non. Si, corrigea-t-il aussitôt, pince-sans-rire.

Sans lui laisser le temps de réagir, il l'embrassa. Ses yeux gris étincelaient de malice.

— Non. Vous êtes vraiment unique dans votre genre, Maggie.

Elle se laissa aller contre lui, envahie d'une délicieuse torpeur.

— Je me sens en sécurité avec vous, confia-t-elle à mi-voix. J'aime ce sentiment.

Jack la considéra longuement, le visage grave. Puis dans un soupir, il resserra son étreinte et prit ses lèvres avec une ardeur qui lui coupa le souffle.

Quelle sublime expérience ! Maggie se sentait à la fois choyée, protégée et débordante d'énergie, au bord de l'exaltation. Et lorsqu'au terme de ce baiser, elle laissa échapper un gémissement de plaisir, Jack émit un petit rire amusé.

— La prochaine étape risque d'être beaucoup moins agréable, hélas, annonça-t-il en esquissant une moue contrite.

— La prochaine étape ?

— Mmm, fit-il en l'installant confortablement dans un coin du canapé. Il me reste encore à soigner votre pied.

— Oh, ça… J'avais déjà oublié, murmura Maggie en balayant l'air d'un geste de la main.

Bien que Jack fût habile et prompt à retirer l'éclat de porcelaine qui s'était enfoncé dans son talon, Maggie retint à grand-peine une petite larme.

— J'aurais dû faire l'inverse, déclara-t-il en désinfectant la plaie.

Leurs regards se nouèrent et Maggie, perplexe, haussa les sourcils.

— Oui… j'aurais dû m'occuper de votre pied en premier et vous consoler d'un baiser après, expliqua-t-il avant d'appliquer un pansement sur la coupure.

Le cœur battant, Maggie se pencha en avant et posa une main sur la joue de son compagnon.

— Embrassez-moi vite… et je serai guérie.

4

Maggie et Jack passèrent cinq jours idylliques.

Ils firent de longues balades en mer sur le bateau de Jack, le *Shiralee*, et en profitèrent pour se livrer à de belles parties de pêche.

Maggie se sentait dans son élément, sur un bateau : c'était une des rares passions qu'elle partageait avec son père qui l'avait initiée toute petite aux joies de la navigation.

— J'ai affaire à une experte, on dirait, fit observer Jack lors de leur première sortie.

— Vous l'avez dit, moussaillon ! s'écria Maggie d'un ton rieur en manœuvrant habilement le bateau dans le sens du vent pour que Jack puisse hisser les voiles.

Il la rejoignit bientôt dans la cabine où elle se tenait déjà, un sourire radieux aux lèvres. Un frisson lui parcourut le dos lorsque Jack posa ses mains sur ses hanches. Le vent gonfla les voiles.

— Parfait. Vous pouvez éteindre le moteur.

Le silence se fit enfin, exquis, ponctué par le doux bruissement du vent dans les voiles et le clapotis de l'eau que fendait la coque du bateau.

Grisée par le soleil, l'air du large et un délicieux sentiment d'allégresse, Maggie se laissa aller contre Jack. Tout en grâce et en souplesse, le *Shiralee* prit de la vitesse.

— Votre bateau a tout pour plaire, Jack : l'esthétique et la performance. C'est un vrai bijou !

Il glissa ses bras autour d'elle.

— Heureusement, c'est moi qui l'ai dessiné.

Elle ne put s'empêcher de sourire.

— Vous ne connaissez pas la fausse modestie, monsieur McKinnon.

Il la fit pivoter vers lui. Un sourire jouait sur ses lèvres.

— Non. Pas en matière de bateaux, en tout cas. Vous êtes ravissante, mademoiselle Trent.

Maggie baissa les yeux sur la tenue qu'elle avait choisie ce matin, plus pour son côté pratique à vrai dire : un short bleu marine et un débardeur d'une blancheur immaculée. Une casquette bleu marine et des lunettes de soleil la protégeaient du soleil ardent. Rassemblés en queue-de-cheval, ses cheveux dansaient dans son dos au gré du vent.

— J'espère surtout vous être d'une aide précieuse en mer, répondit-elle avec gravité.

— Je n'en doute pas un instant, murmura Jack en la débarrassant de ses lunettes de soleil. J'adore vos yeux, ils sont splendides. Et c'est un vrai bonheur de n'y déceler ni reproche ni colère...

A son grand désarroi, Maggie sentit ses joues s'empourprer violemment. Flûte, flûte, flûte ! Pourquoi diable fallait-il qu'elle soit aussi émotive en présence de Jack McKinnon ?

— Il fait chaud, vous ne trouvez pas ? bredouilla-t-elle en s'efforçant de se ressaisir.

Sans la quitter des yeux, il laissa échapper un petit rire amusé puis se pencha vers elle lentement, très lentement, pour prendre ses lèvres dans un baiser langoureux, d'une sensualité infinie. Tout à coup, le vent changea de direction, les voiles protestèrent en claquant et ils durent se séparer pour reprendre le contrôle du bateau.

— Oh là ! Il s'en est fallu de peu pour que nous heurtions ces rochers, vous avez vu ?

Il remonta le foc.

— Je savais déjà qu'il y avait un peu de Dalila en vous, mais je commence à me demander si vous n'êtes pas croisée avec une sirène ! répliqua Jack d'un ton espiègle.

Maggie rit de bon cœur tout en l'observant, fascinée par la fluidité et la précision de ses gestes. Il ne portait qu'un short en toile beige et son torse musclé luisait au soleil comme il levait les bras pour dégager un cordage.

« J'en étais sûre, songea-t-elle en esquissant un sourire satisfait : Jack McKinnon est définitivement un homme d'action. »

C'était aussi un cuisinier hors pair, découvrit-elle un peu plus tard, lorsqu'il concocta pour le dîner un délicieux sauté de poulet accompagné de riz safrané et de petits légumes croquants. Les jours suivants, Maggie ne put que s'incliner devant l'étendue de ses talents culinaires : il préparait le poisson à la perfection et excellait dans l'art des marinades. La plupart des repas qu'il concoctait étaient le fruit de sa propre pêche : poissons, crabes, huîtres et homards trouvaient régulièrement leur place au menu.

Ensemble, ils explorèrent l'île de Gloucester et ses deux baies, Bona et Breakfast. Un jour, ils décidèrent de mettre le cap à l'est, franchirent le passage puis descendirent en direction de Double et des baies de Woodward. Au large d'Edwin Rocks, ils entamèrent une partie de pêche endiablée.

— Jack, j'ai l'impression d'avoir ferré un monstre marin ! s'écria Maggie lorsque sa ligne se déroula à toute vitesse, sans qu'elle parvienne à la contrôler.

— Ça doit être une pierre, répondit Jack, laconique.

— Arrêtez vos bêtises ! s'indigna Maggie. Et ralentissez un peu pour que je puisse le remonter !

Jack s'exécuta puis il la rejoignit, soudain intéressé.

— Je crois que vous avez raison… il s'agit bien d'un poisson. Laissez-moi faire, vous n'y arriverez jamais…

— Bien sûr que si, qu'est-ce que vous croyez ! C'est mon poisson !

Elle faillit ne pas y arriver. Elle tourna, tourna le moulinet jusqu'à ce que ses bras et ses épaules se contractent douloureusement, jusqu'à ce que son visage devienne écarlate.

— N'en faites pas trop, tout de même.

— Je l'ai presque, articula Maggie. Tenez, le voici… oh,

quelle merveille ! s'exclama-t-elle lorsque le poisson jaillit de l'eau. Il est de toute beauté !

— Ne bougez plus, ordonna Jack en se penchant vers elle pour lui prendre la canne des mains. Ça y est, je l'ai. Bravo, Maggie !

La jeune femme s'affala sur le pont et fondit en larmes. A côté d'elle, Jack décrocha le poisson. Quand il eut fini, il vint la prendre dans ses bras.

— Vous êtes la femme la plus têtue qu'il m'ait été donné de rencontrer, murmura-t-il d'un ton gentiment moqueur. Pourquoi pleurez-vous ? Vous avez remporté la bataille, non ?

Maggie essuya ses larmes d'un revers de la main.

— Je sais… mais l'issue est triste, malgré tout. Il s'est bien battu, il aurait mérité d'avoir la vie sauve…

— Trop tard… mais ne vous inquiétez pas, nous saurons l'apprécier. Après tout, je ne vois pas quelle différence il y a entre aller chez le poissonnier et pêcher son poisson soi-même.

Maggie réfléchit.

— C'est vrai. Vous avez raison. Vous le préparerez, d'accord ?

— J'ai une recette absolument divine…

— Formidable ! Aïe, fit-elle en jetant un coup d'œil à sa main droite, traversée d'une douleur lancinante. On dirait que j'ai un peu trop forcé…

— J'ai deux remèdes à vous proposer.

Un sourire enjôleur aux lèvres, il lui prit la main et embrassa délicatement le creux de sa paume.

— Le deuxième est probablement plus efficace à court terme.

— Ah oui ? fit Maggie, intriguée.

Hochant la tête sans mot dire, Jack la fit asseoir sur le banc garni de coussins puis disparut à l'intérieur du bateau. Il reparut deux minutes plus tard, muni d'une bouteille de champagne et de deux flûtes en cristal.

L'air imperturbable, il déboucha la bouteille, emplit les deux verres, lui en tendit un et leva le sien pour porter un toast.

— A un adversaire de marque ! lança-t-il en se tournant vers le poisson qui gisait sur le pont.

— A un adversaire de marque ! renchérit Maggie avant d'éclater de rire.

Jack s'assit auprès d'elle et glissa un bras sur ses épaules.

— Vous avez été parfaite, murmura-t-il dans le creux de son oreille.

Maggie se laissa aller contre son épaule, envahie d'un délicieux sentiment de plénitude… comme jamais encore elle n'en avait éprouvé.

En dehors des nuits qu'elle passait dans son bungalow — des nuits souvent agitées, du reste —, Maggie passait tout son temps en compagnie de Jack.

Quand ils ne se promenaient pas le long de la plage, qu'ils ne prenaient pas le bateau, qu'ils ne nageaient pas ou qu'ils ne pêchaient pas, ils flânaient paresseusement chez Jack où ils lisaient, écoutaient de la musique et regardaient la télé. Jack rit de bon cœur en découvrant le livre qu'elle avait emporté avec elle.

— Ne vous moquez pas… je suis une des plus grandes fans de Harry Potter ! Mes petits voisins l'adorent, eux aussi… On a vu tous les films ensemble !

— Ai-je l'air de me moquer ? fit Jack.

Lovée dans un des canapés, Maggie haussa les épaules. Elle portait ce jour-là une longue tunique en voile de coton fuchsia, délicatement brodée à l'encolure.

— J'ai des goûts très éclectiques en matière de littérature, reprit-elle. J'aime les romans policiers, les romans d'amour, les romans historiques… il n'y a que la science-fiction qui me laisse froide. Et vous, que lisez-vous en ce moment ?

Il lui montra la couverture de son livre.

— *Maître à bord*, lut-elle à voix haute. Surprise, surprise.

Jack esquissa un sourire amusé.

— J'aime les histoires qui se passent en mer.

— Dites plutôt que vous êtes passionné par tout ce qui touche à la mer, de près ou de loin !

— J'ai d'autres passions, vous savez, fit-il observer en l'enveloppant d'un regard lourd de sous-entendus.

Maggie sentit son cœur s'emballer.

— Les femmes en général ou bien moi en particulier ? demanda-t-elle dans un élan d'audace.

Le regard gris de Jack étincela.

— C'est une bonne question. Disons que je prends beaucoup de plaisir à vous découvrir un peu plus chaque jour.

— Le plaisir est partagé. Simplement, j'ai l'impression que les femmes ne font pas partie de vos priorités absolues… je me trompe, Jack ?

Un silence éloquent accueillit ses paroles. Au bout d'un moment, il se leva et se dirigea vers la bibliothèque d'où il sortit deux grands cartons à dessins.

— J'ai toujours été passionné par le dessin, éluda-t-il en ouvrant un premier carton. Dès mon plus jeune âge, je rêvais de dessiner des bateaux.

Maggie contempla les esquisses qui s'étalaient sous ses yeux, fascinée par l'esthétique et l'agencement très fonctionnel des embarcations. Jack ouvrit alors le deuxième carton qui contenait des plans détaillés d'habitations, petites résidences ou villas. Elle hocha la tête, sincèrement admirative.

— Vous avez un talent incroyable pour tirer profit du moindre espace. Je suis obligée de retirer ce que j'ai dit lors de notre première rencontre… vos résidences ne ressemblent pas du tout à des clapiers.

— Merci… mais elles n'ont rien à voir non plus avec votre maison.

— Est-ce ma faute si ma grand-mère m'a légué sa villa ? A propos, où habitez-vous en temps normal ?

— Dans un appartement, à Runaway Bay.

— Au dernier étage, je suppose ?

— Perdu. J'occupe l'avant-dernier étage.

— Vous voyez, nous sommes quittes en matière de logement, monsieur McKinnon, fit Maggie en esquissant un sourire insolent. Je n'ai pas la chance de posséder un superbe refuge balnéaire à Cape Gloucester.

— D'un autre côté, vous hériterez sans doute d'un ranch immense et d'une propriété inestimable idéalement située sur la Gold Coast, entre autres…

Maggie cligna des yeux.

— Comment savez-vous tout ça ?

Jack hésita avant de répondre d'un ton désinvolte.

— C'est de notoriété publique.

— Oh… oui, bien sûr. Pour être franche, ajouta Maggie en fronçant les sourcils, je soupçonne mon père de regretter amèrement de ne pas avoir de fils à qui il pourrait léguer sa fortune en toute confiance. Il est terrorisé à l'idée que je dilapide tout ça en un clin d'œil ou que je me laisse aveugler par quelque bellâtre mal intentionné !

Impassible, Jack rangea les dessins dans les cartons. Ce faisant, il bouscula une pile de livres qui trônait sur la table basse et une photo s'échappa du premier ouvrage. Maggie la ramassa.

— Qui est-ce ? demanda-t-elle en étudiant la grande jeune femme blonde qui se tenait, souriante, sur le pont du *Shiralee*.

— C'est ma sœur, Sylvia, répondit-il après quelques secondes d'hésitation.

Les yeux de Maggie s'arrondirent de surprise.

— Votre vraie…

— Non, nous n'avons aucun lien de sang, tous les deux. En fait, nous avons été adoptés par la même famille quand nous étions bébés. Sylvia a deux ans de plus que moi et nous avons grandi comme des frère et sœur. Elle vit toujours à Sydney, avec notre mère adoptive qui souffre depuis quelque temps d'une maladie neurologique. Notre père adoptif est mort il y a cinq ans.

— C'est sans doute pour ça qu'elle a l'air si triste, fit observer Maggie en observant la photo. Elle est jolie, mais son regard manque d'éclat. Elle est mariée ?

— Non.

Jack s'empara de la bouteille qui contenait une maquette de bateau.

— Vous êtes-vous déjà demandé comment cela était possible ?

Maggie fronça les sourcils, désarçonnée par le soudain changement de sujet. Mais son entrain et sa curiosité finirent par l'emporter.

— Oui, évidemment ! Ne me dites pas que c'est vous qui l'avez réalisée ?

— Pourtant si… Venez, je vais tout vous expliquer.

Cape Gloucester n'était pas entièrement dédié à l'oisiveté et aux activités de détente. Durant son séjour, Maggie remarqua vite que Jack continuait de travailler à distance — moins que d'habitude, bien sûr, mais il ne décrochait pas complètement non plus. Il téléphonait régulièrement à sa secrétaire et allumait deux fois par jour son ordinateur portable pour vérifier les cours de la Bourse. Dans ces moments-là, rien ni personne n'aurait pu détourner son attention.

Et il parut sincèrement surpris lorsqu'elle formula une remarque au sujet du cours de certaines actions.

— Je ne suis pas qu'un joli minois sans cervelle, monsieur McKinnon, railla-t-elle avant de lui parler plus en détail du portefeuille d'actions qu'elle était en train de se constituer.

— Alors comme ça, il n'y a pas que l'immobilier qui vous intéresse ?

— Mon… « intérêt » pour l'immobilier s'appelle un travail à plein temps, et les commissions que j'ai empochées au cours des derniers mois m'ont poussée à investir en Bourse, expliqua Maggie. Je crois vraiment que j'ai un talent inné pour flairer les bonnes affaires.

— Je le crois aussi. Et vous vous y connaissez aussi en dessin industriel, ajouta Jack en désignant les plans qu'il lui avait montrés la veille.

Maggie lui parla alors de son cursus universitaire. Un sourire éclaira le visage de son compagnon.

— Devant tant de ressources, je suis obligé de m'incliner.

Elle lui décocha une œillade espiègle.

— Je vous avais pourtant prévenu que je gagnais à être connue !

Jack partit d'un éclat de rire.

— Et vous aviez raison.

— Jack, où avez-vous appris à faire la cuisine comme un chef ? demanda Maggie en savourant les délicieuses crêpes aux fruits de mer qu'il avait concoctées pour le déjeuner.

— J'ai grandi dans une famille où il était important de bien manger.

— Votre famille adoptive ?

— Oui.

— Est-ce que… avez-vous… savez-vous quelque chose sur votre famille biologique ? bredouilla-t-elle, mal à l'aise.

— Non.

Il se servit de la salade et suspendit son geste quelques instants, soudain songeur.

— J'ai décidé de suivre le même chemin qu'eux.

— C'est-à-dire ?

Jack reposa les cuillères avant de répondre d'un ton neutre :

— Si je n'étais pas assez bien pour eux, l'inverse est également valable.

L'étincelle métallique qui brilla dans ses yeux arracha un léger frisson à Maggie.

— Ne soyez pas trop sévère envers des gens que vous ne connaissez même pas, Jack. Votre mère a peut-être été obligée de vous abandonner, contre sa volonté. Après tout, ça ne devait pas être si facile que ça d'être une jeune mère célibataire il y a trente-deux ans…

— Ecoutez, coupa Jack en se passant la main dans les cheveux, c'est de l'histoire ancienne, tout ça. J'ai eu la chance d'être recueilli par une famille dévouée et aimante et c'est bien là tout ce qui compte.

Le sourire dont il la gratifia avant de couper sa crêpe l'aurait presque convaincue si elle n'avait pas croisé l'éclat glacial de son regard gris.

Jack s'avéra également un excellent bricoleur qui s'imposait une mission à chacun de ses séjours à Cape Gloucester. L'objectif qu'il s'était fixé cette fois-ci éveilla l'enthousiasme de Maggie : il s'agissait de remanier entièrement le jardin qu'il avait trop longtemps négligé.

Ce fut donc avec entrain que Maggie entreprit de couper, tailler et désherber, dégageant au mieux les plantes et les arbustes qui avaient résisté à l'invasion des herbes folles.

Feuilletant avec attention le livre sur la flore locale qu'elle avait déniché dans la bibliothèque de Jack, elle se mit en devoir d'identifier tous les végétaux qui peuplaient le jardin. Pour sa plus grande joie, elle découvrit, perdus entre les ormes et les pruniers sauvages, de jolis arbustes fleuris qu'on appelait *Guettarda speciosa*, connus pour exhaler la nuit un parfum délicatement sucré.

— Ecoutez ça, lut-elle à voix haute, alors qu'ils se détendaient sous la véranda après avoir nagé dans les rouleaux de la marée montante.

Le soleil s'était enfoncé lentement à l'horizon. Jack avait allumé une bougie et leur avait servi un gin tonic dans de grands verres glacés, décorés d'une rondelle de citron vert qu'ils avaient récolté un peu plus tôt au jardin.

— « En Inde, *Guettarda speciosa* est utilisée comme parfum. »

— Ah oui ? Comment s'y prend-on ?

— C'est un jeu d'enfant. Ecoutez ! Il suffit de recouvrir l'arbuste d'une étamine en mousseline à la nuit tombée, de manière à ce que le tissu soit en contact avec les fleurs. La rosée humidifie la mousseline qui absorbe le parfum des fleurs et le lendemain matin, on l'essore vigoureusement au-dessus d'une bassine et le tour est joué ! C'est ainsi qu'on recueille l'essence même du parfum.

— Le tour est joué, répéta Jack en observant la jeune femme avec attention, fasciné par le spectacle qu'elle offrait.

Elle portait un bikini rose sous un paréo en voile de coton noué entre les seins. Sa peau dorée brillait à la lueur de la bougie et ses grands yeux verts pétillaient d'entrain.

— Laissez-moi deviner votre prochaine question, fit-il d'un ton amusé. Non, je n'ai pas d'étamine en mousseline.

Maggie laissa échapper un rire cristallin.

— Comment avez-vous su ?

— Parce que c'est vous tout craché. Vous êtes du genre à expérimenter plein de choses insolites. Plus c'est original, plus vous aimez. Mais malgré l'absence cruelle d'étamine, poursuivit-il en se penchant au-dessus de la rambarde pour cueillir une fleur aux pétales crémeux qui commençait tout juste à éclore, rien ne vous empêche de porter une *Guettarda speciosa* dans vos cheveux.

Il se pencha en avant et lui tendit le délicat bouton, que Maggie huma avec délice.

— C'est une pure merveille, décréta-t-elle avec ferveur. Merci.

Elle glissa la tige dans ses cheveux, juste au-dessus de l'oreille.

— Les Indiens l'utilisent aussi pour confectionner des guirlandes et des accessoires de coiffure.

Jack prit une gorgée de gin en souriant d'un air entendu.

— Vous le saviez déjà, n'est-ce pas ? Vous avez lu le livre, je ne vous apprends rien, c'est ça ? lança Maggie d'un ton mi-amusé, mi-accusateur.

— C'est exact, mais je n'en avais encore jamais offert à personne. Vous êtes à croquer, ajouta-t-il sur le même ton désinvolte.

Elle l'observa à travers ses cils mi-clos. Nonchalamment allongé sur un transat, les mains croisées sous la nuque, il portait un short de bain chamarré et rien d'autre. Son grand corps bronzé respirait la force et la virilité tandis que son regard voilé, empreint d'amusement, glissait sur elle d'une manière insolente, infiniment sensuelle.

Traversée de mille frissons, Maggie sentit son cœur s'emballer. Elle venait de vivre cinq jours magiques en compagnie de Jack, cinq jours au cours desquels étaient nées une complicité grandissante, une amitié sincère.

Et voici que leur relation semblait sur le point de prendre une autre tournure…

D'une main tremblante, Maggie prit son verre et le porta à ses lèvres. En quelques instants, l'atmosphère avait changé, l'air s'était chargé d'électricité. Le silence qui s'éternisait était lourd de sens. Les yeux rivés sur elle, Jack continuait à l'observer sans mot dire.

Incapable de supporter cette tension plus longtemps, Maggie toussota avec nervosité.

— Je sais que vous me trouvez trop impulsive, commença-t-elle d'une voix rauque, mais j'ai pour habitude d'assumer entièrement mes actes. Je ne vous tiendrai pas rigueur de quoi que ce soit.

Il s'agita légèrement, mais continua à l'observer sans mot dire.

— Enfin… si vous en avez envie aussi, bien entendu, reprit-elle, gagnée par la gêne.

Et s'il ignorait totalement de quoi elle parlait ?

D'un mouvement souple, Jack se leva et la prit dans ses bras.

— J'en meurs d'envie, Maggie, vous le savez pertinemment, murmura-t-il d'une voix sourde en plantant son regard dans le sien.

Submergée par une vague de soulagement et de désir mêlés, Maggie se laissa aller contre lui. Et lorsque Jack prit son visage en coupe entre ses mains et captura ses lèvres dans un baiser fiévreux, elle répondit avec ardeur aux caresses de sa langue. Les doigts de Jack coururent le long de sa gorge et, d'un geste habile, dénouèrent son paréo qui glissa au sol dans un bruissement à peine perceptible. Quelques instants plus tard, son haut de maillot de bain connut le même sort.

— Vous avez un corps de rêve… une silhouette de

gymnaste, murmura-t-il en prenant dans ses mains ses petits seins fermes et haut perchés, couronnés de tétons veloutés.

— Merci…

Grisée par les sensations qu'il faisait naître en elle, elle promena ses doigts sur son torse musclé et frissonna violemment lorsqu'il couvrit sa poitrine de baisers incendiaires puis agrippa ses hanches pour la plaquer contre lui. Maggie soupira de ravissement. Se hissant sur la pointe des pieds, elle noua ses mains sur sa nuque.

— Vous allez me rendre folle, Jack, susurra-t-elle tout contre ses lèvres.

Il la souleva dans ses bras et elle l'enveloppa de ses jambes.

— Si nous ne faisons pas plus attention, la situation risque de nous échapper très vite, répliqua-t-il avec un petit sourire tandis qu'il la conduisait à l'intérieur… Parce que vous me rendez fou aussi, jolie Maggie…

Il ponctua ses paroles d'un baiser dans le cou puis la posa délicatement sur le grand lit. Avant de la rejoindre, il ouvrit le tiroir de la table de chevet et fourragea à l'intérieur.

— Si c'est ce que je crois, intervint Maggie, c'est inutile. Je prends la pilule… c'est davantage dans un but thérapeutique, mais si j'en crois mon gynéco, je suis protégée contre toutes les éventualités, comme il se plaît à le dire.

Jack s'allongea auprès d'elle. Il ne souffla mot, mais laissa ses mains et ses lèvres exprimer le désir qui le consumait, insatiable, torride. Il l'étreignit, l'embrassa, la caressa jusqu'à ce qu'elle prît conscience de la moindre parcelle de son corps, un corps devenu tout entier ultrasensible, électrisé par le moindre affleurement de sa bouche et de ses doigts experts. Il y avait le creux délicat de sa nuque, l'intérieur doux et nacré de ses bras, la naissance de sa gorge et le chemin éminemment érogène qui descendait vers sa poitrine, son ventre et ses cuisses…

Elle eut l'immense plaisir de l'entendre gémir lorsqu'elle s'arqua contre lui et glissa une jambe entre les siennes, puissamment musclées. Elle vibra de tout son corps quand il titilla du bout de la langue ses tétons durcis par le désir.

Elle se délecta de son corps souple et musclé, de son ventre plat, de ses épaules viriles, de sa peau cuivrée, de son goût salé. Et elle enfouit son visage dans le creux de son cou, le souffle coupé, lorsqu'il se glissa entre ses jambes et la fit sienne dans un mouvement à la fois fluide et déterminé.

— J'espère simplement que tu ressens les mêmes choses que moi, chuchota-t-elle en ondulant contre ses hanches, épousant d'instinct le rythme langoureux des étreintes amoureuses. C'est absolument divin…

Jack laissa échapper un rire rauque avant de prendre ses lèvres dans un long baiser avide.

— Tu veux que je te dise ? murmura-t-il finalement tout contre ses lèvres. Je suis sur le point de mourir de plaisir. Tu es prête à me suivre ?

— Oui… oui, s'il te plaît !

Il la pénétra de nouveau et, ensemble, ils chevauchèrent les vagues de plaisir qui déferlèrent sur eux crescendo, les conduisant peu à peu vers une extase explosive, éblouissante.

Ils redescendirent lentement, haletants, trempés de sueur, étroitement enlacés.

— C'était… c'était…, balbutia-t-elle d'une voix enrouée, encore sous le coup de l'émotion.

Elle n'acheva pas sa phrase et Jack effleura ses paupières closes de baisers aériens.

— Exactement, murmura-t-il. C'était… extraordinaire. Tu…

Il prit appui sur un coude, l'air soudain inquiet.

— Tu n'as pas eu mal ?

Un sourire tremblant se dessina sur les lèvres de Maggie.

— Non… je n'ai eu que du plaisir, grâce à toi.

Jack lui rendit son sourire.

— Ma modestie m'empêche d'accepter le compliment… après tout, nous étions deux à vivre cette incroyable aventure.

Il lui caressa tendrement la joue avant d'ajouter, rieur :

— Si tu avais prévu de regagner ton bungalow ce soir, tu n'as plus qu'à faire une croix sur tes projets.

— Ça ne m'a pas effleuré l'esprit un seul instant, répliqua Maggie en se lovant contre lui.

Ils s'assoupirent un moment puis se levèrent et prirent une douche ensemble.

Jack prépara un dîner léger qu'ils dégustèrent sous la véranda en contemplant la lune. Tout à coup, une idée lui vint à l'esprit.

— Une étamine de mousseline, murmura-t-il en ramassant le paréo de Maggie qui gisait toujours au sol. Est-ce que ceci ferait l'affaire ?

Elle se redressa.

— C'est un mélange de soie et de coton, mais c'est aussi fin que de la mousseline. Oui, je crois que ça devrait aller.

Ensemble, ils jetèrent le paréo sur l'arbuste fleuri et le fixèrent aux quatre coins avec des épingles à linge. Un parfum à la fois subtil et enivrant embaumait la brise marine.

— Nous verrons bien ce que ça donne demain matin, déclara Jack en attirant Maggie dans ses bras. En attendant…

Le désir qu'elle lut dans ses yeux l'emplit d'allégresse.

— Que dirais-tu de retourner au lit ?

— C'est une excellente idée.

— Je préfère te prévenir tout de suite : j'ai très, très envie de toi, ajouta-t-il en l'enveloppant d'un regard langoureux.

— Ça tombe bien, je suis complètement disponible…

Cette fois, ils firent l'amour comme si leur vie en dépendait, avec fougue et avidité. Grisée par les soupirs et les gémissements de son amant, Maggie redoubla d'audace dans ses caresses et ses baisers. Leurs corps se mêlèrent enfin, tremblants de plaisir, et ce fut un raz-de-marée de volupté qui les emporta tous les deux, chevillés l'un à l'autre, criant leur plaisir sans retenue.

Le lit ressemblait à un véritable champ de bataille lorsqu'ils redescendirent sur terre, cette fois-ci, et Maggie éclata de rire dès qu'elle eut repris son souffle.

— Mmm… je comprends mieux ce que tu voulais dire.

Il enfouit son visage entre ses seins.

— Désolé.

— Il ne faut pas, fit-elle en glissant les doigts dans ses cheveux. Ce fut un pur moment de grâce.

A ces mots, Jack releva la tête et ce qu'elle lut dans son regard — un mélange de surprise et d'admiration — l'emplit d'une joie indicible. Etait-il possible qu'elle ait enfin trouvé l'âme sœur, son alter ego masculin, celui qui partagerait ses jours gris et ses jours ensoleillés ? Cette pensée lui fut si douce qu'elle s'endormit très vite dans les bras de son amant, un sourire béat aux lèvres.

Le lendemain matin, la réalité reprit ses droits d'une manière tout à fait triviale.

Depuis toute petite, Maggie souffrait de troubles digestifs liés à un trop-plein d'émotions ou à quelques excès alimentaires — les deux allant d'ailleurs souvent de pair.

Elle était toute pâle lorsqu'elle ouvrit les yeux ce matin-là. En proie à une violente nausée, elle eut tout juste le temps de se précipiter dans la salle de bains. Inquiet, Jack insista pour l'emmener chez un médecin à Proserpine, mais Maggie s'empressa de le rassurer : habituée à ce genre de désagrément, elle savait parfaitement comment gérer la crise : du repos, des tisanes, des repas légers, et elle serait bientôt sur pied. Devant l'expression dubitative de Jack, elle posa sa main sur la sienne dans un geste apaisant.

— Ce n'est rien de grave, je t'assure. J'ai même un médicament que j'emmène partout avec moi, mais il est resté au bungalow.

Jack hocha gravement la tête.

— Dans ce cas, je vais le chercher. Appelle le directeur de l'hôtel et tente de le convaincre de me laisser récupérer tes affaires et ta voiture, d'accord ?

Maggie esquissa un petit sourire, pleine de gratitude.

— D'accord.

Quelques heures plus tard, elle commençait à se sentir un peu mieux. Jack était aux petits soins pour elle.

Après avoir bu le cocktail de fruits fraîchement pressés et le bouillon de volaille qu'il lui avait apportés, Maggie se glissa entre les draps qu'il avait changés et s'endormit. Il était 16 heures lorsqu'elle émergea d'un profond sommeil, de nouveau fraîche et dispose.

Jack ne tarda pas à faire son apparition, une tasse de thé à la main. Il s'assit au bord du lit pendant qu'elle buvait le breuvage à petites gorgées.

— Je suis trop émotive, expliqua-t-elle d'un ton contrit. C'est ce que ma mère m'a toujours dit.

Jack l'examina avec attention. Ses joues manquaient encore de couleur, mais son regard avait retrouvé toute sa limpidité et elle avait attaché ses cheveux en deux couettes ornées de rubans verts.

On l'aurait volontiers prise pour une adolescente, songea-t-il, sous le charme. Une jolie jeune fille insouciante et gaie qui n'avait pas hésité à suivre toutes ses envies pour le satisfaire.

— Je me sens un peu coupable, confessa-t-il avec une moue penaude.

— C'est ridicule, enfin !

Elle se tut un instant avant de reprendre, mi-figue, mi-raisin :

— Tu cuisines peut-être trop bien, voilà tout ce qu'on peut te reprocher… Prends-moi dans tes bras, Jack, enchaîna-t-elle d'une voix caressante. Et tu seras pardonné…

Un long soupir s'échappa de ses lèvres lorsque Jack s'allongea près d'elle et l'attira contre lui.

— Et notre parfum, alors ? Ça a marché ? demanda-t-elle d'une voix ensommeillée.

— Ton paréo sent divinement bon, mais j'ai eu beau l'essorer, il n'en est rien sorti… il n'y a pas assez de rosée dans nos contrées, j'imagine.

Elle étouffa un rire amusé.

— On devrait peut-être aller s'installer en Inde.

Jack caressa tendrement ses cheveux.

Ils partagèrent le même lit cette nuit-là — Maggie puisa beaucoup de force et de réconfort entre ses bras —, mais leurs étreintes restèrent purement platoniques jusqu'au lendemain, lorsqu'elle eut enfin retrouvé toute sa vitalité.

Et le surlendemain, alors qu'ils venaient de décider de prolonger leur séjour de quelques journées supplémentaires, le beau rêve vola en éclats.

Comment Maggie aurait-elle pu anticiper le revirement de situation qu'ils s'apprêtaient à vivre alors qu'ils nageaient ce matin-là dans les eaux claires de l'océan, complètement nus, animés d'un incroyable sentiment de liberté ?

Jack la souleva dans ses bras.

Les mains posées à plat sur ses larges épaules, Maggie se pencha vers lui et ses cheveux ruisselèrent sur son visage. Parcourue de délicieux frissons, elle sentit ses tétons se durcir sous le regard brûlant de Jack.

— Tu sais quoi ? murmura ce dernier en titillant avec gourmandise le bout de ses seins. Si on ne venait pas tout juste de faire l'amour, je crois que je te prendrais sauvagement dès notre retour à la maison… Tu es toute salée…

Maggie se rejeta en arrière et enroula ses jambes autour de sa taille.

— Quelle drôle d'idée ! s'écria-t-elle en flottant tranquillement sur le dos.

Les bras en croix, avec ses cheveux éparpillés autour de son visage offert au soleil, son corps doré brillant de mille gouttelettes, elle ressemblait à une déesse de la mer.

— L'eau est exquise, ce matin.

— Vous êtes tout aussi exquise, mademoiselle Trent, répliqua Jack d'un ton badin. Et terriblement tentante.

Elle se redressa souplement en riant aux éclats.

— C'est grâce à toi, tout ça. Dis-moi, quel est l'équivalent masculin d'une sirène ? demanda-t-elle très sérieusement, se redressant.

— Il n'y en a pas, j'en ai peur.

— Eh bien, c'est une grosse lacune, décréta Maggie. A mes yeux, vous êtes l'incarnation parfaite de cette créature chimérique, monsieur McKinnon. En votre compagnie, n'importe quelle femme se sent forcément exquise, belle et tentante !

Jack plongea dans son regard, aussi vert que l'océan à cet instant de la journée. Ses longs cils humides scintillaient au soleil, sa peau satinée, couleur de miel, était douce et fraîche sous ses doigts. Il esquissa un petit sourire avant de confesser à mi-voix :

— Ça fait une éternité que je ne me suis pas senti aussi bien, si tu veux tout savoir.

De retour à la maison, ils prirent une douche ensemble et s'habillèrent rapidement. Maggie enfila une minijupe en jean et un débardeur du même vert que ses yeux. Elle laissa ses cheveux sécher librement et entreprit de préparer le petit déjeuner. « Une fois n'est pas coutume », plaisanta-t-elle comme Jack hésitait à lui laisser prendre les commandes des fourneaux.

Elle coinça plusieurs fois ses mèches rebelles derrière ses oreilles en faisant revenir des tranches de bacon, des rondelles de banane, des tomates et des oignons dans une grande poêle. Elle disposa le tout sur des tranches de pain grillé puis sortit sous la véranda.

— Voilà, annonça-t-elle fièrement en tendant à Jack une assiette copieusement garnie. Je ne possède peut-être pas tes talents culinaires, mais je me débrouille.

— T'ai-je donné l'impression d'en douter ?

L'intonation taquine de ses paroles lui arracha un sourire.

— Disons que j'avais juste envie de te montrer de quoi j'étais capable dans le domaine domestique.

Elle s'assit en face de lui, s'empara de ses couverts puis suspendit son geste, sourcils froncés.

— J'ai entendu une voiture…

Jack inclina légèrement la tête.

— Bizarre… je n'attends personne.

Quelques instants plus tard, une portière claqua et le gravier de l'allée crissa sous des pas pressés.

— Il y a quelqu'un ? appela une voix mélodieuse tandis qu'une grande jeune femme blonde faisait son apparition au pied des marches qui conduisaient à la véranda. Jack ! Comme je suis contente de te trouver ! Maisie m'a dit que tu avais décidé de prolonger ton séjour, mais on n'est jamais sûr de rien, avec toi…

A la grande surprise de Maggie, Jack ne répondit pas tout de suite. Il paraissait tendu, tout à coup, sur le qui-vive. Mais il se reprit rapidement et se leva pour accueillir la nouvelle venue.

— Sylvia ! Quel bon vent t'amène jusqu'ici, dis-moi ?

Sous le regard intrigué de Maggie, Sylvia, la sœur adoptive de Jack, les rejoignit sous la véranda. Elle était aussi jolie que sur la photo et il n'y avait aucune trace de tristesse dans son regard lorsqu'elle embrassa Jack sur la joue avant de se lancer dans des explications cocasses.

— Il fallait absolument que je fasse un break… maman et moi étions sur le point de nous écharper mutuellement ! J'ai donc pris l'avion pour Proserpine hier, j'ai loué une voiture et j'ai pris la route avant le lever du jour pour te surprendre au pied du… Oh ! Oh, je suis désolée, reprit-elle plus posément en apercevant Maggie. Maisie ne m'avait pas dit que…

Elle ne termina pas sa phrase, visiblement mal à l'aise.

— Ne sois pas bête, Sylvia, intervint Jack. Tu sais très bien que je suis toujours ravi de te voir. Laisse-moi te présenter Maggie.

Cette dernière se leva et contourna la table, la main tendue.

— Maggie Trent. Enchantée de faire votre connaissance.

La stupéfaction se lisait sur le visage de Sylvia qui restait bouche bée, les yeux rivés sur Maggie.

— Vous êtes… Margaret Leila Trent ? demanda-t-elle enfin.

— Absolument ! s'écria Maggie en la gratifiant d'un

sourire radieux. J'ignore comment vous savez ça, mais c'est moi, en effet.

— Jack, murmura Sylvia d'une voix atone, ne me dis pas que… Il… Il te tuerait s'il savait.

— Qui ça ? demanda innocemment Maggie, rompant ainsi le silence pesant qui s'était abattu sur eux.

— Votre père, répondit Sylvia dans un souffle.

Plaquant une main sur sa bouche, elle pivota sur ses talons et dévala les marches de la véranda.

— Ne bouge pas, ordonna Jack à l'adresse de Maggie. Je reviens tout de suite.

Et il partit à la poursuite de sa sœur.

5

Il s'écoula une bonne heure avant qu'il ne reparaisse. Une heure au cours de laquelle Maggie s'efforça de calmer la tension qu'elle sentait monter en elle en débarrassant la table du petit déjeuner puis en rangeant la cuisine.

A sa connaissance, Jack et son père ne s'étaient jamais rencontrés… Que signifiaient donc les paroles sibyllines de Sylvia ?

Lorsque Jack la rejoignit, elle était en train de boire un café à petites gorgées. Incapable d'attendre plus longtemps, elle le bombarda de questions.

— Que se passe-t-il, Jack ? Où est Sylvia ? Comment va-t-elle ?

Sans mot dire, Jack se servit une tasse de café. Son expression empreinte de gravité ne fit qu'accentuer l'angoisse qui l'habitait.

— Elle est partie réserver une chambre à l'hôtel. Maggie, tu dois me croire…

Il se laissa tomber sur une chaise.

— Je préférerais mille fois escalader l'Everest plutôt que de devoir t'annoncer ça, mais les circonstances sont telles que je n'ai pas d'autre choix.

— Tu n'as pas le choix, en effet, renchérit Maggie. Alors comme ça, tu connais mon père ?

— Pas très bien, en réalité. Sylvia le connaît bien mieux que moi — ou plutôt, devrais-je dire : le *connaissait.* Ils ont eu une liaison…

Il s'interrompit en entendant le cri horrifié de Maggie.

— Ce n'est pas si extraordinaire que ça, tu sais, reprit-il d'un ton qu'il voulait apaisant.

— Non, tu as raison, concéda la jeune femme en croisant nerveusement ses mains sur la table. Et puis, on ne peut pas dire que mes parents aient eu un mariage particulièrement heureux… Toujours est-il qu'ils sont encore ensemble après toutes ces années…

Sa voix se brisa et elle leva sur lui un regard meurtri, plein d'interrogations.

— Ton père rêvait d'avoir un fils et ta mère ne pouvait plus avoir d'enfant, déclara Jack sans ménagement.

Maggie cligna des yeux, rattrapée par le flot de ses souvenirs. Bien qu'abrupte, cruelle même, l'explication tenait debout. Sa grand-mère, Leila Trent, avait fait une allusion à ce sujet. Elle se rappela aussi la tension grandissante entre ses parents, la tristesse que sa mère avait parfois du mal à cacher… Comment avait-elle pu être aveugle au point de ne rien percevoir de ses souffrances ?

Au prix d'un effort, elle s'arracha à ses pensées.

— Raconte. Je t'écoute.

— Ton père et Sylvia se sont rencontrés il y a six ans. Ils sont tombés amoureux au premier regard — c'est du moins ce qu'a toujours prétendu Sylvia. Elle…

Il hésita. Indéchiffrable, son regard alla se perdre dans les eaux étincelantes de l'océan. Un pli dur marquait sa bouche.

— Elle l'aimait follement, malgré la culpabilité qui la rongeait parce qu'il était marié.

— Est-ce que… Lui avait-il promis de quitter ma mère pour vivre avec elle ?

— C'est ce qu'il lui a laissé entendre, oui. Jusqu'à ce que tout bascule, quasiment du jour au lendemain.

Il marqua une pause et se tourna vers elle avant de reprendre son récit.

— Sylvia a eu pas mal d'ennuis de santé quand elle était adolescente, des soucis qui l'ont rendue stérile. Le jour où ton père a appris ça, les termes de leur liaison ont changé du tout au tout. Il n'a plus jamais reparlé de mariage.

A ces mots, Maggie blêmit et Jack s'empressa de poursuivre :

— A sa décharge, ton père était sincèrement amoureux de Sylvia, même s'il ne concevait pas l'avenir de la même manière qu'elle. Consciente de l'impasse dans laquelle ils se trouvaient, ma sœur a essayé de rompre, mais il ne voulait rien savoir. C'est alors qu'elle s'est tournée vers moi. Elle disait qu'elle n'aimerait jamais personne aussi fort que lui, mais ce problème de stérilité la minait — peut-être ta mère a-t-elle ressenti la même chose — à un point tel qu'elle se sentait obligée de le quitter.

— Alors tu… tu es allé le voir ? intervint Maggie.

Il lui adressa un pâle sourire.

— Oui.

— Comment as-tu réussi à lui faire entendre raison ?

Le regard gris de Jack la transperça.

— Je l'ai menacé d'aller tout raconter à sa femme et à sa fille — tu avais dix-sept ans à l'époque. Tu n'en es peut-être pas consciente, mais ton père, malgré ses défauts et sa folle envie d'avoir un fils, t'aime tendrement. C'est toujours avec fierté qu'il parlait de toi à Sylvia.

Des larmes baignaient le visage de Maggie.

— Je l'ignorais, murmura-t-elle en se levant pour se diriger vers la rambarde de la véranda. C'est très triste, toute cette histoire. Ma mère l'aime encore, j'en suis sûre. Et Sylvia ?

— Sylvia a touché le fond, mais elle a su rebondir, Dieu merci.

Maggie essuya ses larmes d'un revers de main.

— C'est tout ce que tu as dû faire pour le convaincre de mettre un terme à leur liaison ?

Jack hocha la tête en croisant les bras sur sa poitrine.

— Oui. Mais ça ne s'est pas terminé comme ça. Ton père et moi jouons au chat et à la souris depuis cette histoire.

— Comment ça ?

— Ton cher père a essayé de me ruiner à plusieurs reprises, répondit Jack avec un sourire. Malheureusement pour lui, je suis moi-même assez fort à ce petit jeu-là.

Maggie se laissa tomber sur sa chaise et enfouit son visage dans ses mains.

— C'est affreux.

Elle déglutit péniblement avant de poser la question qui lui brûlait les lèvres.

— Est-ce que… est-ce que je fais partie de ton plan de vengeance ?

Jack esquissa une grimace contrite.

— J'avoue que l'idée m'a traversé l'esprit… plus d'une fois, concéda-t-il. C'est précisément pour ça que j'ai tout fait pour t'éviter.

Les joues en feu, Maggie se mordit la lèvre.

— Tu aurais pu m'en parler plus tôt.

— C'est déjà suffisamment dur de t'en parler maintenant. Et puis, cette histoire de vengeance n'est plus du tout d'actualité, enchaîna-t-il en cherchant son regard. Tu es peut-être la digne fille de ton père à certains égards, mais tu es surtout ravissante, douce et rafraîchissante et je… j'avais beau me dire que ce n'était pas du tout raisonnable, j'étais incapable de te résister.

Elle haussa les épaules.

— Il faut dire que je ne t'ai guère laissé le choix. Bon, et maintenant, qu'allons-nous faire ?

Il termina son café et reprit sa place en face d'elle.

— Rentre chez toi, Maggie. Rentre chez toi et oublie-moi. Je n'ai pas envie de te voir souffrir.

— Je… mon père…

Elle se tut, la gorge nouée.

— Dans un sens, je ne vaux pas mieux que lui, tu sais, dit Jack. Moi aussi, je peux me montrer intraitable avec mes proches. Tu n'imagines pas à quel point c'est dur de te dire ça, Maggie, mais je suis sûr qu'un jour, tu me remercieras. Tu te vois en train d'expliquer à ta mère pourquoi ton père me déteste à ce point ?

Elle secoua la tête, les yeux embués de larmes. Chacune de ses paroles était comme un coup de poignard. Une idée lui traversa pourtant l'esprit.

— Elle est peut-être au courant, qui sait ? Elle a peut-être choisi de faire comme s'il ne s'était rien passé.

— D'après la réaction de ton père quand je l'ai menacé de tout vous révéler, ta mère ne se doute de rien.

— Que se serait-il passé si Sylvia n'était pas venue aujourd'hui ?

Jack soupira.

— J'aurais recouvré la raison à un moment ou à un autre.

— Est-ce que notre… liaison compte pour toi ?

Les mains de Maggie étaient posées à plat sur la table. Jack se pencha pour en attraper une.

— Bien sûr, quelle question ! Mais il faut se rendre à l'évidence, Maggie : je ne suis pas l'homme qu'il te faut.

— Pourquoi ? Je veux dire… si l'on oublie le contentieux qui t'oppose à mon père.

Jack réfléchit un court instant.

— Disons que je ne me sens pas fait pour la vie à deux.

— Tu te considères plutôt comme une sorte d'ermite, c'est ça ?

Les pupilles de Jack se rétrécirent et son regard glissa au loin, vers l'horizon.

— C'est ainsi que j'ai découvert le monde, dit-il avant de reporter son attention sur Maggie. Mais tu seras une épouse formidable pour celui qui saura répondre à tes attentes. Un peu impulsive, certes, pas toujours capable de contrôler ses élans… ce qui peut parfois conduire à des situations assez insolites, comme se retrouver bloqué dans un hangar en pleine nuit, par exemple…

Piquée au vif, Maggie retira sa main et se leva. D'un geste furtif, elle essuya les dernières larmes qui roulaient sur ses joues. Ne se rendait-il pas compte que ses paroles empreintes d'humour et de légèreté lui transperçaient le cœur ?

S'il pouvait l'imaginer dans les bras d'un autre sans ressentir la moindre souffrance, cela prouvait bien qu'elle n'était à ses yeux qu'une simple passade, un agréable intermède dans une vie déjà bien remplie.

Peut-être y avait-il aussi de l'affection et même de la

tendresse, mais en aucun cas l'amour qu'elle sentait jaillir en elle, aussi surprenant qu'indomptable. Déjà, l'idée de devoir le quitter la terrassait de chagrin. Et l'imaginer en compagnie d'une autre femme était tout simplement au-dessus de ses forces.

Au même instant, elle se rappela les bonnes résolutions qu'elle avait prises avant de venir le débusquer dans son repaire : elle s'était promis d'assumer pleinement ses actes, quelle qu'en soit l'issue. Des paroles, encore des paroles…

Elle inspira profondément.

— Comme dit le dicton, « demain est un autre jour », tu ne crois pas ? murmura-t-elle en se forçant à sourire. Bon, si je comprends bien, il ne me reste plus qu'à rentrer chez moi.

Jack se leva à son tour.

— Ça va aller ? demanda-t-il d'un ton plein de sollicitude qui lui valut un regard lourd d'ironie. Ecoute, Maggie, je sais qu'il…

— Qu'il me faudra un peu de temps pour oublier tout ça ? Evidemment, déclara-t-elle en relevant le menton avec insolence. Mais je suis une Trent, après tout.

Mue par un élan de bravoure, elle s'approcha de lui et, se hissant sur la pointe des pieds, effleura ses lèvres d'un léger baiser.

— Tu es… tu es tout ce dont une femme peut rêver, murmura-t-elle d'une voix tremblante. Prends soin de toi.

Sans attendre de réponse, elle tourna les talons et entra dans la maison. Jack esquissa un geste vers elle puis s'immobilisa.

Il fallut à Maggie cinq minutes pour rassembler ses affaires dans son sac de voyage. En se dirigeant vers sa voiture, elle adressa à Jack un petit signe de la main. Il se tenait toujours sous la véranda et lui rendit son salut avec désinvolture.

Au bout de quelques kilomètres, elle se gara sur le bas-côté, submergée par un mélange de désespoir et d'incrédulité. Comment était-il possible qu'une belle histoire se termine aussi brutalement ?

Malgré les sentiments mitigés qu'elle portait à son père, Maggie ressentit le besoin d'aller se réfugier quelques jours dans le giron familial. Mais en entendant la voix de sa mère, lorsqu'elle appela pour leur annoncer qu'elle était de retour, elle comprit qu'il s'était passé quelque chose entre ses parents : il y avait de la gaieté et de la légèreté dans les intonations de Belle. Et lorsque celle-ci l'invita à venir déjeuner en famille au ranch, Maggie en fut doublement surprise. De telles occasions se produisaient si rarement, chez les Trent !

Cédant à la curiosité, elle accepta l'invitation. Elle mettrait à profit ses derniers jours de vacances pour se rendre à Kingaroy où se trouvait la vaste demeure familiale, vieille de plus d'un siècle, berceau de la dynastie Trent.

L'appréhension et les réticences qui l'habitaient se dissipèrent dès son arrivée. Comme par miracle, le fossé qui séparait ses parents depuis quelques années semblait s'être comblé. Tous deux paraissaient amoureux comme au premier jour et multipliaient les mots doux et les gestes tendres.

Maggie, quant à elle, n'en croyait pas ses yeux. Que diable s'était-il passé pendant son absence ? Au fond, peu importait… seule comptait l'embellie qui régnait pour le moment sur leur couple, décida-t-elle en s'efforçant de refouler ses doutes et ses rancœurs.

Ce ne fut que le jour de son départ qu'elle réussit à avoir une brève conversation avec sa mère.

— Chérie, tu es sûre que ça va ? demanda celle-ci en l'accompagnant jusqu'à sa voiture — Maggie avait pris congé de son père un moment plus tôt. On ne t'a pas beaucoup entendue.

— Ça va, je t'assure.

D'un geste ample, elle désigna le ciel d'un bleu limpide et les paddocks soigneusement entretenus avant de changer habilement de sujet :

— J'ignore comment c'est arrivé, commença-t-elle en glissant un bras sur les épaules de sa mère, mais je suis ravie pour toi, maman. Tu es resplendissante.

Belle frissonna légèrement dans les bras de sa fille.

— Tu as deviné ?

— Tu vois ces bœufs dans l'enclos ? Ce sont eux qui me l'ont dit, répondit Maggie d'un ton espiègle.

Elle relâcha son étreinte et se glissa au volant de sa voiture.

— Prenez bien soin de vous, ajouta-t-elle avant de s'éloigner sur un dernier signe de la main.

Elle retourna travailler.

Un mois après son escapade à Cape Gloucester, elle alla consulter son médecin, en proie à une sourde angoisse.

— Vous m'aviez assuré que j'étais protégée à cent pour cent… comment est-ce possible ?

— Asseyez-vous, Maggie, je vous en prie. Et racontez-moi calmement ce qui vous amène.

— Je suis enceinte ! C'est la seule explication plausible, alors même que je n'ai pas oublié une seule de mes pilules !

Le médecin digéra la nouvelle avant de prendre la parole d'un ton posé :

— Je vous ai prescrit une pilule microdosée et j'ai dû vous préciser à l'époque que ce genre de contraceptif n'était pas infaillible. Si mes souvenirs sont bons, il s'agissait davantage de soulager vos troubles menstruels que d'envisager un véritable mode de contraception. Avez-vous eu des problèmes d'ordre gastrique ces derniers temps ?

Maggie étouffa un petit cri.

— Je vous avais signalé que ce genre de dérangement pouvait annuler l'effet de cette pilule, reprit le médecin sur le même ton indulgent.

Elle porta la main à sa bouche, en proie à un tumulte d'émotions.

— J'ai complètement oublié ! Je… j'étais tellement sur mon petit nuage que je n'y ai pas pensé un seul instant, admit-elle. Comment ai-je pu être aussi bête ?

— Calmez-vous, Maggie, et racontez-moi plutôt ce qui s'est passé.

Une demi-heure plus tard, sous le choc, Maggie rentra chez elle. Qu'allait-elle devenir ? Il était hors de question qu'elle mette un terme à sa grossesse, cette éventualité lui donnait la chair de poule. D'un autre côté, si elle décidait de garder le bébé, elle serait obligée, tôt ou tard, de prévenir le père et elle ne voulait surtout pas qu'il se sente piégé par cette paternité non désirée… ce serait pire que tout !

Trois semaines plus tard, Maggie s'évertuait encore à trouver une solution à son problème lorsque le destin décida encore une fois de s'en mêler.

La propriété où tout avait commencé était désormais officiellement sur le marché et les demandes de visite affluaient à l'agence. L'empire immobilier McKinnon ne s'était toutefois pas manifesté — au grand soulagement de Maggie qui ne se sentait toujours pas le courage d'affronter Jack.

Un jour, alors qu'elle se trouvait seule au bureau, Maggie prit l'appel d'une femme qui souhaitait visiter la propriété ; d'abord réticente à se rendre elle-même sur ces lieux peuplés de souvenirs, la jeune femme finit par se résigner et donna rendez-vous à Mary Kelly le jour même, à 16 heures.

Il ne faisait pas aussi beau que le jour où elle avait découvert ce petit coin de paradis, songea Maggie en garant sa voiture derrière une BMW bleu marine. De gros nuages menaçants balayaient le ciel et pourtant, la demeure conservait tout son charme.

Maggie alla aussitôt à la rencontre de Mlle Kelly, une femme d'une quarantaine d'années, vêtue avec élégance. Un sourire éclairait son visage et son regard clair trahissait une grande vivacité d'esprit.

Maggie commença la visite par la maison.

— Avez-vous l'intention d'en faire votre résidence principale, Mary ? s'enquit-elle sur le ton de la conversation.

— Non. En fait, je la visite pour le compte d'un… ami, répondit Mary. Il est toujours bon d'avoir un second avis, n'est-ce pas ?

Maggie approuva d'un signe de tête. Une demi-heure plus tard, alors qu'elles traversaient la petite crique privée, elle fut prise d'une violente nausée et courut jusqu'au bosquet le plus proche. Alarmée, Mary trempa son foulard dans l'eau, l'essora soigneusement et le lui apporta pour qu'elle puisse se rafraîchir.

— Merci infiniment, murmura Maggie en s'essuyant le visage.

— Est-ce quelque chose que vous n'avez pas digéré ?

— Non, répondit la jeune femme avant de se laisser aller à la confidence — après tout, elle n'avait dévoilé son secret à personne après sa visite chez le médecin. Je suis enceinte et il semblerait que les fameuses nausées du matin aient lieu l'après-midi pour moi. J'ai toujours aimé me faire remarquer, conclut-elle avec un petit sourire penaud.

— Ma pauvre, murmura Mary d'un ton plein de sollicitude. Ça doit être très désagréable.

— Oh, ce n'est pas si grave que ça, Dieu merci ! C'est juste gênant parce que ça me tombe dessus à n'importe quel moment, expliqua-t-elle en rinçant soigneusement le foulard que Mary lui avait prêté. Tenez et merci encore. A propos, personne n'est au courant à l'agence, alors…

— Je serai muette comme une tombe, ne vous inquiétez pas, promit Mary. Ça va mieux, vous êtes sûre ?

— Sûre et certaine. Voulez-vous visiter le hangar ?

— Non, c'est gentil. J'en ai assez vu pour me faire une idée de l'ensemble. Dites-moi, Maggie, la propriété suscite-t-elle beaucoup d'intérêt ?

— Enormément, oui, mais nous n'avons pas encore reçu de proposition concrète.

— Savez-vous si les propriétaires sont disposés à négocier ?

— Pour être franche, je ne sais pas, mais je peux me renseigner auprès de mes collègues et leur demander de vous tenir au courant, si vous le souhaitez.

— Ce serait parfait, Maggie. En attendant, promettez-moi de vous ménager un peu, d'accord ? Vous êtes enceinte de…

— Deux mois, environ, compléta Maggie en lui tendant la main. J'ai été heureuse de faire votre connaissance, Mary.

Les deux femmes prirent congé et Maggie regagna son domicile, perdue dans ses pensées. Bien qu'elles n'aient pas mis les pieds dans le fameux hangar, la visite du domaine avait réveillé en elle toutes sortes de souvenirs doux-amers. Jack avait laissé un vide incommensurable dans sa vie, dans son cœur. Un vide que le petit être qui grandissait en elle réussirait à combler… en partie, au moins.

De retour chez elle, Maggie prit une douche et enfila une grande chemise blanche sur un pantalon large en lin ficelle. Les nuages noirs avaient continué à s'amonceler dans le ciel de plomb et bientôt, de grosses gouttes de pluie se mirent à tambouriner sur le toit de la maison.

Elle se prépara une salade, un peu de pain et du fromage et s'apprêtait à s'installer devant la télé lorsque le carillon de l'entrée retentit. Maggie alla ouvrir à contrecœur. Qui donc pouvait bien lui rendre visite à cette heure-ci, sans s'annoncer, de surcroît ?

Ses yeux s'arrondirent de stupeur quand elle découvrit Jack sur le seuil de la porte.

— C'est toi ! murmura-t-elle en portant instinctivement la main à sa gorge.

— Surprise, surprise… Je t'en prie, Maggie, fais-moi vite entrer. Il pleut des cordes.

— Oui, entre, bien sûr…

Elle s'effaça pour le laisser passer.

— Que me vaut l'honneur de ta visite ?

— J'avais envie de te voir. Brrr… on se croirait déjà en hiver.

— Suis-moi dans le salon. Il y fait bon, tu verras.

Il lui emboîta le pas et étudia ostensiblement le plateau qu'elle avait posé sur la table basse, à côté de la télécommande.

— Je n'avais pas très faim, expliqua-t-elle, sur la défensive.

Jack promena un regard circulaire sur la pièce décorée avec soin avant de la détailler de la tête aux pieds.

— Comment vas-tu ? demanda-t-il d'un ton abrupt.

Maggie fit quelques pas dans la pièce et cacha ses mains tremblantes derrière son dos. Jack était tel qu'elle l'avait gravé dans sa mémoire bien qu'il fût vêtu ce soir-là d'un élégant costume gris anthracite qui accentuait encore son charisme. Une chemise d'un blanc éclatant et une cravate de soie ornée de discrets motifs complétaient sa tenue.

Ses yeux gris ne trahissaient aucune émotion, l'expression de son visage demeurait parfaitement impassible. Pourquoi était-il venu ? Que voulait-il lui dire de si important ? Déjà, d'exquises paroles résonnaient aux oreilles de Maggie, perdue dans sa songerie : « Je me suis trompé. Je ne peux pas vivre sans toi… »

— Maggie ?

— Je vais très bien, merci, répondit-elle d'une voix mal assurée. Assieds-toi, je t'en prie. Veux-tu boire quelque chose ?

— Non, merci. Mais tu t'apprêtais à dîner…

— Oh, ce n'est pas grave, je n'ai pas très faim en ce moment, fit-elle en s'asseyant sur le canapé.

Elle repoussa le plateau tandis que Jack s'installait dans le fauteuil, en face d'elle. Il la considéra longuement avant de prendre la parole :

— Alors, quoi de neuf ?

Maggie secoua la tête, décontenancée.

— Oh, pas grand-chose… la routine, tu sais…

Les traits de Jack se durcirent.

— J'ai plus ou moins pris la décision d'acheter cette propriété, annonça-t-il sans transition.

Elle cligna des yeux.

— Celle où…

— Celle où l'on a retrouvé une moto et une voiture de collection volées, celle où tu nous as enfermés, tu te souviens…

Maggie sentit ses joues s'empourprer.

— Mais avant de signer, j'ai préféré prendre l'avis d'une

personne dont les conseils m'ont toujours été très précieux, poursuivit-il sur le même ton énigmatique. Il s'agit de Maisie. Je t'ai déjà parlé d'elle, n'est-ce pas ? C'est mon bras droit, en quelque sorte.

— C'est bizarre, répondit Maggie en rougissant de plus belle, il n'y a pas de Maisie au sein de la McKinnon Corporation. J'ai vérifié… enfin, je veux dire…

— Je suis le seul à l'appeler ainsi, en effet. En réalité, elle s'appelle…

Il marqua une courte pause, le temps d'accrocher son regard.

— Mary Kelly.

Maggie se figea.

— Elle… elle t'a tout raconté, n'est-ce pas ? demanda-t-elle dans un souffle.

— Oui.

— Oh, non… Je ne savais pas qui elle était ! Je n'aurais jamais…

Sa voix se brisa.

— Tu ne lui aurais jamais confié que tu étais enceinte sinon, c'est ça ? Et à moi, avais-tu l'intention de le dire ? J'en doute fort.

Maggie se leva et se mit à arpenter la pièce d'un pas fébrile. Dire qu'elle avait cru un instant qu'il était venu lui déclarer sa flamme… Quelle incorrigible romantique elle faisait ! Quelle idiote, oui ! railla une petite voix intérieure. Elle se figea soudain.

— Comment a-t-elle su que tu étais le père ? demanda-t-elle, incrédule.

— Elle n'en sait rien. Je lui avais juste raconté notre mésaventure nocturne dans le hangar et en rentrant de la visite, tout à l'heure, elle m'a dit que c'était toi qui lui avais servi de guide. Elle a cru bon de me livrer quelques informations sur ton état de santé. Ceci dit, je ne suis pas dupe, Maisie a toujours été d'une perspicacité redoutable.

Comme le silence s'étirait, chargé d'électricité, Jack reprit d'une voix sourde :

— Comment cela est-il possible ? Tu m'avais pourtant dit que tu prenais la pilule, que nous ne courions aucun risque...

— C'est ce que je croyais, en effet, coupa Maggie avant de se lancer dans de brèves explications.

— Tes parents sont au courant ?

— Non, répondit-elle en retournant s'asseoir en face de lui.

Jack la contempla un long moment sans mot dire, s'attardant sur les cernes qui soulignaient ses beaux yeux verts. La fluidité de sa tenue accentuait encore la minceur de sa silhouette. Sur le coup, il ne décela aucun changement notable... ou plutôt si, bien sûr : il y avait cette impression de vulnérabilité qu'elle dégageait, cette fragilité qui se lisait sur les traits tirés de son visage diaphane.

— Je ne vois qu'une chose à faire, déclara-t-il finalement. Marions-nous vite et tout rentrera dans l'ordre.

6

Maggie ouvrit la bouche et la referma, incapable d'articuler le moindre son.

— Oui ? fit Jack en la gratifiant d'un sourire narquois.

— Je… Tu plaisantes, j'espère ?

— Absolument pas.

Maggie le dévisageait avec attention, sous le choc. Elle avait beaucoup souffert ces deux derniers mois, et l'attitude de Jack la blessait profondément. Ce qui arrivait était en grande partie sa faute, elle en était consciente, et en aucun cas elle ne le piégerait dans un mariage sans amour, uniquement motivé par l'arrivée d'un enfant que personne n'attendait.

— Je suis entièrement responsable de la situation, j'assumerai seule.

Une étincelle de colère embrasa le regard de Jack.

— Il est hors de question que tu t'appropries mon enfant, Maggie, je préfère te prévenir tout de suite.

— Ce n'est pas dans mes intentions. Tu auras le droit de le voir aussi souvent que tu le souhaiteras…

— Crois-tu vraiment être assez forte pour résister aux pressions de ton père s'il voit les choses sous un autre angle ? Personnellement, je suis sceptique. Nous serons deux à élever cet enfant, que cela te plaise ou non.

Instinctivement, Maggie posa la main sur son ventre plat. Elle devait à tout prix reprendre le contrôle de la situation, le bonheur de son bébé en dépendait. Il était hors de question qu'elle se fasse manipuler par ces deux êtres arrogants !

Forte de ses résolutions, elle se leva et s'empara du combiné sans fil sur lequel elle pianota le numéro de ses parents.

— Papa ? C'est Maggie. Ecoute-moi bien, papa, j'ai quelque chose d'important à te dire. Voilà, j'ai fait la connaissance d'un homme que tu n'apprécies pas beaucoup, semble-t-il. Il s'appelle Jack McKinnon. Nous avons eu une liaison et je suis au courant des raisons de votre antagonisme. Mais rassure-toi, maman n'en saura jamais rien…

Elle s'interrompit, écouta quelques instants ce que lui disait son père avant de reprendre d'un ton impérieux :

— Papa, je t'en prie, laisse-moi parler. C'est moi qui ai poursuivi Jack de mes assiduités, pas le contraire. Il se trouve qu'il y a eu un léger accident de parcours dont je suis entièrement responsable : je suis enceinte. Jack tient à m'épouser bien que notre relation ait pris fin avant que je découvre ma grossesse. Et même si j'ai à cœur le bonheur de mon enfant, je ne pense pas qu'un mariage sans amour soit la solution idéale…

Elle rencontra le regard de Jack avant de poursuivre :

— Mais pour notre bien-être à tous, j'aimerais que Jack et toi enterriez la hache de guerre. Si vous n'êtes pas assez intelligents pour accéder à ma requête, je disparaîtrai et vous n'aurez plus jamais de mes nouvelles, conclut-elle d'un ton lourd de menaces.

Elle garda les yeux rivés sur Jack tandis que son père profitait de son silence pour lui dire le fond de sa pensée. Finalement, elle se détourna.

— Je suis désolée, papa, c'est un peu brutal, je sais, mais il fallait absolument que je t'annonce la nouvelle sans tarder. Je te laisse le soin d'en parler à maman, d'accord ? Je t'aime du fond du cœur, papa, mais je pense sincèrement tout ce que je viens de dire.

Sur ce, elle raccrocha.

— J'ai vécu l'enfer lorsque j'ai découvert que j'étais enceinte, expliqua-t-elle à Jack. Mille et une questions se bousculaient dans ma tête : que dois-je faire ? Comment annoncer la nouvelle ? A toi, à mes parents… Et puis un beau jour, j'ai pris une décision : à quoi bon me torturer à cause des autres ? La solution était pourtant simple : je continuerais à travailler jusqu'à mon congé maternité et pendant ce temps, mon bébé grandirait en paix. En fait, j'étais folle de rage.

— Qui a dit que ce serait un mariage sans amour ?

— Jack, soupira Maggie en passant la main sur son visage d'un geste las, tu n'as jamais fait quoi que ce soit qui aurait pu m'indiquer le contraire…

— Si tu veux tout savoir, je suis encore sous le choc de la nouvelle que j'ai apprise tout à fait fortuitement, éluda-t-il. Dire que je vais être père…

— J'ai moi aussi du mal à réaliser… le mélange sera certainement très intéressant, fit-elle observer en esquissant un sourire rêveur.

— En tout cas, nous aurons au moins quelque chose en commun, toi et moi.

Soudain lasse, Maggie préféra se taire.

Son visage était très pâle et ses grands yeux verts exprimaient une profonde mélancolie. Jack se leva et s'approcha d'elle. Sourcils froncés, il la prit par la main et l'aida à se lever.

— Tu es très courageuse, Maggie, mais tu n'es pas obligée de supporter seule les contraintes liées à la situation. Non, enchaîna-t-il précipitamment comme elle faisait mine de vouloir parler, ne dis rien pour l'instant. Sache simplement que ton bien-être et celui du bébé me tiennent particulièrement à cœur. Réfléchis bien à ce que je viens de te dire et, en attendant, accorde-toi une bonne nuit de sommeil.

Il posa sur ses lèvres un baiser aérien.

— Ne bouge pas, je connais le chemin. Et n'oublie pas de manger correctement… tu n'es plus toute seule, maintenant.

Maggie retint son souffle lorsqu'il tourna les talons et s'éloigna d'elle. Quelques instants plus tard, la porte d'entrée claqua doucement. Elle ferma les yeux. La caresse de ses lèvres l'avait ramenée à Cape Gloucester, ravivant les moments magiques qu'ils avaient vécus ensemble, là-bas.

— Je t'aimais de tout mon cœur, Jack McKinnon, mais,

hélas, c'est un amour à sens unique, je le sais bien. Si le destin n'avait pas décidé de s'en mêler, tu ne serais jamais venu me voir, murmura-t-elle d'une voix tremblante. Quel gâchis…

Malgré l'immense tristesse qui lui serrait le cœur, Maggie dormit à poings fermés cette nuit-là. Et ce fut fraîche et dispose qu'elle reçut ses parents le lendemain matin, ces derniers ayant décidé de lui rendre visite après l'incroyable nouvelle qu'elle leur avait annoncée la veille au téléphone.

Durant les jours qui suivirent, Maggie s'efforça de coller au mieux à ses résolutions. Elle commença par expliquer à Jack qu'un mariage serait la pire des bêtises : ne lui avait-il pas clairement dit qu'il n'était pas l'homme qu'il lui fallait ? Ce n'était pas l'arrivée impromptue d'un bébé qui changerait cet état de fait, n'est-ce pas ?

Jack accepta plutôt bien ses explications, ce qui ne fit que renforcer sa conviction d'avoir pris la bonne décision.

A ses parents, elle déclara que Jack ferait désormais partie de sa vie pour le bonheur de leur enfant ; elle leur serait donc reconnaissante de bien vouloir entretenir avec lui des rapports cordiaux, à défaut d'être amicaux.

Le visage de son père s'assombrit dès qu'elle prononça le nom de Jack, mais il eut la bonne grâce de s'abstenir de tout commentaire. Quant à sa mère, elle vint la trouver dans la cuisine alors qu'elle préparait du café.

— Je suis au courant, tu sais, déclara-t-elle posément.

Maggie leva sur elle un regard éberlué.

— Tu veux dire pour… pour…

— Sylvia McKinnon, oui, compléta Belle en hochant la tête. Ça n'allait plus très bien entre ton père et moi depuis déjà un bout de temps. J'étais mal dans ma peau, furieuse aussi parce que je savais à quel point il désirait un fils — un fils que j'étais incapable de lui donner. Quant à lui, il se sentait à la fois coupable et lésé… Bref, nous étions malheureux chacun de notre côté, il y a déjà six ans de cela.

Je le soupçonnais d'avoir une liaison, mais je ne voulais surtout pas savoir qui était sa maîtresse.

Elle marqua une pause et Maggie en profita pour prendre la parole.

— A t'entendre, on croirait que c'est toi la coupable ! C'est fou…

Un sourire sans joie flotta sur les lèvres de sa mère.

— Chérie… les hommes sont parfois incapables de résister à l'appel de leurs sens. L'essentiel, c'est que ton père ait finalement retrouvé la raison et qu'il me soit revenu. Ça peut paraître bizarre, mais nous sommes plus heureux qu'avant à de nombreux égards.

Maggie baissa les yeux, ne sachant trop que penser.

— Mais ceci n'efface pas le problème Jack McKinnon, reprit Belle.

— Je sais, maman. Les hommes sont plutôt rancuniers, n'est-ce pas ?

Un vrai sourire éclaira le visage de sa mère, cette fois.

— Tu n'as pas tort. Parle-moi de lui… j'ai bien l'intention de le rencontrer, tu sais.

Maggie hésita un instant avant de raconter toute l'histoire à sa mère.

— Je compte sur ta discrétion, bien sûr, conclut-elle.

— Naturellement. Si je comprends bien, tu es tombée amoureuse et pas lui, c'est ça ?

Maggie se leva et avança lentement vers la fenêtre. Elles étaient dans sa chambre, au premier étage, et la vue donnait sur le jardin foisonnant de couleurs.

— Oui, c'est ça. Et c'est précisément pour cette raison que je ne peux accepter le mariage de convenance qu'il m'a proposé.

Une semaine plus tard, sa mère et Jack firent connaissance. Vu les circonstances tout à fait particulières, la rencontre se déroula plutôt bien. Belle observa une certaine réserve tandis que Jack se montra discret et courtois.

Après qu'il eut pris congé, Maggie rencontra le regard troublé de sa mère.

— Alors, comment le trouves-tu ? ne put-elle s'empêcher de demander.

— Ils se ressemblent énormément, si tu veux mon avis.

Les yeux de la jeune femme s'arrondirent de surprise.

— Jack et papa ? C'est exactement la réflexion que je me suis faite quand j'ai rencontré Jack !

Belle hocha la tête en souriant.

— A propos, chérie, j'ai moi aussi une grande nouvelle à t'annoncer : ton père a racheté trois élevages en péril dans le Central Queensland. Nous allons nous installer là-bas pendant quelques mois, le temps de tout remettre en route.

— C'est un beau projet, murmura Maggie, prise de court.

— Rassure-toi, chérie, je viendrai te voir souvent. Un simple coup de fil, un petit trajet en avion et je serai là dès que tu auras besoin de moi !

Ce ne fut que quelques mois plus tard que Maggie comprit les véritables intentions de sa mère…

Trois mois s'écoulèrent et il devint bientôt impossible pour Maggie de continuer à dissimuler sa grossesse. Ils passèrent étonnamment vite, ces mois-là, et elle commença par annoncer la nouvelle à son patron qui se montra très compréhensif. Satisfait de son travail, il l'encouragea à venir à l'agence tant qu'elle le pourrait. « Vous avez un flair exceptionnel, Maggie, il serait dommage de gâcher un tel talent », conclut-il avec un sourire chaleureux.

Le plus difficile fut de parler à son ami Tim Mitchell. En apprenant la nouvelle, ce dernier tomba des nues. La stupéfaction céda vite la place à un mélange de colère et de compassion qui le poussa à formuler une surprenante proposition. Acceptait-elle de l'épouser ? Maggie le remercia, sincèrement touchée par sa générosité, mais refusa. Puis, petit à petit, elle prit ses distances avec le cercle d'amis qu'ils fréquentaient tous les deux.

La seule personne qu'elle ne put éviter en dehors de sa famille fut Jack.

Il lui rendit très souvent visite au cours de ces trois mois, mais pas une seule fois il ne réitéra sa demande en mariage. La fréquence de ses visites étonnait beaucoup Maggie, qui ressentait chaque fois un mélange de joie et de mélancolie en le voyant, et c'était toujours la tristesse qui l'emportait lorsqu'il partait. Mais elle avait fait la promesse de ne jamais l'éloigner de son enfant, aussi endurait-elle courageusement cette situation délicate.

Mieux valait s'habituer au plus vite à leur nouvelle relation, purement platonique celle-ci. Jack n'essayait jamais de la toucher : pas une seule fois il ne fit allusion aux vacances de rêve qu'ils avaient passées à Cape Gloucester.

On eût dit que le désir qu'il avait éprouvé pour elle s'était volatilisé d'un coup et ce constat plongeait Maggie dans un profond désarroi. Leur brève idylle n'avait-elle eu aucune importance à ses yeux ? Y avait-il déjà une autre femme dans sa vie ? Etait-ce le fait qu'elle soit enceinte qui anéantissait sa libido ?

Malgré toutes ces interrogations sans réponses, malgré le chagrin qui lui serrait le cœur chaque fois que Jack prenait congé, Maggie s'efforçait de profiter de l'instant présent. Les visites de Jack lui étaient précieuses, pourquoi les gâcher en ressassant ses idées sombres ?

A sa grande surprise, Jack lui parla longuement de son dernier projet immobilier, un village pour retraités, et de la propriété qu'il venait d'acheter.

— Ce n'est quand même pas celle à laquelle je pense, celle au hangar et aux véhicules volés ? demanda Maggie, interloquée. On m'a dit qu'elle avait été vendue à une société... Hanson Limited, quelque chose comme ça.

— C'est une de mes entreprises.

C'était un dimanche matin et Jack était arrivé alors qu'elle s'apprêtait à prendre un petit déjeuner tardif. Il portait un survêtement gris chiné, des tennis, ses cheveux étaient en bataille, balayés par le vent, et il respirait la santé.

— Super, reprit-il en s'asseyant à la table de la cuisine. J'ai une faim de loup.

— D'où viens-tu ? demanda Maggie en ajoutant un couvert.

— J'ai couru dix kilomètres le long de Main Beach.

— Dans ce cas, tu préférerais sans doute un repas plus consistant... comme un steak et des œufs au plat, par exemple, fit observer Maggie en lui jetant un coup d'œil amusé.

Jack examina la table : il y avait du fromage blanc et des fruits, de la brioche et de la confiture et, assez étonnamment, un bol fumant de soupe aux vermicelles et au poulet.

— Tu t'es mise à la cuisine asiatique, Maggie ?

Elle haussa les épaules.

— J'ai des envies folles de soupe chinoise, figure-toi. Ça peut me prendre à n'importe quel moment, de jour comme de nuit.

Jack partit d'un éclat de rire.

— Dans ce cas, assieds-toi et mange avant qu'elle refroidisse. Je vais me débrouiller tout seul.

— Il y a du jambon et un gros morceau de cheddar au frigo, fit Maggie en soufflant doucement sur sa cuillerée de soupe. Sers-toi si ça te fait envie.

— Merci.

— Alors comme ça, tu as fini par tout acheter, reprit-elle lorsqu'il fut assis devant une assiette copieusement garnie.

— Oui... J'ai pensé que tu serais peut-être intéressée. Maisie m'a dit que tu avais plein d'idées pour cette maison.

— Oh, tu aurais certainement les moyens de la raser complètement pour en construire une toute neuve à la place.

— Je sais que tu continues à me prendre pour un destructeur de bâtisses et un massacreur de paysages, mais en l'occurrence, tu te trompes. Cette maison a du caractère, beaucoup de charme et un véritable potentiel que j'ai la ferme intention de valoriser.

Maggie avala sa soupe sans mot dire, surprise par les changements radicaux qu'elle percevait presque chaque jour chez Jack. Ils avaient parcouru tant de chemin en si peu de temps, tous les deux… Comment aurait-elle pu imaginer, quelques semaines plus tôt, que Jack McKinnon s'inviterait chez elle pour le petit déjeuner et fouillerait dans ses placards de cuisine comme s'il était chez lui ? Son esprit vagabond lui rappela traîtreusement tous les petits déjeuners qu'ils avaient partagés à Cape Gloucester. L'un d'eux, en particulier, resterait à jamais gravé dans sa mémoire. Un petit déjeuner très sensuel, débuté sur la terrasse et qui avait pris fin sur le sable chaud, à l'ombre d'un bosquet de palmiers. Corps emmêlés guidés par un désir incontrôlable, brise matinale, peaux dorées et soupirs langoureux… « Tu es une sirène qui s'est égarée sur la terre ferme », avait chuchoté Jack tout contre ses lèvres, avant de l'entraîner dans un tourbillon de plaisir…

Maggie s'arracha à sa rêverie, parcourue de mille frissons. Que n'aurait-elle donné pour sentir de nouveau le corps de Jack contre le sien, ses mains douces et expertes courir sur sa peau brûlante ? Il lui avait donné tellement de plaisir ce matin-là et toutes les fois où ils avaient fait l'amour, tantôt fiévreusement, tantôt langoureusement, comme s'ils étaient seuls au monde…

— J'avais quelques idées, en effet, déclara-t-elle d'un ton abrupt, désireuse de chasser les images troublantes qui la hantaient sans répit. Le problème, c'est que… ça risque d'être un peu coûteux.

— Voici ce que j'appelle du Trent tout craché, répliqua Jack d'un ton taquin. L'argent n'est pas un souci, en l'occurrence. Vas-y, expose-moi tes plans. Je t'écoute.

Maggie s'exécuta de bonne grâce. A sa grande surprise, son enthousiasme alla crescendo au fil des explications qu'elle livra à Jack.

7

Lorsqu'il lui rendit de nouveau visite — à l'improviste, comme d'habitude — il déposa une pile de plans sur la table basse du salon.

— Qu'est-ce que… ? demanda-t-elle en levant sur lui un regard perplexe.

— Je t'ai déjà parlé de mon projet de village pour retraités, n'est-ce pas ? Je n'ai pas envie qu'il ressemble à un poulailler sans aucun cachet, mais j'aimerais en même temps proposer quelque chose d'abordable. Que penses-tu de ces premières esquisses ?

Maggie examina chaque plan avec la plus grande attention.

— C'est affreux, décréta-t-elle finalement. Beaucoup trop exigu !

— C'est exactement ce que j'ai dit à l'architecte avant de lui retirer le projet. En même temps, il ne faut pas perdre de vue qu'il s'agit d'une résidence pour retraités de classe moyenne qui n'ont pas forcément besoin de vastes demeures pour couler des jours heureux.

Maggie cala quelques coussins derrière son dos qui la faisait souffrir depuis quelque temps et réfléchit quelques instants.

— Je crois qu'il faudrait davantage d'espaces ouverts. Des chambres séparées, bien sûr, mais pourquoi ne pas imaginer des pièces à vivre sans cloisons… des cuisines équipées ouvertes sur des salles à manger lumineuses et des salons chaleureux qui procureraient une impression d'espace même si ce n'est pas forcément le cas en réalité.

Elle marqua une pause et Jack hocha la tête, pendu à ses lèvres.

— Et comme ils n'auront pas de jardins…, reprit-elle avec une pointe de réprobation dans la voix.

— Il y aura des parcs paysagers entretenus par des jardiniers un peu partout dans la résidence, coupa Jack.

— Peut-être, mais c'est toujours triste de ne pas pouvoir s'occuper de son propre jardin quand on en a eu l'habitude durant toute sa vie, répliqua Maggie. Personnellement, si je me lançais dans un projet de ce genre, je veillerais à réserver une parcelle pour celles et ceux qui auraient envie de faire leur potager ou de semer quelques fleurs, que sais-je encore…

— Tu es une mordue de jardinage, Maggie, fit observer Jack en esquissant un geste vers le jardin luxuriant. Mais je prends note. Ton avis m'est extrêmement précieux, tu sais.

Elle arqua les sourcils d'un air dubitatif.

— Puis-je savoir pourquoi ?

— J'ai l'impression que vous avez un flair du tonnerre pour ce genre de choses, mademoiselle Trent. C'est la première fois que je me lance dans un projet immobilier destiné aux seniors. Je ciblais davantage les familles, jusqu'à présent.

— Oh… je vois.

Un sourire amusé éclaira le visage de Jack.

— Si tu as envie de dessiner quelques plans, même des esquisses, vas-y, fais-toi plaisir. J'en serai le premier ravi.

Maggie le considéra sans mot dire, tiraillée par des émotions contradictoires. Elle avait parfois envie de n'écouter que son cœur, de baisser la garde et de dire oui à Jack. « Oui, Jack, je veux devenir ta femme… Epouse-moi, je t'en prie. » En même temps, la désinvolture et le détachement dont il faisait preuve l'irritaient au plus haut point. C'était parfaitement injuste qu'il continue de mener sa vie normalement, comme si de rien n'était, alors qu'elle ne pensait plus qu'à lui, jour et nuit !

D'un autre côté, quand elle n'était pas furieuse contre lui, Maggie était bien obligée d'admettre que la présence de Jack dans sa vie lui procurait un sentiment de sécurité et de plénitude incomparable.

« Ma pauvre, tu ne sais plus où tu en es ! », songeait-elle.

Elle était enceinte de cinq mois et demi lorsque Jack lui rendit visite un soir, après l'heure du dîner. L'air s'était rafraîchi, le soleil se faisait de plus en plus discret.

Ils parlèrent d'abord de la pluie et du beau temps puis le silence retomba.

Jack promena son regard gris sur la silhouette de sa compagne. Maggie portait un grand pull en laine ivoire sur un pantalon noir à fines rayures. Légèrement trop longues, les manches de son pull ne cessaient de rouler sur ses poignets délicats et elle les remontait de temps en temps d'un geste gracieux.

Etait-ce ce détail anodin qui accentuait sa fragilité ? Ou bien ses cheveux libres et les longues mèches soyeuses qu'elle tentait vainement de coincer derrière ses oreilles ? Ou encore ses ballerines en cuir crème qui lui rappelaient des chaussons de danse ?

A moins que cette impression ne vienne de son regard voilé, indéchiffrable. Car, oui, son regard empreint de gravité ne trahissait désormais plus aucune émotion, alors qu'il reflétait toutes ses pensées quelques mois plus tôt, tel le miroir de son âme.

— Comment te sens-tu ?

— Très bien, merci, répondit-elle d'un ton mécanique.

Elle cala un coussin dans le creux de ses reins.

— Je n'ai plus de nausées et mis à part ce fichu dos qui se fait un peu trop sentir à mon goût, je n'ai pas à me plaindre. Il paraît que le deuxième trimestre de la grossesse est le plus agréable, c'est celui où l'on est censée se sentir tout à fait épanouie, acheva-t-elle en esquissant une petite grimace.

— Mais ce n'est pas le cas, n'est-ce pas ?

Elle haussa les épaules et se leva brusquement.

— Aucune grossesse n'est semblable à une autre. Veux-tu une tasse de thé, je vais en préparer ? Ou un petit digestif ?

— Je prendrais volontiers une tasse de thé, merci.

Elle s'éloigna, mais Jack eut le temps de noter les transformations de sa silhouette. Si ses poignets étaient restés fins et délicats, sa petite poitrine s'était épanouie et sa taille n'était plus aussi fine… Une vague d'émotion le submergea. Comme elle était belle, ainsi métamorphosée !

— Comment expliques-tu cela ? reprit-il quelques instants plus tard, alors qu'elle déposait un plateau sur la table basse.

La théière fumante était accompagnée de deux tasses en porcelaine fine et d'une assiette garnie de biscuits sablés. Comme elle ne répondait pas, Jack insista :

— Est-ce le fait d'être mère célibataire qui te préoccupe ? Est-ce pour cela que tu n'es pas complètement épanouie ?

Maggie prit le temps de s'asseoir et d'allonger ses jambes sur un pouf.

— Tu es bien la dernière personne à qui je l'avouerais… en admettant que ça soit vrai, naturellement.

— Aurais-tu peur que je réitère ma demande en mariage ? Ne t'inquiète pas, ça n'arrivera pas.

Maggie remonta les manches de son pull et prit une tasse entre ses mains.

— Ça ne changerait pas grand-chose, de toute façon. Je suis la seule responsable de ma situation et, tout à fait objectivement, je ne m'en plains pas. C'est juste que… j'avance en terrain inconnu et j'imagine que toutes les nouvelles mamans doivent avoir un peu de vague à l'âme.

— Tu as commencé à préparer l'arrivée du bébé ?

Cette fois, le visage de Maggie s'éclaira franchement.

— Jack, chaque fois que ma mère vient me voir, ce qui arrive très souvent, nous ne faisons rien d'autre que ça. Notre bébé aura tout ce qui se fait de mieux en matière de puériculture et il possède déjà plus de vêtements qu'il ne pourra en mettre !

Ce fut au tour de Jack de sourire.

— Parfait, murmura-t-il en reposant sa tasse sur le plateau. A part ça, tu continues à sortir un peu ? Tu vois des amis ?

Maggie plissa le nez dans une moue comique.

— Oh, je suis allée dîner avec une ou deux vieilles copines, mais je dois certainement… comment dire… dégager des vibrations qui disent que je préférerais mille fois être seule.

— Et Tim Mitchell ? demanda Jack sans transition.

Elle tressaillit.

— Est-ce qu'il t'a laissée tomber comme une vieille chaussette en apprenant la nouvelle ?

— Oh non… au contraire. Il m'a demandée en mariage.

Le visage de Jack se durcit.

— J'espère que tu l'as rembarré vertement.

Maggie le foudroya du regard.

— Tim ferait un bon mari, j'en suis persuadée.

Un silence chargé d'électricité s'installa entre eux.

— Et le travail ? reprit finalement Jack, sans autre commentaire.

— Je prends mon congé maternité dans deux semaines. C'est drôle, c'est comme si j'avais perdu l'étincelle… c'est presque devenu une corvée de me rendre au bureau chaque matin. En plus… — elle baissa les yeux sur sa silhouette arrondie — j'ai l'impression d'être sur le point d'exploser et j'ai de plus en plus de mal à m'extirper de la voiture entre deux visites.

Un sourire adoucit enfin le visage de Jack.

— Je vois. Et que dirais-tu de travailler chez toi ? Pour moi, par exemple… je veux dire, comme collaboratrice ?

Maggie le dévisagea d'un air interdit.

— J'ai pris en compte toutes tes suggestions dans mon projet de village pour seniors. A présent, j'ai besoin d'une décoratrice d'intérieur et tu es à mes yeux la personne idéale pour ce poste, conclut-il en balayant du regard la pièce décorée avec soin. Tu as des idées à la fois originales et astucieuses, et un goût irréprochable.

Devant tant de compliments, Maggie restait bouche bée.

— Et puis, ce projet de résidence pour retraités semblait te tenir à cœur, reprit Jack, un brin ironique.

Elle se força à se ressaisir.

— Tu vas vendre les maisons déjà meublées ?

— Certaines d'entre elles, oui. Mais même celles qui seront vides auront besoin d'un code couleur, d'une harmonie entre les revêtements, les sols, le carrelage de la salle de bains, l'aménagement de la cuisine.

— Et…

Maggie s'humecta les lèvres.

— Tu… tu crois que je pourrais gérer tout ça en restant chez moi ?

— Bien sûr, pourquoi pas ? Naturellement, tu pourras venir sur le site tant que tu voudras, mais Maisie se chargera de t'adresser tous les échantillons — de tissus, de carrelage, de moquette, de peinture — directement chez toi.

Elle le considéra un long moment, gagnée par l'enthousiasme.

Jack attendit quelques instants avant d'ajouter :

— J'ai également prévu plusieurs parcelles de terrain destinées aux férus de jardinage.

Cet argument acheva de la convaincre. C'était un projet de taille, à la fois novateur et ambitieux, et l'idée d'y participer activement l'emplissait d'allégresse.

Toute à sa joie, elle ouvrit la bouche pour dire ce qui lui passait par la tête à cet instant précis — « quel dommage que tu ne m'aimes pas, Jack » —, mais se retint de justesse pour demander :

— Pourquoi fais-tu tout ça ?

— Je te l'ai déjà dit. Ton bien-être est important pour moi, tout autant que celui de notre enfant.

Ce même soir, Maggie s'endormit les joues baignées de larmes. Cette pensée qui avait surgi de façon tout à fait incongrue — *quel dommage que tu ne m'aimes pas, Jack* — avait clairement mis en lumière tout l'amour qu'elle lui portait… Un amour qui grandissait au fil des jours, malgré les termes purement cordiaux et platoniques de leur drôle de relation.

Et voici qu'à présent, Jack lui proposait une collaboration professionnelle… Ne voyait-il pas qu'en même temps qu'elle l'enthousiasmait, cette perspective lui brisait le cœur ?

Tout comme sa vie avait changé radicalement, ses conceptions et ses opinions dans bon nombre de domaines évoluaient aussi.

Les derniers mois de sa grossesse défilèrent à une vitesse prodigieuse tant elle était occupée, pour son plus grand bonheur. Son corps continua à s'arrondir ici et là, elle se sentait belle et épanouie et elle se mit à rayonner… enfin.

Elle se rapprocha aussi de Jack et de l'empire McKinnon. Sur son insistance, elle accepta même une place de consultante au sein du conseil d'administration, surmontant du même coup ses craintes de déclencher des rumeurs quant à l'identité du père de l'enfant qu'elle portait.

— Ça ne regarde que toi, Maggie, décréta fermement Jack lorsqu'elle lui confia ses angoisses. Personnellement, je ne l'ai dit à personne de mon entourage.

— Pas même à Maisie ?

— Pas même à Maisie… Bien que je la soupçonne d'avoir deviné la vérité. Mais je ne me fais aucun souci, elle sait tenir sa langue. Et toi, en as-tu parlé à quelqu'un ?

— Non.

Ils se contemplèrent quelques instants.

— Alors, où est le problème ? reprit Jack. Ça pourrait être le début d'une nouvelle carrière, plus adaptée à ton statut de mère célibataire.

Maggie ouvrit la bouche pour protester. Les dernières paroles de Jack résonnaient douloureusement à ses oreilles. Mère célibataire, alors qu'ils auraient pu former une famille heureuse… si seulement Jack avait éprouvé les mêmes sentiments qu'elle. Mais la vie était ainsi faite, et il avait raison :

c'était ainsi que la société tout entière la considérerait après la naissance de son bébé, comme une mère célibataire.

— C'est d'accord, déclara-t-elle.

Sylvia passa lui rendre visite un jour, à l'improviste.

— C'est Jack qui m'a donné l'autorisation de venir vous voir, expliqua-t-elle lorsque Maggie ouvrit la porte.

— Vous n'aviez pas besoin de son autorisation, protesta Maggie, une fois remise de sa surprise. Euh… entrez, je vous en prie.

Les deux jeunes femmes s'installèrent dans le salon et Sylvia reprit la parole d'un ton teinté d'espièglerie.

— Pour être franche, cela faisait un petit moment que je n'avais pas vu Jack. J'évite de le croiser ces temps-ci. Il faut dire qu'il a la fâcheuse manie, depuis tout petit, d'avoir raison sur tout.

— Je connais bien ce genre de personnage, soupira Maggie en levant les yeux au ciel.

— J'imagine, en effet. Vous êtes coincée entre deux hommes comme ça, n'est-ce pas ?

L'allusion soudaine à son père refroidit un peu Maggie, ce qui n'échappa pas à Sylvia qui s'empressa d'enchaîner :

— Je suis aussi coupable que votre père, Maggie. Je savais qu'il était marié. Je n'aurais jamais dû me lancer dans cette aventure.

Maggie hocha la tête, soulagée par la franchise de la jeune femme.

— Pour ne rien vous cacher, je me suis posé beaucoup de questions à ce sujet. Tout cela pour conclure que ce genre de choses arrivait somme toute assez fréquemment.

— Figurez-vous qu'il m'est arrivé quelque chose de grandiose, depuis. Je suis tombée éperdument amoureuse d'un homme alors même que je croyais dur comme fer ne plus être capable d'éprouver des sentiments aussi forts.

— Il n'est pas marié, j'espère, demanda Maggie, mi-figue, mi-raisin.

— Pas encore. Mais il va bientôt m'épouser, ajouta Sylvia en souriant.

Sur une impulsion, Maggie se leva et s'approcha de Sylvia pour la prendre dans ses bras — non sans mal, vu son état, ce qui les fit rire de bon cœur.

— Je suis tellement heureuse pour vous, murmura-t-elle d'un ton sincère. Et surtout, ne vous inquiétez pas pour mes parents : ils vivent en ce moment même une seconde lune de miel et semblent amoureux comme au premier jour !

Sylvia exhala un soupir soulagé.

— Oh, tant mieux ! Mais vous a-t-il pardonnée pour Jack… et ça ? ajouta-t-elle en tapotant délicatement le ventre rebondi de la jeune femme.

Maggie baissa les yeux, un sourire attendri aux lèvres.

— Disons qu'il fait bonne figure. Oh, je ne me berce pas d'illusions, il serait étonnant qu'ils deviennent amis, mais j'ai tout de même réussi à leur faire comprendre qu'il serait dans l'intérêt de tous qu'ils entretiennent des rapports cordiaux. La rencontre officielle n'a toujours pas eu lieu, cela dit.

— Maggie, pourquoi refusez-vous d'épouser Jack ?

— Sylvia… Vous êtes mieux placée que quiconque pour savoir à quel point il est difficile de cerner le vrai Jack McKinnon. J'ai l'impression qu'il y a quelque chose en lui…

Elle s'interrompit et chercha ses mots avec soin avant de reprendre.

— Quelque chose de profondément enfoui qui le pousse à fuir toute forme d'attachement, et ce blocage remonte sans aucun doute à sa petite enfance et à son adoption…

Sylvia hocha la tête en soupirant.

— Le problème, poursuivit Maggie, c'est que je ne suis pas du genre à me contenter de quelques miettes. Je suis quelqu'un d'entier, vous comprenez. Jack passe me voir presque tous les jours, il est formidable…

— Il m'a beaucoup aidée quand j'ai… quand votre père… enfin, je ne sais pas ce que j'aurais fait sans lui. C'est quelqu'un de bien, quelqu'un de profondément gentil.

Maggie esquissa une grimace avant de changer délibérément de sujet.

— Comment s'appelle votre futur mari ? Oh… voulez-vous voir la chambre du bébé ?

— Voilà, voilà, petit cœur, murmura Maggie en caressant son ventre après le départ de Sylvia. C'était ta tante. Et c'est un grand pas que nous venons de franchir. Maintenant, nous sommes tous les deux… et rien ne nous résistera !

Quelques jours plus tard, Maggie eut la surprise de recevoir au courrier une invitation de la part de Jack. Un dîner était organisé chez lui le surlendemain pour célébrer les premières fondations du village de seniors. En voyage d'affaires à l'étranger, Jack rentrerait le jour même de la réception.

Après quelques hésitations, Maggie appela Maisie pour lui confirmer sa présence au dîner. Elle faisait partie de l'équipe, non ? Enceinte de huit mois, il lui était difficile de rester assise longtemps, mais mis à part ce léger désagrément, elle se sentait en pleine forme.

Le jour du dîner, Maggie se prépara avec un soin tout particulier. Pour l'occasion, elle avait spécialement acheté une robe de grossesse dans une petite boutique chic : toute simple, sans manches pour fêter l'arrivée du printemps, coupée dans une mousseline de soie noire, elle épousait joliment ses formes voluptueuses de future maman. Ourlé d'un large ruban de satin et souligné d'un gros nœud plat, le décolleté mettait en valeur sa poitrine épanouie tandis que la jupe s'évasait souplement jusqu'à ses mollets fuselés. Les chaussures qu'elle avait choisies pour aller avec sa robe étaient une pure folie : il s'agissait d'une paire de sandales à talons en cuir argenté dont les brides s'enroulaient autour de ses chevilles. Dans l'après-midi, elle s'était rendue chez l'esthéticienne puis chez le coiffeur. Flottant librement sur ses épaules, très légèrement bouclés, ses cheveux mordorés brillaient comme de la soie. Elle retoucha à peine son maquillage et jeta un dernier coup d'œil à son reflet dans la psyché de bois de rose qui ornait sa chambre. Au même instant, son bébé lui décocha un coup de pied et Maggie baissa les yeux juste à temps pour apercevoir la petite bosse qui se déplaçait sur son ventre.

— Petit chenapan, murmura-t-elle d'une voix nouée par l'émotion. Tu es un vrai sportif, on dirait, comme papa et maman !

Un sourire aux lèvres, elle ramassa sa pochette brodée de fil d'argent et se mit en route.

Le dîner avait lieu chez Jack, dans son grand appartement prolongé d'une immense terrasse qui offrait une vue spectaculaire sur Runaway Bay, Broadwater et l'océan.

— Maggie ! s'écria Maisie en lui ouvrant la porte. Vous êtes superbe !

— J'approuve entièrement.

Jack avait surgi derrière Maisie, plus séduisant que jamais dans un costume noir impeccablement coupé et une chemise d'une blancheur éclatante qui rehaussait son teint cuivré. Maggie retint son souffle. Cela faisait une semaine qu'elle ne l'avait pas vu, autant dire une éternité, et une bouffée d'amour lui gonfla le cœur. Elle avala péniblement sa salive avant de lancer d'un ton espiègle :

— Merci ! On peut dire que vous avez l'art de remonter le moral vacillant d'une femme enceinte de huit mois, tous les deux !

Un buffet copieusement garni de mets aussi raffinés qu'appétissants avait été dressé sur la terrasse et, parce qu'il faisait doux et qu'il n'y avait pas de vent, la vingtaine de convives s'égaillait entre plusieurs tables rondes drapées de nappes blanches.

Maggie passa une excellente soirée parmi ces gens qu'elle connaissait tous à présent. Mais la fatigue la rattrapa vite et, alors qu'elle était en train de prendre congé auprès de Maisie, une main chaude se referma autour de son poignet.

— Reste encore un peu. Les autres invités ne vont plus tarder à partir. Je te raccompagnerai chez toi ensuite.

— Je suis venue en voiture, tu sais.

— Aucune importance. Je n'aime pas te savoir seule en ville la nuit.

— Jack a raison, intervint Maisie, ce n'est pas prudent.

— D'accord… mais je suis épuisée, insista Maggie en étouffant un bâillement.

— Que diriez-vous de vous installer dans la bibliothèque en attendant ? suggéra Maisie. Vous pourrez vous allonger tranquillement et boire une bonne tasse de thé…

— Oh merci, Maisie ! C'est une excellente idée ! Entre nous, mes chaussures me font souffrir le martyre.

En pénétrant dans la bibliothèque, Maggie ne put s'empêcher de sourire. La passion de Jack pour les bateaux imprégnait la pièce : des aquarelles marines ornaient les murs, et sur la table basse, un vieux globe terrestre côtoyait un magnifique sextant en cuivre. Et les fauteuils joufflus, en cuir capitonné, invitaient à la détente…

— Et celui-ci, déclara Maisie en actionnant un levier, se transforme presque en lit.

— C'est exactement ce qu'il me faut !

Maggie retira ses sandales et se laissa tomber dans le fauteuil avec un long soupir.

— Le thé arrive dans un instant ! s'écria Maisie avant de disparaître.

Après avoir bu son thé, Maggie s'installa confortablement dans le fauteuil moelleux et ferma les yeux.

Une demi-heure plus tard, elle émergea du léger sommeil dans lequel elle avait sombré en toute quiétude. En soulevant les paupières, elle découvrit Jack qui se tenait à côté du fauteuil, l'air grave, presque sévère, à la fois magnifique et imposant dans son costume sombre. Les lèvres de Maggie s'entrouvrirent lorsque leurs regards se nouèrent et elle essaya de se redresser.

Aussitôt, Jack lui tendit la main pour l'aider à se lever.

Elle voulut le remercier, mais les mots moururent sur ses lèvres parce qu'il la détaillait de la tête aux pieds et qu'elle connaissait bien la lueur qui brillait dans ses yeux gris. Il continua à la contempler sans mot dire, le regard voilé, et elle sentit sur son poignet la pression de ses doigts fermes.

« Il a envie de moi, songea-t-elle tandis que ses joues s'empourpraient et que sa respiration devenait saccadée. C'était ainsi qu'il me regardait avant de me faire l'amour... exactement comme ça... et j'avais l'impression de sentir ses mains courir sur ma peau... »

La sonnerie du téléphone rompit la magie de l'instant. Jack foudroya l'appareil du regard avant d'aller répondre.

— Maisie, commença-t-il d'un ton irrité, que se...

Il se tut brusquement, écouta quelques instants puis dit à mi-voix :

— Entendu. Pourrez-vous raccompagner Maggie chez elle ?

Il raccrocha et se tourna vers Maggie.

— Sylvia vient d'appeler. L'état de santé de notre mère s'est aggravé, on l'a transportée d'urgence à l'hôpital... le diagnostic des médecins est plutôt pessimiste.

Maggie porta la main à ses lèvres.

— Oh Jack ! Je suis désolée...

— Si je prends la route sans tarder, je serai auprès d'elle demain matin. Excuse-moi, Maggie...

— Tu n'as pas à t'excuser, enfin ! Va vite la rejoindre... mais sois prudent sur la route.

— Ne t'inquiète pas, murmura Jack en lui prenant la main. Fais attention à toi aussi.

Le bébé choisit cet instant précis pour se manifester et Maggie posa la main de Jack sur son ventre. Du coin de l'œil, elle le vit hausser les sourcils de surprise.

— Il bouge souvent comme ça ?

— Assez souvent depuis quelque temps, oui, répondit Maggie, un sourire ému aux lèvres. Il ou elle adore faire des galipettes… j'ai bien peur que nous ayons fait un autre petit gymnaste, si tu veux tout savoir !

Dans l'embrasure de la porte, Maisie toussa discrètement et le charme se rompit.

— Excusez-moi… c'est de nouveau Sylvia au téléphone.

Les jours suivants, Maggie flotta sur un petit nuage. Malgré son inquiétude pour la mère de Jack, elle ne pouvait s'empêcher de revoir le regard lourd de désir de ce dernier, de revivre le moment de tendre complicité qu'ils avaient partagé avant l'irruption de Maisie. Certes, il ne fallait pas confondre désir et sentiment amoureux, mais tout de même… S'il avait envie d'elle alors qu'elle était enceinte de huit mois, peut-être son désir se transformerait-il au fil du temps en quelque chose de plus profond ? Peut-être finirait-il par l'aimer, lui aussi ? Si, de son côté, elle oubliait un instant son maudit amour-propre et lui laissait une chance de s'installer dans sa vie ?

Maggie poussa la porte de la clinique où elle avait rendez-vous pour sa dernière visite prénatale, où Maisie avait gentiment proposé de l'accompagner. Depuis le départ de Jack, quelques jours plus tôt, cette dernière veillait sur elle comme un ange gardien.

Inévitablement, ses pensées retournèrent vers Jack. Jamais elle n'avait imaginé, tout au long de ces mois passés, qu'il éprouvait encore une attirance pour elle, fût-elle purement physique. Il cachait si bien son jeu ! Pourquoi ? Pourquoi une telle retenue ?

Plongée dans ses réflexions, elle ne vit pas le garçonnet qui courait dans le couloir en riant aux éclats, tourné vers sa mère qui s'était lancée à sa poursuite.

Ils se heurtèrent de plein fouet. L'enfant rebondit souplement et se releva aussitôt. Privée de son agilité coutumière, Maggie perdit l'équilibre, se tordit la cheville et tomba à la renverse. Sa tête heurta le sol dans un bruit sourd, et elle perdit connaissance sur-le-champ.

8

Elle sortit lentement, très lentement d'un sommeil profond, sans rêve. Ses paupières papillonnèrent à plusieurs reprises, mais elle ne parvint pas à les ouvrir tout de suite. La troisième tentative fut la bonne et lorsque, tournant légèrement la tête sur le côté, elle aperçut un berceau, ses yeux s'arrondirent de stupeur tandis qu'un petit gémissement s'échappait de ses lèvres.

Elle voulut se redresser, mais ses jambes refusèrent de lui obéir. La voix de Jack s'éleva alors, à la fois ferme et apaisante.

— Doucement.

Maggie l'aperçut, tranquillement assis à côté du berceau.

— Jack !

— C'est moi, en effet. Comment te sens-tu ?

— Je ne sais pas, je… Est-ce que c'est… nous ?

Un sourire éclaira le visage de Jack.

— J'apprécie ton sens de la formule. Tu n'as qu'à regarder ce qui est écrit sur le berceau : Trent, trait d'union, McKinnon… donc, oui, c'est bien nous, conclut-il en penchant légèrement le berceau afin que Maggie puisse voir le petit être qui dormait à poings fermés.

— Alors tout va bien… *tout va bien*, n'est-ce pas ? demanda-t-elle d'un ton inquiet.

— Tout va très bien, rassure-toi.

La jeune femme s'appuya contre les oreillers avec un soupir de soulagement.

— C'est une fille ou un garçon ?

— Un garçon. Comme il a décidé de pointer le bout de son nez un peu avant la date prévue, il a passé quelques heures en couveuse, mais les médecins ont vite jugé que ce n'était plus nécessaire. A vrai dire, ils sont étonnés par ses capacités de récupération.

Un sourire étira les lèvres de Maggie tandis qu'elle contemplait la petite forme endormie, le cœur gonflé de fierté. Oh, elle ne voyait pas grand-chose d'où elle se trouvait : la courbe d'une joue veloutée, un petit poing serré, quelques cheveux bruns. Il bougea tout à coup, son visage apparut et Maggie retint son souffle. D'un air très concentré, le bébé Trent-McKinnon bâilla, ouvrit sa main droite et se rendormit.

— Il a l'air drôlement calme, murmura Maggie, fascinée.

Jack se passa la main dans les cheveux.

— N'est-ce pas ? Beaucoup plus calme que moi, en tout cas.

Maggie leva les yeux sur lui.

— Comment est-ce possible, après ce que nous venons de vivre ?

— C'est toi qui as le plus souffert, Maggie.

— Je ne me souviens pas de tout, en fait, avoua la jeune femme. C'est encore un peu confus.

Jack se pencha vers elle et lui prit la main.

— Il n'y a rien d'étonnant à ça. Tu as reçu un choc assez violent à la tête en tombant par terre alors que tu venais de heurter un petit garçon qui courait dans le couloir. Heureusement, tu étais déjà sur place et les choses ont pu s'enchaîner rapidement. Le choc a déclenché les contractions, les médecins t'ont fait une péridurale et ce petit être qui dort paisiblement à côté de nous n'a pas tardé à faire son apparition.

Maggie cligna des yeux, décontenancée.

— A quelle heure est-il né ?

Jack consulta sa montre.

— Il y a environ huit heures. Je suis arrivé quelques minutes après sa naissance.

Il esquissa un sourire et dégagea sa main pour lui caresser tendrement les cheveux.

— Je l'ai déjà pris dans mes bras, ajouta-t-il fièrement.

Maggie ferma les yeux.

— Je peux, moi aussi ?

Jack émit un petit rire.

— Bien sûr, quelle question ! Au fait, tes parents sont là aussi. Ils sont allés prendre un café, mais ils ne devraient pas tarder à nous rejoindre.

Cette fois, les yeux de Maggie s'arrondirent de stupeur.

— Tu… tu as revu mon père ?

Il hocha la tête.

— Oui. Et tout s'est déroulé à merveille, sans rancœur ni animosité. Nous étions bien trop inquiets pour toi… et trop heureux pour le bébé.

Maggie prit une longue inspiration.

— Oh, Jack, c'est le plus beau jour de ma vie !

— Il y en aura d'autres, j'espère, murmura-t-il d'un ton énigmatique.

Leurs regards se rencontrèrent, l'atmosphère se chargea d'électricité. En proie à un tumulte d'émotions, Maggie tendit les bras vers le berceau.

— Peux-tu me donner notre bébé, Jack ? Il doit trouver très étrange de ne pas avoir entendu la voix de sa maman alors que je lui parlais tous les jours pendant ma grossesse.

Jack prit le nourrisson dans ses bras avec une délicatesse infinie. Au moment où il s'apprêtait à le remettre à Maggie, celle-ci surprit son regard, rivé sur le bébé endormi, et son cœur se mit à battre plus vite. C'était un regard débordant de tendresse et de fierté, un regard empli d'amour.

La gorge nouée, elle prit le bébé dans ses bras et une nouvelle vague d'émotion la submergea. C'était un moment magique, un moment de bonheur intense qu'elle n'oublierait jamais, quoi qu'il advînt par la suite. Elle effleura la petite paume ouverte de son index et la main se referma aussitôt sur son doigt.

— Alors, petit cœur, nous faisons enfin connaissance,

toi et moi. Comment vas-tu, dis-moi ? Je vais bientôt te faire téter, ne t'inquiète pas… Oh, Jack, regarde… il a hérité de ton nez !

Jack porta la main à son nez en grimaçant.

— Je trouve plutôt que c'est un Trent tout craché, objecta-t-il. D'ailleurs, je pensais l'appeler Trent McKinnon, qu'en dis-tu ? Il ne va tout de même pas garder ce « trait d'union » toute sa vie, le pauvre !

Maggie acquiesça d'un signe de tête et ils éclatèrent de rire à l'unisson… Ce fut ainsi que Belle et David Trent les trouvèrent.

Le lendemain de cette mémorable journée, Jack fut obligé de les quitter. Sa mère adoptive était décédée la veille de la naissance de Trent et l'enterrement avait été organisé sans tarder.

Lorsqu'il poussa la porte de la chambre de Maggie et Trent, deux jours plus tard, ses bras étaient chargés de cadeaux. Après l'avoir longuement serré dans ses bras en lui murmurant des paroles réconfortantes, Maggie ouvrit les paquets avec une joie enfantine. Des chocolats, des fleurs, des peluches, des livres, une adorable paire de chaussons brodés…

— Tu nous gâtes beaucoup trop ! s'écria-t-elle en levant les yeux sur lui.

C'était un dimanche. Il portait un jean délavé, un polo blanc et des mocassins. Il paraissait encore plus imposant que d'habitude, plus séduisant aussi… Et que signifiait cette expression énigmatique qui voilait son beau visage ?

— Jack… qu'y a-t-il ?

— Tes parents et moi pensons qu'il serait préférable que tu viennes t'installer chez moi, débita-t-il d'un ton très professionnel.

Maggie resta sans voix et Jack profita de son mutisme pour enchaîner :

— Mon appartement est immense, ta mère a préparé une

chambre pour notre fils, il y a une piscine au rez-de-chaussée si tu veux te détendre un peu entre deux tétées et je serai là pour t'aider… Quoi ? Qu'est-ce qu'il y a ? demanda-t-il comme Maggie secouait la tête, abasourdie.

— Jamais je n'aurais imaginé vivre ce moment-là un jour, répondit la jeune femme, partagée entre l'envie de rire et celle de protester fermement — les arguments de Jack lui semblaient tellement prosaïques par rapport à l'amour qui gonflait son cœur ! Mes parents et toi complotant dans mon dos pour que nous vivions ensemble… avoue que c'est tout de même incroyable !

— Maggie, je t'en prie… ce sera plus facile pour tout le monde, tu ne trouves pas ?

Ils se mesurèrent du regard. Finalement, Maggie hocha la tête.

— On peut toujours essayer.

Au même instant, comme s'il criait victoire, leur fils se mit à hurler pour réclamer à manger.

Ce fut quelques semaines plus tard qu'eut lieu une de ces étonnantes conversations qui caractérisaient ce couple tout aussi étonnant. Ils vivaient désormais tous les trois sous le même toit et cette proximité mettait Maggie à la torture. Aussi, un soir, alors que Jack venait à peine de rentrer du bureau, décida-t-elle de prendre son courage à deux mains… et de se jeter à l'eau. La conversation débuta ainsi, sur un ton anodin :

— Nous avons un bébé très discipliné, tu sais, déclara Maggie avec le plus grand sérieux.

— On croirait quc tu parlcs d'unc poupée de porcelaine.

— Non… je voulais juste dire que… qu'il est incroyablement bien réglé. Il fait tout ce qu'un bébé doit faire en théorie à son âge.

Jack fronça les sourcils.

— Il n'a que huit semaines. Qu'est-ce qui te fait dire ça ?

Elégamment vêtue d'un pantalon blanc et d'un chemisier

en lin, Maggie était assise à côté du berceau où dormait paisiblement leur fils. Un ruban du même vert que ses yeux retenait en queue-de-cheval sa longue chevelure blond foncé.

— C'est simple, répondit-elle en balayant l'air d'un geste gracieux. Il a tout de suite adopté un rythme très régulier. Malgré une naissance quelque peu mouvementée, il réclame à manger toutes les quatre heures depuis le début. Il fait de jolis rots et dort à poings fermés entre les repas. Il n'y a qu'après la tétée de 14 heures qu'il reste un peu éveillé et là, il babille joyeusement et adore qu'on le promène dans les bras. Pour couronner le tout, il fait ses nuits depuis quelques jours et dort huit heures d'affilée, de 22 heures à 6 heures du matin.

— Y a-t-il quelque chose qu'il ne fasse pas correctement ? demanda Jack avec un sourire moqueur. Excuse-moi, Maggie, mais c'est presque trop beau pour être vrai.

Elle réfléchit quelques instants.

— Il déteste qu'on lui lave les cheveux, admit-elle finalement. Il pique des colères noires chaque fois que je lui mouille la tête… Mais là encore, c'est plutôt normal pour un bébé. Je l'ai lu dans un de mes livres. A part ça…

Elle s'interrompit pour hausser les épaules.

— Non, je ne vois rien d'autre.

— Dans ce cas, peux-tu me dire ce qui te chagrine ?

Maggie détourna les yeux pour contempler la petite silhouette de son fils profondément endormi. Son regard se voila.

— Je ne peux pas m'empêcher de penser qu'il serait horrifié s'il savait à quel point sa situation est… hors norme.

Elle leva les yeux et rencontra le regard de Jack.

— Parce qu'il est né en dehors des liens du mariage, c'est ça ? fit Jack tandis que sa bouche prenait un pli dur. Dois-je te rappeler que c'est toi qui en as décidé ainsi, Maggie ?

Elle baissa la tête.

— C'était avant que… qu'il se passe toutes ces choses, répondit-elle d'un ton posé en promenant ses doigts sur les bras du fauteuil. C'était avant que je prenne conscience de ce qu'être mère voulait dire, avant que je réalise tout ce dont un bébé a besoin.

Jack la considérait avec attention, sans mot dire. Troublée par l'intensité de son regard, Maggie sentit sa détermination fléchir et ce fut d'une traite qu'elle demanda :

— Veux-tu m'épouser, Jack ?

Le silence retomba, pesant, et s'étira douloureusement pour Maggie. Le visage de Jack ne trahissait aucune émotion. Au bout de ce qui parut durer une éternité, il s'agita légèrement dans son fauteuil.

— Est-ce vraiment ce que tu souhaites ?

Ces quelques mots lui firent l'effet d'une douche glaciale. Mais à quoi s'attendait-elle, au juste ? Qu'il lui saute au cou, fou de joie ? Qu'il lui avoue enfin son amour ?

Mortifiée, Maggie se leva et traversa le salon à grands pas. Au moment où elle allait franchir le seuil, la main de Jack se referma sur son poignet.

— Hé ! Où cours-tu comme ça ? Pourquoi me fuis-tu ?

Elle fit volte-face. Son regard vert étincelait de rage et de frustration mêlées.

— Tu n'as pas changé d'un iota ! Tu ne m'as jamais comprise et tu ne me comprendras jamais !

Jack soutint son regard et contempla son visage empourpré tandis qu'elle essayait, en vain, de se libérer de son étreinte.

— Serait-il possible que ta mère se soit trompée ? murmura-t-il en secouant la tête, visiblement désarçonné.

Maggie retint son souffle.

— Que veux-tu dire par là ?

Jack hésita un instant avant de répondre d'une voix sourde :

— Ta mère est venue me voir quelques jours après notre rencontre. Elle m'a clairement laissé entendre que tu n'accepterais jamais de devenir ma femme si je ne te donnais pas l'impression d'être l'instigatrice d'une telle décision. C'est inscrit dans tes gènes, paraît-il, ce besoin de tout régenter, ajouta-t-il d'un ton taquin. « Et si ce moment n'arrivait pas ? », lui ai-je demandé parce que ton refus m'avait profondément blessé. Un sourire énigmatique a été sa seule réponse.

Comme Maggie s'apprêtait à ouvrir la bouche, il l'attira dans ses bras et la fit taire d'un baiser léger comme une plume.

— Je t'aime, Maggie, ne l'as-tu pas compris ? Je n'ai jamais été porté sur le mariage, je le reconnais volontiers, mais ma vie a basculé le jour où je t'ai rencontrée. En même temps, tout allait trop vite à mon goût, j'avais peur que tu te lasses à la longue, peur d'être abandonné au bout du compte. Sans doute à cause de mon passé d'enfant adopté. Notre séjour à Cape Gloucester a été une révélation, mais j'avais besoin de faire le point… ensuite, il y a eu le bébé et j'ai sauté sur l'occasion pour te demander en mariage et là… patatras, la dure réalité m'a rattrapé…

Eperdue de bonheur, Maggie posa son index sur les lèvres de Jack. Des larmes de joie brillaient dans ses yeux.

— Pourquoi ne m'as-tu pas dit tout ça plus tôt ? Oh, Jack, si tu savais combien je t'aime, moi aussi ! Tu paraissais si distant, si indifférent… Tu me désirais, certes, mais c'était trop peu pour moi. Tu me connais, n'est-ce pas ? Je voulais plus, beaucoup plus ! J'ai cru mourir de honte le jour où tu m'as demandée en mariage. J'ai vécu ça comme une humiliation cuisante. Pourtant, mon amour était là, qui grandissait chaque jour… qui me torturait chaque jour… oh, mon Dieu… c'est le plus beau jour de ma vie, conclut-elle en enfouissant son visage dans le cou de son bien-aimé, le père de son enfant.

— J'ai déjà entendu ça récemment, plaisanta Jack en resserrant son étreinte.

Leurs lèvres se joignirent dans un baiser fiévreux. Depuis combien de temps n'avaient-ils pas fait l'amour ? Le désir jaillit, brûlant, incontrôlable. Ils n'eurent que le temps de se réfugier dans leur chambre où ils se dévêtirent à la hâte, pressés de se retrouver nus l'un contre l'autre, frissonnants de plaisir.

— Je t'aime, je t'aime, je t'aime, chuchota Maggie en déposant une pluie de baisers sur son torse puissant.

Les mains de Jack agrippèrent fermement ses hanches.

— Je t'aime aussi, Maggie. Au fait, quand as-tu l'intention de m'épouser ?

Elle étouffa un petit rire et se cambra contre lui, avide de caresses.

— Euh… demain ?

Bien sûr, il ne fut pas possible d'organiser un mariage dans d'aussi brefs délais. Le lendemain, en fait, ce fut Jack qui réserva une belle surprise à Maggie.

— J'aimerais vous montrer quelque chose, à toi et à notre fils, annonça-t-il lorsqu'ils eurent pris le petit déjeuner. Je prends la poussette, d'accord ?

Piquée dans sa curiosité, Maggie essaya de sonder le visage de son futur époux. En vain. De son côté, Jack la contemplait d'un air béat, attendri par le spectacle qu'elle lui offrait. Elle était en train de donner la tétée au bébé et semblait plus alanguie, plus voluptueuse que jamais. Une vague d'amour le submergea tandis qu'une certitude s'imposait à lui : jamais plus il ne la laisserait partir. Jamais.

— Tiens, tiens, on dirait que ton papa nous a concocté une petite surprise, trésor, murmura Maggie à l'intention de son fils, blotti contre sa poitrine.

Le sourire radieux de Jack s'élargit.

La surprise fut de taille, en effet.

— Jack, comment est-ce possible ? balbutia Maggie lorsqu'il gara le 4x4 devant la demeure où ils avaient fait connaissance, quelques mois plus tôt.

La façade et la toiture, alors en piteux état, avaient été entièrement refaites. Et quand ils franchirent le seuil de la maison, quelques minutes plus tard, Maggie reçut un autre choc. L'intérieur avait été réaménagé selon ses souhaits.

Une odeur de peinture fraîche flottait encore dans l'air et tout était d'une propreté immaculée.

— C'est un vrai miracle, reprit-elle, la gorge nouée.

— Tu m'avais fait part de tes envies, souviens-toi, répliqua Jack.

— Peut-être, mais tu ne m'as plus jamais reparlé de cette maison !

— Je voulais te faire une surprise, c'est vrai. Si tu veux mon avis, c'est l'endroit idéal pour élever notre fils… et ses frères et sœurs. Viens voir, enchaîna-t-il en l'entraînant vers une porte-fenêtre. Le jardin a été débroussaillé, il n'attend plus que tes doigts magiques pour renaître à la vie. Peut-être pourras-tu y planter quelques buissons de *Guettarda speciosa*…

— Oh, Jack, c'est merveilleux, murmura Maggie en se hissant sur la pointe des pieds pour l'embrasser. Merci du fond du cœur.

Il l'enlaça tendrement.

— Alors, heureuse ?

— C'est un qualificatif plutôt faible pour décrire ce que je ressens, mon amour.

Un petit cri de protestation jaillit alors de la poussette et ils marchèrent vers leur bébé, main dans la main.

— Nous sommes là, bonhomme ! lança Jack tandis qu'ils se penchaient tous deux au-dessus de leur fils qui leur adressa un grand sourire.

Maggie retint son souffle.

— Jack… tu as vu ça ? Tu as vu, n'est-ce pas ? Il a souri ! Et ce n'était pas un effet de mon imagination, cette fois.

Jack acquiesça d'un signe de tête.

— Il a souri, c'est vrai. Et alors ?

— Jack ! Il n'a que deux mois, enfin ! Les bébés commencent à sourire vers trois mois, d'après ce que j'ai lu…

— Maggie…

Jack l'enveloppa d'un regard amusé.

— Il vient sans doute de comprendre que nous avons

enfin décidé de rentrer dans le rang et c'est sa manière à lui de nous remercier, qu'en penses-tu ?

Leurs regards se nouèrent et ils rirent en chœur, confiants en l'avenir. Et en l'amour indicible qui les unissait.

JENNIE LUCAS

Un bébé à Rio

HARLEQUIN

Titre original :
VIRGIN MISTRESS, SCANDALOUS LOVE-CHILD

Ce roman a déjà été publié en 2015.

1

Enceinte.

Tout en remontant l'escalier du métro, Ellie Jensen tremblait encore de tout son corps. A peine percevait-elle les cris et les coups de Klaxon vengeurs des chauffeurs de taxi. Après un hiver long et pluvieux, qui avait largement empiété sur le début du printemps, les carrioles des vendeurs de hot dogs et de bretzels étaient réapparues sur les trottoirs, et New York brillait de tous ses feux dans la douceur du mois de mai.

Pourtant, Ellie se sentait glacée jusqu'aux os. Et rien n'avait pu la réchauffer depuis l'instant où, ce matin, elle avait vu apparaître ces deux lignes bleues parallèles sur le test de grossesse…

Enceinte.

Dans six heures, elle serait mariée et voilà qu'elle se retrouvait enceinte.

D'un autre homme.

De son *patron*.

Elle s'arrêta en face du Serrador Building et leva la tête vers le treizième étage, l'estomac tordu d'angoisse.

Diogo Serrador, le magnat de l'acier, l'homme sombre et impitoyable pour qui elle travaillait depuis un an, allait être père.

« Tu n'as pas à craindre de te retrouver enceinte, *querida.* » Elle se rappelait encore sa voix sensuelle dans la nuit chaude, dominant les lointains grondements du carnaval de Rio. « Ne t'en fais pas. Tu ne cours aucun risque », avait-il murmuré contre son oreille.

Et elle l'avait cru.

Comment avait-elle pu être bête à ce point-là ? En dépit de son histoire personnelle, comment avait-elle pu se laisser prendre au plus vieux cliché du monde — une fille débarquant de sa campagne dans la grande ville pleine de dangers, et se laissant séduire par son patron, riche, arrogant et terriblement sexy ?

Elle aurait dû quitter l'entreprise à Noël, en même temps que Timothy. Ou du moins donner son préavis des semaines plus tôt, comme elle le lui avait promis. Au lieu de quoi, elle n'avait cessé de remettre son départ à plus tard. Comme si elle ne pouvait se résoudre à abandonner cette ville qu'elle adorait. Cette vie qu'elle adorait. Cet homme qu'elle…

Inutile de se torturer plus avant. C'était un simple coup de cœur. Ou plutôt, un coup de foudre. Oh, il n'avait pas eu à déployer des trésors d'imagination pour la séduire…

Le cœur serré, elle contempla les oiseaux qui passaient dans le ciel limpide. L'air était doux ; le monde, luisant comme un sou neuf, promesse d'avenir radieux.

Pas pour elle. Diogo était un play-boy notoire, entouré d'une cour de femmes, toutes plus splendides et brillantes les unes que les autres. Il les traitait comme des déesses avant de se débarrasser d'elles sans état d'âme. Et si aucune d'entre elles n'avait réussi à le retenir, il ne fallait pas s'attendre à ce qu'il fasse une exception pour une malheureuse secrétaire terne et mal fagotée. L'annonce de sa grossesse n'allait pas le transformer miraculeusement en père, elle le savait parfaitement. Probablement se contenterait-il de lui proposer l'argent nécessaire pour se faire avorter.

— Non…

Elle stoppa net en se couvrant le visage de ses mains, tandis que les passants qui se pressaient sur le trottoir faisaient un léger détour pour l'éviter. Si rude qu'ait été le choc de se découvrir enceinte, elle aimait déjà ce bébé d'un amour sauvage. Il était à elle. Il était sa famille.

Pourtant, Diogo avait le droit de savoir. Sans nul doute. Elle allait lui apprendre sans ménagement la conséquence qu'avait eue son mensonge, se dit-elle en poussant la large porte tournante, avant de s'engouffrer dans l'ascenseur qui la mena jusqu'au trentième étage. D'un pas déterminé, elle longea les bureaux vitrés situés au fond du hall.

— Vous êtes en retard, lui signala sans aménité Carmen Alvarez, la secrétaire de direction, fidèle à sa réputation de cerbère, au moment où elle arrivait à sa hauteur. Et les chiffres que vous m'avez fournis hier sont tous faux. Que se passe-t-il, ma petite ?

En proie à une nausée, Ellie sentit le sol vaciller sous ses pieds. Deux fois déjà, elle avait manqué d'être malade dans le métro après avoir quitté son minuscule studio de Washington Heights. Voilà des mois qu'elle ne se sentait pas bien, ce qui aurait dû l'alerter. Mais ses cycles avaient toujours été très irréguliers. D'ailleurs, elle ne pouvait pas être enceinte, Diogo Serrador lui avait donné sa parole : « Tu ne cours aucun risque, *querida* ».

— Vous n'êtes pas bien ? lui demanda Mme Alvarez en lui jetant un regard suspicieux. Vous avez fait la fête toute la nuit ?

— La fête ? répéta Ellie avec un petit rire amer.

Ce matin même, comme elle ne pouvait ni remonter la glissière de sa jupe droite noire, ni boutonner son chemisier blanc, elle avait fini par aller à la pharmacie acheter un test de grossesse que lui avait tendu l'adolescent boutonneux qui tenait la caisse.

— Non. Je n'ai pas fait la fête.

— Une peine de cœur alors ? Ça n'a rien d'original, insista Carmen en décrochant le téléphone qui s'était mis à sonner. Bureau de Diogo Serrador, répondit-elle.

Jessica, une autre secrétaire dotée d'un doux accent du Sud, vint frapper discrètement sur l'épaule d'Ellie.

— Vous avez vu la photo de M. Serrador dans les journaux, ce matin ? Il accompagnait Lady Allegra Woodville à une soirée caritative. Elle est si belle et si élégante. Bien sûr, elle est issue d'une famille très distinguée, exactement comme lui, d'ailleurs. Ils ont ça dans le sang, eux, dit-elle en jetant un regard méprisant à Ellie.

La jeune femme serra les dents.

Jamais elle n'aurait dû avouer à personne qu'elle était folle de Diogo. Ni confesser ses peines de cœur après son retour de Rio.

Pour Jessica, travailler n'était qu'un simple passe-temps en attendant de trouver un riche mari, et elle avait depuis longtemps jeté son dévolu sur Diogo. Quand Ellie, forte de sa propre expérience, avait tenté de la mettre en garde, elle avait fait courir des rumeurs désagréables dans tout le bureau, et désormais, la jeune femme était considérée par toute l'équipe comme une gourgandine assoiffée d'argent. Elle qui n'avait jamais embrassé un homme avant que Diogo ne la prenne dans ses bras à Rio !

Dieu merci, elle avait fini par renoncer à ses rêves et par comprendre que sa grand-mère avait raison. Son cœur n'était pas assez dur et son comportement pas assez moderne pour qu'elle survive dans la grande ville. La mort dans l'âme, elle s'était décidée à rentrer.

Trois semaines plus tôt, elle avait dit oui à Timothy.

A Noël, il avait brusquement renoncé à son prestigieux emploi de juriste chez Diogo Serrador pour devenir simple avocat dans la petite ville d'où ils étaient originaires tous les deux. Il avait insisté pour qu'Ellie rentre avec lui, mais elle avait refusé.

Dès demain, pourtant, elle en aurait fini de New York — et de Diogo. Elle épouserait un homme tranquille et respectable, qui l'aimait. Un homme à qui elle pouvait faire confiance.

A condition qu'il veuille encore d'elle maintenant qu'elle était enceinte d'un autre.

Mme Alvarez raccrocha avant de se tourner vers elle.

— Je ne veux pas savoir ce que vous faites de votre temps libre, mais votre travail est inacceptable. C'est votre dernière chance…

Une voix profonde et bien timbrée, provenant de l'Interphone posé sur l'élégante table de bois foncé, vint l'interrompre. La voix de Diogo.

— Madame Alvarez, pouvez-vous venir immédiatement ?

En l'entendant, Ellie se sentit prise de panique et crut que son cœur allait s'arrêter de battre.

— Oui, monsieur, répondit la secrétaire avant de mettre fin à la communication sans quitter des yeux la jeune femme, avec son joli visage fatigué et sa robe noire sans forme. J'ai l'intention de vous confier une étude approfondie du cours de l'acier en dollars à Changchun. Qu'est-ce que vous attendez ? Dépêchez-vous !

— Non, dit Ellie dans un souffle.

— Pardon ?

Une lueur de surprise mêlée de colère passa dans le regard de Mme Alvarez. Tremblante, mais déterminée, Ellie lui fit face.

— Il faut que je le voie.

— Certainement pas.

— Laissez-la y aller, susurra Jessica. Après l'avoir vue dans cette tenue horrible, il ne pourra que la renvoyer.

Ignorant ce commentaire, Ellie se dirigea vers la porte du bureau.

— Pas question ! s'exclama Mme Alvarez en la menaçant d'un doigt vengeur. C'est la goutte d'eau qui fait déborder le vase ! Contrairement à ce que vous avez l'air de croire, ici, vous n'êtes rien. J'en ai assez de votre incompétence et de votre insolence. Vous pouvez rassembler vos affaires, vous êtes renvoyée. Définitivement.

Dans un mouvement désespéré, Ellie la repoussa de toutes ses forces et se rua dans le bureau de son patron.

Diogo Serrador venait de vivre une semaine infernale.

Il avait eu beau travailler sans relâche une année durant et dépenser des millions de dollars pour s'emparer de Trock Nickel Ltd, sa tentative avait échoué.

Parce que l'allié qu'il croyait avoir dans leur équipe de direction lui avait fait défaut.

Parce qu'il avait manqué un rendez-vous de première importance.

Parce qu'une secrétaire s'était trompée en notant la date.

Une erreur de plus — la plus récente — à mettre sur le compte d'Ellie Jensen. Depuis quelques semaines, son efficacité était au plus bas. Elle arrivait en retard. Partait avant l'heure. Prenait d'interminables pauses déjeuner. Passait un temps fou dans les toilettes.

Sans doute à pleurer.

En maugréant, Diogo se mit à arpenter la pièce, face à l'immense baie vitrée d'où l'on découvrait les gratte-ciel du sud de Manhattan et Battery Park. Un instant, il appuya le front à la vitre fraîche pour observer le port de New York et la silhouette de la Statue de la Liberté qui se détachait sur la pâleur du ciel matinal. Il avait engagé Ellie Jensen malgré son inexpérience, sans l'avoir vue, sur recommandation du chef juriste. Elle lui avait semblé suffisamment compétente pour qu'il l'emmène à Rio où il avait un contrat important à signer, à la place de Mme Alvarez qui était souffrante. Oui, Ellie Jensen lui avait paru un élément prometteur.

Dommage qu'il ait commis la bêtise de la séduire.

Diogo serra les dents. *Biskreta*, jamais il n'aurait dû lui demander de l'accompagner au Brésil. Il aurait fallu la renvoyer avant Noël, en même temps que ce fichu juriste qui l'avait trahi. Se rappelant le regard de Timothy Wright quand il avait découvert le pot aux roses, il sentit tous ses muscles se tendre.

— Vous devriez me remercier, monsieur Serrador, avait-il susurré. Je vous ai fait économiser des millions.

Le remercier ? Un homme qui aurait mérité de brûler en enfer !

Il aurait dû se débarrasser également d'Ellie. Comment faire confiance à une amie de Wright ? Mais sa conscience s'y refusait.

Peut-être d'ailleurs avait-il voulu la garder auprès de lui, il devait bien le reconnaître. Contrairement à la plupart des secrétaires, elle s'était toujours comportée de façon très digne et agréable. Sa présence illuminait le bureau, sans qu'elle s'autorise jamais à colporter des ragots.

Jusqu'au jour où il avait couché avec elle.

Il avait beau savoir qu'elle débarquait de sa campagne, avec ses yeux bleu de Chine, sa superbe chevelure blonde et son corps aux courbes délectables, jamais il n'aurait cru qu'à vingt-quatre ans, elle était encore vierge. S'il l'avait su, il ne l'aurait pas touchée. Les vierges prenaient l'amour trop au sérieux et d'ailleurs, au lit, elles étaient en général ennuyeuses à mourir.

Contrairement à Ellie Jensen qui s'y était révélée époustouflante. Dans la chaleur voluptueuse du Carnaval de Rio, il s'était laissé aller à ses pulsions. Quelle nuit… Rien que d'y repenser, il se sentait excité.

Mais non. Cette histoire était terminée. Le monde était plein de femmes superbes et il n'éprouvait aucun plaisir à briser de jeunes cœurs innocents. Ni à encourager de naïves petites campagnardes à croire qu'elles pourraient le domestiquer.

En entendant du tapage de l'autre côté de la porte, il se retourna, irrité, et pressa de nouveau le bouton de l'Interphone.

— Madame Alvarez ? Que se passe-t-il ?

La porte s'ouvrit brusquement avec fracas.

— Pas trop tôt, maugréa-t-il avant de relever la tête. Si vous voulez bien prendre une lettre…

Mais au lieu de sa secrétaire chevronnée, c'est un véritable ouragan qui fondit sur lui : précisément la femme dont la distraction et l'incompétence venaient de lui coûter un contrat d'un milliard de dollars.

— Il faut que je vous parle, s'écria-t-elle, tout en luttant contre Mme Alvarez. Je vous en prie !

— Mademoiselle Jensen… !

Mais il s'arrêta brusquement dès que son regard se fut posé sur elle.

Ses cheveux blonds étaient tirés en queue-de-cheval et

des cernes sombres lui mangeaient le visage. Avec son teint d'une pâleur de cire, elle paraissait malade. Elle portait une robe en forme de sac qui dissimulait son adorable silhouette. Qu'était-il arrivé à la charmante, à l'adorable jeune femme qu'il avait connue naguère ?

Il poussa un soupir. Il aurait dû s'y attendre. Cette fille avait sans aucun doute l'intention de lui avouer qu'elle était amoureuse et de lui demander un rendez-vous.

Exactement ce qu'il tenait à éviter. Il l'aurait bien gardée un peu plus longtemps qu'une nuit, mais il s'était refusé ce plaisir et l'avait volontairement ignorée, espérant qu'elle comprendrait qu'ils ne pouvaient construire un avenir commun.

Pour lui non plus, ça n'avait pas été facile. Il avait souvent été tenté de la faire venir dans son bureau et de lui faire l'amour sur la table, contre le mur, ou sur son canapé de cuir. Mais il se l'était interdit. Il voulait se conduire en gentleman.

Et voilà le résultat.

Trois mois sans avoir couché avec la moindre femme et un contrat d'un milliard qui lui était passé sous le nez.

— Je suis désolée, monsieur ! s'exclama Carmen Alvarez, au comble de la fureur, sans lâcher la manche de la jeune femme. J'ai essayé de l'arrêter…

— Laissez-nous, s'il vous plaît.

— Mais, monsieur…

Il lui jeta un tel regard que Mme Alvarez sortit immédiatement de la pièce en refermant la porte.

— Asseyez-vous, mademoiselle Jensen, dit Diogo, les mains posées sur le vaste bureau de bois sombre.

Elle croisa les bras et lui jeta un regard plein d'amertume.

— Vous pourriez au moins m'appeler Ellie !

Ellie ? Jamais il ne se serait risqué à appeler par son prénom un membre de son équipe. Ce n'était pas professionnel. D'ailleurs, voilà dix ans que Mme Alvarez était sa secrétaire personnelle, sans qu'il ait jamais été tenté de l'appeler Carmen. Mais évidemment, il ne lui avait pas fait l'amour dans la folie du Carnaval de Rio…

Il repoussa cette pensée.

— Asseyez-vous, répéta-t-il en désignant le siège en face du sien.

Cette fois, la jeune femme obtempéra et s'effondra en tremblant sur la chaise de cuir. Elle croisa les bras en le regardant, l'air si malheureux, presque maladif, qu'il en ressentit un malaise, une sorte de culpabilité, même, qui le troubla.

Maldição, il ne savait pas qu'elle était vierge ! Sinon, jamais il ne l'aurait touchée.

Enfin. Il fallait absolument qu'il se débarrasse d'elle. Son silence était pourtant suffisamment éloquent. D'ailleurs, depuis, il était sorti avec d'autres femmes. Même si c'était simplement lors de soirées d'affaires ou d'événements caritatifs.

Mieux valait se montrer brutal. L'informer qu'il n'avait pas l'intention de se fixer, si douce, pure ou extraordinaire au lit soit-elle.

Avec un peu de chance, elle se plierait à cette décision et redeviendrait la secrétaire compétente qu'elle était naguère. Cette dernière chance, il la lui devait… Et pourtant, si n'importe quel autre membre de son équipe avait commis l'erreur qu'elle avait faite, il l'aurait renvoyé sans état d'âme.

Mais il ne pouvait pas faire ça à Ellie. Pas après l'avoir séduite à Rio sur un coup de tête. Pas après avoir inconsidérément bafoué l'innocence de la seule fille vraiment honnête qu'il ait jamais croisée à New York.

— De quoi teniez-vous tant à discuter avec moi, mademoiselle Jensen ? Qu'y a-t-il de si important pour que vous en soyez presque venue aux mains avec Mme Alvarez ?

— Il faut… que je vous dise quelque chose.

— Oui ?

Elle allait sûrement lui déclarer qu'elle l'aimait, qu'elle ne pouvait vivre sans lui, qu'elle désirait qu'ils emménagent ensemble, ou quelque autre bêtise du même genre. Tout ça, il l'avait déjà entendu.

— J'ai décidé de partir. De démissionner. Immédiatement.

Le soulagement l'envahit. Suivi d'une bouffée incompréhensible de déception.

Déception ? Ridicule. De l'étonnement, voilà tout. Et le regret de perdre une secrétaire compétente. Pourtant...

Il s'assit lourdement sur sa chaise.

— J'en suis désolé, mais je comprends que vous préfériez partir. Je vais vous rédiger une lettre de recommandation qui vous permettra d'être embauchée dans n'importe quelle autre entreprise de cette ville.

— Non. Vous n'avez rien compris. Je n'ai besoin d'aucune recommandation. Je vais me marier.

Il lui jeta un regard stupéfait.

— Vous marier ? s'exclama-t-il, le cœur serré. Mais quand ?

— Cet après-midi.

Si vite ? Il serra les poings.

— C'est très rapide.

— Je sais.

Il reprit son souffle. Donc, ces derniers temps, elle n'était pas déprimée à cause de lui. En la séduisant, il ne lui avait causé aucun tort. Depuis, elle s'était visiblement lancée dans une nouvelle aventure. Chose qu'il aurait dû être ravi d'apprendre.

Et pourtant, il se sentait envahi d'une rage froide. Sans la moindre raison, il avait envie de tordre le cou au type qui ne tarderait pas à mettre Ellie dans son lit pour qu'elle se plie à tous ses caprices. Pour qu'elle lui offre son corps...

— De qui s'agit-il ? s'enquit-il en se raidissant sur sa chaise.

— Qu'est-ce que ça peut vous faire ?

— Rien. Vous avez raison.

Elle le fixa un long moment.

— Pour vous, lança-t-elle, toutes les femmes sont interchangeables. Elles n'ont d'autre utilité que d'organiser votre emploi du temps, vous faire votre café ou réchauffer votre lit.

Réchauffer son lit ? S'il avait suivi ses désirs, ces trois derniers mois, il l'aurait mise dans son lit toutes les nuits. Il essaya de se rappeler pourquoi il ne l'avait pas fait. Par abnégation, sans doute. Il aurait mieux fait d'en profiter. Maintenant, il avait laissé passer sa chance. Définitivement.

Elle n'avait pas mis longtemps à le remplacer.

C'était la première fois qu'une femme qu'il désirait encore le laissait tomber. Alors qu'il croyait s'être comporté comme il le devait, voilà qu'un autre homme recueillait les fruits de son sacrifice.

Tentant de maîtriser sa rage, il se pencha sur son bureau.

— Vous parlez d'utilité, mademoiselle Jensen ? C'est un bien grand mot, si l'on songe qu'à cause de votre distraction, sans doute provoquée par votre petite romance, l'accord avec Trock n'a pas pu être conclu.

— Je vous ai déjà demandé de m'appeler Ellie, s'écria-t-elle. Et je n'en ai pas terminé avec vous.

Il croisa les bras d'un air de martyr, s'exhortant à garder son calme. Lentement, elle se leva, les yeux pleins de larmes, emportée par l'émotion.

— Désolée pour le dossier Trock, Diogo. Mais il y a une chose que vous devez savoir, murmura-t-elle. Je vais avoir un bébé.

Un bébé ? Elle était enceinte d'un autre ? Il lui jeta un regard glacial.

La nouvelle lui coupait le souffle. Comme en écho, une voix de femme lui revenait à la mémoire, une voix qui parlait portugais : « Tu vas m'épouser, n'est-ce pas, Diogo ? Tu vas m'épouser ? » Et puis, plus tard, une voix d'homme, dans la même langue : « Elle est morte, monsieur. Battue à mort… »

— Diogo ?

La voix d'Ellie le ramena au présent.

Enceinte. Ce qui expliquait sa prise de poids, sa pâleur, et ses fréquentes visites aux toilettes. Elle n'y allait pas pour pleurer à cause d'un chagrin d'amour, mais pour calmer ses nausées matinales.

Enceinte. Elle avait donc couché avec un autre. Elle avait noué ses jambes autour de ses reins et l'avait attiré sur son corps nu en poussant des cris d'extase. Combien de fois avaient-ils fait l'amour avant qu'elle ne se retrouve enceinte ? Trois fois par semaine ? Trois fois par jour ?

Il sentait une rage folle monter en lui, semblable à un torrent qui se réveille dans son lit à sec. Depuis qu'ils étaient rentrés de Rio, il avait mené une vie monacale, consacrant ses jours et ses nuits à peaufiner le dossier Trock. Et tandis qu'il se reprochait d'avoir défloré une malheureuse innocente, voilà qu'elle était passée directement dans le lit d'un autre. Comme si cette nuit avec lui n'avait été qu'un tremplin vers la débauche.

Enceinte. Fiancée et sur le point de se marier en toute hâte. La situation lui apparaissait sous un nouveau jour. Il se tourna vers elle avec une moue de mépris.

— Vous jouez merveilleusement la comédie, n'est-ce pas ? Le rôle de la jeune fille douce et innocente. Quand vous avez compris que vous aviez eu beau m'offrir votre virginité, vous n'alliez pas en recevoir le prix que vous attendiez, vous vous êtes dépêchée d'en harponner un autre. Et de tomber enceinte, comme par hasard. Je suppose qu'il est très riche ? Félicitations.

Elle le fixa, bouche bée, de ses grands yeux limpides, aussi bleus qu'un ciel d'été au-dessus de l'Atlantique.

— Vous insinuez que j'ai fait exprès de tomber enceinte ? Et que j'ai utilisé cette grossesse pour forcer un homme à m'épouser ? murmura-t-elle.

— Vous êtes une petite maligne, répliqua-t-il froidement. Je vous croyais différente des autres, mais vous êtes seulement un peu plus futée. *Biskreta,* vous êtes de loin la meilleure comédienne que j'aie jamais rencontrée.

— Comment pouvez-vous penser une chose pareille ?

— Je serais seulement curieux de savoir qui est le malheureux imbécile que vous avez réussi à piéger.

En voyant des larmes briller dans ses yeux, il se raidit pour résister à sa comédie. Des larmes, elle en produisait sans doute à volonté. Jamais plus il ne se laisserait prendre à ce petit jeu. Pendant trois mois, il s'était demandé ce qu'elle pouvait ressentir et s'était refusé à coucher de nouveau avec elle, pour la protéger. Alors que de son côté, elle n'avait qu'une idée en tête : se faire passer la bague au doigt.

— Vous pensez que, pour se marier avec moi, il faut vraiment être un imbécile ?

— Effectivement. Seul un imbécile épouserait une femme qui l'a fait tomber sciemment dans ce genre de piège.

Des larmes roulèrent sur les joues d'Ellie.

— Quelle merveilleuse actrice vous faites !

— Mais vous, Diogo, jamais vous ne mettriez une femme enceinte, n'est-ce pas ? s'exclama-t-elle avec un rire amer en le fixant droit dans les yeux. Vous en êtes convaincu.

— Parfaitement. Et jamais je n'ai rencontré de femme à qui j'aie pu faire confiance, ne serait-ce que le temps que j'ai mis à la conquérir.

— C'est tout ce que vous avez à me dire ? Après m'avoir séduite alors que j'étais vierge ? Après trois mois de silence, vous n'avez que des insultes à la bouche ?

Diogo se sentit envahi par un trouble qu'il tenta d'ignorer. Ellie Jensen n'agissait que par intérêt. La ville regorgeait de femmes de son acabit, qui prétendaient vouloir faire carrière alors qu'elles cherchaient seulement à épouser un homme fortuné.

— Je n'ai qu'une question à vous poser : qu'êtes-vous venue faire dans mon bureau ? Vous avez quitté votre emploi sans préavis. Parfait. Votre travail était devenu tellement nul que je suis ravi de vous voir partir. Alors que faites-vous encore ici ? Craignez-vous à ce point le lit conjugal qui vous attend que vous soyez déjà à la recherche d'un futur amant ? Désolé, mais les femmes mariées ne m'intéressent pas.

— Vous êtes un monstre, balbutia-t-elle en essuyant ses larmes d'un revers de main.

— Non, *querida*. C'est vous qui êtes monstrueuse. En tant que secrétaire, j'avais de l'estime pour vous. Mais je me suis trompé.

En fait, il avait commis bien des erreurs. D'abord concernant Timothy Wright. Puis Ellie. Soudain fatigué, il se passa la main sur la nuque.

— Partez, Ellie. Tout de suite.

— Ne vous en faites pas. Vous ne me reverrez plus, dit-elle en lui jetant un regard accusateur de ses grands yeux bleus.

Un trouble inexplicable envahit Diogo, mais au même moment, on frappa à la porte et un homme de la sécurité apparut sur le seuil.

— Mme Alvarez m'a dit de venir, monsieur Serrador.

— Oui. Veuillez raccompagner Mlle Jensen jusqu'à la sortie, articula Diogo en détournant la tête. Au revoir, Ellie, et bonne chance.

— Bonne chance, répéta-t-elle d'une voix lasse. Au revoir.

Il releva la tête, mais la porte s'était déjà refermée. Seul dans son bureau, il prit une profonde inspiration et se prit la tête à deux mains, le temps de recouvrer sa sérénité. Puis il tenta de se remettre au travail. En vain. Au bout d'une heure, il renonça et appela une actrice superbe à qui il proposa de déjeuner avec lui.

Ce n'est qu'après avoir dégusté son Martini qu'il lui vint soudain à l'esprit que l'enfant d'Ellie pouvait être le sien.

2

Une journée idéale pour un mariage.

Tandis qu'Ellie se glissait hors de la limousine de location, une bouffée d'air tiède au parfum de cerisier en fleur lui fut apportée par la brise légère. Enivrante et sucrée, comme le bouquet rose et blanc qu'elle tenait à la main. Dans le ciel sans nuage, des oiseaux voletaient en pépiant gaiement au-dessus du clocher.

Une journée idéale pour commencer une vie nouvelle. Une vie d'épouse heureuse et de future mère. Une journée idéale pour oublier définitivement l'existence de Diogo Serrador.

Dans ce cas, pourquoi se sentait-elle si malheureuse ? Pourquoi, depuis six heures, n'arrêtait-elle pas de pleurer, tout au long du trajet sur l'autoroute, puis chez le coiffeur ?

— Calme-toi, lui dit sans aménité sa grand-mère en la prenant par le bras au moment où elles approchaient de l'église.

Les sourcils gris de Lilibeth se froncèrent tandis qu'elle examinait sa petite-fille.

— Tu es prête ?

— Oui, murmura Ellie.

En fait, c'était loin d'être vrai. Durant le voyage depuis Manhattan, elle avait envoyé à Timothy huit messages sans obtenir de réponse. Sans doute était-il très occupé dans son nouveau cabinet florissant, avant leur prochain départ pour l'île d'Aruba, dans les Caraïbes. Leur lune de miel.

Timothy était bien décidé à être riche pour deux, lui

avait-il dit. Quand Ellie lui avait avoué que la richesse ne l'intéressait pas, il avait refusé de la croire. Elle, elle n'avait qu'un seul désir : se sentir en sécurité.

En sécurité. Et ne plus jamais avoir le cœur brisé.

Mais il lui était impossible d'épouser Timothy sans lui avouer qu'elle était enceinte. Impossible… Elle devait lui offrir la possibilité de faire marche arrière. Elle serra les poings. Tout au fond d'elle-même, elle souhaitait même qu'il refuse…

— Attention à tes fleurs ! s'écria sa grand-mère.

— Désolée.

Au fur et à mesure que les minutes s'écoulaient, le cœur d'Ellie battait de plus en plus vite et de plus en plus fort. La tête lui tournait.

— Tu m'as promis que j'aurais le temps de parler avec Timothy avant d'entrer dans l'église, murmura-t-elle d'une voix tremblante.

— Tu y tiens vraiment ? On dit que ça porte malheur de voir son futur mari avant la cérémonie, protesta Lilibeth Conway.

— Grand-mère, s'il te plaît.

— Enfin… Aujourd'hui, c'est toi qui décides. Attends-moi ici.

Ellie se mit à faire les cent pas tout en contemplant les collines moutonnantes et les vertes forêts. Tout n'était pourtant pas beau dans ce paysage où se dressaient encore les cheminées des anciennes aciéries. Flint, en Pennsylvanie, avait beau être à quatre heures de route de Manhattan, ce n'était pas le même monde.

Elle y avait grandi dans la pauvreté tout comme Timothy. En y revenant pour Noël en tant que juriste fortuné, il avait été accueilli en héros. Il s'était déjà acheté la plus belle maison de la ville, qu'il était en train d'aménager pour elle, sans regarder à la dépense. Il était prêt à tout pour qu'elle l'aime, il le lui avait dit. A tout.

Mais avant qu'il l'épouse, elle devait absolument lui avouer qu'elle était enceinte. Pour qu'il puisse décider s'il voulait encore d'elle. Quant à savoir s'il était honnête de se marier avec lui dans ces conditions, elle l'ignorait. Il avait beau lui jurer qu'elle finirait par l'aimer, à l'idée de devenir sa femme elle était prise d'un malaise tenace.

Toutefois, elle aurait eu bien tort de se fier à son instinct, comme le lui prouvait sa courte aventure avec Diogo. La nuit où celui-ci l'avait prise dans ses bras, à Rio, elle s'était sentie tellement bien… Quand il l'avait embrassée dans la rue, dans une explosion de musique tapageuse et de couleurs criardes, pour la première fois de son existence, elle avait vraiment eu l'impression de vivre.

C'était là le danger de la passion. Elle avait pourtant toujours essayé de faire les choix que lui dictait non pas son cœur, mais sa raison. Elle avait soigné sa mère pendant les longues années qu'avait durée sa maladie, tout en passant ses nuits à rêver d'aventures dans des terres lointaines et de baisers échangés avec des hommes scandaleux. Mais l'étreinte de Diogo l'avait brûlée jusqu'au fond du cœur. Avec arrogance, il avait détruit sa vie. Sans même s'en rendre compte.

Elle aurait bien voulu lui dire toute la vérité, mais comment ? Quand elle lui en avait révélé seulement la moitié, il s'était imaginé le pire à son sujet, l'accusant d'être une intrigante intéressée et calculatrice, prête à le piéger en se servant d'un enfant innocent. Et il l'avait froidement et cruellement insultée.

Il ne savait rien d'elle et n'en avait jamais rien su.

Le retour de sa grand-mère interrompit le cours de ses pensées. La vieille dame lui désigna la petite maison près de l'église, qui avait autrefois servi de presbytère.

— Tiens, dit Lilibeth en lui tendant une clé. Le prêtre a bien voulu me la confier pour quelques minutes. Entre, Timothy ne devrait pas tarder.

— Merci, grand-mère, répondit la jeune femme, avant de pénétrer dans une pièce poussiéreuse.

— Ellie !

La voix étouffée de Timothy, clairement teintée d'exaspération, lui parvint à travers la porte.

— Tu sais qu'il y a trois cents personnes qui nous attendent ? Tu as vraiment quelque chose d'important à me dire ?

Elle tremblait encore de tous ses membres au souvenir des mots qu'avait prononcés Diogo. Elle se força à respirer lentement pour se calmer. Il fallait qu'elle l'oublie. Qu'elle l'efface à jamais de sa mémoire et qu'elle se réjouisse de ne plus jamais le revoir.

— Timothy, tu peux entrer, s'il te plaît ?

— Non ! Ça porte malheur.

— C'est une pure superstition.

— Ça m'a pris assez longtemps pour te convaincre de m'épouser, dit-il en riant. Je refuse de tenter le diable.

Allait-elle devoir lui avouer sa grossesse à travers la porte, au risque de choquer le suisse et les derniers invités qui se pressaient vers l'église ?

— Je t'en prie. Il faut absolument que je te parle.

— J'ai hâte de t'entendre. D'ailleurs, plus que quelques minutes et tu pourras me le dire jour et nuit, aussi longtemps que tu en auras envie.

Elle comprit avec horreur qu'il s'attendait à ce qu'elle lui avoue son amour et son front se couvrit d'une sueur glacée. Les choses allaient de mal en pis.

— Timothy, tu n'as pas compris…

— Je t'écoute, dit-il d'une voix ferme.

Elle n'avait plus le choix.

— Je suis enceinte.

Il y eut un silence. Puis la porte s'ouvrit à la volée et Timothy apparut.

Son visage mince était d'une pâleur de cendre, comme s'il avait vu le diable en personne. Il claqua le battant d'un coup de pied et saisit Ellie par le poignet.

— Comment est-ce possible ? Jamais nous n'avons couché ensemble.

Derrière ses lunettes métalliques, ses yeux lançaient des éclairs. Ses traits déformés par la fureur étaient si différents de ceux qu'elle connaissait qu'elle recula d'un pas.

— Excuse-moi, balbutia-t-elle. J'ai commis une erreur. Je n'ai jamais voulu te faire de tort…

— Qui est-ce ? demanda-t-il, la main toujours crispée sur le bras de la jeune femme.

— Ça n'a pas d'importance. Je ne le reverrai jamais.

— Qui est-ce ?

— Tu me fais mal.

— C'est donc pour ça que tu as brusquement accepté de m'épouser, dit-il en la secouant. Parce que tu étais enceinte et que ton amant t'avait abandonnée ?

— Non.

— Si tu as cru que j'accepterais de faire passer cet enfant pour le mien, tu t'es trompée. D'autant plus qu'il ne pouvait pas être de moi, puisque jamais tu n'as accepté que je te touche.

— J'ai commis une erreur ! répéta-t-elle. La pire de ma vie ! Je n'ai découvert que j'étais enceinte que ce matin. Jamais je n'ai eu la moindre intention de te tromper.

— C'est ça, articula-t-il d'une voix sarcastique tout en passant la main dans ses cheveux blonds clairsemés. Sûrement.

— Je comprends parfaitement que tu veuilles annuler le mariage. C'est sans doute ce qu'il y a de mieux à faire…

— Qu'est-ce que tu dis ? Je n'ai pas l'intention d'annuler quoi que ce soit.

— Mais…

— Pas question que tu te défiles. Enceinte ou pas, coupa-t-il d'une voix dure, tu vas m'épouser. Tout de suite.

— Et le bébé ?

— J'y veillerai, lança-t-il avec une grimace avant d'ouvrir la porte à la volée et de s'éloigner.

« J'y veillerai » ? Il accepterait donc de lui servir de père ? Il voulait vraiment l'aider à élever son enfant ?

Abasourdie, elle s'élança hors de la pièce. Elle était pourtant convaincue qu'il annulerait le mariage. Mais non… Alors…

Alors, il allait vraiment falloir qu'elle se marie. Maintenant. Dans quelques instants, elle deviendrait la femme de Timothy, pour le reste de sa vie. Du parvis où elle se tenait, elle entendait un quatuor à cordes interpréter la fin du Canon en ré majeur de Pachelbel. Ce mariage avait dû coûter une fortune. Timothy avait convié des centaines d'invités. Comme s'il voulait obliger tous ceux qui les avaient traités avec mépris à assister au couronnement du roi et de la reine de la ville.

Lilibeth s'avança vers Ellie et l'embrassa sur la joue avant de poser sur sa tête le voile de tulle.

— Je n'ai pas pu m'empêcher de t'entendre, murmura-t-elle avant d'envoyer en l'air un baiser de ses lèvres rouge orangé. Enceinte ! Je suis si contente pour toi, ma chérie !

Contente de voir Ellie épouser un homme qu'elle n'aimait pas ? Contente que l'homme qu'elle avait aimé se soit comporté comme un monstre d'égoïsme et d'immoralité, refusant la paternité qui lui incombait ?

— Grand-mère, murmura Ellie, je n'aime pas Timothy.

— Tu attends pourtant un enfant de lui.

Les portes de l'église s'ouvrirent et, telle une énorme vague, la marche nuptiale engloutit la jeune femme.

Dans les travées, toutes les têtes se tournèrent vers elle. Debout, en bas de l'allée, elle se mit soudain à trembler et, entre ses mains, son bouquet frémit comme si la terre vacillait sous ses pieds.

— Avance, ordonna sa grand-mère en la prenant par le bras avec un large sourire.

Hébétée, Ellie obéit et remonta l'allée au côté de Lilibeth. Elle sentait qu'elle avait tort. Mais comment faire confiance à son instinct qui l'avait si terriblement trompée ? Elle était tombée amoureuse de l'homme le plus détestable de tout New York. Mais aujourd'hui, peut-être épousait-elle celui qui lui convenait ?

Et puis, elle s'était déjà si mal comportée envers Timothy. Elle ne pouvait pas, en plus, l'humilier, en s'enfuyant de l'église…

Une forêt de fleurs et de cierges. Et les regards de toutes ces matrones fixés sur elle. Les chuchotements de ces gens qu'elle connaissait depuis son enfance. La vieille Mme Abernathy qui lui avait prédit qu'elle n'arriverait jamais à rien. Candy Gleeson, l'ancienne majorette qui s'était tant moquée de ses vêtements démodés quand elles étaient au lycée, et qui l'avait surnommée la cigogne à cause de son corps gauche et dégingandé. Voilà qu'elles la fixaient toutes maintenant avec envie, comme dans un conte de fées.

Quand elles eurent atteint le chœur, Lilibeth plaça la main d'Ellie dans celle de Timothy qui la prit fermement, tout en lui jetant un regard étrange, presque hagard, de ses yeux bleu pâle.

— Mes bien chers frères, nous sommes aujourd'hui réunis…

En comparaison du tourbillon d'émotions qui l'étreignaient, la cérémonie semblait si paisible. Si vaine. Les belles phrases que prononçait le prêtre avaient si peu à voir avec ce qu'elle ressentait…

Elle, la femme de Timothy ? Pour l'aimer ? Pour partager son lit ? Elever ses enfants ?

Il le fallait. Tout plutôt que d'aimer et d'être rejetée encore et encore. Ce sentiment si dur qu'avait d'ailleurs dû éprouver Timothy qui l'aimait, lui, depuis si longtemps.

Elle apprendrait à aimer ses baisers tièdes. Elle obtiendrait son pardon pour la faute qu'elle avait commise, même si elle devait y consacrer sa vie entière. Oui, elle y parviendrait.

Mais quand elle ferma les yeux, le souvenir de la nuit qu'elle avait passée avec Diogo la submergea. La manière dont il avait impitoyablement posé sa bouche sur ses lèvres virginales, lui ravissant son innocence sans ménagement, en conquérant. La tendresse de son premier baiser, la douceur qu'elle avait timidement rêvé de partager avec son premier amour, Diogo les avait dédaignées, laissant à leur place quelque chose de sombre et d'incandescent qui l'avait brûlée de l'intérieur et réduite en cendres.

Désespérément, elle repoussa cette pensée, tentant de calmer les battements désordonnés de son cœur, les mains crispées sur son bouquet dont les pétales roses et blancs s'effeuillaient lentement sur les dalles de pierre.

— Timothy Alistair Wright, acceptez-vous de prendre pour épouse Ellie Jensen…

Même en cet instant solennel, elle ne pouvait s'empêcher de penser à Diogo.

Ce monstre. Ce menteur.

— … pour vous aimer et vous soutenir l'un l'autre tout au long de votre vie ?

Timothy baissa les yeux vers elle et au même moment, un rayon de lumière vint frapper la monture métallique de ses lunettes, illuminant son visage mince et pâle.

— Oui.

Le prêtre se tourna vers la jeune femme.

— Et vous, Eleanor Ann Jensen, acceptez-vous de prendre pour époux Timothy Wright…

Les portes de l'église s'ouvrirent soudain à la volée, heurtant les murs dans un fracas retentissant.

— Arrêtez !

D'un seul mouvement, la foule se tourna vers le fond de la nef. La bouche d'Ellie s'ouvrit dans un cri silencieux.

Diogo.

Il était encore vêtu comme à New York, d'un élégant costume gris, qui soulignait sa silhouette puissamment musclée, et d'une cravate bleue. Mais il n'avait plus rien de l'homme d'affaires civilisé qu'elle avait connu. L'écho de ses pas retentit sur la pierre usée tandis qu'il remontait l'allée, couvant Ellie d'un regard farouche et terriblement possessif.

— Comment osez-vous vous présenter ici, Serrador ? Vous n'avez pas le droit…

La voix de Timothy avait pris une note aiguë et il dut s'interrompre pour s'éclaircir la gorge.

— Ainsi c'est vous ! s'exclama Diogo, la bouche déformée par une moue méprisante. J'aurais dû m'en douter !

Ellie vit le regard de Diogo s'assombrir. Ses yeux étaient devenus plus noirs qu'un ciel d'orage, prélude à une tempête qui, songea-t-elle en frissonnant, allait tout emporter sur son passage.

— Sortez d'ici, hurla Timothy. Cela ne vous concerne pas.

— Vraiment, lança Diogo en fixant la jeune femme avec une terrifiante intensité. Ellie, ça ne me concerne pas ?

Il savait !

Elle inspira longuement. Elle ne pouvait lui révéler maintenant qu'il était le père de l'enfant qu'elle portait. Jamais Timothy ne réussirait à lui pardonner s'il apprenait que le père était Diogo. A Noël, les deux hommes s'étaient violemment disputés, sans qu'elle ait eu connaissance de la raison de leur querelle. Mais elle savait que Diogo Serrador était dur et froid comme le diamant.

Il se pencha en avant et la fixa droit dans les yeux.

— Est-ce vrai, Ellie ?

Elle détourna le regard en se mordant la lèvre, dissimulant son désarroi dans les plis de son voile. Il le lui arracha et elle poussa un cri, confrontée à son visage si proche, à ses pommettes saillantes, à sa mâchoire anguleuse, à ses narines frémissantes.

Le riche play-boy, le roi international de l'acier avait disparu, laissant place à un barbare brutal qui venait réclamer son dû, sa femme. Comme un éclair perçant la nuit obscure, un torrent de sensualité envahit le corps d'Ellie.

— Dis-moi la vérité.

Incapable de parler, elle secoua la tête, électrisée par le simple contact de ses doigts. Il se pencha sur elle et elle comprit qu'il allait l'embrasser, là, en pleine église. Juste en face du prêtre qui s'apprêtait à la marier à un autre. Pourtant, elle ne put faire un geste pour l'arrêter. Ses genoux tremblaient. Ses doigts gourds laissèrent échapper le bouquet qui glissa au sol dans une pluie de pétales roses.

— Dis-moi la vérité, répéta-t-il d'une voix qui résonna dans toute l'église. Suis-je le père de cet enfant ?

Trois cents personnes retenaient leur souffle. Elle entendit sa grand-mère émettre un petit reniflement d'horreur et sentit peser sur elle les regards des invités et du prêtre. Timothy la fixait, les yeux ronds, ridicule, le visage déformé par la rage et l'humiliation.

— Vous n'avez pas le droit de m'humilier de cette façon lança-t-elle, les joues en feu. Vous êtes un monstre, Diogo. Et un menteur.

— Lui ? lança Timothy en jetant à Ellie un regard rageur. Alors que tu me tiens à distance depuis des années… Tu t'es donnée à ce Serrador ?

— Ainsi, il ne t'a jamais touchée, intervint Diogo avec un sombre sourire. Tu as de curieuses façons de piéger un homme…

— Je n'ai jamais piégé qui que ce soit ! s'écria-t-elle, le cœur au bord des lèvres. Timothy m'aime. Peu lui importe que je sois enceinte. Il a dit qu'il y veillerait.

Les yeux de Diogo se fermèrent à demi et, en un instant, l'expression de son visage changea radicalement.

— Comment « qu'il y veillerait » ? Que veux-tu dire par là ? dit-il en saisissant la jeune femme par le bras.

Elle frémit de tout son corps. Comment pouvait-elle être à ce point sensible au contact de cet homme qui pourtant la terrifiait ? Elle tenta de se dégager.

— Qu'est-ce que ça peut vous faire ? Ce n'est pas votre enfant, puisque vous ne pouvez pas rendre une femme enceinte, n'est-ce pas ? ironisa-t-elle.

Il lui jeta un regard brûlant.

— Je suis le père. Tu ne peux pas le nier.

Certes elle ne pouvait pas le nier. Mais elle savait aussi que Diogo Serrador n'était pas venu là pour endosser la responsabilité de l'enfant qu'il avait engendré. Il ne pouvait simplement pas supporter qu'un autre homme s'aventure sur son territoire. Avec son arrogance, il croyait que tout lui appartenait, y compris les êtres humains. Uniquement pour les utiliser avant de les jeter quand il s'était lassé d'eux.

Il ne méritait pas d'être père.

— Réponds-moi.

La main de Diogo vint se poser sur son décolleté de taffetas blanc, à la naissance de sa poitrine, et le tremblement d'Ellie s'accentua. Elle se mit à haleter. Sur le visage des invités, des gens qu'elle connaissait pour la plupart depuis sa plus tendre enfance, apparurent des expressions diverses. Certains la fixaient avec des regards apitoyés, d'autres avec une ironie malicieuse.

Puis elle aperçut sa grand-mère dont les lèvres orangées tranchaient sur le visage d'une pâleur de craie. Lilibeth était la seule à avoir toujours cru en Ellie. Quand le manque d'amour maternel lui faisait trop mal, c'était elle qui lui faisait des gâteaux pour la consoler. C'était elle qui lui disait que l'intelligence ne se mesure pas aux diplômes. C'était elle qui l'avait soutenue durant toutes les années où elle avait soigné sa mère, minée par la maladie. Et la réussite d'Ellie était devenue celle de Lilibeth.

Mais maintenant, tout n'était plus que ruines. Jamais plus, à l'épicerie, Lilibeth ne pourrait relever fièrement la tête. Par la faute d'Ellie.

— Je… Je…, balbutia celle-ci, au bord du malaise. Je crois que je vais…

Elle ne put achever sa phrase et sentit ses jambes vaciller sous elle. Au moment où elle tombait, Diogo se précipita pour la soulever dans ses bras.

— Lâchez-la ! hurla Timothy.

Sans lui accorder un regard, Diogo fixa Ellie, comme pour lire au plus profond de son âme.

— Cet enfant, chuchota-t-il. Dis-moi…

— Non !

Sous les yeux écarquillés des invités, il hocha la tête en murmurant « *Tá bom* » avant de tourner les talons et de descendre l'allée, portant toujours Ellie dans ses bras, si serrée qu'elle sentait battre son cœur contre sa poitrine.

Comme dans un rêve, l'étrange lumière qui tombait des vitraux brouillait les couleurs éclatantes des robes des invitées tandis que son voile flottait autour d'elle et que sa traîne de taffetas blanc balayait les dalles de pierre. Sans la lâcher, Diogo s'élança hors de l'église, tel un centurion romain enlevant une jeune Sabine.

— Revenez ! glapit Timothy en se lançant à leur poursuite. Elle est à moi, salaud de Brésilien. Tu m'entends ? A moi !

Au dehors, les rayons du soleil printanier giflèrent Ellie en plein visage. Deux des gardes du corps de Diogo refermèrent les portes de l'église à la volée, emprisonnant les invités tandis qu'il la reposait sur le sol.

Brusquement, Timothy surgit face à elle.

— Je n'arrive pas à croire que tu aies pu faire une chose pareille, s'écria-t-il, les yeux humides et injectés de sang, ses lunettes vacillant sur le bout de son nez. Ça fait dix ans que je t'attends et au moment où j'ai enfin réussi à te convaincre, tu t'offres sur un plateau à Serrador, un type qui traite les femmes comme des traînées.

Chaque mot était un clou qu'il lui enfonçait dans le cœur.

— Je…

— Tu es à moi, Ellie, hurla-t-il en se précipitant sur elle. A moi…

Diogo fit un pas pour s'interposer entre eux, les poings serrés, les jambes écartées dans une posture qui montrait qu'il était prêt à tout. En dépit de son costume gris parfaitement coupé, il avait l'air d'un guerrier prêt à se battre et à tuer dès qu'il en aurait l'occasion.

— Non. Ellie n'est pas à toi, et son enfant non plus. Quelle est cette nouvelle machination, Wright ?

Timothy recula, le visage livide de terreur.

— Et maintenant, dit doucement Diogo en se tournant vers la jeune femme et en ramenant sur son front une mèche qui lui masquait le visage, si tu me disais qui est le père de cet enfant ?

— Vous m'aviez juré sur l'honneur que je ne pouvais pas être enceinte, murmura-t-elle.

Les yeux sombres de Diogo restaient rivés aux siens, comme s'il cherchait à percer tous ses secrets, à mettre son âme à nu. Il lui prit le bras, serrant si fort qu'il lui arracha un cri.

— Je suis le père, Ellie. Reconnais-le.

— Je vous hais, lança-t-elle.

— Reconnais-le.

— Très bien, s'écria-t-elle sans pouvoir davantage retenir ses larmes. Vous êtes le père.

Un gémissement s'échappa des lèvres de Timothy. Désespérée, elle se tourna vers lui.

— Je suis désolée… Si désolée…

Comme elle faisait un geste dans sa direction, il se retourna vers Diogo.

— Prends-la, et va au diable. Elle porte ton enfant et elle me dégoûte. Encore une traînée et encore un bâtard…

Le poing de Diogo vint s'écraser sur sa mâchoire. Ellie se mit à hurler tandis que Timothy glissait lourdement dans l'herbe épaisse. En voyant Diogo s'approcher d'elle, le regard brillant de rage, elle eut un mouvement de recul. Mais il resta immobile, la fixant de ses yeux sombres qui s'emplirent soudain de tristesse, comme s'il se trouvait confronté à un fantôme surgi du passé.

Puis, sans un mot, il tourna les talons. Sur un signe de lui, deux berlines noires surgirent au coin de la rue. Un garde ouvrit une portière et Diogo poussa doucement Ellie sur le siège arrière et l'y maintint tandis qu'il bouclait la ceinture de sécurité. En vain, elle tenta d'échapper à son implacable emprise.

Chaque frôlement de ses doigts faisait courir un feu dévorant dans ses veines. Comment se battre contre son propre désir ? Tout en regardant par la vitre arrière, elle reprit son souffle pour tenter de contrôler les battements de son cœur.

— Timothy…

— Il ne risque rien de plus grave qu'un petit mal de tête, coupa Diogo en ricanant. Il aurait mérité bien pire.

Pourquoi ? Qu'avait fait Timothy ? Ellie n'eut pas le courage de le lui demander. Elle avait d'autres soucis en tête.

— Où m'emmenez-vous ?

— A l'aéroport, dit-il en s'asseyant à côté d'elle tandis que le chauffeur démarrait.

A travers la mince étoffe de sa robe de mariée, elle sentait sa cuisse qui se pressait contre la sienne.

Il l’observa de ses yeux sombres comme l’onyx, avant de lui adresser ce demi-sourire qui avait mené tant de femmes à leur perte.

— Maintenant, dit-il, c’est à moi que tu appartiens.

3

Il n'avait pas fallu longtemps à Ellie pour comprendre qu'elle était aux mains d'un barbare sans foi ni loi.

A peine avaient-ils atteint un petit aéroport niché dans les collines de Pennsylvanie centrale, que Diogo l'avait fait monter dans un énorme jet privé qui les attendait dans un hangar. Sans répondre à ses questions, il l'avait enfermée seule dans une suite, située à l'arrière de l'appareil. Elle avait passé le temps du vol à pleurer, dormir et se servir dans le petit réfrigérateur. En se demandant ce qu'il comptait faire d'elle.

« C'est à moi que tu appartiens. » Qu'avait-il voulu dire ?

Elle frissonna, les mains crispées sur le tulle froissé de son voile. Diogo lui avait bien fait comprendre qu'il n'avait aucune intention de l'épouser. Il ne l'aimait pas, ne la respectait pas davantage, il le lui avait prouvé. Et la vie qu'il menait ne paraissait guère compatible avec les exigences de la paternité. Dans ce cas, pourquoi l'avait-il kidnappée et où l'emmenait-il ?

Elle posa les mains sur son ventre. Une journée avait suffi pour qu'elle se mette à aimer plus que sa propre vie ce petit être qui grandissait en elle. Elle s'était juré de le traiter — ou plutôt de la traiter, car elle était convaincue que c'était une fille — bien différemment de ce que sa mère avait fait avec elle. Avec amour. Elle, elle saurait la protéger.

Elle serra les poings. Diogo croyait peut-être qu'il pouvait encore la faire obéir d'un claquement de doigts, mais il n'était plus son patron. Il n'allait pas tarder à comprendre que leur relation avait changé du tout au tout.

Elle entendit la clé tourner dans la serrure et il entra dans la suite, rasé et habillé de frais. Dans sa chemise blanche et son pantalon noir impeccablement coupé, il semblait détendu et plein d'assurance. Nul doute qu'il ait passé une excellente nuit. Contrairement à elle.

— Bienvenue à Rio de Janeiro, dit-il en souriant, la main tendue. J'espère que tu as bien dormi ?

— Rio ? Non ! s'exclama-t-elle en se dressant sur le lit. Ramenez-moi chez moi !

— Auprès de ton gentil fiancé ? lança-t-il en laissant retomber sa main. Non. Tu vas rester avec moi jusqu'à la naissance du bébé. C'est clair ?

Seule, aux mains du plus impitoyable des hommes, dans une ville aussi étrange qu'exotique ? Ellie laissa échapper un gémissement. Elle voulait rentrer chez elle. Auprès de sa grand-mère. Mettre des milliers de kilomètres entre elle et cet individu qui l'avait abusée sans scrupules, lui avait menti et lui avait brisé le cœur.

— Vous ne pouvez pas me garder ici contre ma volonté, rétorqua-t-elle en relevant fièrement le menton. Dès que je pourrai m'échapper, je rentrerai chez moi.

— Chez toi ? Désormais, c'est ici, dit-il avec un sourire paresseux. Mais attention ! Rio peut être dangereux. Pour ta propre sauvegarde, mieux vaut rester près de moi.

Et qui, désormais, la protégerait de lui ?

— Je ne veux pas rester avec vous, s'écria-t-elle, les yeux rivés à la porte.

— Ici, tu n'as ni amis ni argent. Tu ne parles même pas portugais. Par curiosité, comment t'y prendras-tu pour t'échapper ?

— J'y parviendrai, répondit-elle avec une assurance qu'elle était bien loin d'éprouver.

Au fond, il avait raison. Comment allait-elle se débrouiller pour rentrer chez elle ?

— Oublie Wright, dit-il froidement. Il ne peut t'être

d'aucun secours. Obéis-moi, ça vaudra mieux pour tout le monde. Surtout pour toi.

Lui obéir ?

Elle l'avait fait une fois, pensa-t-elle amèrement, et voilà où son aveuglement l'avait menée.

Sur la promenade qui longeait la plage de Copacabana, il l'avait prise dans ses bras, alors qu'elle était bercée par le rythme lancinant de la samba que reprenait la foule, et l'avait embrassée avec une violence si soudaine qu'elle s'était sentie faiblir.

— Viens avec moi, tout de suite, avait-il murmuré, la bouche tout contre son oreille. Tu ne peux pas me dire non.

Et elle était tombée amoureuse, désespérément, comme une malheureuse innocente qu'elle était. Elle n'avait plus d'autre désir que d'être à lui. De se donner totalement. Pensant naïvement qu'il se donnerait à elle en retour, corps et âme.

Désormais, elle avait cessé de croire en ces rêves à quatre sous. Maintenant qu'elle savait, elle avait décidé de rechercher la sécurité. Mais avec Diogo Serrador, cette sécurité était loin d'être assurée.

— Jamais vous n'épouserez une femme parce qu'elle est enceinte, vous me l'avez dit, s'écria-t-elle, au comble du désespoir. Très bien. Alors, ramenez-moi chez moi. Je ne vous poserai plus de problèmes. Cet enfant ignorera toujours qui est son père !

— Parce que Wright et toi, vous aviez d'autres projets pour lui ? questionna-t-il en fronçant les sourcils.

Elle se souvint des mots que lui avait jetés Timothy, de son regard blessé. Pourtant, il s'était toujours montré bon envers elle. Il lui avait même proposé de veiller sur le bébé. En l'épousant, elle aurait fait un choix raisonnable, mais désormais, tout était anéanti. Les larmes lui montèrent aux yeux.

— C'est un type bien, et je lui avais promis de l'épouser.

— Oublie tout ça, répondit-il avec un petit sourire. Tu ne quitteras pas Rio.

Puis il la fit sortir de l'avion.

Dans le violet sombre de l'aube, elle fut aussitôt enveloppée par la moiteur de l'air tropical et le parfum de fleurs exotiques. Des nuages bas déversaient des trombes d'eau qui rebondissait bruyamment sur les feuilles, noyant le tarmac du petit aéroport privé.

Un garde du corps brandit un parapluie au-dessus de leurs têtes tandis qu'ils descendaient la passerelle, Ellie vacillant sur ses escarpins de satin blanc à talons hauts. Avant que Diogo ne la pousse dans la Bentley gris acier qui les attendait, la traîne de sa robe était complètement trempée.

Après avoir donné ses instructions en portugais au chauffeur, il se carra tranquillement dans son siège de cuir.

— Je vous en prie, supplia Ellie en pleurant. Laissez-moi repartir.

— Auprès de Wright ? demanda-t-il en lui jetant un sombre regard. Il t'a traitée de traînée, mais tu l'aimes encore ?

Submergée par la douleur, elle ferma les yeux.

— Vous ne pouvez pas comprendre, murmura-t-elle. Nous nous connaissons depuis que j'ai quinze ans.

Comment aurait-il pu concevoir sa culpabilité et sa honte ? Elle aurait tant voulu obtenir le pardon de Timothy, après la façon indigne dont elle l'avait traité.

— Jamais plus tu ne le reverras, lança-t-il en la prenant par l'épaule pour l'attirer à lui. Maintenant, c'est à moi que tu appartiens.

Un instant, elle frémit à la tiédeur de ce corps puissant, avant de se dégager, horrifiée du pouvoir qu'il avait sur elle.

— Vous ne vous intéressez à moi que parce que vous avez cru que je vous échappais.

— Ainsi, tu t'imagines que tu pouvais m'échapper. Quelle idée !

— Vous êtes un menteur et un voleur, s'écria-t-elle, le cœur battant. Un play-boy sans cœur. Je préférerais mourir que de me laisser toucher de nouveau.

— Toucher comment ? dit-il en caressant la peau nue de son décolleté, provoquant en elle un frisson électrique. Comme ça ?

— Arrêtez. Je vous en prie.

Il avait suffi qu'il la frôle pour qu'elle se mette à trembler de tous ses membres.

— Quoi, « Je vous en prie » ?

Sa main remonta lentement vers la joue et la bouche d'Ellie avant de redescendre vers sa poitrine gonflée par la grossesse. Les pointes de ses seins se durcirent tandis que les doigts de Diogo s'insinuaient au creux de son décolleté.

— Je vous en prie, arrêtez, balbutia-t-elle, les yeux clos, le souffle court.

— En as-tu réellement envie ?

Sa main courait maintenant sur le taffetas de sa robe, caressant sa peau si sensible qu'elle en devenait presque douloureuse. Doucement, il écarta le tissu avant de baisser la tête et de poser ses lèvres sur ses mamelons dressés et de les agacer de sa langue. Le corps de la jeune femme se cambra violemment dans un mouvement incontrôlable pour se tendre vers lui.

Il ne se trompait pas. Elle le désirait plus que jamais, et durant ces derniers mois, tout le chagrin et la haine qu'elle ressentait n'avaient pas suffi à éteindre ce désir.

Impassible, le chauffeur continuait à conduire, sans paraître voir ni entendre quoi que ce soit. Sans doute parce qu'il avait l'habitude de voir Diogo caresser des femmes sur la banquette arrière. Ellie n'était qu'une maîtresse de plus à ajouter à la liste. Il la séduirait pour se prouver qu'il en était capable, avant de se débarrasser d'elle et de son bébé. Diogo Serrador : un play-boy au cœur de pierre.

Etait-elle devenue folle pour s'abandonner à lui de cette façon ?

— Non, lança-t-clle cn faisant un immense effort pour le repousser. J'ai dit non.

Sans cesser de l'embrasser, il leva vers elle des yeux pleins de désir et… Pourtant, il y avait dans ce regard une faille cachée — une émotion qui lui fit comprendre qu'elle aurait pu le réconforter et le sauver…

Elle ! Réconforter et sauver Diogo ? D'où lui venait cette

idée ridicule ? Il lui fallait la combattre de toute sa volonté. Non, il n'avait aucun besoin d'être sauvé, ce monstre d'égoïsme et de mensonge, ce triste sire au cœur froid.

Soudain il la lâcha et s'adossa de nouveau à son siège.

— Tu ne mettras pas longtemps à accepter le sort que je te réserve. Jusqu'à ce que naisse mon fils, tu devras te soumettre à ma volonté.

Soudain tétanisée par la peur, elle se dit qu'il n'y avait guère d'alternative et laissa aller sa tête contre la vitre, épuisée. Cela faisait longtemps que son chignon s'était défait et que sa robe n'était plus qu'un chiffon maculé de boue. Elle frissonna en contemplant le ciel sombre, tandis que la Bentley traversait Rio dans le sillage de la berline qui transportait les gardes du corps.

— Qu'allez-vous faire de moi ?

Il ouvrit le *Jornal do Brasil* à la page affaires.

— Je vais te garder avec moi jusqu'à la naissance de mon fils, je te l'ai déjà dit.

— Me garder avec vous ? Prisonnière ? s'enquit-elle d'une voix tremblante.

— Aussi longtemps qu'il le faudra, répondit-il en baissant son journal pour la regarder froidement.

— Et le bébé ?

— Ne t'en fais pas pour lui.

— Comment serait-ce possible ? soupira-t-elle en contemplant la pluie qui battait la vitre. Je suis sa mère.

— Quels sont tes projets, au juste ? Tu avais vraiment l'intention d'être mère ?

Elle se tourna vers lui et soutint son regard scrutateur. Ainsi, il croyait toujours qu'elle avait agi par intérêt et avait tout fait pour se retrouver enceinte.

— Cette grossesse, jamais je ne l'ai désirée. C'est vous qui…

— Autant que je sache, une femme qui se prétend amoureuse ferait n'importe quoi pour garder son amant.

Les joues d'Ellie s'empourprèrent. Dieu merci, il ne se rendait pas compte à quel point elle l'avait aimé.

— N'importe quoi, ajouta-t-il d'un ton tranquille. Même un enfant.

Avait-il en tête de le lui prendre ?

— Non, s'écria-t-elle. Jamais je n'abandonnerai mon bébé !

— Nous verrons bien. En attendant, nous voici arrivés chez nous.

Elle frémit d'angoisse à ces mots. Son appartement, au sommet du Carlton, était une véritable forteresse. Il en possédait les deux derniers étages, l'un pour son usage personnel et celui du dessous pour ses gardes du corps. Après l'y avoir installée, il n'aurait aucun mal à l'y garder prisonnière. Il pourrait alors lui prendre son enfant et faire d'elle ce qu'il voudrait. Elle se trouvait entièrement à sa merci.

C'est là qu'il lui avait ravi sa virginité. Qu'il l'avait fait pleurer de joie. C'est là qu'avait été conçu cet enfant, au cours d'une interminable nuit d'amour. Là qu'il l'avait prise. Dans son lit. Contre le mur. Là qu'elle avait cru mourir de plaisir.

« Tu ne cours aucun risque de te retrouver enceinte, *querida.* »

— Vous n'êtes qu'un menteur, lança-t-elle.

— Jamais je ne t'ai menti.

— Vous m'avez pourtant dit que je ne risquais pas de me retrouver enceinte. La vérité, c'est que vous ne vouliez pas utiliser de préservatif, par égoïsme pur et simple.

Il replia le journal qu'il déposa entre eux sur le siège de cuir.

— Je ne t'ai pas menti.

— Je me suis pourtant retrouvée enceinte.

— J'ai subi une vasectomie en janvier dernier. Mais je ne suis pas allé au rendez-vous de contrôle. Je supposais que l'opération avait réussi. J'ai découvert mon erreur un peu plus tard et j'y ai remédié.

— Remédié ?

— Oui. Désormais, je ne risque plus de provoquer de grossesse.

— Quel soulagement ! lança-t-elle d'une voix amère. Merci d'avoir éclairci ce point. Mais puisque vous étiez si décidé à ne jamais devenir père, pourquoi être venu me chercher ? Si vous m'aviez laissée tranquillement me marier, jamais vous n'auriez vu cet enfant. Vous auriez pu oublier toute cette histoire et retourner à vos actrices et à vos top model.

— Désolé, mais c'était impossible.

— Pourquoi ?

— Parce que c'est mon fils, dit-il en tendant la main pour lui effleurer la joue. Et aussi longtemps que tu seras enceinte, tu seras ma femme.

Sa femme ?

— Que voulez-vous dire ? Vous avez l'intention de m'épouser ?

— Non. Je n'ai pas la vocation du mariage. Et d'ailleurs, jamais je ne me marierais avec une femme qui en aime un autre.

— Je n'aime pas Timothy, dit-elle en le fixant droit dans les yeux.

— Non, mais tu meurs d'envie d'aller le rejoindre ! s'exclama-t-il, le regard rivé sur le diamant qu'elle portait au doigt. Au point d'avoir accepté de l'épouser alors que tu étais enceinte de moi. Sans rien lui avouer. Et tu dis que tu ne l'aimes pas !

— Je n'avais pas le choix, balbutia-t-elle en rougissant.

— C'est maintenant que tu n'as plus le choix, dit-il en prenant doucement une mèche des cheveux blonds d'Ellie pour la ramener derrière son oreille. Mais tu l'oublieras…

Au contact des doigts de Diogo, son sang se mit à courir plus vite dans ses veines et il lui fallut lutter pour ne pas presser sa joue contre la main qui l'effleurait. Ses lèvres s'ouvrirent, esquissant un baiser.

Non ! Jamais plus elle ne se laisserait séduire. Il fallait qu'elle s'enfuie avant qu'il ne lui fasse encore du mal, à elle, ou à leur enfant. Avant qu'elle ne retombe amoureuse et qu'il ne la quitte de nouveau.

Les joues brûlantes, elle serra les poings.

— Vous vous moquez bien de moi et de cet enfant !

— Pas du tout. Je veux veiller sur mon fils. Le protéger.

— De quoi ?

D'elle ? Comme si elle était capable de faire du mal à son propre enfant ?

Une incontrôlable fureur la saisit. Diogo était responsable de l'horrible situation dans laquelle elle se trouvait. Il l'avait rendue enceinte, puis enlevée contre sa volonté, et il osait prétendre que c'était elle qui était dangereuse ? Il fallait absolument qu'elle rentre chez elle. Elle avait besoin de Lilibeth. Elle avait besoin que sa grand-mère la prenne dans ses bras et lui dise que tout allait bien.

Par la vitre, elle aperçut un pâle soleil rose qui perçait les nuages et illuminait le labyrinthe sombre des maisons accrochées au flanc de la colline. Rio était célèbre aussi pour ses favelas. Mais vues sous cet angle, elles ne paraissaient pas si misérables. Dispersées à flanc de coteau, elles ressemblaient davantage à certains quartiers de San Francisco qu'à des taudis accablés par la misère.

Rio peut être dangereux, Diogo l'avait avertie.

Il avait sans doute seulement voulu l'effrayer. Mais elle n'avait plus peur. Elle était simplement écœurée.

Il lui avait brisé le cœur. Il l'avait humiliée au moment où elle allait se marier. Et il l'avait emmenée contre sa volonté dans un pays où il détenait tous les pouvoirs. Elle n'allait pas attendre tranquillement de retomber sous son charme et de se mettre à l'aimer de nouveau. Dès l'instant où elle compterait sur lui, pour elle et pour son enfant, il se fatiguerait de jouer au papa. Il les abandonnerait pour revenir à sa vie de play-boy new-yorkais, profitant de toutes les femmes qui passeraient à sa portée.

S'il s'était fait faire une vasectomie pour être certain de ne jamais être père, comment Ellie aurait-elle pris le risque de lui confier l'enfant qu'elle portait ?

La Bentley s'engagea dans une ruelle encore déserte sous l'averse matinale avant de s'immobiliser à un feu rouge. Tandis que Diogo se penchait pour parler au chauffeur, la jeune femme vit la voiture des gardes du corps continuer sa route devant eux. C'était sa dernière chance d'échapper à ce monstre.

Elle ouvrit la portière à la volée et se mit à courir sous la pluie. Soudain sa robe blanche disparut, engloutie dans le sombre sanctuaire de la favela.

4

L'obscurité était totale et menaçante. Seules de faibles lueurs, tremblotant derrière des lambeaux de tissu qui avaient depuis longtemps remplacé les vitres cassées aux fenêtres, venaient la percer par endroits. Un enchevêtrement de ruelles au ciment crevassé, luisant sous la pluie, serpentait comme des doigts crochus agrippés à la colline.

A peine Ellie avait-elle tourné le coin de la rue qu'elle comprit qu'elle avait commis une terrible erreur. Trébuchant sur le sol inégal, elle s'affala dans un bruissement de taffetas. Une douleur aiguë au poignet gauche lui arracha un cri involontaire.

— *Onde você está indo ?*

Un homme sortit de l'ombre, puis un autre, plus jeune, qui la contempla en souriant, découvrant des dents noires.

— *Você está perdida, gringa ?*

Elle ne comprit pas, mais à la lueur insolente de son regard qui la déshabillait déjà, elle sut qu'elle était en danger. En s'aidant de sa main valide, elle parvint à se relever.

— Excusez-moi, balbutia-t-elle en reculant. Je vais…

Mais il lui coupa la route tandis qu'un troisième larron émergeait de l'obscurité. Ils l'encerclèrent de si près qu'elle pouvait voir leurs yeux briller dans la pénombre.

— Comme elle est mignonne, la petite mariée, dit le premier en anglais avec un lourd accent. Donne-moi vite ce gros diamant, *gringa.*

De ses mains tremblantes, elle ôta la bague de Timothy et la jeta sur le sol, espérant que cela les distrairait le temps suffisant pour qu'elle puisse s'enfuir. Elle fit demi-tour en courant, mais le jeune homme bloqua net sa course, si près d'elle qu'elle pouvait voir ses gencives édentées et sentir son haleine fétide.

— Et maintenant, continua le premier homme dans son mauvais anglais en s'approchant d'elle, enlève-moi cette robe.

Ellie se mit à hurler.

Soudain, une haute silhouette vint s'interposer. D'un coup de poing, suivi d'un coup de pied, Diogo fit reculer les trois voyous. La férocité qu'Ellie lut dans ses yeux l'effraya, mais elle ne put s'empêcher de s'agripper à lui, terrorisée par les dangers qu'elle venait de courir.

Brusquement, le plus âgé des trois hommes revint vers eux et se mit à examiner Diogo comme s'il le reconnaissait.

— Serrador, lança-t-il avant de cracher sur le sol. *Você está aqui em férias ?*

— *Sai fora,* Carneiro, répondit Diogo avant d'ajouter en anglais : Cette femme est à moi.

L'autre homme se mit à rire, tout en faisant signe à ses compagnons de s'approcher.

— Tu es idiot d'être revenu ici.

D'un bond Diogo se retourna pour affronter ses trois assaillants tout en faisant passer Ellie derrière lui pour lui faire un rempart de son corps. Grâce à une série de coups de pieds souples et acrobatiques, il réussit à se dégager. Puis d'un mouvement d'une extraordinaire fluidité, il fit la roue, frappant du pied Carneiro à la tête, avant d'enfoncer son coude dans l'estomac du plus jeune et d'étendre le dernier sur le sol d'un coup de tête en plein front. En jurant, les trois hommes se relevèrent et se replièrent dans l'ombre. Le cœur battant, Ellie les vit disparaître tandis que Diogo la prenait par l'épaule.

— Petite idiote, gronda-t-il. Ils vont revenir plus nombreux. Je ferais mieux de t'abandonner à ton sort !

— Tant mieux ! J'aime encore mieux ça que de rester avec vous !

Les doigts de Diogo se crispèrent sur son épaule, la faisant frémir malgré elle. Oubliant la douleur de son poignet, elle eut l'impression qu'une vie nouvelle s'insufflait au plus profond de son être.

— Tu as donc envie de te faire violer par une douzaine d'hommes ? hurla-t-il, au comble de la fureur.

A cette pensée, elle blêmit avant de serrer les poings. Mais, quoi qu'il dise, jamais il ne réussirait à l'effrayer.

— Je veux rentrer chez moi.

— Auprès de ton amant ?

— Timothy n'est pas mon amant.

— Mais tu brûles d'aller le retrouver. Même au prix de la vie de notre enfant.

— Jamais je ne risquerai la vie de notre enfant !

— C'est pourtant bien ce que tu as fait. Sais-tu ce qui te serait arrivé si je ne t'avais pas retrouvée à temps ?

Une vague de terreur la submergea. Diogo avait raison. Elle venait de faire courir au bébé un danger mortel.

— Et tout ça sous prétexte que tu es amoureuse, lança-t-il avec une sombre ironie.

— Je ne suis pas amoureuse de lui, s'écria-t-elle. Si j'ai accepté de l'épouser, c'est parce que je ne pouvais pas vous avoir, vous. Je veux rentrer chez moi…

Elle se couvrit le visage de ses mains tandis qu'un éclair zébrait le ciel. A peine sentait-elle la pluie qui ruisselait sur sa robe déjà trempée et sa peau nue. A peine entendait-elle le vent qui se déchaînait à ses oreilles.

Soudain, il la prit dans ses bras.

— Allons, Ellie, souffla-t-il en l'embrassant doucement sur la tempe. Tout va bien. Tout va s'arranger.

Il la serra contre lui en la caressant tendrement. Mais les pleurs de la jeune femme redoublèrent.

Il avait le droit d'être en colère, songea-t-elle. Et s'il n'était pas arrivé à temps ? S'il n'avait pas pu les sauver, elle et son bébé, que serait-il arrivé ? Par sa faute à elle.

— Je ne peux pas croire que j'ai fait une chose pareille, dit-elle. Que j'ai fait courir un tel risque à notre bébé.

— C'est ma faute. Jamais je n'aurais dû te faire peur. Mais maintenant, *querida*, tu es en sécurité. Et lui aussi.

Il la souleva dans ses bras comme si elle ne pesait pas plus qu'une plume. Ils étaient tous les deux trempés jusqu'aux os, et pourtant, jamais Ellie ne s'était sentie aussi en sécurité que blottie contre la poitrine de Diogo, dans cette ruelle sordide. Peut-être avait-il raison ? songea-t-elle en levant les yeux vers son superbe visage. Tout allait s'arranger. Peut-être s'était-elle trompée et pouvait-elle lui faire confiance ?

— Viens, *querida,* murmura-t-il en lui jetant un regard brûlant. Je vais te ramener chez toi.

5

Ellie cligna des yeux, éblouie par la lumière matinale resplendissant sur l'Océan. Des vendeurs à la sauvette ouvraient des parapluies de couleurs vives sur le sable blanc de Copacabana. Les gens se pressaient déjà sur la plage, pour y travailler ou s'y amuser, vêtus de minuscules Bikini ou de leurs tenues de soirée de la veille. Les Cariocas ne s'arrêtaient jamais de chercher le plaisir… tout comme Diogo.

Diogo ! Elle se redressa brutalement, prenant conscience qu'elle s'était endormie sur son épaule.

— J'ai… J'ai dormi longtemps ?

— Un bon quart d'heure, répondit-il en souriant.

— Oh !

Elle s'empourpra. Que lui arrivait-il ? Jamais elle ne s'était endormie sur l'épaule de Timothy. Pas une seule fois. Evidemment, c'était un homme stable, calme et raisonnable, et, inconséquente comme elle l'était, elle ne pouvait se détendre que sur le siège arrière d'une Bentley à côté d'un play-boy de magazine !

« Je dois être fatiguée, voilà tout ». Son état habituel depuis qu'elle était enceinte. Mais la fatigue pouvait-elle expliquer pourquoi l'homme pondéré qu'était Timothy lui mettait définitivement les nerfs en pelote, alors qu'elle se sentait si détendue avec quelqu'un d'aussi malfaisant que Diogo ?

La Bentley s'arrêta devant la façade décorée du Carlton Palace, un vrai gâteau de mariage construit au début du XXe siècle dans le style Louis XV et qui abritait à la fois un hôtel de luxe et des appartements privés.

— Tu te souviens de cet endroit ?

Comment aurait-elle pu l'oublier alors qu'il avait hanté ses rêves ? C'était le lieu où il l'avait séduite et où il lui avait fait perdre toute décence, au fur et à mesure qu'il la déshabillait.

Elle frémit en sentant une bouffée brûlante envahir tout son corps et des gouttes de sueur perler entre ses seins.

— Oui.

Une fois qu'elle serait là-haut, plus d'échappatoire. Il ferait d'elle ce qu'il voudrait. S'il voulait la séduire, jamais elle n'aurait la force de lui résister. Il n'aurait qu'à tendre la main…

Il sortit de la Bentley pour venir lui-même lui ouvrir la portière.

— Vous m'aviez dit que vous me rameniez chez moi. Ce n'est pas vrai.

— Je voudrais que, désormais, tu te sentes chez toi ici. Mais tu es trempée et épuisée. On parlera de tout ça plus tard. Pour le moment, tu as besoin de te reposer, de manger et de prendre une bonne douche. Je t'en prie, insista-t-il en constatant qu'elle n'avait pas bougé, accorde-moi la possibilité de te traiter comme tu le mérites.

Une douche et un petit déjeuner… Le paradis. Mais plus séduisant encore était le sourire qu'il lui adressait en lui tendant la main, et qui vainquit ses dernières réserves.

Elle contempla cette main, longue et forte. Il avait des avant-bras puissants et musclés, couverts d'une toison sombre. Une main de battant, il venait de le lui prouver. Mais cette main était tout aussi capable, par ses caresses sensuelles et expertes, de lui faire perdre la tête.

— Très bien, répondit-elle après avoir pris une profonde inspiration. Je vais vous laisser une chance…

La large main enveloppa la sienne pour la tirer hors de la voiture. Elle frémit à ce contact dont elle avait déjà goûté l'ineffable douceur. La dernière fois qu'ils s'étaient trouvés à Rio, il avait si bien joué de son corps virginal que ce seul souvenir lui faisait perdre le souffle.

« Tu es si belle, lui avait-il chuchoté d'une voix rauque.

Si tu ne m'appartiens pas, j'en mourrai. » Elle se souvint des plaisirs inimaginables que lui avait procurés sa langue habile, des sensations qui l'avaient bouleversée quand il avait introduit en elle un doigt, puis deux, puis trois… De la façon dont ses caresses l'avaient conduite aux limites de l'excitation, tremblante jusqu'à l'explosion du plaisir. Sous sa bouche, elle s'était cabrée en gémissant, mais il l'avait maintenue fermement sous son corps puissant et si viril… « Diogo, je t'aime… je t'aime... »,

Elle n'arrivait pas à croire que, trois mois plus tôt, elle l'avait laissé la déshabiller et la mener jusqu'à une extase dont elle ignorait l'existence même. Quand il avait compris qu'elle était vierge, il avait voulu renoncer, mais elle ne le lui avait pas permis. Tremblant de sa propre audace, elle l'avait retenu fermement. Comme pour ne plus jamais le laisser partir.

Le temps avait passé depuis. Elle s'était retrouvée enceinte. Il lui avait menti et l'avait ignorée.

Mais dans la ruelle de la favela, quelque chose avait changé. Pourquoi était-il redevenu l'homme charmant qu'elle avait connu ? Soudain, il s'était comporté presque comme si elle comptait pour lui…

Non ! Où pouvaient la mener de telles chimères ?

Sous les hauts plafonds de l'hôtel, il la guida, au milieu des palmiers et des dorures, vers l'élégant comptoir de la réception. Mais tout en le suivant jusqu'à l'ascenseur privé dont il gardait la clé, elle n'eut d'yeux que pour lui. Les portes s'ouvrirent au dernier étage sur un hall que surveillaient deux gardes du corps qui le saluèrent avec respect, sans accorder beaucoup d'attention à la jeune femme.

D'ailleurs, pourquoi l'auraient-ils remarquée ? Sans doute le voyait-il chaque nuit avec une femme différente. Elle n'était que la dernière d'une longue liste et dès demain, une autre viendrait la remplacer.

Cette pensée la glaça.

— Tu frissonnes, remarqua-t-il en la fixant tandis qu'il déverrouillait la porte d'entrée.

— Non. Je me sens très bien.

— Entre. Je vais t'aider à te réchauffer.

A peine entrée, elle se débarrassa de ses escarpins maculés de boue et resta pieds nus sur l'épais tapis blanc. Le décor de l'appartement, sévère et d'une froideur presque minimaliste, n'avait rien de réconfortant. Le verre et le métal étincelaient sur les murs blancs qu'éclairaient de vastes baies vitrées. Au centre de la pièce se dressait une haute cheminée tout aussi blanche.

Le lieu le plus branché où ait jamais pénétré Ellie. Elégant, sans aucun doute, et très coûteux, mais à peu près aussi chaleureux qu'un igloo.

Comme Diogo refermait la porte sur elle, elle tâta avec précaution son poignet endolori. La douleur n'était plus aussi aiguë.

— Tu es blessée ?

— Ce n'est rien. Je suis tombée sur cette main tout à l'heure.

— Montre-moi ça.

Elle tendit le bras en protestant.

— Ça va beaucoup mieux. Vraiment. Je n'ai pas besoin de…

Lorsqu'il la toucha, elle retint son souffle, parcourue par une onde brûlante tandis qu'il l'examinait, mobilisant doucement l'articulation.

— Il n'y a rien de cassé, conclut-il en la lâchant. Comme j'ai passé dix ans à apprendre la *capœira* dans les rues, je suis capable de reconnaître une fracture ou une foulure. Mais si tu as mal, je vais appeler un médecin qui pourra…

— Non. Tout va bien.

Elle ne pouvait détacher son regard de ce visage d'une beauté fascinante. Une mâchoire magnifiquement dessinée. Des pommettes hautes. Un nez légèrement busqué. Des traits de guerrier. Une bouche sensuelle qu'elle aurait tant désiré sentir se poser sur sa peau. Un regard sombre et brûlant.

— Et maintenant, que veux-tu faire ?

— Maintenant ?

Elle s'humecta les lèvres. Ce qu'elle aurait voulu de toute urgence ? Qu'il lui fasse l'amour d'une façon torride. Qu'il lui murmure à l'oreille qu'il la désirait, elle seule et à jamais, et qu'il serait un bon père, un père aimant et que toujours, toujours…

— Ellie ?

— Oui ? Ce que je…

— Tu as envie de prendre un petit déjeuner ? Suis-je bête ! Naturellement, il te faut d'abord enlever ces vêtements !

— Enlever mes vêtements ?

Non ! Elle ne pouvait pas, à aucun prix… Elle recula, serrant contre elle sa robe de mariée trempée. A chaque pas, la traînée humide sur le sol s'élargissait.

— Je ne serai jamais votre maîtresse, Diogo. Je ne veux plus être votre dernière conquête.

— Qu'est-ce qui te laisse croire que j'en aie envie ?

Le cœur d'Ellie fit un bond dans sa poitrine.

— Que pourriez-vous exiger d'autre ?

— Tu attends un enfant de moi. Je veux simplement t'assurer tout le confort dont tu as besoin. Tu es trempée comme une soupe, *querida.* Il te faut une bonne douche, un petit déjeuner et des vêtements secs.

Evidemment. Ellie se serait giflée. Comment avait-elle pu s'imaginer qu'il cherchait à la séduire alors qu'il pouvait avoir autant de femmes superbes qu'il en avait envie. Pas des beautés de pacotille, mais des créatures merveilleuses qui avaient fait des études supérieures et dirigeaient leur propre affaire. Pas des filles qui s'étaient fait mettre à la porte de leur lycée, comme Ellie. Elle en avait les joues brûlantes d'humiliation.

Il s'approcha d'elle et fit un geste en direction de sa robe.

— Non, s'écria-t-elle en reculant, soudain incapable de supporter qu'il la touche. Je préfère me débrouiller toute seule.

— Cette robe doit peser autant que toi. Viens ici, ordonna-t-il en s'approchant d'elle avec une calme arrogance.

Elle lui échappa et courut dans la pièce à côté. Un pan de mur entièrement vitré offrait une vue époustouflante sur la plage de Copacabana et l'Avenida Atlantica, juste au-dessous. Au centre de la pièce se dressait un vaste lit blanc.

La chambre de Diogo. Le dernier endroit au monde où elle aurait dû se trouver ! En l'apercevant dans l'embrasure de la porte, elle chercha désespérément une issue. En vain. Elle tenta de lui fermer la porte au nez, mais il l'en empêcha sans effort.

— *Obrigada, querida,* lança-t-il avec un sourire entendu. Tu me facilites la tâche.

Il s'avança et l'attira à lui avant de faire glisser la fermeture de sa robe. Ellie frissonna en sentant l'air frais sur sa peau humide. Une fois débarrassée du fardeau humide de l'épais taffetas, elle se sentit considérablement plus légère. Puis elle se rendit compte qu'elle ne portait plus qu'un soutien-gorge de soie blanche et un slip transparent et très moulant. Avec un petit cri, elle tenta de se dissimuler de ses deux mains, ce qui le fit sourire.

— Je peux te voir nue aussi souvent que j'en ai envie, dit-il. Il me suffit de fermer les yeux.

Il se moquait bien de sa pudeur. Une bouffée de colère la saisit.

— Tu as suffisamment de femmes prêtes à sauter dans ton lit pour ne pas avoir besoin de faire appel à tes souvenirs, et d'ailleurs, ça ne me fait ni chaud ni froid.

— Je vois. Tu es loin d'être jalouse, n'est-ce pas *querida* ?

— Absolument, répliqua-t-elle en secouant la tête avec véhémence. Tu peux coucher avec tous les top model que tu veux, ça m'est parfaitement égal. Ce n'est pas comme si j'avais une bonne raison de…

Elle s'arrêta net en voyant Diogo ôter sa chemise blanche mouillée et la laisser glisser à terre. La vision de son torse puissant, couturé de cicatrices, lui avait coupé le souffle. Sa peau hâlée était couverte d'une toison brune, des épaules jusqu'à son ventre plat. Son pantalon gris trempé tombant sur les hanches, il pénétra dans la salle de bains attenante d'où Ellie ne tarda pas à entendre le bruit de la douche. Une chaleur soudaine l'envahit tout entière. Qu'est-ce qui lui arrivait encore ? Comment pouvait-elle le désirer à ce point alors qu'il ne s'intéressait à elle qu'en raison de sa grossesse ? songea-t-elle en croisant ses bras nus sur sa poitrine frissonnante.

Trois mois plus tôt, Diogo Serrador lui avait tout pris : son innocence et sa confiance en elle et en ses propres rêves. Et elle serait assez stupide pour se laisser faire de nouveau ? D'autant que, désormais, elle risquait bien plus qu'une vulgaire peine de cœur. C'était à son bébé qu'il lui fallait penser dorénavant. Quand Diogo la quitterait, comme il ne manquerait pas de le faire, ce n'est pas simplement elle qu'il abandonnerait, mais il briserait aussi le cœur d'un enfant qui passerait sa vie à se demander pourquoi son père ne l'avait pas assez aimé pour rester.

L'histoire ne faisait que se répéter, songea amèrement Ellie. C'était exactement ce qu'elle avait vécu avec son propre père. Il ne l'aimait sans doute pas assez. A cause d'elle, il avait été contraint d'épouser sa mère et avait tenté de jouer son rôle de père. Plus ou moins. Durant des années, après le travail, il avait passé son temps à regarder des inepties à la télévision en buvant des bières. Et quand Ellie ou sa mère se risquaient à lui poser une question, il les envoyait paître sans ménagement.

Puis, quand sa femme était tombée malade, au moment où elles auraient eu le plus besoin de lui, il avait fait sa valise.

— Désolé, avait-il déclaré à Ellie qui venait d'avoir quinze ans, mais il faut bien que je pense à vivre ma vie tant que je le peux encore.

Elle avait donc dû abandonner le lycée et jouer les infirmières tout en travaillant de nuit au Dairy Burger pour assurer leur subsistance. Quant à sa mère, elle supportait mal la situation et reprochait à sa fille d'être responsable de son mariage et de sa vie ratés.

Ce n'est pas de cette façon qu'Ellie voulait élever son propre enfant.

— Tu as froid.

Elle leva les yeux et crut apercevoir l'écho de son propre

chagrin dans les sombres profondeurs du regard de Diogo. Elle fut tentée de se précipiter vers lui, pour le protéger de ce qui causait cette angoisse qu'il dissimulait si bien.

Comme s'il avait besoin d'elle. Elle devait être complètement folle !

— Tu frissonnes.

— Ce n'est rien.

— Laisse-moi te réchauffer, dit-il en tendant la main pour lui caresser la joue.

Il lui ôta son soutien-gorge et son slip avant de la soulever dans ses bras. Trop engourdie pour protester, elle se laissa faire et il la porta dans la salle de bains étincelante de marbre et d'acier. Puis il la déposa dans la vaste douche que ceignait une paroi de verre arrondie. En sentant la caresse de l'eau tiède qui ruisselait sur tout son corps, dans ses cheveux, sur sa gorge, entre ses seins, elle poussa un faible gémissement. L'eau coulait sur son ventre et entre ses jambes, chaude, sensuelle et si vive. Cela faisait si longtemps qu'elle n'avait rien senti d'autre que son cœur brisé. Depuis qu'elle avait accepté d'épouser Timothy, elle avait vécu dans une sorte d'hébétude. Quelle différence cela pouvait-il faire d'être mariée ou pas du moment qu'elle ne savait même plus si elle était vivante ou morte ?

Jusqu'à ce qu'elle découvre qu'elle était enceinte…

Elle entendit Diogo pénétrer à son tour dans la douche.

Le souffle court, elle ferma les yeux, comprenant qu'il était nu. Elle devina son corps dur et musclé à quelques centimètres du sien, ses muscles que caressait le même flux d'eau chaude. Pour lui échapper, elle se rencogna autant qu'elle le put contre la vitre.

— Je t'en prie, ne me touche pas, balbutia-t-elle.

— Tu en as pourtant très envie, *meu amor.* Autant que moi. Ça fait des mois que j'attends ce moment et j'ai failli mourir de cette attente.

Il ne l'avait donc pas oubliée ? Elle lui avait manqué ?

Elle avait beau se dire que ce n'était pas vrai, qu'il n'avait jamais pensé à elle, elle ne put s'empêcher de se pencher vers lui. Ses mains étaient si habiles. Capables de dissiper le stress, la colère et la peur.

Il lui massa doucement les épaules, puis le dos. Puis…

Tout son corps se relâcha quand il la fit tourner entre ses bras. Elle ferma les yeux, comme pour nier sa propre nudité. Comme si son corps ne réclamait pas ses caresses. Comme si elle ne sentait pas celui de Diogo, chaud et dur contre le sien.

Il passa un bras autour de sa taille et enfonça une jambe entre les siennes.

— Ouvre les yeux, *querida.*

— Non.

Il glissa la main le long du dos nu de la jeune femme, contre sa peau tendre et humide. Elle frissonna à ce contact et pressa ses paumes contre la paroi, les jambes chancelantes.

— Que veux-tu de moi ? Après m'avoir ignorée pendant de si longs mois…

— Je l'ai fait pour te protéger. Tu étais vierge. J'ai eu peur que tu ne prennes cette histoire trop au sérieux et que tu n'exiges de moi ce que je ne pouvais te donner.

— Un engagement ?

— Oui.

— Je sais que jamais tu ne t'es engagé envers aucune…, commença-t-elle en ouvrant les yeux.

Dans la douche embuée de vapeur, il lui semblait maintenant bien trop proche, debout devant elle avec ses larges épaules et son corps massif, tout en muscles. Cette virilité brutale l'effrayait. Elle retint son souffle.

Oui, elle avait peur, et pourtant…

Elle le désirait. Terriblement.

— Je ne vois pas ce qu'il y a de changé, reprit-elle.

— Tu es enceinte de moi. Pas question que je te laisse partir. Tant que le bébé n'est pas né, tu m'appartiens.

Ses doigts coururent sur la peau moite de la jeune femme du sillon entre ses seins jusqu'à sa taille et son ventre dont il caressa les récentes rondeurs.

Puis sa bouche se posa sur celle d'Ellie. Son étreinte

était aussi brûlante et exigeante que durant le carnaval. Un baiser profond et sauvage qui meurtrit les lèvres de la jeune femme. Alors la fièvre de Diogo s'apaisa et ses bras se firent plus protecteurs. Il caressa ses seins, en faisant dresser les pointes de ses doigts avant de les agacer de sa langue.

Elle ne put s'empêcher de pousser un gémissement. Autour d'elle, le monde vacillait, tout comme son corps ruisselant d'eau et de plaisir. Elle cambra le dos en criant.

— Jamais aucun homme ne t'a touchée de cette façon, murmura-t-il à son oreille. Dis-le-moi.

— Oui, toi, seulement, soupira-t-elle.

— Ellie…

Doux comme une brise, les doigts de Diogo effleurèrent le triangle soyeux entre ses cuisses. Un long frémissement la parcourut. Tremblante, elle s'appuya à la paroi pour tenter de reprendre son souffle dans la vapeur oppressante, tandis que l'eau ruisselait sans cesse sur les courbes de son corps.

Il était là, tout près. Mais elle l'aurait voulu plus près encore. Elle aurait voulu qu'il la soulève dans ses bras, l'appuie à la vitre et s'enfonce en elle jusqu'à lui faire tout oublier. Les chagrins et les regrets. Jusqu'à ce qu'explose en elle ce plaisir qu'elle n'avait jamais plus ressenti depuis le jour où il l'avait abandonnée…

Il continuait à la caresser avec une lenteur délibérée, torturante.

— Je t'en prie…

Il se baissa pour l'embrasser dans le cou et elle sentit que ce baiser marquerait sa peau tendre. Tout comme il l'avait marquée à l'âme, naguère. Et plus profondément encore en lui faisant un enfant.

— Dis-moi ce que tu veux, Ellie. Je veux t'entendre me le dire.

Ce qu'elle voulait ? Elle étouffa un sanglot.

Elle voulait un homme qu'elle puisse aimer. En qui elle et son enfant puissent avoir totalement confiance.

Et c'était impossible. Les larmes lui montèrent aux yeux.

— Ne suffit-il pas que mon enfant n'ait pas de nom

lorsqu'il naîtra ? Que je devienne mère sans être mariée et que tout le monde me prenne pour une traînée ? En plus, tu ne rêves que de m'arracher le peu de dignité qui me reste !

Il la fixa, médusé. Dans les brumes de vapeur qui avaient envahi l'espace, l'expression de son visage restait énigmatique, même si son corps puissant se dressait toujours, aussi fier et farouche que celui d'un dieu antique. Un de ces dieux grecs tout-puissants et sans merci, qui séduisaient les jeunes mortelles et les laissaient ensuite mourir après les avoir consumées du feu de leur désir.

— Jamais je n'ai voulu te faire du mal, Ellie, murmura-t-il d'une voix rauque avant d'arrêter l'eau. Jamais.

Sans rien ajouter, il l'entraîna hors de la douche et la sécha avec une épaisse serviette avant de s'essuyer à son tour.

Tout en continuant à trembler de tous ses membres, elle ne pouvait détourner les yeux de son corps parfait, de son torse et de son ventre couverts d'une toison sombre.

Elle ferma les yeux et se dit qu'elle ne voulait pas de lui. Le plaisir qu'il lui offrait était une drogue. Si elle s'y risquait encore, jamais plus elle ne pourrait s'en détacher.

Diogo était un don Juan égoïste qui prenait la femme dont il avait envie et s'en servait jusqu'à avoir épuisé la jouissance qu'elle pouvait lui donner. Puis il la rejetait pour recommencer avec une autre, occupé seulement de son propre désir.

Elle l'entendit quitter la pièce et prêta l'oreille, guettant le claquement de la porte d'entrée. Maintenant qu'elle lui avait refusé cette petite satisfaction, il n'allait pas tarder à aller la chercher auprès d'une autre, plus complaisante.

Elle ferma les yeux. Il n'aurait aucun mal à trouver une femme prête à satisfaire ses désirs. Millc fois plus jolie et plus élégante qu'elle-même ne le serait jamais.

— Ellie.

Elle se retourna et le vit, vêtu d'une chemise noire et d'un jean sombre. Il lui tendit une pile de vêtements et elle découvrit une robe adorable, un slip, un soutien-gorge à sa taille, le tout coupé dans des matières un peu extensibles pour s'adapter à ses formes. Des vêtements de grossesse qui avaient dû coûter une petite fortune.

— Mais où… Comment as-tu… ?

— Mes employés ont acheté une garde-robe en vue de ton séjour ici.

— Mon… séjour ?

— Viens avec moi, lui dit-il avec un sourire qui fit courir en elle un long frisson.

6

Tout au long du déjeuner, Ellie ne put s'empêcher d'observer Diogo à la dérobée. Assise au soleil sur le balcon qui offrait une vue magnifique sur l'Océan et le Pain de Sucre, elle le regarda déguster son café tout en bavardant tranquillement en portugais avec l'intendante. Puis il s'attaqua avec un plaisir évident au croissant beurré qu'il venait de tartiner de confiture.

Rien à voir avec Timothy qui se nourrissait avec un désintérêt manifeste. Diogo aimait la vie. Jusque dans ses plus minuscules plaisirs.

Assise à côté de lui au soleil matinal, Ellie remplit ses poumons d'un air rafraîchi par la pluie nocturne. Elle se sentait parfaitement bien, songea-t-elle en agitant les orteils dans ses confortables sandales neuves, avant d'accepter de reprendre de l'omelette au jambon et au fromage, comme le lui proposait l'intendante. Pour la première fois depuis longtemps, elle avait une faim de loup.

Pour la première fois depuis longtemps, elle était heureuse.

Elle avala une gorgée d'eau, et après avoir terminé son omelette, dégusta deux croissants au chocolat, tout en grignotant une salade de papaye, de mangues et de baies *açai,* avant de faire glisser le tout avec un jus de *pitanga* aigre-doux. Chaque fois qu'elle levait le nez de son assiette, elle le voyait.

Elle frémit quand leurs regards se croisèrent. Il ne l'avait pas abandonnée quand elle avait refusé de faire l'amour avec lui. Il n'était pas parti en chasse d'une autre femme. Il ne s'était pas mis en colère. Il l'avait simplement emmenée prendre le petit déjeuner au soleil. Comme si elle comptait pour lui.

Elle se mordit la lèvre et essaya de ne plus penser à de pareilles bêtises. Inutile de s'imaginer qu'elle comptait. Inévitablement, il allait les abandonner, elle et son bébé. Mieux valait que son enfant n'ait pas de père du tout.

Grandir entre un père absent et une mère dépressive… Ellie s'était promis que sa vie à elle serait différente. Elle tomberait amoureuse d'un homme qui l'aimerait passionnément en retour. Ils se marieraient et fonderaient une famille. Des enfants. Des petits-enfants. Une histoire d'amour qui durerait aussi longtemps qu'eux.

Mais dans la vraie vie, les choses ne se passaient pas comme ça. Pour elle, du moins. Toutefois, elle aurait été stupide de ne pas profiter de ce moment. Petit déjeuner à Rio avec Diogo. Une splendide matinée ensoleillée. Des gâteaux délicieux et des chaussures confortables. Elle tendit la main vers un autre croissant au chocolat et mordit dedans.

L'intendante resservit du café à Diogo qui lui fit signe de s'éloigner. Quand ils se retrouvèrent seuls sur le balcon, il se pencha vers Ellie.

— La grossesse te va bien.

Elle releva la tête, la bouche pleine, et surprit son regard plein de désir.

— Tu es même plus belle que le jour du Carnaval.

Gênée, elle oublia la serviette de lin qui reposait sur ses genoux et s'essuya les lèvres du dos de la main.

— Merci, murmura-t-elle.

— Comment te sens-tu ?

— Très bien.

A son grand étonnement, c'était vrai. Les nausées qu'elle subissait depuis des mois avaient disparu. En fait, depuis qu'elle était arrivée à Rio et respirait cet air marin parfumé de fleurs exotiques et d'épices, elle était en pleine forme.

— Parfait. J'ai une proposition à te faire, dit-il en souriant.

— Une proposition ? répéta-t-elle en frémissant intérieurement.

Son imagination se mit à battre la campagne. « Je te désire, Ellie, toi et aucune autre. Je veux élever notre enfant avec toi. Je veux t'épouser et te faire l'amour chaque jour, durant tout le reste de notre vie. »

Arrête ! Quand serait-elle enfin débarrassée de ces vieux rêves ? Il n'y a pas si longtemps, elle aurait voulu être la femme de Diogo. Mais comment pouvait-on souhaiter se marier à quelqu'un à qui on ne pouvait pas faire confiance ?

— Ellie, dit-il en reposant sa tasse. Tu es si jeune…

— J'ai vingt-quatre ans, protesta-t-elle.

— Pour moi, c'est très jeune. Ta vie commence, ou presque. Tu n'avais pas la moindre intention d'être enceinte, mais je t'ai fait cet enfant. Je ne veux pas que tu souffres par ma faute.

— Je ne peux pas dire exactement que je souffre…

Il lui adressa un bref sourire sans joie.

— Par ma faute, pendant des mois, tu as été malade. Tu as perdu ton travail. Tu as été empêchée de te marier… Je continue la liste ?

— Où veux-tu en venir ?

— Tout est ma faute. Il faut que je répare.

Elle croisa les doigts sous la table pour empêcher ses mains de trembler.

— Comment pourrais-tu réparer une chose pareille ?

— Je veux que tu me promettes de rester avec moi.

— Que je te promette quoi ?

— De rester. Jusqu'à la naissance du bébé. Après, tu pourras rentrer à New York, ou là où tu voudras. Reprendre ton métier, si tu en as envie. Fréquenter qui tu voudras. Cette grossesse t'a bouleversée, au point que tu as failli te marier avec un homme que tu n'aimais pas. Ça a faussé ton jugement. En te mariant, tu aurais détruit ta vie — et aussi celle de mon fils.

— Où veux-tu en venir, enfin ?

— Après la naissance de notre enfant, tu seras libre,

déclara-t-il avant d'avaler une gorgée de café. Mon fils restera avec moi.

Une main glacée étreignit le cœur d'Ellie.

— Tu veux me voler mon bébé ?

— Pour ton bien, Ellie. Jamais tu n'as désiré être mère.

— C'est faux !

— Je ne suis pas convaincu que tu saches t'occuper correctement de lui.

— Tu n'es pas sérieux, quand même ?

— Si.

— Et toi, crois-tu que tu serais un bon père ? s'exclama-t-elle. Tu n'es jamais chez toi. Tu passes chaque nuit avec une nouvelle femme dans ton lit !

— Ellie, écoute…

— Non ! Toi, écoute, s'écria-t-elle en se levant de table. C'est toi qui n'as pas les capacités requises pour être un bon père. Et je vais m'en aller immédiatement avec mon bébé…

— Arrête.

Elle obéit et l'entendit s'approcher d'elle par-derrière. Il posa les mains sur ses épaules pour la forcer à se tourner vers lui.

— Tu vas rester ici jusqu'à la naissance du bébé. Ce n'est pas négociable. Je ne peux pas prendre le risque de te voir revenir à Timothy Wright ou à un autre type du même genre. Il faut que tu restes ici et que je puisse te surveiller.

Elle ravala ses larmes. Le jour où elle ferait confiance à Diogo, c'est que le soleil brésilien lui aurait vraiment tapé sur la tête !

— Tu veux me garder prisonnière ?

— Je veux te garder en sécurité, rétorqua-t-il froidement. Tu ne connais pas Wright aussi bien que tu le crois.

— Je sais qu'il est mon ami et qu'il y a plus d'honneur et de sens moral dans son seul petit doigt que dans toute ta personne.

— Rien qu'une telle erreur de jugement suffirait à me convaincre que tu n'es pas en état d'élever mon fils. Jamais je ne te ferais confiance.

— Tu ne me ferais pas confiance ? Vraiment, celle-là, elle est bien bonne ! C'est toi qui oses prétendre ça ? Toi, un play-boy gâté, qui n'as jamais eu à se battre pour obtenir quoi que ce soit dans la vie ! Alors que moi, tout ce que je souhaite, tout ce que j'ai toujours souhaité, c'est justement de m'occuper des gens que j'aime !

— Inutile de monter sur tes grands chevaux. Cet enfant, c'est à moi d'en prendre soin. Avec moi, il vivra heureux, en toute sécurité. Et pour compenser les ennuis que je t'ai causés, je ferai de toi une femme plus riche que tu n'as jamais rêvé de l'être.

— Comment ? s'exclama-t-elle, en pleine confusion.

Elle ne voyait pas ce que l'argent venait faire dans ce problème de garde d'enfant.

— Dix millions de dollars, insista-t-il. Quand tu partiras, je te donnerai dix millions de dollars.

Elle sentit monter en elle une irrépressible fureur.

— Jamais !

— Ce n'est pas assez ? dit-il en se penchant sur elle pour la fixer droit dans les yeux. Tu en veux vingt ?

— Jamais je ne la vendrai, à aucun prix !

— Je ne le vendrai, corrigea-t-il d'instinct. Tu dois pourtant avoir un prix. Tu le sais aussi bien que moi. Je te demande simplement de me le dire.

— Je ne veux pas de ton argent. Je veux que tu nous laisses partir.

— Cent millions de dollars. C'est mon dernier mot, Ellie. Je te conseille d'accepter.

Cent millions de dollars.

Elle le contempla, abasourdie. C'était une somme inimaginable. Et il ne plaisantait pas, elle le devinait à son regard. Sur un simple coup de fil de Diogo Serrador, le célèbre milliardaire, les quarante dollars qu'elle possédait sur son compte se transformeraient en cent millions de dollars.

Il croyait vraiment qu'il pouvait lui acheter son bébé. Tant d'arrogance et d'inconscience lui coupaient le souffle. Il existait donc un homme convaincu que tout pouvait se vendre et s'acheter, même la précieuse relation qui unit une mère à son enfant !

— Mais tu ne voulais pas être père ! protesta-t-elle. Tu avais subi une vasectomie. Pourquoi chercher à t'emparer de mon enfant ?

— Si je me suis fait faire une vasectomie, c'est que je voulais être certain qu'aucun enfant ne viendrait au monde sans que je le sache, au risque d'être élevé par quelqu'un qui n'aurait ni la raison ni les moyens de le faire sans qu'il en souffre.

Une bouffée de colère envahit Ellie.

— Tu crois donc qu'il suffit d'être riche pour faire un bon père ? Toi qui n'as jamais réussi à rester plus d'une semaine avec personne ! Tu aurais vite fait de te fatiguer de cet enfant et de l'abandonner. Même si tu me suppliais de le faire, jamais je ne te choisirais comme père de mon enfant !

Il la fusilla du regard.

— Accepte ce contrat, Ellie. Jusqu'à la naissance, je te traiterai comme une reine. Après, tu seras riche et libre de profiter de la vie et d'avoir toutes les aventures que tu voudras. Quelle est ta réponse ?

Il avait donc vraiment la certitude qu'elle était prête à vendre son enfant au plus offrant avant de se lancer à la recherche d'un homme avec qui dépenser ses millions !

— Ma réponse ? C'est facile, lança-t-elle en lui jetant un regard plein de haine. Va au diable !

« Va au diable » ? marmonna Diogo en portugais. Au diable, il y était déjà.

En couchant avec Ellie, une employée, une provinciale, vierge de surcroît, il s'était comporté comme un imbécile. Qu'est-ce qui avait bien pu lui passer par la tête ? Rien, et c'était bien là le problème. Alors qu'il revenait d'une négociation qui avait duré toute la nuit, triomphant et ravi de son acquisition, la voiture qui les ramenait à l'hôtel s'était trouvée prise dans un cortège de rue, sur l'Avenida Atlantica. Des musiciens et des danseurs de samba venus de Copacabana défilaient, à peine vêtus de paillettes et de plumes.

Diogo avait fait descendre Ellie de la voiture et lui avait frayé un chemin jusqu'au Carlton Palace. En passant dans une ruelle ils avaient vu deux hommes et une femme qui faisaient l'amour contre un mur. Tandis que l'un l'embrassait et lui caressait les seins, l'autre était agenouillé entre ses jambes nues.

En vrai Carioca, Diogo n'avait pas été choqué, mais instinctivement, il s'était retourné pour jeter un coup d'œil à la jeune secrétaire qu'il guidait par la main à travers la foule. Bouche bée, elle observait la scène qui se déroulait dans l'allée. Puis elle s'était tournée vers lui et l'avait fixé droit dans les yeux. Comme pour lui demander silencieusement de lui faire l'amour.

Soudain, au rythme haletant des *batucadas* qui emplissait l'air comme un parfum exotique, il avait réellement regardé Ellie Jensen. Elle n'était pas seulement une belle fille, mais une beauté au cœur pur, avec son teint de rose et ses cheveux d'or. Elle lui avait paru si désirable qu'il en avait eu le cœur déchiré. Comme s'il était revenu à l'époque où il avait encore confiance en l'amour et en la fidélité…

Il hocha la tête. L'amour ? *Abestado.* Depuis bien longtemps, il avait cessé de croire à ce conte de fées. Mais à ce moment, il avait désiré Ellie à en mourir.

Durant le Carnaval, les gens oublient toute raison. Ils manquent à leurs promesses sans qu'on les blâme et sans que ça prête à conséquence. Au rythme de cette musique frénétique, Diogo avait un instant perdu la tête, rien de plus.

Il ne se rappelait plus comment ils étaient montés jusqu'à son appartement. Mais il n'avait pas oublié la façon dont elle tremblait sous lui dans le lit. Son cri de douleur et le choc qu'il avait lui-même ressenti en découvrant qu'elle était vierge, non pas seulement en apparence, mais en réalité. Il avait tenté de se retirer, mais elle l'avait retenu en l'embrassant si tendrement qu'il avait été obligé de céder. Il s'était glissé en elle centimètre par centimètre, très lentement, jusqu'à ce qu'il l'entende pousser un autre cri, venu du plus profond d'elle-même. Et il avait recommencé, une fois, puis une deuxième, jusqu'à lui faire monter aux yeux des larmes de plaisir.

Ce n'est qu'à ce moment qu'il s'était autorisé à jouir à son tour, une explosion d'une telle force qu'il s'était effondré sur elle, dans le lit. Puis il lui avait fait l'amour toute la nuit, et plus surprenant encore, il s'était endormi entre ses bras. Il n'avait pas oublié le contact de ce corps tendre et si doux. Sachant que, quand viendrait l'aube, il faudrait qu'il l'abandonne.

Biskreta, la simple évocation de cette nuit suffisait à le mettre dans tous ses états…

Au moment même où il exigeait qu'elle disparaisse en lui laissant l'enfant, il lui suffisait de la regarder pour avoir envie de se retrouver au lit avec elle. Et il la désirait au-delà de toute raison et de toute résistance.

Mais il était impossible de lui faire confiance. Ellie était jeune, naïve et trop crédule. Si Diogo n'avait pas deviné la vérité concernant sa paternité, jamais il n'aurait su ce qui s'était passé. Elle aurait épousé ce salaud de Wright et lui aurait livré son enfant.

Savait-elle à quelle sorte d'homme elle avait affaire ? Et comment, en quelques années, il était devenu si riche, grâce à son ignoble petit trafic ?

— Cent millions de dollars, Ellie, c'est beaucoup d'argent. Beaucoup plus que ce qu'était prêt à t'offrir Wright.

— Je ne vois pas à quoi tu fais allusion, dit-elle, en ouvrant de grands yeux.

— Vraiment ?

— Je ne sais qu'une chose, murmura-t-elle avec une petite moue triste, c'est que je me suis mal comportée avec lui. Voilà des années qu'il est amoureux de moi, sans que je parvienne à lui rendre son amour malgré tous mes efforts. Et je l'ai humilié devant tous les invités…

— Il mériterait un sort bien pire encore ! s'exclama

Diogo, soudain hanté par un visage de femme. A Noël, j'ai failli le tuer de mes propres mains.

— Pourquoi ? Qu'est-ce qu'il avait fait ?

— Tu tiens vraiment à le savoir ?

— Oui, dit-elle en posant la main sur son bras.

Il leva les yeux vers elle, sans reconnaître la timide petite secrétaire qu'elle était naguère. Son corps avait changé, lui aussi, et on pouvait désormais y lire d'indéniables signes de sa grossesse. Sa peau pâle rayonnait. Sa poitrine menue avait pris de l'ampleur et gonflait sa robe légère.

Il imaginait le poids de ses seins entre ses mains, leur goût.

Maldiçãon, jamais aucune femme ne lui avait fait un pareil effet. Et elle ne s'en rendait même pas compte… Il était assailli par un désir si puissant qu'il en tremblait. Il aurait voulu l'entraîner dans son lit, la prendre debout contre le mur, la pénétrer encore et encore pour étancher enfin cette soif dévorante…

Il se détourna, les poings serrés. Il fallait qu'il se maîtrise. D'ailleurs, se mettre dans un pareil état ne lui ressemblait pas.

— Ellie, sais-tu comment Wright est devenu aussi riche ?

— Il a très bien su mener sa barque, à Flint.

— Il s'est lancé dans le commerce des enfants. Il achetait leurs bébés aux mères dans le besoin et les revendait à des couples sans enfants assez riches pour accepter ses tarifs prohibitifs.

Elle le fixa un moment, bouche bée, avant de secouer énergiquement la tête.

— Non ! Jamais Timothy n'aurait fait ça !

— Juste avant de l'épouser, tu lui as annoncé que tu attendais un enfant d'un autre homme. Qu'a-t-il fait ?

Une pâleur de cendre envahit le visage de la jeune femme.

— Il m'a dit qu'il y veillerait, souffla-t-elle. Mais je croyais… je croyais qu'il voulait dire…

Elle se couvrit le visage de ses mains.

— Mon Dieu…

Non, elle n'était pas au courant, Diogo en était certain.

Jamais elle n'avait eu l'intention de vendre leur enfant. Ni par amour pour Timothy, ni par appât du gain. Elle venait de refuser l'offre de cent millions de dollars qu'il lui avait faite. Combien de femmes se seraient comportées de la sorte ? En tout cas, aucune de celles qu'il connaissait, débutantes avides ou actrices insatiables. Toutes auraient protesté qu'elles étaient de bonnes mères et qu'elles aimaient leur enfant, mais pour cent millions de dollars, elles auraient été trop contentes de lui fourrer le bébé dans les bras.

Ellie Jensen n'était pas guidée par l'intérêt, il en avait la preuve. Elle était seulement stupide et aveugle. Elle lui avait offert sa précieuse virginité tout en sachant qu'il n'avait pas l'intention de l'épouser. Puis elle s'était résignée à se marier à ce salaud sans scrupules de Wright parce qu'elle s'imaginait qu'il serait un bon père pour son enfant.

Comme la plupart des femmes, elle était faible. Mais pas dépourvue de moralité. Elle avait voulu protéger son bébé, tout comme il le désirait lui-même. Elle préférait la sécurité et le bonheur de son enfant à la satisfaction de ses propres désirs.

Voilà qui changeait tout.

— Excuse-moi, Ellie, dit-il tranquillement, mais il fallait que je sache quelle femme tu étais vraiment. Que je sois sûr que tu étais incapable de faire du mal à notre enfant.

— Et maintenant, tu en es convaincu ? demanda-t-elle en s'essuyant les yeux.

Que dire ? Diogo désirait encore protéger son enfant, mais il avait aussi envie d'entraîner Ellie dans son lit. Toutes les nuits. Et de lui faire l'amour jusqu'à ce qu'il soit définitivement rassasié d'elle. Il la prit dans ses bras.

— Je veux que tu restes avec moi, Ellie. Que nous élevions ensemble notre enfant. Je veux te garder dans mon lit aussi longtemps que ça restera agréable.

— Et après ?

Il lui prit le menton pour la forcer à le regarder.

— Nous serons toujours des parents, Ellie, même si nous ne sommes plus des amants.

Une ombre passa sur le visage de la jeune femme.

— Je refuse de te servir de jouet, dit-elle.

— C'est pourtant bien ce qui va arriver, rétorqua-t-il en se penchant sur elle pour l'embrasser.

7

C'était un baiser tendre et pur, mais, dans son étreinte, Ellie sentait pointer un indéniable désir qui s'accordait au sien. Un feu dévorant prêt à tout consumer sur son passage.

Il l'emprisonna de ses bras, la dominant de toute sa taille, de toute sa carrure. Prise au piège de son propre désir, elle savoura le contact du corps de Diogo, dur et tiède contre le sien. La brise venue de l'océan faisait voler ses longs cheveux blonds et le chaud soleil brésilien lui brûlait la peau. Sa vie entière se jouait dans ce baiser.

Elle se rendit soudain compte qu'elle s'agrippait à lui au moins autant qu'il la retenait. Ses doigts se crispaient sur son dos tandis que sa langue la pénétrait, provoquant un sanglot qui semblait sorti du fond de sa gorge.

Elle aurait dû en finir, elle le savait, mais son corps n'avait qu'un désir : rester encore une minute blotti entre les bras de Diogo.

Pourtant, si forte que fût cette exigence, elle ne pouvait y obéir. Pour elle, faire l'amour supposait une passion totale, tandis que lui n'y cherchait qu'un moment de plaisir qu'il aurait oublié avant que le jour se lève. Ses baisers si sensuels ne pouvaient que la détruire.

— Ellie, chuchota-t-il dans ses cheveux. Viens dans mon lit. Tout de suite.

Le cœur battant, elle pressa sa joue contre sa poitrine.

— Ce ne serait pas raisonnable.

— Pourquoi ?

— Je te l'ai dit. Je ne veux pas être une aventure d'une nuit.

— Pour moi, tu es bien plus qu'une aventure, protesta-t-il en caressant les mèches blondes qui voletaient sur les bras nus de la jeune femme.

— Vraiment ?

— Nous sommes liés à jamais, dit-il en lui adressant un de ses irrésistibles sourires. Tu es la mère de mon enfant.

Rien d'autre.

Le cœur de la jeune femme se serra. Elle aurait pourtant dû s'estimer heureuse que Diogo daigne la garder comme maîtresse et participer activement à l'éducation de leur enfant. Au fond, elle n'en espérait pas tant. Toutefois, cela ne satisfaisait pas son cœur stupide. Elle aurait voulu pouvoir faire l'amour entre ses bras, en toute sécurité. Lui faire entièrement confiance. Etre sûre qu'il ne partirait plus en chasse de toutes ces femmes superbes, avec leurs brillantes carrières et leurs diplômes universitaires…

Il lui releva doucement le menton.

— Ellie, je te respecterai et je te ferai toujours honneur.

— Toi, peut-être, mais les autres ? Tout le monde pensera, comme toi d'ailleurs très récemment encore, que j'ai fait exprès de me retrouver enceinte, par pur intérêt. Tout le monde me traitera de traînée.

— Je tuerais immédiatement tout homme qui oserait tenir de tels propos.

— Peu importe. La vraie question est de savoir si tu ferais un bon père.

— Comment ? s'exclama-t-il en se levant, visiblement outragé.

— Jamais tu n'es resté plus d'une semaine avec la même femme. Comment pourras-tu aimer ton enfant toute ta vie ?

— Ça n'a rien à voir !

— Bien sûr que si. Dans les deux cas, il s'agit d'amour. Et de loyauté.

— Jamais je ne l'abandonnerai, tu m'entends, Ellie ? Parce que moi, je sais ce que signifie être abandonné. Je n'ai pas eu de père. Et quand j'avais huit ans, ma mère m'a laissé pour aller vivre avec son nouvel amant. Jamais je ne ferai une chose pareille à mon enfant.

Elle le contempla, médusée.

— Pourtant, tu es un Serrador. A sa mort, ton père possédait la moitié des mines d'or de cette planète. Tes sœurs ont épousé des membres des familles royales européennes. Tu es né riche, bien avant de faire fortune dans le commerce de l'acier.

— C'est ce qu'on raconte.

— Ce n'est pas vrai ?

— Ce qui est vrai, Ellie, dit-il en la prenant par les bras, c'est que je te veux, toi. Pour élever mon enfant. Et pour être dans mes bras, et dans mon lit. Et ce que je veux, je l'obtiens toujours.

Il posa ses lèvres brûlantes sur celles de la jeune femme, tout en l'attirant à lui.

Elle ne demandait qu'à se rendre, incapable de résister au désir de Diogo. A sa force. A sa puissance.

Tandis que leur baiser se prolongeait, elle noua ses doigts autour de son cou. Ses lèvres étaient la source d'un brasier qui lui consumait le corps. Il lui paraissait plus difficile de le repousser que de s'arrêter volontairement de respirer. Il fallait qu'elle lui cède. Elle n'avait pas le choix.

Le sang pulsait lourdement à ses oreilles lorsqu'elle s'aperçut brusquement qu'un téléphone vibrait dans la poche de Diogo. Il le sortit en jurant pour examiner le numéro. Son expression changea soudain et il s'écarta d'Ellie pour répondre.

— *Bom dia,* dit-il d'une voix chaleureuse. Catia. *Eu vou mais tarde ? Por favor ?*

Ellie l'observa en tentant de reprendre ses esprits, fascinée par ce ton presque implorant, et rougit d'humiliation.

Deux minutes plus tôt, il l'embrassait et tentait de l'entraîner vers son lit, et voilà qu'il l'avait complètement oubliée, interrompant leur baiser pour parler à une autre femme.

Elle devait avoir perdu la tête, songea-t-elle.

— Excuse-moi, dit Diogo à Ellie aussi froidement que

si elle était une simple employée, la main plaquée sur le haut-parleur du téléphone. Je reviens tout de suite.

En le voyant s'éloigner, elle ravala ses larmes et se retourna vers la vue sur Copacabana et la mer d'un bleu d'azur. Elle qui était sur le point de se rendre !

Comment avait-elle pu faire confiance à Diogo ? Il n'avait rien de l'homme calme, réfléchi et loyal qu'il lui fallait. Il ne ressemblait pas à Timothy…

Mais Timothy, au fond, ne valait pas mieux.

« Il s'est lancé dans le commerce des enfants. Il achetait leurs bébés aux mères dans le besoin et les revendait à des couples sans enfants, assez riches pour accepter ses tarifs prohibitifs. »

Timothy, un trafiquant d'enfants froid et calculateur ? Elle avait encore du mal à le croire. Même si ces derniers temps, elle ne se sentait plus très à l'aise avec lui. La première fois qu'il l'avait demandée en mariage, elle avait quinze ans et travaillait au Dairy Burger de Flint tout en s'occupant de sa mère. Timothy avait alors vingt-cinq ans et venait d'obtenir son diplôme de droit à Yale. Elle n'en avait pas cru ses oreilles, mais il avait persisté dans sa demande, proposant même d'aider Ellie et sa mère mourante.

Pourtant, elle n'avait pas accepté la charité de Timothy. Elle n'aurait pas jugé loyal de profiter de ses sentiments, ni de lui faire croire que leur relation pouvait évoluer vers autre chose que de l'amitié.

Jusqu'à l'année dernière du moins. Car après le décès de sa mère, Ellie n'avait plus aucune raison de rester à Flint… C'est alors que Timothy lui avait fait une proposition à laquelle elle avait été incapable de résister : un travail à New York.

Peut-être avait-elle eu tort d'accepter. Mais sans son aide, jamais elle n'aurait pu trouver un pareil emploi. Toutes les autres secrétaires de Diogo avaient non seulement le bac, mais des diplômes universitaires. Cependant, contre toute attente, elle s'en était bien sortie. Elle apprenait vite et était appréciée des autres employés.

Du moins jusqu'à ce que Jessica ne répande la rumeur

qu'Ellie avait tenté d'obtenir une promotion en couchant avec le patron. Mais au fond, songea-t-elle avec amertume, peut-être n'était-elle qu'une traînée, comme on le lui reprochait ? N'était-elle pas prête à accepter de rester la maîtresse de Diogo, tout en sachant qu'il ne l'épouserait jamais ? Que jamais il ne l'aimerait et que, quand il serait lassé d'elle, il irait voir ailleurs. Tout le monde devait la croire prête à s'arrêter de travailler dès qu'elle aurait enfin réussi à être enceinte du patron.

— *Com licença, querida*, dit Diogo en revenant sur la terrasse. Où en étions-nous ?

— Tu te moques de moi ? s'écria-t-elle en s'écartant pour esquiver le geste qu'il faisait vers elle.

— Tu es fâchée ?

— Juste au moment où tu m'embrassais, tu t'arrêtes pour prendre un appel d'une autre femme.

— Je ne t'appartiens pas, *querida*, lança-t-il en lui jetant un regard glacial. Ne crois pas que tu aies le droit de connaître tous mes secrets.

— Et pourquoi pas ? demanda-t-elle en ravalant des larmes de rage. Depuis la minute où tu m'as séduite, toi, tu t'es comporté comme si je t'appartenais. Comme si j'étais un objet que tu pouvais prendre ou lâcher à ton gré.

Un toussotement leur fit prendre conscience de la présence d'un garde qui venait de pénétrer sur le balcon.

— *Sim ?* dit Diogo en se tournant vers lui.

— *A médica está aqui, senhor.*

Diogo se tourna vers Ellie, les mâchoires serrées, les yeux encore noirs de colère.

— Le médecin est là.

— Le médecin ? répéta-t-elle, désemparée. Mais je n'ai plus mal au poignet, je te l'ai dit.

— Elle n'est pas venue pour ton poignet mais pour notre bébé.

Notre bébé. En l'entendant prononcer ces mots, elle sentit son estomac se nouer. Elle avait beau lutter, elle était soudain prête à tout lui pardonner.

— Puisque tu viens seulement de te rendre compte de ta grossesse, je suppose que tu n'as passé aucune visite prénatale à New York ?

— J'ai juste fait un test de grossesse.

— C'est bien ce que je pensais. Dorénavant, mon fils bénéficiera de ce qui se fait de mieux en matière de suivi médical. Leticia va venir procéder à un examen complet. Une échographie.

Leticia ? Il appelait le médecin par son prénom ?

Brusquement, il lui sourit avec un charme irrésistible.

— Allez, viens. Allons faire connaissance de notre bébé, dit-il en lui tendant la main.

Faire connaissance de leur bébé. Comment résister à une telle proposition ? A contrecœur, Ellie lui prit la main. En sentant les doigts de Diogo se refermer sur les siens, elle fut parcourue d'un long frisson. Pas de simple désir. Quelque chose de plus. Un sentiment de plénitude.

Non ! Elle ne pouvait se laisser aller à imaginer qu'ils formaient une famille. Dans une vraie famille, on s'aimait, on se protégeait, on se faisait confiance. Diogo et Ellie élèveraient peut-être un enfant ensemble, mais ils ne seraient jamais que deux parents solitaires.

Elle avait beau se le répéter, son corps ne voulait pas l'entendre. Tandis qu'il la guidait vers l'intérieur de l'appartement, elle ne pouvait s'empêcher de se sentir merveilleusement bien. Cet homme est fait pour toi, lui disait son corps. Et toi, pour lui.

Diogo lui sourit et le cœur de la jeune femme se dilata comme jamais encore dans sa vie devant son extraordinaire séduction. Une peau mate que venait caresser le soleil. Des cheveux d'un noir de jais. Il était un ange sombre et brillant, d'une dangereuse beauté.

— *Vôce está pronta, meu amor* ? s'enquit-il en se baissant pour lui baiser le bout des doigts. Viens, mon amour. Allons à la rencontre de notre fils.

8

Tandis que le médecin procédait à un rapide examen, Diogo sortit du bureau pour passer un appel.

Un appel concernant le travail… ou le plaisir ?

Il ne fallait pas qu'elle pense à ça, se dit Ellie en serrant les poings, les yeux fixés sur le plafond. De toute façon, elle savait qu'il n'accepterait jamais de répondre à ses questions. Elle essaya de se concentrer sur le Dr Carneiro, une trentenaire brune qui préparait maintenant l'échographie.

Encore une maîtresse de Diogo ?

— C'est très aimable à vous de faire une visite à domicile, murmura-t-elle tandis que le Dr Carneiro lui étalait un peu de gel sur le ventre.

— C'est avec plaisir, répondit le médecin dans un anglais teinté d'un léger accent. Je ferais n'importe quoi pour Diogo.

Elle l'appelait donc Diogo ?

— Vous avez beaucoup de chance, mademoiselle Jensen, reprit-elle.

— Vraiment ? répondit Ellie d'un ton pincé.

La jeune brune lui jeta un regard amusé.

— Vous vous imaginez que je suis sa maîtresse ? s'exclama-t-elle en riant. Je suis sa sœur, et la plus proche qu'il ait jamais eue.

— Mais je croyais que votre nom était Carneiro ? répondit Ellie, soulagée.

— C'est vrai. Je ne suis pas une Serrador comme ses demi-sœurs, qui, entre nous, ne seraient même pas dignes de cirer ses chaussures. Non. Ma mère l'a amené chez nous quand il avait huit ans. Elle l'avait trouvé en train de grelotter dans la rue.

— Votre mère l'a sauvé ? Quand sa mère l'a abandonné ?

— Oui, acquiesça le médecin. Mais depuis, il nous l'a bien rendu à tous. C'est lui qui a payé mes études. Et il a engagé mon plus jeune frère, Pedro, comme garde du corps. Il aurait même aidé Mateus, s'il avait consenti à quitter la favela. Mais mon frère aîné est trop fier. Il refuse l'aide de Diogo.

Carneiro. Le nom du chef de bande qui l'avait attaquée dans la favela.

— Je crois que je le connais, dit Ellie.

— Diogo finira bien par réussir à le convaincre, répondit tristement Leticia. Il a mis des années à venir à bout de la loyauté de Pedro, mais il ne renonce jamais. Il finance ma clinique qui soigne gratuitement chaque année des milliers de personnes. Des jeunes mères. Des enfants qui, sans lui, mourraient faute de médicaments. Vous avez de la chance. Tous les hommes ne sont pas aussi honnêtes, ni courageux. Et après ce qui s'est produit à Noël…

— Tu parles de moi, Leticia ?

Diogo se tenait sur le seuil, l'air mi-figue mi-raisin.

— Jamais je ne cesserai de chanter tes louanges, dit le médecin en souriant à son frère adoptif. D'ailleurs, tu arrives à point. Regarde.

Tout en manœuvrant son émetteur sur le ventre d'Ellie, elle désigna l'écran. Soudain, la jeune femme oublia tout en apercevant le cœur minuscule de son bébé qui battait imperceptiblement. Diogo s'assit à côté de la table d'examen, les yeux rivés sur l'écran.

— Cette petite lumière… c'est notre bébé ?

— On voit son cœur qui bat, répondit Leticia. Et ici, les jambes, la colonne vertébrale. La tête. Vous voyez ?

— C'est un garçon ?

— C'est un peu trop tôt pour en être sûr, mais vous voyez ça ? Oui, c'est sans doute un garçon.

— Un garçon ! s'exclama Diogo, ravi.

— Et là, vous voyez… Attendez. Ce n'est pas… Je ne peux pas…

Les sourcils froncés, le médecin se concentra sur l'écran.

— Que se passe-t-il ? Qu'est-ce qui ne va pas ? s'écria Diogo dont la main s'était crispée sur celle d'Ellie.

Son beau visage bouleversé par l'anxiété semblait tout à coup très vulnérable, et la jeune femme comprit qu'il cherchait à lui cacher son angoisse. Une pensée illumina soudain son esprit : il aimait cet enfant tout autant qu'elle.

— Qu'y a-t-il ? s'enquit-elle d'une voix rauque.

Le Dr Carneiro se tourna vers eux, rayonnante.

— Vous allez avoir une fille.

— Une fille ! exulta Ellie en se tournant vers Diogo, triomphante. Tu vois, je te l'avais bien dit que ce serait une fille !

— Pas un garçon ? demanda-t-il, dépité.

— Mais si.

— Comment ?

— Un garçon… et une fille. Elle se cachait derrière son frère. Regardez.

Au départ, Ellie eut bien du mal à décrypter l'embrouillamini de lignes qui remplissait l'écran. Puis elle aperçut un second battement imperceptible. Des bras et des jambes. Un crâne. Un autre bébé.

— Deux cœurs. Des jumeaux. Félicitations.

— Des jumeaux ? balbutia Ellie.

Deux bébés à aimer et à soigner. Deux bébés qui auraient besoin de tout ce que leurs parents pourraient leur donner. Le souffle court, elle leva les yeux vers Diogo. Quelques mois plus tôt, il s'était fait opérer pour ne pas avoir d'enfant et voilà qu'il se retrouvait père de jumeaux. Comment allait-il le prendre ?

— Vous avez déjà choisi les prénoms ? demanda le médecin.

— Non. C'est arrivé si vite, répondit Ellie en cherchant le regard de Diogo. Nous n'avons pas encore eu le temps d'y penser. Nous pourrions peut-être appeler la fille Lilibeth. Ou Lily ?

Il leva les yeux et Ellie fut surprise de voir qu'ils étaient pleins de larmes.

— Nous l'appellerons Ana, déclara-t-il.

— Oh, c'est merveilleux, s'écria sa sœur. Notre mère va être si fière.

— Mais ma grand-mère…, commença Ellie.

— Son nom sera Ana, coupa-t-il froidement.

Ellie serra les dents face à cette démonstration d'égoïsme masculin. Pourtant, si sa mère adoptive l'avait vraiment sauvé quand il mourait de faim sur le trottoir…

— Ana, dit-elle en fermant les yeux. Ana Jensen. Va pour Ana.

— Jensen ? répéta Diogo en lui jetant un regard étonné.

— Tu crois que je vais élever ces enfants à Flint sous un autre nom que le mien ?

— Les élever à Flint ? Tu perds la tête. Tu vas vivre ici même, avec moi.

— Peut-être jusqu'à leur naissance. Mais honnêtement, tu ne t'attends tout de même pas à ce que je passe ma vie enfermée dans cet appartement comme une princesse prisonnière dans sa tour !

— Je m'imaginais simplement que nous allions les élever ensemble. Je suis leur père.

— Oui, et tu auras toujours un droit de visite. Nous mettrons au point un système de garde. Mais nous ne sommes pas mariés et c'est avec moi qu'ils vivront.

Des jumeaux.

Les yeux fixés sur l'écran, Diogo eut pour la première fois une vision claire de la situation. Il avait cru qu'il lui suffirait de ramener Ellie à Rio. Pour s'occuper d'elle. Pour qu'ils soient tous en sécurité. Mais maintenant, il comprenait qu'il s'était trompé. Totalement.

Un fils et une fille. Qui ne porteraient pas son nom. Ses

précieux enfants ne bénéficieraient d'aucune protection. Ils ne seraient que des bâtards. Exactement comme il l'avait lui-même été. Il se rappelait encore la douleur de son enfance. D'abord, il n'avait pas eu de père. Puis il n'avait plus eu de mère. Pas d'argent. Pas de maison. Il avait dû s'endurcir, et vite. Il ne voulait pas que ses enfants subissent le même sort. Il fallait qu'il les protège. Qu'il assure leur sécurité.

Ses mains se crispèrent sur le bord du canapé tandis qu'il levait de nouveau les yeux vers l'écran. Une voix plaintive retentit à ses oreilles, comme échappée à un lointain passé. « Tu vas m'épouser ? Tu vas m'épouser ? »

Dans sa colère, il ne lui avait posé aucune question. L'épouser ? Il avait du mal à croire qu'elle ose essayer de l'attacher alors qu'ils étaient sortis ensemble à peine trois fois durant tous ces mois. « Si tu ne t'occupes pas de moi, je suis fichue », avait-elle continué.

Il ne l'avait plus revue et l'avait très vite oubliée. Jusqu'au jour où, vers Noël de l'année dernière, il avait reçu cet appel d'un avocat brésilien. « On l'a retrouvée, battue à mort. Votre nom figure dans son testament. »

Diogo serra les mâchoires. Il ne commettrait pas deux fois la même erreur. L'enjeu était trop important. Avec Ellie, une chance s'offrait à lui de tout recommencer à zéro. Le bonheur de ses enfants en dépendait.

Laisser Ellie les emmener aux Etats-Unis ? Quelle serait leur vie, déchirée entre deux continents et deux foyers ? Ils connaîtraient à peine leur père. Ils le haïraient peut-être, eux aussi…

Maldição, jura-t-il entre ses dents. Jamais il ne laisserait souffrir ses enfants ! Jamais on ne les lui arracherait. Ils seraient respectés et aimés. Par leurs deux parents.

Ellie n'était pas de ces femmes modernes qui préfèrent élever seules leurs enfants. Elle le lui avait dit, en pleurant. Il allait résoudre ce problème. Pour lui, soudain, tout devenait clair.

— Tu vas m'épouser, lança-t-il en la fixant droit dans les yeux.

— Comment ?

Jamais il n'aurait cru que ce serait si facile à dire.

— Tu vas rester ici. Nous élèverons nos enfants ensemble. Tu seras ma femme, Ellie. C'est tout simple.

Il s'était attendu à ce qu'elle pousse des cris de joie et se jette à son cou en pleurant de gratitude. Il n'en fut rien. Elle hésitait.

— Arrête, Diogo. Nous savons tous les deux que tu n'es pas du genre à te marier.

— J'ai changé d'avis.

— Arrête, s'écria-t-elle en se tournant vers le médecin. Ces bébés sont en bonne santé, n'est-ce pas ? Comme mon cycle était très irrégulier, je n'ai fait que très récemment un test de grossesse. Mais je ne bois pas d'alcool et…

— Pas de souci. Ils ont l'air en pleine forme. La grossesse se passe bien et il suffit que vous preniez soin de vous, répondit le médecin avant de se tourner vers Diogo. Il va falloir que tu l'aides.

— *Sim,* naturellement.

Biskreta, il essayait pourtant de prendre soin d'elle, plus qu'il ne l'avait jamais fait pour aucune autre femme. Il venait même de lui proposer de l'épouser.

— Ellie, poursuivit-il en se penchant vers elle, je ne plaisante pas. Je veux vraiment qu'on se marie.

Elle détourna les yeux. Visiblement, elle ne le croyait pas. Quelle ironie ! Jamais il n'aurait imaginé qu'il renoncerait si facilement à sa liberté, et voilà qu'il se retrouvait en train de supplier une femme de l'épouser et qu'elle lui opposait un refus.

Mais Ellie lui appartiendrait. Bien sûr, il voulait la garder à cause des enfants. Mais aussi pour lui. Dans la nursery, dans la cuisine. Mais surtout dans son lit.

Son regard revint se poser sur l'écran. Deux cœurs minuscules battaient lentement. Il sentit son propre cœur se gonfler dans sa poitrine. Il regarda le visage tendre et pâle d'Ellie.

— Des jumeaux, dit-elle d'une voix enrouée. Tu sauras t'y prendre ?

— Evidemment.

Pour prendre soin de deux enfants, il fallait bien deux parents. Il ouvrit la bouche pour l'informer qu'ils se marieraient le jour même, qu'elle soit d'accord ou non. Mais il s'arrêta net.

Il avait séduit Ellie. Elle s'était retrouvée enceinte. Il l'avait empêchée de se marier, traînée à Rio. Il avait bouleversé sa vie de fond en comble.

En tant que mère de ses enfants, elle méritait d'être bien traitée. Alors pourquoi ne pas se montrer aimable ? Au lieu d'exiger qu'elle l'épouse, lui faire la cour. Après tout, songea-t-il en souriant, jamais encore aucune femme ne lui avait résisté bien longtemps. Il suffisait de se montrer patient.

— Tout se passera bien, dit-il en lui caressant les cheveux. Tu verras.

Maintenant, il comprenait à quel point ce mariage était indispensable. Qu'importe le refus d'Ellie, ce n'est pas un caprice de femme qui allait l'empêcher de faire ce qu'il voulait. Pourtant, il fallait lui laisser le temps de souffler. Elle avait besoin d'une bonne nuit de sommeil, et les bébés aussi. Mais dès demain, il mettrait en œuvre ses techniques de séduction les plus éprouvées. Il lui raconterait exactement le genre d'histoire que les femmes aiment à entendre. Il réussirait à la convaincre. Il lui ferait vivre une journée de rêve romantique.

Qu'elle le veuille ou non, il ferait d'elle sa femme.

9

Après avoir reposé son livre sur la grossesse et la coupe vide qui avait contenu une glace à la fraise, Ellie se rencogna dans son lit sous la couverture tout en contemplant la flambée qui illuminait la cheminée. La pluie ruisselait sur les vitres de la chambre. Journées ensoleillées et nuits d'orage, c'était ainsi à Rio. Tout en écoutant les craquements du feu et le sifflement du vent au-dehors, elle ferma les yeux et pencha la tête vers l'oreiller de Diogo.

Quelle étrange journée !

Après l'échographie, il l'avait emmenée faire des courses, insistant pour qu'elle achète tout ce qui était susceptible de rendre son séjour plus confortable. Elle avait vraiment adoré l'après-midi qu'ils avaient passé ensemble. Il avait flirté avec elle, et elle lui avait rendu la pareille.

Puis, au beau milieu du dîner aux chandelles que leur avait servi l'intendante, juste au moment où elle s'attaquait à sa seconde assiette de lasagne et de brocolis, le téléphone avait sonné. Sans la moindre explication, il lui avait posé un baiser sur la tempe et l'avait laissée terminer seule son repas.

Qui avait bien pu l'appeler ? Dieu merci, elle avait eu le bon sens de refuser sa demande en mariage. Sans doute cherchait-il simplement à soulager sa conscience en faisant mine de se comporter en gentleman. Et si elle avait accepté, qu'aurait-il fait ? La même chose sans doute : il aurait filé tout droit dans les bras d'une autre.

Mais après tout, peut-être dramatisait-elle les choses. Le coup de téléphone pouvait être lié à un problème d'affaires.

Car il lui avait bel et bien demandé d'être sa femme. Elle n'arrivait toujours pas à y croire. Le play-boy le plus connu d'Occident l'avait demandée en mariage et elle avait dit non…

Elle se pelotonna sous l'édredon pour essayer de chasser ces pensées déstabilisantes. Des draps émanait une odeur fraîche et propre qui rappelait le discret parfum de son eau de Cologne. Elle ferma les yeux et enfouit son visage dans l'oreiller de Diogo en bâillant. Jamais elle ne s'était sentie si fatiguée.

Pourtant, il ne fallait pas dormir. A n'importe quel moment, il pouvait rentrer et la rejoindre dans ce lit. Elle bâilla. Il fallait qu'elle se tienne prête à résister. Pas seulement à ses tentatives de séduction, mais surtout au perfide désir de son propre corps.

— Ellie ?

Diogo la secouait. Elle s'assit et constata que le feu s'était éteint et qu'on n'entendait plus le sifflement du vent contre les fenêtres.

Le jour était levé. Il ne pleuvait plus, et quand il eut relevé les stores, elle vit qu'une aube rose cendré éclairait l'Atlantique. Avec son pyjama froissé et ses cheveux emmêlés, elle se sentait un peu perdue.

D'autant que Diogo, frais et impeccablement vêtu, toujours aussi séduisant, s'était rasé et changé. Sur une chemise jaune pâle, il portait un jean gris et une veste assortie, magnifiquement coupés, qui mettaient en valeur son corps de guerrier, tout en muscles.

Elle se demanda ce qu'il avait fait pendant la nuit.

Comme elle ne ressentait pas la moindre jalousie, elle n'allait rien lui demander. Peu lui importait qu'il sorte toutes les nuits avec ses top model, au contraire, elle en était ravie car c'était au moins la preuve qu'il ne cherchait pas à la séduire.

— *Bom dia, amorzão.* Je t'apporte ton petit déjeuner,

dit-il en soulevant un plateau d'argent décoré d'une rose rouge et chargé d'œufs, de toasts, de jus d'orange et de fruits.

Elle s'aperçut que son estomac criait famine.

Mais au moment où il se penchait au-dessus d'elle pour poser le plateau sur ses genoux, elle perçut l'odeur de son savon et sentit la tiédeur de son corps. Soudain, elle eut à lutter contre une tout autre envie que celle des toasts.

— Tu as bien dormi ?

— Oui, merci, dit-elle en espérant qu'il n'avait pas surpris son regard.

— Comment me trouves-tu ?

— Je ne comprends pas.

— Comme serveur.

— Tu réussirais sans doute à te faire engager sans trop de difficultés au Dairy Burger, répondit-elle en contemplant la rose. Au cas où le marché de l'acier donnerait des signes de faiblesse.

— *Obrigado*, répondit-il en faisant la moue avant de déployer un napperon sur les genoux d'Ellie. Mais j'ai beaucoup à faire aujourd'hui.

— Tu dois aller travailler ?

— Non. Je vais te montrer ma ville. Je voudrais que tu l'aimes autant que moi.

— Pourquoi ?

— Pourquoi pas ? A moins, bien sûr que tu en aies assez des milliardaires qui veulent à tout prix te faire visiter des villes exotiques.

Elle était tentée. Evidemment, elle avait toujours rêvé de voyager en célibataire, mais au fond…

Elle grignota un morceau de toast.

— Ne t'imagine pas que je vais changer d'avis parce que tu m'auras fait visiter la ville, Diogo. Après la naissance des enfants, je les ramènerai chez moi, un point, c'est tout.

— « Chez moi »… Ça peut signifier bien des choses. Une ville. Un bâtiment. Ou une famille, dit-il en prenant la rose dans le vase pour lui en caresser doucement la joue.

Elle frémit de tout son corps à ce contact, avant de sentir

son ventre se contracter plus nettement encore que la veille. Cette fois, ce n'était pas les battements de son cœur, mais un des bébés. Elle poussa un petit cri et, écartant le plateau et le drap, elle posa la main sur sa taille. De l'extérieur, on ne pouvait se rendre compte de rien, mais au-dedans…

— Que se passe-t-il ? s'enquit Diogo en se penchant sur elle d'un air inquiet. Veux-tu que j'appelle le médecin ?

— Non. Je crois qu'un des bébés a bougé.

— Vraiment ?

Son expression d'arrogance habituelle avait disparu et il semblait maintenant en plein désarroi. Avec un petit rire, elle lui prit la main et la plaça sur son ventre.

— Ici. Exactement ici.

— Je ne sens rien.

— Ça peut sans doute prendre quelque temps.

— Je peux attendre, déclara-t-il en la fixant tranquillement.

Entre eux, l'atmosphère était soudain devenue électrique et le cœur de la jeune femme se mit à battre la chamade.

— Je ne veux pas être ta maîtresse, Diogo, balbutia-t-elle, le souffle court.

— Je n'y tiens pas non plus, répondit-il avec un petit sourire.

Il ne la désirait donc plus ?

Elle aurait dû se sentir soulagée, mais en l'entendant, elle crut qu'un poing de glace lui serrait le cœur. Elle lui lâcha brusquement la main et le bébé réagit en s'agitant.

Il ne fallait à aucun prix qu'elle lui demande où il était la nuit dernière, songea-t-elle. Elle aurait trop honte…

— Où étais-tu la nuit dernière ?

Quelle idiote ! Elle se serait battue !

— Où j'étais ? Il n'y a que ma femme qui ait le droit de me poser cette question.

— Ta femme éviterait sans doute de le faire. Sinon, elle risquerait d'avoir une attaque.

— Ellie, dit-il en s'agenouillant près du lit, tu n'as aucune raison d'être jalouse. A peine t'étais-tu endormie que je suis rentré à la maison.

— Où étais-tu allé ? demanda-t-elle en rougissant d'embarras. D'ailleurs, je ne suis pas jalouse.

Naturellement, elle l'était. Désespérément. Cela faisait des mois qu'il lui brisait le cœur quand elle le voyait, de son box, quitter son bureau au bras d'une femme superbe. Jamais la même.

Et ça continuerait une fois qu'elle serait sa femme. Il donnerait son nom aux enfants, coucherait avec elle, paierait ses factures… mais jamais elle n'obtiendrait sa fidélité ni son cœur. Elle y perdrait son âme, à petit feu. Elle lui avait promis de rester jusqu'à la naissance des enfants. Comment survivrait-elle s'il se mettait en tête de la séduire ?

— Laisse-moi te montrer ma ville, Ellie, murmura-t-il en prenant sa petite main dans la sienne. Tu ne le regretteras pas.

Le désir de garder cette main, d'être avec lui aussi longtemps qu'elle le pourrait, emporta ce qui lui restait de bon sens. Ramassant la rose, elle sortit du lit dans son pyjama de coton blanc.

— Très bien, acquiesça-t-elle. Mais en simples amis, rien de plus. D'accord ?

— Mets ça, dit-il en prenant dans le placard une robe de dentelle blanche toute simple.

— Elle est adorable, dit-elle avant de se diriger vers la douche. Mais en simples amis, Diogo. Je ne serai pas ta maîtresse.

— Non, tu ne seras pas ma maîtresse, répondit-il en souriant. Je t'en donne ma parole.

10

Du pied de la statue du Christ Rédempteur, au-dessus de la jungle de Corcovado, Ellie contemplait Rio. La statue de style Art Déco ouvrait grands ses bras en direction de la ville. Au loin, elle apercevait le Pain de Sucre qui émergeait au-dessus de l'Atlantique.

Une brise parfumée souleva ses cheveux, troublant sa vue au moment où elle se tournait vers Diogo. Comme la statue, il s'était montré toute la journée accueillant et chaleureux, la main toujours tendue vers elle. Ils avaient flâné dans le marché hippy d'Ipanema, dédié aux artistes et aux artisans. Puis, en dépit de ses protestations, il lui avait acheté toute une collection de Bikini dans une boutique de Copacabana. Ils avaient déjeuné de grillades dans une *churrascaria rodízio* typique. Enfin, un téléphérique les avait emmenés au sommet du Pain de Sucre.

Chaque fois qu'elle levait les yeux, son regard rencontrait celui de Diogo qui la jaugeait. Attendant son heure. Un regard torride. Chaque fois, elle avait l'impression de subir un assaut qui lui coupait le souffle. Tous les prétextes étaient bons pour qu'il la touche : l'aider à sortir de la limousine, la guider dans les rues encombrées.

Tandis qu'au pied de l'immense statue, elle contemplait le soleil qui se couchait à l'horizon, teintant les murs blancs de vermillon et d'orangé, elle sentit qu'il s'approchait d'elle par-derrière. Ses bras enlacèrent sa taille et il l'attira contre lui.

Un frémissement la parcourut tout entière. « De simples amis » se répéta-t-elle *in petto*. De simples amis ?

— Si nous redescendions ? proposa-t-elle.

— *Sim.* Mais d'abord, un baiser.

— Un baiser ? Mais tu avais promis…

— Je n'ai jamais promis de ne pas t'embrasser, dit-il en dégageant doucement la nuque de la jeune femme. Disons qu'il s'agit d'un baiser amical.

Les derniers touristes les observaient avec intérêt. Elle se retourna, les mains croisées sur sa poitrine, et prit une profonde inspiration.

— Je t'en prie…

Sa protestation fut vaine. Il baissa la tête et leurs lèvres se rencontrèrent en un baiser plein de fougue et de désir. Le baiser dont elle avait toujours rêvé. Au sommet du monde, avec à ses pieds l'Atlantique scintillant d'azur et toute la beauté de Rio qui se détachait sur les montagnes. Le superbe paysage et les visages des touristes se troublèrent, emportés comme dans un tourbillon par l'intensité de leur étreinte. Perdue dans une brume sensuelle, elle ne remarqua pas leurs sourires approbateurs.

Blottie contre Diogo, elle sentait ses doigts lui caresser doucement les cheveux et le visage, comme si elle était un trésor, le plus précieux au monde. Puis il s'écarta pour la contempler, avec une telle intensité dans ses yeux sombres qu'elle ne put détourner les yeux.

— Tu as très faim, n'est-ce pas ? chuchota-t-il.

Très faim. Jamais elle n'avait eu aussi faim.

— Je…, commença-t-elle, les lèvres tremblantes.

— Viens avec moi, dit-il en la prenant par la main.

Tandis qu'ils traversaient la ville, assis sur les sièges arrière d'un SUV noir rutilant, Diogo ne lui lâcha plus la main. Au dehors, le ciel s'obscurcissait peu à peu, mais elle sentait sa chaleur contre elle, aussi brûlante que celle du soleil.

Le chauffeur s'arrêta au bord de la plage d'Ipanema, devant un élégant restaurant. Diogo l'aida à sortir de la voiture et ils dépassèrent une file de gens qui attendaient à l'extérieur.

— *Boa noite, Senhor Diogo,* dit le portier.

Le restaurant avait beau être bondé, on les installa immédiatement à la meilleure table, sous une véranda avec vue sur le couchant, tout près des vagues qui venaient lécher le rivage. En tournant la tête, on découvrait les hautes montagnes émergeant encore dans la brume du crépuscule.

— Tu avais raison, dit-elle en contemplant la vue. Cette ville ne ressemble à aucune autre. Aussi belle que dangereuse. On ne peut lui résister.

Elle jeta un coup d'œil à son assiette. Diogo avait commandé pour elle un plat traditionnel brésilien : *camarão na moranga,* un sauté d'énormes crevettes et de pommes de terre cuites dans du lait de coco. Elle en savoura chaque délicieuse bouchée et, soudain, une décision s'imposa à elle.

— Je vais rester jusqu'à la naissance des bébés, murmura-t-elle. Je t'en donne ma parole.

— *Tá bom,* approuva-t-il en la fixant droit dans les yeux. Ça vaudra mieux pour tout le monde.

Quand ils quittèrent le restaurant, après avoir dégusté leur dîner, elle se surprit à soupirer d'aise.

— Quelle merveilleuse journée, Diogo. Je regrette presque qu'elle soit si vite terminée.

Il la prit dans ses bras et la contempla d'un air narquois.

— Terminée ? Rien n'est terminé, *querida*.

— Mais il est très tard.

— La nuit ne fait que commencer.

Un vieil immeuble abritait le club le plus torride de Rio, caché dans la favela la plus dangereuse de la ville. Diogo ne semblait pas inquiet, mais Ellie savait que ses gardes du corps avaient insisté pour l'attendre à l'extérieur. En particulier son garde personnel, Pedro Carnciro.

Ellie frissonna. Pedro lui mettait toujours les nerfs à vif, sans doute parce qu'il ressemblait beaucoup à son frère, qui l'avait attaquée dans la favela. Mais Diogo lui faisait confiance. Et contre sa propre volonté, elle commençait elle-même à faire confiance à Diogo.

Ce dernier l'entraîna sur la piste envahie de splendides

jeunes Cariocas qui dansaient d'une manière terriblement provocante. Les femmes portaient des robes microscopiques qui ne dissimulaient guère leurs courbes. Les hommes, puissants et musclés, ondulaient du bassin avec une évidente sensualité. Des lampes rouges illuminaient l'air moite de la pièce. L'orchestre attaqua un tango argentin.

Diogo lui baisa la main, mais il ne s'agissait pas d'un geste mondain. Les yeux rivés aux siens, il appuya les lèvres sur ses doigts, comme pour l'avertir de ce que leur promettait la nuit. Tout le corps de la jeune femme frémit.

Il n'allait pas chercher à la séduire, se raisonna-t-elle. Il le lui avait promis.

Mais quand il posa la main sur sa nuque pour l'attirer à lui, elle ne put lui résister davantage. Au rythme de la musique, dans la vapeur rouge, elle sentit le corps de Diogo se coller contre le sien. Bouger contre le sien. Au contact de ses cuisses d'acier qui s'insinuaient entre ses jambes, elle laissa échapper un gémissement.

Il baissa la tête jusqu'à effleurer son visage. Elle avait envie qu'il l'embrasse. Terriblement envie. Au dernier moment, il se détourna.

Quand la musique s'arrêta, le corps d'Ellie était une boule de feu. Pouvait-on mourir de désir ? Elle avait l'impression que, pressé contre celui de Diogo, son corps aurait littéralement pu s'enflammer.

— « De simples amis », chuchota-t-elle en fermant les yeux, haletante. « Des amis »…

Du doigt, il lui releva le menton pour la forcer à croiser son regard.

— Je n'ai jamais voulu être ton ami, *querida,* dit-il en l'effleurant du bout des doigts de la poitrine au bas du ventre. Tu es bien plus pour moi qu'une simple amie.

— Vraiment ?

— Epouse-moi, Ellie, murmura-t-il en se penchant vers elle. Toute ta vie, je te traiterai comme une déesse.

Epouser Diogo ?

Lorsqu'elle le regardait, la tentation devenait terrible.

Etre aimée de Diogo Serrador, le beau milliardaire qu'elle avait admiré dès l'instant où elle était devenue sa secrétaire. Elle en avait si longtemps rêvé…

Ainsi, la veille, ce n'était pas une plaisanterie. Il voulait réellement l'épouser. Ellie Jensen de Flint, Pennsylvanie. Parmi toutes les femmes du monde, c'est elle qu'il avait choisie. Son amour…

Ce fut comme si elle recevait une gifle : il ne l'aimait pas. Il ne cherchait qu'à la posséder. Il voulait que les bébés restent à Rio et qu'elle se tienne à sa disposition, prête à sauter dans son lit aussi longtemps qu'il en aurait envie.

Cette journée merveilleuse n'était destinée qu'à la piéger.

Elle ferma les yeux. Même si elle le savait, elle avait pourtant désespérément envie de dire oui.

— Quelle est ta réponse, *meu amor* ? demanda-t-il en lui effleurant la joue. Feras-tu de moi le plus heureux des hommes ? Acceptes-tu de devenir ma femme ?

— Tu ne m'aimes pas, protesta-t-elle en tentant de reprendre le contrôle d'elle-même.

— Laisse-moi m'occuper de toi. Te faire à jamais une vie emplie de confort et de sécurité, répondit-il en la transperçant de son regard sombre. Laisse-moi te donner un plaisir que tu n'as jamais connu.

Elle avait tellement envie d'accepter que tout son corps en tremblait. Etre la femme adorée d'un puissant milliardaire qui prendrait soin d'elle et de leurs enfants. La moindre caresse de Diogo l'embrasait tout entière. Chacun de ses regards la brûlait au plus profond. Et son sourire…

Elle avait beau vouloir se battre, de peur qu'il ne lui brise le cœur, le mot « oui » tremblait sur ses lèvres.

L'espoir s'insinuait en elle : beaucoup de play-boys changeaient complètement en tombant amoureux et restaient fidèles à leurs femmes. Si Diogo ne l'aimait pas encore, peut-être qu'avec le temps…

Soudain, alerté par le vibreur de son téléphone, il le tira de sa poche pour voir le numéro qui s'affichait et l'expression de son visage changea.

— Excuse-moi, dit-il à Ellie avant de parler dans l'appareil d'une voix chaleureuse. Catia…

Il avait abandonné Ellie seule sur la piste.

Autour d'elle, les couples dansaient au rythme de la musique avec une telle sensualité qu'on les devinait follement amoureux. Elle se sentit si humiliée que son cœur se glaça. Elle qui aurait presque vendu son âme pour un baiser ! Comment pouvait-elle être à ce point stupide ?

« Te faire à jamais une vie emplie de confort et de sécurité » ? Il les garderait, elle et ses enfants, comme des jouets sur une étagère, des jouets qu'on sort quand on a envie de s'amuser avec eux. Et il continuerait à voyager à travers le monde pour ses affaires de milliardaire, en séduisant chaque nuit une autre femme sans se soucier de la famille qu'il avait laissée chez lui.

A cause d'une autre, il venait d'interrompre leur baiser et sa demande en mariage. Dans ces conditions, il aurait fallu qu'elle soit complètement folle pour accepter d'être sa femme.

Non. Jamais elle ne se laisserait acheter. Ni avec de l'argent, ni par son fameux pouvoir de séduction. Plutôt vivre dans la pauvreté que devenir le jouet d'un tel homme. Plutôt rester mère célibataire que de l'épouser pour qu'il lui brise le cœur !

Elle qui avait failli accepter après cette journée si merveilleuse et si romantique… Elle ne savait plus qui elle haïssait le plus, Diogo, ou elle-même…

Soudain, sa haute silhouette se dressa devant elle.

— Excuse-moi. Un appel urgent.

— Je comprends. Même sans avoir jamais eu moi-même de maîtresse.

Il la fixa et elle se rendit compte qu'elle souhaitait désespérément qu'il proteste, qu'il nie tout. Une part d'elle-même, faible et stupide, refusait l'évidence et voulait croire qu'il puisse devenir fidèle. Mais il ne chercha même pas à nier, se contentant de lui adresser un sourire radieux.

— Très bien. Où en étions-nous ? Ah, oui. Tu étais sur

le point d'accepter de m'épouser, dit-il en tendant la main vers elle.

Submergée par l'humiliation, le corps en feu, elle recula d'un pas.

— Tu étais sur le point de me ramener à l'aéroport, lança-t-elle. Je veux rentrer chez moi. Tout de suite.

— Tout de suite ? répéta-t-il en serrant les poings avant de s'immobiliser au milieu des couples qui continuaient à danser autour d'eux, faisant onduler leurs corps à demi nus au rythme langoureux de la musique. C'est comme ça que tu tiens ta promesse de rester ici jusqu'à la naissance des enfants ?

Incapable de parler, elle se contenta de hausser les épaules.

— *Tá bom*. Mais souviens-toi, *querida*. Tu ne m'as pas laissé le choix, dit-il en la soulevant dans ses bras au beau milieu de la piste.

— Qu'est-ce que tu fais ?

— Je t'emmène pour t'épouser.

— Quoi ! Non !

Elle avait beau se débattre et pleurer, les autres danseurs étaient si pris par la musique et par l'ambiance de sexe et de plaisir qu'ils ne les avaient même pas remarqués. Quelques-uns pourtant tournèrent la tête vers eux et sourirent d'un air entendu avant de se laisser reprendre le rythme.

Tandis que Diogo la portait vers la Cadillac Escalade qui les attendait, elle l'observa à travers ses larmes. Son visage était de marbre, aussi lointain et glacial que les étoiles qui scintillaient au-dessus d'eux.

— Je t'en prie, supplia-t-elle. Ne fais pas ça !

Il la déposa sur la banquette arrière.

— Puisque tu ne veux pas te montrer raisonnable, je n'ai pas le choix, dit-il en montant à côté d'elle avant de se pencher pour parler au chauffeur.

— Mais… tu avais promis…

— Et contrairement à toi, je n'ai pas manqué à ma parole, rétorqua-t-il en la toisant froidement. Jamais tu ne seras ma maîtresse. Mais tu vas devenir ma femme, je te le jure.

La nuit était aussi noire que le cœur de Diogo. Au fur et à mesure qu'ils s'enfonçaient dans la jungle, leur SUV se couvrait de boue. Par la vitre entrouverte, Ellie sentait le parfum des fleurs qu'abritait la sombre forêt et entendait les cris inquiétants des singes-araignées et les appels des oiseaux nocturnes. Soudain, elle aperçut, à demi engloutie par la végétation, une petite chapelle en ruine.

— Je ne peux pas t'épouser, balbutia-t-elle désespérément. Je t'en prie !

— Ce sera pour le meilleur, dit-il sans même lui accorder un regard.

— Tu veux dire le meilleur pour toi.

Il se tourna vers elle, mais ses yeux restaient dans l'ombre.

— Je ne comprends pas pourquoi tu persistes à refuser.

— Evidemment ! Aucune femme ne t'a jamais dit non.

— Oui, tu es la première. Mais pourquoi ? Pourquoi veux-tu que nos enfants naissent sans nom et sans père, au risque de briser leur vie ? Et toi, toi qui me désires au point que je sens ton corps s'embraser quand je m'approche, pourquoi persistes-tu à refuser ce dont nous avons autant envie l'un que l'autre ?

— Parce que… Parce que ça ne me suffit pas.

— Mais que veux-tu d'autre ? Plus d'argent ? Je t'ai pourtant offert ce que je n'avais jamais proposé à aucune autre. Je t'ai demandé de devenir ma femme.

— Tu ne m'as rien demandé. Tu m'as forcée, dit-elle en ravalant ses larmes. Je devrais m'estimer heureuse, je suppose. Je suis enceinte, sans le sou, et tu me proposes gentiment de t'occuper de moi. Je devrais sans doute te dire merci ?

— Ça suffit. Tu n'as plus toute ta raison. *Tá bom.* D'ailleurs, toutes ces tergiversations ne changeront rien.

Sur ces mots, il la souleva dans ses bras et la porta dans l'église. Cinq minutes plus tard, Ellie vit arriver le prêtre du village. Il avait les yeux vagues et la démarche chancelante d'un vieil ivrogne, ce qui ne l'empêcha pas de prononcer les paroles rituelles. C'est du moins ce que crut deviner Ellie car il ne parlait que le portugais.

L'homme se tourna vers Diogo et lui posa une question.

— *Sim,* acquiesça celui-ci en inclinant la tête.

Puis le prêtre répéta sa question en s'adressant à Ellie.

— Non, hurla-t-elle. Non !

Interloqué, le curé interrogea Diogo, de son regard noyé d'alcool. Celui-ci haussa les épaules en souriant avant de contempler tendrement sa future épouse et de se lancer dans une longue explication dans sa langue maternelle.

— Ah ! dit le prêtre avant de poser de nouveau la question rituelle à Ellie.

— Qu'est-ce que tu lui as raconté ? demanda-t-elle.

— Je lui ai expliqué que si tu refusais, c'était par une sorte de modestie bien naturelle chez une jeune fille.

— Je porte une robe de grossesse.

— Dieu merci, la plupart des hommes ne font guère de différence entre un début de grossesse et un léger embonpoint.

— Jamais plus je ne te laisserai poser la main sur moi.

— Comme c'est bizarre. Je me souviens qu'il n'y a pas si longtemps tu disais tout le contraire : « Je t'en prie, Diogo, continue. Je t'aime, je t'aime. »

Rouge de honte, elle aurait tout donné pour être engloutie par le sol, ou pour pouvoir le tuer.

— C'était il y a très longtemps. Si jamais tu me touches de nouveau, je te tuerai.

— Quelle terrible menace ! ironisa Diogo tout en laissant son regard s'attarder sur le corps d'Ellie que mettait en valeur sa robe de dentelle blanche. Vais-je risquer ma vie et t'attirer dans mon lit ? Ça vaut peut-être quand même la peine.

D'un geste inconscient, elle remonta son décolleté sur ses seins épanouis. Le vieux prêtre leva la main pour bénir leur mariage. Diogo glissa un simple anneau d'or à son doigt et ce fut tout.

Elle était désormais sa femme. Mme Serrador.

Elle se retrouvait mariée à un homme qui l'avait séduite et épousée sans pitié. Qui lui avait volé à la fois son honneur et son cœur. De qui elle attendait des jumeaux.

Qui l'avait fait trembler de désir. Qui l'avait rendue jadis amoureuse.

Tandis que la voiture s'éloignait de ce minuscule village abandonné par une route sinueuse et défoncée, Ellie se mit à frémir de tout son corps. En regardant la jungle sombre et mystérieuse, elle repensa à la vie de femme qu'elle avait rêvé de mener. Après avoir passé son enfance auprès de parents qui se déchiraient et lui reprochaient d'avoir gâché leur vie, elle s'était juré de ne pas commettre la même erreur.

Pourtant, elle avait été forcée de se marier, exactement comme eux. Diogo ne manquerait pas de la tromper, comme son père avait trompé sa mère. Et puis il la quitterait…

Elle enfouit son visage entre ses mains.

— C'est donc si horrible ? demanda-t-il d'une voix incertaine.

— Pourquoi m'as-tu traitée de cette façon ? balbutia-t-elle en lui jetant un regard plein de haine. Qu'est-ce que je t'ai fait pour mériter ça ?

— Ce que tu m'as fait ? répondit-il en détournant la tête pour fixer la nuit noire. Quand j'avais huit ans, ma mère m'a déposé sur le perron d'une maison, à Barra. Elle a épinglé un mot à ma chemise en me disant que désormais, c'était à mon père de me prendre en charge. Elle ignorait qu'il était mort la semaine précédente, et que ses enfants légitimes n'auraient pas la moindre envie de partager leur toit et leur héritage avec un bâtard qui était une vivante insulte à leur mère.

Ellie le fixa, bouche bée. Jamais elle n'aurait imaginé qu'une mère puisse abandonner son enfant. Oubliant sa colère, elle fut submergée par la pitié.

— Ils ont refusé de te garder ?

— Ma demi-sœur m'a placé dans un orphelinat qui avait tout d'une prison. Pas de nourriture. Pas de vêtements. Alors, je me suis enfui. Maria Carneiro m'a trouvé errant dans la rue et m'a ramené chez elle. Son fils aîné m'a appris à me battre. Mateus m'a tout enseigné et je le considérais comme un dieu. Jusqu'au jour où j'ai compris que j'aspirais à une vie différente de celle que pouvait m'offrir la favela.

Ellie le fixa, incapable de voir autre chose que ce gamin de huit ans avec un mot épinglé sur sa chemise. Terrorisé et abandonné. Déposé sur le perron d'un père qu'il n'avait jamais vu. Rejeté par ses demi-frères et sœurs. Seul…

Rien d'étonnant à ce qu'il ait tenu à s'assurer que ses propres enfants ne subiraient pas le même sort.

Malgré tout ce qu'elle venait de subir, elle ne pouvait s'empêcher de s'apitoyer sur le sort de ce malheureux gamin. Un comble !

— Mais le monde entier te considère comme un Serrador, né avec une cuiller d'argent dans la bouche et qui a fréquenté les meilleures écoles…

— Quand j'ai eu gagné mon premier million, mes demi-sœurs ont décidé de me revoir. Je correspondais d'autant mieux à leurs critères qu'elles s'étaient ruinées à s'acheter comme maris de vrais aristocrates européens, déclara-t-il en se tournant de nouveau vers la vitre. J'ai commencé à payer leurs factures et, du coup, elles m'ont gentiment autorisé à porter le nom de Serrador et attribué une nouvelle biographie qui s'accordait mieux avec l'image qu'elles voulaient donner au public.

— Tu leur as donc pardonné ?

— Pardonné ? s'exclama-t-il en lui jetant un regard incrédule. J'ai pris cette décision par pur intérêt, sachant que je pourrais tirer parti des relations de mon père. En prenant son nom, j'ai accéléré le développement de mon affaire. Je n'avais pas prévu d'avoir d'enfants. Jamais je n'aurais cru…

Il s'interrompit, les mâchoires serrées.

— Jamais je ne supporterai de laisser souffrir un enfant, reprit-il. Pas si je peux le protéger. Pas si je sais…

Une ombre dure passa dans son regard.

— Mais nos enfants n'ont pas souffert, Diogo, dit-elle en lui prenant timidement la main pour la poser sur son ventre. Ils sont en sécurité. Tu le sens ?

La respiration de Diogo s'apaisa et son visage s'éclaira peu à peu, avant de changer de nouveau.

— Ellie, murmura-t-il en enroulant une mèche de cheveux de la jeune femme autour de son doigt, tu me fais me sentir…

Au lieu de terminer sa phrase, il posa soudain sa bouche sur celle d'Ellie, provoquant en elle une bouffée de désir qui l'embrasa tout entière. Nouant ses bras autour de sa nuque, elle se cambra pour mieux mesurer toute la fougue de ce contact.

Le SUV noir continuait sa route à travers la jungle épaisse et obscure, poursuivi par les cris des oiseaux, les hurlements des singes et l'écho assourdi de civilisations anciennes, oubliées depuis des siècles.

11

Ellie se réveilla quand l'Escalade s'arrêta et comprit immédiatement qu'elle avait passé la nuit la tête posée sur l'épaule de Diogo, tandis qu'ils parcouraient des routes interminables et difficiles.

— Nous y sommes, dit-il en la regardant.

— Où donc ?

Le chauffeur leur ouvrit la porte et Diogo lui prit la main pour la guider loin du véhicule couvert de boue. Elle perçut toute la chaleur et la force de ses doigts, mais aussi la brûlure de son regard. Après avoir remis leurs valises à des employés qui attendaient discrètement, le chauffeur s'éloigna sur la route dans un nuage de poussière.

— Voici Bahia, dit Diogo. Ma maison au bord de la mer. Le lieu que je préfère au monde.

Ellie découvrit une luxueuse villa contemporaine construite sur une falaise qui dominait l'Atlantique et se découpait sur le soleil levant. Deux étages de verre surplombant une forêt de palmiers danseurs et une immense piscine sur une plage de sable blanc.

— Parfait pour une lune de miel, déclara-t-il.

— Une lune de miel ? balbutia-t-elle.

Après avoir passé toute la nuit blottie contre lui, il lui était difficile d'afficher encore un mépris aussi absolu.

— Non, murmura-t-elle d'une voix incertaine. Sûrement pas.

— Mais si, protesta-t-il en la fixant d'un regard qui la fit frémir. Tu vas être ma femme, dans tous les sens du terme.

Il la souleva dans ses bras et lui fit franchir le seuil de la maison que baignaient les reflets roses de l'aube, avant de la déposer sur le lit de sa chambre. Le bruit du ressac parvenait jusqu'à la jeune femme et une brise fraîche et salée lui caressait la peau. A travers la dentelle blanche de sa robe, elle sentit les mains de Diogo se poser sur ses seins.

— Tu m'appartiens, Ellie, murmura-t-il. Et je t'appartiens moi aussi.

— A moi ? Rien qu'à moi ? répondit-elle d'une voix brisée par l'émotion.

— Tant que je suis dans tes bras, *querida*. Je suis tout à toi.

C'était un marché de dupes, elle le savait. En échange d'une éternelle fidélité, il lui offrait quelques instants de loyauté. Mais au contact de ses mains, elle n'avait pas la force de protester contre cette injustice. Chacun de ses nerfs frémissait de désir.

Seul Diogo était capable de la mettre dans cet état.

Il fit glisser la dentelle blanche sur ses seins épanouis qu'il caressa et embrassa longuement. En sentant sa langue sur sa peau, elle fut submergée d'ondes successives de plaisir aussi violentes que les vagues qui venaient se briser sur la plage.

Lentement, il lui enleva sa robe avant de se déshabiller à son tour. Dans sa nudité transfigurée par la lumière qui envahissait la chambre, on aurait dit un dieu grec.

— Tu es magnifique, murmura-t-elle, les joues en feu.

Elle avait beau être mariée et attendre des jumeaux, elle ne pouvait s'empêcher de rougir de sa propre audace.

Ce compliment eut l'air de le surprendre.

— Et toi, tu es superbe, répondit-il en prenant ses seins en coupe entre ses mains avant de laisser ses lèvres descendre au gré des courbes de son corps.

Lorsqu'il caressa son nombril de sa langue, elle fut parcourue d'un long frisson. Il s'arrêta alors pour contempler longuement son ventre.

— Je suis désolé de cette grossesse non désirée, murmura-t-il à voix basse, désolé de t'avoir forcée à devenir ma femme. Et pourtant… En fait, je ne suis pas si désolé que ça.

Le cœur d'Ellie se mit à battre la chamade. Tandis qu'il l'embrassait, elle sentait ses mains courir sur ses hanches, sur son ventre, à l'intérieur de ses cuisses. Il la serrait si fort, et si tendrement à la fois, qu'elle en fut bouleversée. Mais ce qui l'ébranla plus encore, c'est qu'il ne la touchait pas comme s'il la considérait comme un simple jouet.

Il la touchait comme s'il l'aimait.

Cette sensation produisait un curieux effet sur son esprit et sur son cœur. Chaque caresse l'entraînait bien plus loin que ce lit. Chaque fois que les mains ou les lèvres de Diogo se posaient sur elle, elle sentait qu'elle tombait de nouveau amoureuse et elle redoutait de devoir passer sa vie avec un homme infidèle qui se moquerait d'elle. Mais, lorsqu'il la serra contre son torse nu qu'ombrait une épaisse toison brune, ses réticences s'envolèrent et elle s'abandonna, détendue, entre ses bras tièdes et protecteurs.

— Laisse-moi t'aimer, murmura-t-il.

A chacune de ses caresses, dans son cou, sur ses cuisses, au creux de ses genoux, elle devenait de plus en plus faible.

Son plaisir, sans doute dû à la poussée hormonale liée à son état, devenait presque insupportable et, quand il introduisit la main entre ses jambes elle se cambra désespérément contre lui, en poussant un cri rauque.

Avec une terrible lenteur, il se mit à la caresser au plus profond de son intimité, la faisant se raidir et se tordre à cette voluptueuse torture.

Elle fixa le ventilateur qui tournait en rythme au-dessus d'elle. Non, elle ne pouvait pas se laisser faire. Même si elle était sa femme et se devait de partager son lit, elle ne devait pas se rendre. Pas de cette façon !

La bouche de Diogo se posa délicatement à l'intérieur de ses cuisses, tandis que de sa main libre, il lui caressait les seins.

— Laisse-toi aller, chuchota-t-il d'une voix rauque.

Elle secoua désespérément la tête. Si elle se livrait à lui, elle ne se contenterait pas d'accepter le plaisir qu'il lui offrait. Elle accepterait aussi son destin. Elle l'aimerait totalement, sans réserve.

— Toujours aussi têtue, dit-il en baissant la tête entre ses jambes. On va bien voir qui gagnera à ce petit jeu.

En sentant sa langue s'immiscer en elle, elle se mit à trembler de plaisir et se cabra contre lui en poussant un gémissement de désespoir.

A cet instant, il changea de position pour s'introduire en elle, lentement. Un moment, elle se sentit comme écartelée de plaisir, incapable de maîtriser les frémissements qui l'agitaient. Il continua à s'enfoncer de plus en plus profondément, provoquant une volupté presque douloureuse qui lui arracha un cri qu'elle reconnut à peine comme le sien.

Sous ses doigts, elle sentait vibrer chaque muscle de Diogo. Puis il poussa un cri de plaisir triomphant avant de s'effondrer à côté d'elle.

Elle mit de longues minutes à recouvrer ses esprits. Le souffle court, le corps trempé, elle se rendit compte peu à peu qu'il s'accrochait encore à elle. Comme un homme qui se noie, songea-t-elle avec étonnement, et qui agrippe une planche de salut.

Elle contempla sa chevelure sombre et son beau visage qui se pressait contre sa poitrine. Elle s'était toujours promis, si elle se mariait, d'épouser un homme qui serait pour elle un ami. Un égal. Un partenaire.

Mais ce mariage n'aurait rien d'un paradis. Rien à voir avec ses rêves de gamine romantique. Il serait sombre et primitif. Brûlant comme l'enfer.

Et cet homme… Ce prince noir qui lui avait ravi son innocence… Etait-ce le diable ?

Comment pourrait-elle être heureuse avec lui, sachant qu'elle devrait le partager avec d'autres ? Mais si, par miracle, il lui restait fidèle…

— Diogo…

Il ouvrit les yeux et roula sur le côté.

— Les bébés… Je leur ai fait mal ?

Elle secoua la tête.

— Je me demandais…

Allait-elle oser lui poser la question : *Peux-tu te passer de tes autres femmes et m'être fidèle ?*

Il s'étira sur l'immense lit, souple et satisfait comme un lion repu.

— Viens dormir, dit-il en l'attirant doucement à lui pour qu'elle se blottisse contre sa poitrine.

Elle se sentait bien. Trop bien. En dépit de ses craintes et de sa jalousie, le sommeil la gagnait peu à peu dans le confort et la sécurité des bras de Diogo. Lorsqu'elle ouvrit les yeux, il faisait grand jour et elle resta immobile à écouter le grondement de l'océan et les appels des oiseaux de mer.

Elle aurait voulu rester là, à jamais blottie entre les bras de Diogo.

12

Elle avait une faim de loup.

Tout près d'elle, elle percevait la respiration lente et régulière de Diogo tandis qu'au dehors les oiseaux chantaient gaiement dans la lumière éclatante. Elle sourit.

Depuis l'aube, son mari lui avait fait l'amour tant de fois qu'ils avaient fini par s'endormir, épuisés, dans les bras l'un de l'autre.

Elle rougit. Oui, Diogo était bien son *mari*. Si étonnant que cela paraisse. Et quelle nuit, ou plutôt quelle matinée de noces, venait-elle de passer !

Son estomac se rappela de nouveau à elle, avec plus d'insistance. Elle posa la main sur son ventre pour rassurer ses bébés : le petit déjeuner était en route. Puis elle se glissa hors du lit et enfila une robe de chambre de coton blanc bien trop grande avant de se diriger vers la cuisine en prenant garde de ne pas réveiller Diogo. Dans un placard, elle trouva du thé et brancha la bouilloire. Puis elle coupa deux épaisses tranches de pain qu'elle mit à griller avant de les tartiner de beurre. Une pour chaque bébé. Après tout, si ses petits chéris réclamaient du beurre et de la confiture de fraise, comment aurait-elle pu ne pas les satisfaire ?

Le sourire aux lèvres, elle prit son thé et ses toasts avant de sortir dans le patio, laissant la porte-fenêtre ouverte derrière elle. Le soleil de l'après-midi étincelait sur l'immense piscine et sur l'océan, au-delà des falaises.

En contemplant le scintillement des vagues sur l'eau

couleur saphir, elle éprouva une émotion qu'elle n'avait jamais ressentie encore.

Le bonheur. Une joie profonde, inexplicable.

Elle huma l'air frais et salé. La plage de sable blanc était paisible et l'océan, d'un bleu de rêve dans la chaude lumière tropicale. Une légère brise inclinait les palmiers sur les lointaines falaises.

Un bourdonnement s'éleva à l'intérieur de la maison, en provenance d'une des tables de nuit. Une vibration qui la transperça jusqu'aux os. Elle perçut la voix étouffée de Diogo :

— Catia ?

Sa sérénité s'évanouit instantanément et ses doigts se crispèrent sur l'anse de sa tasse. Catia… Encore elle. Cette femme ne pouvait donc pas laisser Diogo tranquille, même pendant sa lune de miel ?

Malgré elle, elle se sentit envahie par une bouffée de jalousie et d'humiliation. Son regard se posa sur ses toasts, mais son bel appétit s'était envolé. Elle s'approcha de la porte-fenêtre, cherchant à saisir quelques mots.

— *Tchau,* dit Diogo avant de sortir du lit.

Ellie s'écarta vivement de la porte. Elle ne devait pas avoir l'air de souffrir. Ce n'était pas comme si elle s'attendait à être aimée de Diogo. Ils avaient conclu un simple mariage de convenance pour le bien des enfants. D'ailleurs, au départ, jamais elle n'avait eu l'intention de l'épouser.

Mais la jalousie la taraudait. Elle souffrait tant qu'elle se sentait incapable de dissimuler sa souffrance.

Renonce aux autres femmes. Sois-moi fidèle !

Comment oser formuler une telle demande ?

— Tu es là, dit-il en sortant pour s'approcher d'elle. *Bom dia,* mon épouse aimée.

Il lui posa un petit baiser sur la tempe. En l'observant entre ses cils, Ellie remarqua chez lui une tension qu'il cherchait à dissimuler. Il ne voulait pas qu'elle sache.

Pourquoi ? Pour protéger sa maîtresse secrète ?

— Il y a beaucoup de vagues aujourd'hui, constata-t-il après avoir observé l'océan, accoudé à la rambarde.

Elle déposa sa tasse et s'approcha de lui pour poser doucement les mains sur son dos. Il se retourna.

— Qui est Catia ? chuchota-t-elle. Pourquoi ne cesse-t-elle pas de t'appeler ?

Le beau visage de Diogo se ferma soudain.

— Je ne veux pas en discuter.

— Tu m'as dit un jour que ta femme aurait le droit de savoir.

— Oui, dit-il en se passant la main dans les cheveux. Un jour, je te raconterai, mais pas maintenant.

— Tu ne peux pourtant pas t'attendre honnêtement à ce que j'accepte ce partage, répondit-elle, les yeux pleins de larmes.

— *Querida*…

— Ne m'appelle pas comme ça. Je ne suis quand même pas assez idiote pour croire que tu te soucies vraiment de moi !

— Il faut que tu l'admettes, Ellie. Tu n'as pas le choix. Moi aussi, je devrai bien te partager…

— Jamais je ne…

— Avec nos enfants.

— Ça n'a vraiment rien à voir, protesta-t-elle avec violence.

— Je suis prêt à vous offrir, à toi et à nos enfants, une maison confortable. Tu vivras dans l'aisance, protégée par mon nom. Ne m'en demande pas plus. Pas encore.

— Pourtant, je suis ta femme.

— Il y a des sujets dont un homme ne discute pas. Surtout avec sa femme.

Elle secoua la tête. Jamais elle ne se plierait à sa loi. Pourquoi ne pouvait-il pas tout simplement reconnaître qu'il avait une maîtresse et lui épargner le martyre de l'incertitude ? Quelle était la valeur de ce mariage s'ils ne se montraient pas même honnêtes ?

— Qui est-ce ? Elle est belle ?

— Je refuse d'en parler. Considère que j'ai mes secrets, voilà tout.

Si seulement elle en avait été capable ! Enceinte de jumeaux, mariée à un superbe milliardaire, elle possédait tout ce que désiraient la plupart des femmes. Pourquoi ne pouvait-elle pas s'en contenter sans réclamer, en plus, que Diogo l'aime et qu'il lui soit fidèle ?

— Très bien, dit-elle d'une voix brisée. Garde tes secrets.

— Va t'habiller. Nous rentrons à Rio. Tout de suite.

— Tout de suite ? Mais nous venons d'arriver. Notre lune de miel…

— Notre lune de miel est terminée. J'ai à faire à Rio.

Elle imaginait très bien ce qu'il pouvait avoir à y faire. Avec une rousse piquante aux jambes interminables ou une brune pleine d'expérience et de sensualité avec qui Ellie ne pouvait même pas songer à rivaliser.

Quel était le pouvoir de cette Catia pour que Diogo lui obéisse ainsi au doigt et à l'œil ?

— Je ne veux pas partir.

— Va te préparer, on s'en va dans cinq minutes, dit-il en rentrant dans la maison sans lui accorder un regard.

Ellie se doucha rapidement avant de passer une chemise blanche et un pantalon kaki. Au moment où elle quittait la maison, le cœur en berne, trois employées y entrèrent en riant pour la nettoyer. Tandis qu'elles défaisaient le lit, elle leur jeta un regard furtif. Bientôt ce lieu de rêve serait de nouveau impeccable, comme si leur nuit de noces n'avait jamais existé, et de nouveau prêt à accueillir la prochaine conquête de son propriétaire.

Ravalant son amertume, elle suivit Diogo vers l'hélicoptère qui les attendait sur un aplat, en bordure de la propriété. A peine lui jeta-t-il un regard. Soudain, elle sentit ses jambes flageoler et s'arrêta, la main sur la bouche. Comme s'il avait deviné ce qui se passait, il se retourna et vint immédiatement à son secours.

— Qu'y a-t-il ? Tu es malade ?

— Non. Je crois… je crois que j'ai simplement très faim. Et soif. Je m'étais préparé des toasts, mais je n'ai pas eu le temps de les manger.

Tandis qu'elle prenait place sur le siège de l'hélicoptère Sikorsky, il donna des ordres à l'un des gardes du corps et une femme de chambre ne tarda pas à arriver, portant un sandwich jambon-fromage, une pomme et une bouteille d'eau gazeuse.

— Bon voyage, *senhora.*

L'évident respect que l'employée témoignait à Ellie laissait à penser qu'elle considérait la nouvelle Mme Serrador comme une grande dame très fortunée. Si elle avait su…

— Si tu as encore soif, il y a du jus de fruits et du lait, cria Diogo pour se faire entendre tandis que l'appareil décollait. Et des fruits secs, des gâteaux et des chips dans ce frigo. Dès que nous serons rentrés, Luisa se fera un plaisir de te préparer ce dont tu as envie.

— Merci, répondit-elle, le cœur lourd.

Mais il avait déjà détourné la tête, et durant leur court trajet jusqu'à Rio, il passa son temps à pianoter sur son ordinateur et à passer des appels professionnels. Comment pouvait-il être si prévenant et gentil et tout à coup redevenir d'une telle froideur ?

En fait, seuls les bébés l'intéressaient. S'il tenait à ce qu'Ellie vive confortablement, c'était pour leur sauvegarde, mais il ne se préoccupait absolument pas de ce qu'elle pouvait ressentir. Sinon, il n'aurait pas mis fin précipitamment à leur lune de miel pour retourner auprès de sa maîtresse.

Quant à tout ce que son corps lui avait promis dans leur lit, ce n'était que pur mensonge et trompeuses caresses.

Sans le voir, elle fixa le paysage qui défilait à leurs pieds. La forêt avait disparu, laissant place à une végétation moins dense. Après avoir terminé sa pomme et son eau gazeuse, elle s'appuya au dossier de son siège en pensant à cette femme. Catia. Comment pouvait-elle avoir sur Diogo une telle emprise ?

Dans son entreprise, tout le monde le considérait comme un don Juan, refusant tout engagement vis-à-vis des femmes. Des secrétaires friandes de ragots avaient établi une liste exhaustive de ses conquêtes. C'est un top model suédois, spécialisé dans les maillots de bain, qui détenait le record de durée. En plein mois de décembre, elle déambulait dans

Manhattan sur des talons de douze centimètres, vêtue d'un short moulant et d'un dos nu. Et elle n'avait pourtant réussi à retenir son attention que pendant une semaine.

Si Ebba Södeberg n'avait tenu que huit jours, de quelles qualités devait être dotée cette Catia pour lui faire traverser le Brésil sur un simple appel téléphonique ? Naturellement, ce devait être une beauté. Mais il en fallait plus pour piéger Diogo. Une femme de pouvoir, sophistiquée et élégante, titulaire d'un master de gestion, sans aucun doute, parlant cinq langues, possédant sa propre affaire et voyageant en jet privé. Et bien sûr, au lit, une bombe sexuelle. Rien à voir avec une midinette qui n'avait que deux nuits d'amour à son actif, et avec le même homme.

Catia devait posséder une silhouette de rêve, terriblement sexy, pas du tout comme Ellie qui prenait rapidement du poids en raison de sa grossesse gémellaire.

Elle se tourna vers la vitre en croisant les bras pour lutter contre l'émotion qui la submergeait. Evidemment, elle devait être travaillée par ses hormones pour s'imaginer que, parce que Diogo lui avait fait l'amour avec tant de passion, elle comptait un tant soit peu pour lui. Elle avait été folle de croire que s'il l'avait épousée, ce n'était pas seulement pour donner une mère à ses enfants et pour qu'elle réchauffe son lit à l'occasion. Pour lui, elle n'était qu'une malheureuse petite secrétaire enceinte qui n'avait jamais eu le bac, qui n'avait jamais fréquenté les stylistes à la mode et qui avait depuis longtemps oublié le peu d'espagnol qu'elle avait appris au lycée. Un objet qu'il possédait, parmi d'autres.

Maintenant qu'il avait réussi à s'en emparer, il en était déjà las et cherchait un autre défi à relever.

Alors qu'elle… Ellie retint son souffle tandis que l'hélicoptère atterrissait à Rio. Elle, elle l'aimait.

Il lui avait suffi d'être sa femme un seul jour et de passer une nuit entre ses bras pour se retrouver de nouveau amoureuse. Mais elle comprenait déjà le peu de cas qu'il faisait d'elle pour lui faire subir dès le deuxième jour de leur mariage une telle humiliation.

Elle en tremblait encore lorsqu'ils atterrirent sur le toit de l'immeuble où étaient installés les bureaux de Diogo, en bas duquel Guilherme les attendait au volant de la Bentley.

— Leblon, lança Diogo au chauffeur.

Leblon ? En voyant qu'ils prenaient la direction du Sud, Ellie sentit son cœur se serrer. Ce n'était pas la première fois qu'il l'emmenait dans ce quartier chic. Durant leur voyage d'affaires, en février, Diogo avait annulé à l'improviste une réunion et ordonné au chauffeur de le déposer Rua João Lira. Absorbée par son propre travail et par l'intérêt grandissant que suscitait en elle son patron, Ellie n'y avait pas prêté garde et s'était même sentie soulagée de se retrouver seule cette nuit-là au Carlton Palace pour élaborer la version anglaise des contrats. Mais aujourd'hui…

En février, il voyait donc déjà cette Catia…

Et aujourd'hui, il se souciait si peu des sentiments d'Ellie qu'il ne prenait même pas la peine de se cacher.

Les larmes aux yeux, elle contempla les Cariocas qui jouaient au volley sur la plage de Copacabana tandis que la voiture, après avoir dépassé la pointe sud de Lagoa Rodrigo de Freitas, s'engageait dans Ipanema. De jeunes mères épanouies promenaient leurs poussettes sur le bord de la lagune. Enfin, ils atteignirent Leblon, un quartier neuf peuplé de boutiques luxueuses et de splendides villas. Pourtant, juste derrière, à flanc de colline, projetant leur ombre sordide sur tout ce luxe, s'entassaient les taudis des favelas.

Diogo était exactement comme Rio, séduisant et brutal. S'attendait-il vraiment à ce qu'elle soit si satisfaite d'être sa femme qu'elle ferme les yeux sur ses éternelles infidélités ?

Le chauffeur arrêta la Bentley au bord d'un trottoir.

— Nous sommes arrivés, *senhor*.

Pour la première fois depuis qu'ils avaient quitté Bahia, Diogo regarda Ellie.

— Guilherme va te ramener à la maison.

Elle sentit les larmes lui brûler les yeux.

— Ne pars pas, balbutia-t-elle, la gorge serrée. Pas pour aller la retrouver.

Il la fixa d'un regard sombre.

— Rentre à la maison, Ellie, dit-il avant de claquer la portière.

La Bentley redémarra aussitôt, mais tandis qu'elle s'éloignait, Ellie se retourna et avisa Diogo qui montait une volée d'escaliers pour frapper à une porte extérieure d'un rouge brillant. En voyant une ravissante brune lui ouvrir en souriant, Ellie sentit exploser en elle une rage comme elle en avait rarement éprouvé dans sa vie. Comment pouvait-il oser ?

— Arrêtez, ordonna-t-elle au chauffeur.

— Non, *Senhora* Ellie, répondit l'homme en lui souriant nerveusement dans le rétroviseur. Monsieur m'a donné l'ordre de vous ramener.

Le cœur de la jeune femme battait si fort qu'elle se dit qu'elle mourrait si elle ne disait pas immédiatement à Diogo ce qu'elle pensait de lui — et de cette petite brune par la même occasion. Elle n'était sans doute elle-même ni la plus sexy, ni la plus riche, ni la mieux élevée des femmes, mais elle ne méritait sûrement pas de se faire traiter de cette façon.

— Très bien. Continuez, lança-t-elle en ouvrant la portière avant de descendre sous les yeux horrifiés du chauffeur qui freina brutalement au milieu des embouteillages.

Sans se soucier des Klaxon, elle se précipita sur le trottoir, rouge de colère avant de monter quatre à quatre l'escalier de la maison où avait disparu Diogo.

Elle frappa à la porte. Une première fois. Une seconde.

La porte s'ouvrit sur la petite brune, aussi ravissante, irrésistible et mystérieuse que le redoutait Ellie.

— Que désirez-vous ? s'enquit la jeune femme d'une voix très distinguée en la toisant.

— Vous êtes sans doute Catia, répondit Ellie en se redressant, forte des générations de métallurgistes et de mineurs dont le sang coulait dans ses veines, avant de passer devant la maîtresse de son mari, la tête haute. Dites à Diogo Serrador que sa femme est ici.

13

— Ellie !

Diogo bondit sur ses pieds, le visage blanc de colère. Quelques instants plus tôt, il était sans doute encore assis sur ce confortable canapé avec sa petite brune, comme chez lui.

— Je ne veux pas de partage, gronda Ellie. Je n'en veux pas !

— *Maldição,* s'exclama Diogo en fronçant les sourcils. Qu'est-ce c'est que cette façon de m'espionner ?

— Tu t'attendais sans doute à ce que j'accepte le premier mensonge que tu voudrais bien me raconter et en plus à ce que je te dise merci ? hurla-t-elle en ravalant ses larmes, les poings serrés. Je suis ta femme, j'ai des sentiments et j'attends de toi que tu… que tu…

Qu'attendait-elle donc ?

Qu'il soit aussi sincère avec elle qu'elle l'était avec lui.

Qu'il l'aime autant qu'elle l'aimait elle-même.

Quelle idiote !

— Va au diable, lança-t-elle en se laissant tomber sur le divan.

En une seconde, il traversa la pièce pour la prendre dans ses bras avec une tendresse inattendue. Puis il l'cmbrassa doucement sur la tempe en lui caressant les cheveux.

— Elle n'est pas ma maîtresse, Ellie, pas du tout.

— Mais…

— Si j'avais voulu te tromper, je ne t'aurais pas épousée.

Elle le fixa, n'osant croire ces paroles qu'elle avait tant désiré entendre.

— Dans ce cas, que fais-tu ici ?

— Je ne voulais pas que tu saches. J'avais trop… honte.

— Honte ? Mais de quoi ?

Il lui prit le menton pour la forcer à le regarder dans les yeux.

— Quand je t'ai obligée à prendre mon nom, je t'ai donné ma foi. Jamais je ne briserai ma promesse. Jamais.

— Mais ce n'est pas un vrai mariage, protesta-t-elle en secouant la tête.

Il posa ses lèvres sur celles de la jeune femme, en un baiser qui lui fit courir le sang deux fois plus vite dans les veines.

— Pourquoi ne serait-il pas vrai ?

Ellie entendit alors un cri de surprise. En relevant la tête, elle aperçut la jeune brune debout sur le seuil, chargée d'un plateau. Ses yeux lançaient des éclairs. Si elle n'était pas la maîtresse de Diogo, elle aurait certainement bien voulu l'être.

— Parce que sinon, tu ne serais pas ici, avec cette Catia, ta maîtresse.

— Cette jeune femme s'appelle Angelique Price et exerce la profession de nurse.

— Nurse ? répéta Ellie, interloquée.

Comme en réponse à un signal, une petite fille d'environ cinq ans déboula dans la pièce, portant une poupée. Elle s'arrêta net et leva vers Diogo de grands yeux apeurés.

— Qu'est-ce que tu fais là ? s'écria-t-elle dans un anglais hésitant en serrant sa poupée contre son cœur. Va-t'en. Je ne veux pas te voir ici.

— Hello, Catia, répondit-il en s'avançant vers elle. Tu m'as tellement manqué, *minha pequena.* Angelique m'a appelé pour me dire que tu demandais où j'étais. Je suis venu dès que j'ai pu.

— Non ! Je ne veux pas te voir ! Va-t'en !

Il souleva la fillette dans ses bras et la serra contre lui pour lui faire faire le tour de la pièce. Elle lâcha sa poupée, mais au lieu de glousser comme le font les enfants, elle continua à hurler.

— Non ! Pose-moi par terre. Je ne veux pas te voir !

Elle n'était pas spécialement jolie, avec ses cheveux châtains, ses lunettes aux verres épais, ses dents de travers. Beaucoup trop maigrichonne et sérieuse pour une gamine de cinq ans. Immédiatement, Ellie se sentit attirée par son regard brun qui la fixait avec anxiété.

— Qui est-ce ?

— C'est Ellie, ma femme, répondit-il en caressant doucement les cheveux de l'enfant. Ellie, je te présente Catia, ma fille.

Une heure plus tard, pendant que sa nurse faisait déjeuner Catia dans la cuisine, Ellie et Diogo s'assirent sur le canapé du salon. Malgré tous les efforts de celui-ci, cette visite restait un échec. Plus il tentait de faire du charme à la petite fille et de lui plaire, plus elle hurlait et le repoussait.

— J'ai trouvé Angelique par une agence. Jusqu'à Noël dernier, je ne savais même pas que j'avais une fille, dit-il à Ellie en se passant la main sur le visage. *Maldição,* pendant toutes ces années, elle a vécu à Rio, et je n'étais même pas au courant.

— Où est sa mère ?

— Elle est morte, répondit-il tandis qu'une ombre passait dans son regard sombre.

— Morte ?

— Yasmin était danseuse. Elle était si passionnée, si pleine de vie. Je l'ai rencontrée au Saskatchewan où je construisais une mine. Nous avons passé à peine quelques soirées ensemble. Lors de notre troisième rendez-vous, elle m'a demandé de l'épouser. J'ai cru qu'elle en voulait à mon argent et qu'elle cherchait à me piéger. Alors, je l'ai laissée tomber sans vouloir en savoir davantage.

Il baissa la tête comme un enfant pris en faute.

— Quand je lui ai dit que je ne l'aimais pas, elle m'a répondu que tout était fini entre nous, qu'elle en aimait un autre et qu'elle n'avait pas de temps à perdre avec moi. Il ne m'est même pas venu à l'esprit qu'elle pouvait être enceinte.

— Mon Dieu…, dit Ellie en le regardant, stupéfaite.

— Quand j'ai découvert la vérité concernant Catia, je n'ai pas pu supporter l'idée d'avoir abandonné ma fille pendant cinq ans et j'ai fait le nécessaire pour qu'aucune femme ne puisse être enceinte de moi à mon insu.

— Tu as donc fait pratiquer une vasectomie.

Il acquiesça d'un air las.

— Qu'est-il arrivé à Yasmin ?

— Elle a tenté d'élever l'enfant seule, mais elle s'est blessée en dansant et s'est retrouvée totalement démunie. J'ai découvert plus tard qu'elle avait essayé de me contacter quand Catia avait six mois. Elle m'a envoyé une lettre que je n'ai jamais reçue. C'est Wright qui l'a interceptée pour la menacer.

— Timothy ?

— Oui, répondit-il avec un sourire sans joie.

— Timothy a menacé la mère de ta fille ?

— Quand j'ai tout découvert, à Noël dernier, il a prétendu avoir voulu me protéger. Il a envoyé une lettre à Yasmin l'informant que, si elle tentait de reprendre contact avec moi, il la ferait arrêter pour extorsion de fonds. En revanche, il lui a proposé dix mille dollars en échange de l'enfant.

— Dix mille dollars !

— Terrifiée à l'idée qu'il lui vole l'enfant, elle ne m'a jamais recontacté. Mais comme elle ne possédait ni ressources personnelles ni famille pour l'aider, elle a sombré dans la prostitution de luxe. Elle est décédée au moment de Noël, battue à mort par un client.

— Et Catia ? s'enquit Ellie après avoir repris son souffle.

— Lorsqu'elle recevait ses clients, Yasmin la confiait toujours à une baby-sitter. Catia sait que sa mère est morte, mais elle ne sait pas comment.

— Heureusement… Pauvre petite !

Quelle tragédie ! Et elle qui s'était rendue presque folle à imaginer une superbe maîtresse, alors que sa rivale n'était qu'une malheureuse orpheline…

— Ne t'en fais pas, lui dit Diogo qui s'était mépris sur

son silence. Je comprends que Catia est ma fille, pas la tienne. Je ne m'attendais pas à ce que tu m'aides à l'élever.

— C'est ridicule. Elle est ta fille. Elle doit vivre avec nous.

Les yeux de Diogo s'élargirent.

— Tu ne t'y opposerais pas ?

— Bien sûr que non ! Je ne comprends pas que, depuis que tu as obtenu sa garde, tu l'aies confiée à une nurse au lieu de la garder avec toi.

— Je travaille tard et je voyage beaucoup. J'ai cru bien faire en la laissant ici, chez elle.

— Dans la maison où sa mère avait été battue à mort ?

— Tu dois avoir raison, dit-il en enfouissant son visage entre ses poings fermés. En réalité, je voudrais vivre avec elle, mais elle refuse de quitter cette maison. Quand j'essaie de faire ses bagages, elle crie comme si on l'égorgeait en s'accrochant à Angelique.

— Je n'aime pas cette femme, Diogo. Elle ne m'inspire pas confiance.

Et surtout, se dit Ellie, Angelique aurait bien voulu le garder pour elle.

— Catia a perdu sa mère et me connaît à peine. Je n'arrive pas vraiment à communiquer avec elle. J'ai cru que, si je lui accordais quelques mois de délai, elle accepterait la nouvelle vie que je lui offre. Mais là, je suis à bout et je ne sais vraiment plus quoi faire. A moins de proposer à Angelique de venir vivre avec nous.

Angelique, vivre avec eux ?

— Il suffit pourtant d'être ferme.

— Ferme, répéta-t-il avec un sourire désabusé. Avec une gamine de cinq ans ? L'arracher à cette maison, au milieu des pleurs et des hurlements ? Je n'en ai pas le courage. Ellie, je ne sais vraiment pas ce que je dois faire.

Elle le fixa un long moment avant de s'avancer vers lui et de lui caresser les cheveux. Il semblait en plein désarroi. Diogo Serrador, le tigre de Wall Street, le leader mondial de l'acier, n'était plus qu'un homme détruit et désespéré. En sentant la main d'Ellie sur sa tête, il poussa un soupir et se tourna pour offrir sa joue à sa caresse.

Elle se devait d'agir sans le laisser souffrir davantage. Pas plus que cette malheureuse enfant. Il lui fallait régler le problème, réunir ces deux êtres.

— Je vais t'aider, dit-elle d'une voix calme.

Il ouvrit les yeux pour la regarder d'un air terriblement vulnérable. Comme un petit garçon. Elle devina les reproches sans fin qu'il se faisait. Pour la mort de Yasmin. Pour le chagrin de sa fille dont il avait si longtemps ignoré l'existence.

— Qu'allons-nous faire ?

Elle l'embrassa doucement sur le front.

— Je vais lui parler. Tout va bien se passer, Diogo, je te le promets.

La lueur d'espoir qui passa dans ses yeux déchira le cœur de la jeune femme. Elle se dirigea vers la cuisine, mais ni Catia, ni sa nurse ne s'y trouvaient. Elle monta l'escalier et s'arrêta devant une chambre d'où lui parvenaient des voix étouffées.

— Ton papa ne t'aime pas, disait celle d'Angelique. Il est comme cet homme horrible dont je t'ai parlé et qui a fait du mal à ta maman. Avec moi, tu ne risques rien, mais si tu le laisses t'emmener, il te battra. Sauf si je suis avec toi. Alors, ne pars pas d'ici sans moi. Comme ça, je me marierai avec lui et jamais plus je n'aurai besoin de travailler.

La voix de l'enfant était si faible qu'Ellie ne put entendre sa réponse.

— Mais non, reprit la nurse. Ce n'est pas ta nouvelle maman. Ne t'en fais pas. On va se débarrasser d'elle.

Ellie ouvrit la porte à la volée. En voyant l'air arrogant d'Angelique et les larmes de la fillette, elle fut envahie par une terrible fureur.

— Que lui avez-vous raconté ? lança-t-elle.

— Je ne vois pas ce que vous voulez dire, répondit la jeune femme en souriant d'un air innocent. Je lui disais simplement d'être gentille avec son père. Devons-nous descendre maintenant, madame Serrador ?

Ellie la prit par le poignet.

— Vous êtes vraiment une femme abominable. Vous êtes renvoyée.

— Renvoyée ? Vous ne pouvez pas me renvoyer. Seul, M. Serrador a le droit de le faire.

— Sortez ! cria Ellie. Avant que je ne vous chasse à coups de pied.

La femme s'enfuit en courant et Catia se mit soudain à hurler. Ellie s'agenouilla devant elle.

— Tout va bien, ma chérie, murmura-t-elle. Tout va bien. Angelique est méchante et elle t'a menti. Ton papa t'aime beaucoup. Jamais il ne te fera de mal.

Elle tenta de prendre la fillette dans ses bras, mais celle-ci recula en gémissant.

— Nous voulons que tu viennes vivre dans notre maison, reprit Ellie, bouleversée.

— Non !

Les yeux pleins de larmes, la jeune femme chercha désespérément un moyen de prouver sa bonne foi à la malheureuse enfant.

— Nous voulons te garder avec nous. Tu auras une chambre à toi et des tas de jouets.

— Non, hurla Catia. Je ne veux pas.

— Et bientôt, continua Ellie, tu auras un petit frère et une petite sœur avec qui tu pourras jouer…

Les cris se calmèrent soudain.

— Des bébés ? chuchota la fillette. Un garçon et une fille ?

Ellie acquiesça et lui montra du doigt son petit ventre rebondi.

— Ton père et moi, nous attendons des jumeaux, Catia. Pour le mois de novembre.

— Mais alors, pourquoi vous me voulez, moi aussi ?

Ravalant ses larmes, la jeune femme lui caressa les cheveux.

— Parce que les bébés auront besoin d'une grande sœur pour leur apprendre à jouer.

— Ah bon, ça, je peux le faire. Je leur apprendrai à jouer au ballon, à faire du vélo et plein d'autres choses.

— Je sais, répondit Ellie en lui tendant la main. Nous voulons que tu fasses partie de notre famille, Catia. Nous t'aimons. Nous avons besoin de toi.

— C'est vrai ? demanda la fillette en levant timidement les yeux vers elle.

— Oui, répondit Ellie.

Les larmes roulaient maintenant sur ses joues sans même qu'elle tente de les essuyer. Elle sentait qu'elle adorait déjà cette petite fille qui avait désespérément envie de trouver sa place et d'être protégée et aimée. Tout comme elle-même naguère…

Retenant son souffle, le bras tendu, Ellie attendait.

Timidement Catia plaça sa petite main dans la sienne.

Le cœur d'Ellie déborda de joie.

— Tu ne le regretteras pas, dit-elle, je te le promets. Nous saurons te protéger et te rendre heureuse.

En descendant l'escalier, elles découvrirent Angelique Price, plaidant sa cause auprès de Diogo. Il se tenait près de la cheminée, le visage fermé. Mais Ellie, qui connaissait maintenant le fond de son cœur, savait que cette froide arrogance n'était qu'un masque forgé pour protéger une extrême sensibilité.

Un cœur exactement comme le sien.

— Votre épouse est jalouse de Catia, monsieur Serrador, disait la jolie nurse, la main posée sur le bras de Diogo. Elle n'a pas toute sa raison. Ne la laissez pas me prendre votre enfant. Je suis sûre qu'elle veut lui faire du mal. Elle cherche à se débarrasser de moi pour la mettre en pension, ou pire encore. Si vous aimez votre fille, ne la laissez pas me renvoyer !

En entendant Ellie et Catia, ils levèrent tous deux la tête et le visage de Diogo s'illumina quand il vit la main de sa fille dans celle de la jeune femme.

— Je suis prête, papa. Je veux aller à la maison avec notre famille.

— Oh, *pequena*.

Catia lui tendit ses petites mains, le visage resplendissant, et il se précipita vers elle pour la soulever dans ses bras.

— Il faut absolument quelqu'un pour apprendre à jouer à ces bébés, s'exclama la fillette.

Il la serra contre son cœur tout en regardant Ellie par-dessus son épaule.

— Merci, Ellie, balbutia-t-il, les yeux brillant de larmes.

— Vous ne pouvez pas lui faire confiance ! s'exclama Angelique d'une voix perçante. Pourquoi la croyez-vous elle, et pas moi ?

Sans lâcher Catia, Diogo prit Ellie par la main.

— Il me semble que ma femme vous a donné congé, dit-il froidement. Vous avez cinq secondes pour sortir avant que je ne vous chasse *manu militari*.

— Vous n'oseriez pas !

Mais en le voyant faire un pas dans sa direction, elle s'enfuit à toutes jambes. Diogo se tourna vers sa famille.

— Venez, rentrons à la maison.

Il baisa tendrement la main d'Ellie. Dans ses yeux sombres, la jeune femme découvrit une flamme nouvelle et pleine de promesses.

14

Je ne vais pas tarder à te l'enlever.

Diogo fixait le billet qu'il tenait entre ses mains.

Au départ, il les avait ignorés. Il avait découvert le premier dans son porte-documents en rentrant d'un voyage à New York, début juin. Le deuxième dans son avion privé en septembre. Et maintenant celui-ci, dans la voiture que sa femme et sa fille utilisaient à Rio.

Guilherme lui avait juré qu'il ignorait comment ce papier avait pu se retrouver dans la Bentley et Diogo le croyait. Néanmoins, il savait déjà intuitivement qui les avait envoyés : Timothy Wright. Le juriste ruiné s'était évanoui dans la nature, pourchassé par la police américaine. Et maintenant, il paraissait déterminé à se venger de son ancien patron qui avait fourni des preuves à son encontre.

Mais comment Wright avait-il pu laisser ces billets dans les lieux si protégés où vivait Diogo ? En dépit de tous ses gardes du corps ? Cet homme était-il un fantôme ou un démon ?

Je ne vais pas tarder à te l'enlever.

Diogo froissa le papier et le jeta dans une poubelle, juste devant le Carlton Palace. Pourquoi ses hommes mettaient-ils si longtemps à découvrir où se cachait Wright ? Pour protéger sa famille, il fallait qu'il situe son ennemi. Il devait en finir. Faire appel à tous ses hommes sans exception et à tous les moyens possibles. Retrouver ce monstre.

En sortant de l'ascenseur, au neuvième étage, il donna à l'équipe de sécurité qui l'attendait de nouvelles instructions. Mais Pedro eut beau lui jurer avoir fait preuve d'une vigilance particulière, il se sentait particulièrement inquiet lorsqu'il poussa la porte de l'appartement.

Deux visages ravis se tournèrent vers lui tandis qu'il entrait dans la cuisine. Catia portait une robe de princesse rose et une tiare. A côté d'elle, Ellie, le ventre très rond, rayonnait dans un haut de jersey noir tout simple sur un pantalon droit.

— Papa, tu arrives juste au bon moment, s'écria Catia. Je viens de finir de préparer le dîner.

Le regard de Diogo se posa successivement sur sa jolie femme, resplendissante, et sur sa fille. Ellie pouvait accoucher à tout moment, et durant les cinq mois passés, Catia s'était extraordinairement épanouie. Son visage irradiait de bonheur sous sa tiare.

— Jamais aucune princesse ne m'a préparé un dîner qui sente aussi bon.

— Mais, papa, ce n'est pas pour te faire à dîner que j'ai mis cette robe. C'est pour aller à une fête chez Beatriz !

Diogo se souvint alors que la fille d'un général brésilien, qui fréquentait la même école privée que Catia, l'avait invitée ainsi que quelques autres amies. De plus en plus, on célébrait Halloween à Rio — les Cariocas ne laissant passer aucune occasion de faire la fête.

— Tu aimes ma tiare ? demanda la fillette. C'est maman et moi qui avons collé nous-mêmes les diamants dessus.

— C'était très amusant, intervint Ellie en prenant l'enfant dans ses bras et en lui tapotant affectueusement la tête avant de regarder Diogo en riant. Autre chose. Je viens de parler à ma grand-mère.

— Oui ? dit-il d'un air innocent.

— Elle a reçu ton cadeau d'anniversaire, et maintenant, elle fait l'envie de toutes ses amies. Tu ne t'es pas moqué d'elle.

— La grand-mère qui t'a élevée mérite ce qui se fait de mieux.

— Je ne sais pas ce qui t'a pris d'envoyer une Ferrari

jaune à une vieille dame de soixante-dix ans, mais depuis toute la Pennsylvanie est en état d'alerte.

— Rien qu'à voir son rouge à lèvres orangé, j'ai compris que j'aurais du mal à l'impressionner.

— Grand-mère dit qu'elle ne s'est jamais autant amusée de sa vie. Mais elle voudrait bien qu'on rentre et elle m'a envoyé la liste de toutes les grandes écoles de New York.

Pourquoi remettre encore le sujet sur le tapis ? songea-t-il avec une pointe d'irritation.

— Il y a ici d'excellentes écoles.

— Je sais, mais quand même, New York…, murmura Ellie d'une voix pleine de regrets.

— Maman ! Ça attache, hurla soudain Catia.

Ellie l'aida à remuer la sauce avant de tendre la cuillère à Diogo. Il goûta avec un évident plaisir.

— *Estava delicioso ! Meus cumprimentos ao chefe.*

— Mes compliments au chef, traduisit Ellie.

— Tu fais des progrès en portugais.

— *Obrigada*, répondit-elle avec un sourire en le regardant d'un air espiègle par-dessus la cuisinière. J'ai un excellent professeur. A propos, j'ai donné congé à Luisa pour la soirée. Pendant que Catia sera à sa soirée-pyjama, nous allons nous retrouver tout seuls.

— Vraiment ?

En voyant l'étincelle qui brillait dans ses yeux, Diogo sentit un frémissement lui parcourir le corps. Même en fin de grossesse, Ellie restait pour lui la femme la plus sexy du monde. Chaque nuit, ils faisaient l'amour, mais ce soir, c'est la soirée tout entière, heure après heure, qui leur appartenait pour s'amuser et faire la fête de la manière la plus adulte qui soit.

Je ne vais pas tarder à te l'enlever.

Il serra les mâchoires en parcourant l'appartement d'un œil critique. Ces derniers mois, Ellie y avait opéré de nombreux changements. Les meubles carrés et les objets de verre et d'acier avaient disparu et les murs, naguère d'un blanc uniforme, étaient maintenant d'un jaune crémeux. Il y avait des vases pleins de fleurs sur des tables de bois ciré. Des canapés profonds et magnifiquement confortables trônaient dans le grand salon. Et partout où le regard se posait, on voyait des photos de famille : Catia devant la Statue de la Liberté lors d'un récent voyage à New York. Et eux trois, en train de rire dans la maison de la plage, le mois dernier. Jamais cet appartement n'avait tant ressemblé à une vraie maison et Diogo s'était pris à l'aimer de nouveau. Pas pour ses vastes baies et sa vue superbe, mais à cause de Catia… et d'Ellie.

Pourtant, les ouvertures étaient trop grandes. Même en tenant compte des gardes postés à l'extérieur. Et à cause de l'hôtel, n'importe qui pouvait accéder aux étages inférieurs. C'était beaucoup trop risqué. Il fallait absolument renforcer la sécurité.

Et trouver Wright. Immédiatement.

— Je reviens, dit-il soudain à Ellie.

— Il y a quelque chose qui ne va pas ?

Maldição ! Ce n'était pas facile de lui mentir, mais il ne voulait pas qu'elle ait d'autres sujets d'inquiétude que la layette et ses jeux avec Catia. Il ne fallait pas qu'elle sache qu'un fou surgi de son passé leur voulait du mal. Non qu'elle soit trop fragile pour le supporter. Au contraire. En la voyant descendre l'escalier à Leblon, tenant la main de Catia, il avait enfin compris à quel point elle était forte. Ce jour-là, elle avait accompli un miracle et réussi là où lui-même avait si souvent échoué.

Elle avait fait d'eux trois une vraie famille.

— Tout va bien, répondit-il en s'éloignant de peur qu'elle ne lui pose d'autres questions.

Il passa dans son bureau et prit le téléphone pour appeler quelques amis qui travaillaient dans des organismes publics et à Interpol. Mais après avoir raccroché, il n'était toujours pas satisfait. Ses propres hommes finiraient bien par le dénicher, se dit Diogo, mais il eut du mal à apprécier le dîner, pourtant délicieux. Après le repas, il embrassa Catia et salua Pedro, le garde en qui il avait toute confiance, et les accompagna, portant la petite valise de la fillette, jusqu'à la voiture qui les attendait en bas. Tout le quartier était étroitement contrôlé et il savait que sa fille y serait en sécurité.

— Je suis certaine qu'il y a quelque chose qui te tracasse, dit Ellie en le serrant dans ses bras. Pourquoi ne me dis-tu pas ce que c'est ?

— Mon seul problème, dit-il en se tournant vers elle, c'est que ça fait trop longtemps que nous ne nous sommes pas retrouvés en tête à tête tous les deux.

Il la poussa vers la chambre et ils firent l'amour avec une frénésie presque désespérée. Après lui avoir arraché ses vêtements, il la fit monter sur lui pour la pénétrer profondément, et elle le chevaucha ainsi jusqu'à ce que leurs corps haletants soient trempés de sueur. Il ne la lâcha plus et elle finit par s'endormir, blottie contre lui. Mais Diogo ne parvint pas à trouver le sommeil et après avoir passé la nuit à fixer le plafond, il se leva dès la première lueur de l'aube.

— Où vas-tu ?

Il aurait pourtant juré qu'elle dormait. Elle reposait sur les oreillers, nue jusqu'à la ceinture, si belle et si sensuelle qu'il en eut le cœur serré.

— Il faut que j'aille travailler. Le rachat de Vahlo…

— Oublie un peu ton travail et reste avec moi.

— C'est le plus sûr moyen de finir dans la misère.

— Même avec quelques millions de moins, je suis certaine qu'on réussira à s'en sortir.

— C'est Wright.

Malgré lui, ce nom avait franchi ses lèvres.

— Il menace de t'enlever à moi, continua-t-il.

A sa grande surprise, Ellie se mit à rire.

— Timothy ? Evidemment, à neuf mois de grossesse, jamais je n'ai été plus belle ni plus séduisante.

— Exactement, dit-il en se penchant sur le lit pour l'embrasser tendrement sur les lèvres. Il m'envoie des lettres anonymes.

— Dans ce cas, comment sais-tu…

— Je le sais. J'aurais dû le tuer quand j'en avais l'occasion.

Tant que je n'aurai pas mis la main sur lui, tu ne dois jamais quitter cet appartement sans Pedro. D'accord ?

Elle hocha la tête avant de tendre la main pour lui caresser les cheveux.

— Pourquoi ne veux-tu pas le reconnaître ?

— Reconnaître quoi ?

— Que tu m'aimes autant que je t'aime, dit-elle en le fixant droit dans les yeux. Moi, je suis tombée amoureuse dès que je suis entrée dans ton bureau et que tu m'as dicté la première note concernant le contrat Trock.

Il recula d'un pas, les mâchoires serrées.

Amoureux d'Ellie ?

L'amour, c'était pour les femmes qui ne connaissaient rien à la vie. Ou pour des hommes trop faibles pour se contrôler.

L'amour vous rendait stupide et vulnérable. Et vous laissait totalement démuni. Il ne pouvait pas se le permettre. L'enjeu était trop important.

— Oui, tu m'aimes, chuchota Ellie en le fixant de ses grands yeux bleus. Je t'en prie. Je voudrais tant que tu me le dises. Ça fait des mois que je l'attends. Je m'imaginais que si je te prouvais de mille façons que je t'aimais, si je te donnais un foyer chaleureux, tu saurais…

— Ellie, pour le moment, j'ai d'autres soucis, lança-t-il en détournant la tête. Il faut que je prenne une douche.

— Diogo ?

— Je ne t'aime pas, tu comprends.

Elle devint pâle comme un linge.

— Non, je ne t'aime pas, répéta-t-il. Et si tu m'aimes, j'en suis désolé. Je n'ai jamais voulu que tu m'aimes. Nous sommes des partenaires, *querida*. Des amis. Au lit, nous nous entendons merveilleusement. Nous avons une famille adorable. Un point, c'est tout. Et personnellement, je trouve que c'est très suffisant.

— Je ne te crois pas, répondit-elle avec passion. Rien qu'à voir la manière dont tu m'embrasses et dont tu veux me protéger…

Il lui tourna le dos pour se diriger vers la salle de bains.

— Il faut que je me prépare.

Il ne lui fallut que quelques minutes pour prendre sa douche et s'habiller. Quand il revint, Ellie était assise en robe de chambre sur le divan du salon qu'éclairaient les lueurs roses de l'aurore. Les bras croisés, elle fixait le plancher.

Brusquement, il sentit son cœur se serrer.

— Ecoute, Ellie… Nous en parlerons plus tard.

— C'est ça. Plus tard, acquiesça-t-elle d'une voix sourde, sans le regarder.

Oui, il réglerait ce problème plus tard. Pour l'instant, il avait d'autres préoccupations, se dit-il en descendant l'Avenida Rio Branco pour se rendre à son bureau. Il s'entretint d'abord avec Andrew MacCandless, le chef de la sécurité internationale de la compagnie, avant de se plonger dans un rapport concernant les différents lieux où Wright avait été vu la veille. Ce dernier avait loué un avion à New York où il semblait avoir promis à un couple fortuné et sans enfant qu'ils recevraient bientôt des jumeaux nouveau-nés en échange de quatre millions de dollars. Puis, il s'était envolé pour São Paulo.

Des jumeaux nouveau-nés !

— Je vais le retrouver, murmura Diogo, le souffle court.

Il ordonna au chef de la sécurité de faire venir une milice privée s'il le jugeait nécessaire. Cet homme menaçait sa famille. Il fallait se débarrasser de lui.

Au moment où MacCandless se retirait pour exécuter ses ordres, la voix de la secrétaire de Diogo retentit dans l'Interphone.

— Votre épouse est ici, monsieur.

— Ici ?

— La réception vient de m'en aviser. Dois-je la faire monter ?

Il ne répondit pas. Il ne voulait pas voir Ellie pour l'instant. Il n'avait rien à lui dire. Elle l'aimait, mais lui, il ne l'aimait pas. Il ne voulait pas la voir malheureuse. D'abord, ça le tuerait. Et surtout, ça risquait de le distraire. Pourtant…

Jamais encore Ellie n'était venue le surprendre au travail. Il ne pouvait pas la renvoyer.

— Faites-la monter.

Tout en arpentant son bureau, il ne pouvait s'empêcher de penser à elle. Sa femme, si belle et si tendre. La mère de ses enfants. Comment supporter que quelqu'un menace de la lui enlever ? Il savait de quoi Wright était capable. Pourquoi l'avait-il laissé échapper ? S'il arrivait quoi que ce soit à Ellie, ce serait sa faute à lui, Diogo.

Il serra les poings. Il aurait cent fois préféré mourir.

Il l'aimait.

Cette pensée le prit de court. Il l'aimait ?

Elle avait complètement bouleversé sa vie. Autrefois, il vivait froidement. Passant d'une femme à l'autre, consacrant son temps au travail et à d'insignifiants plaisirs. Sans même se rendre compte à quel point il était malheureux — et solitaire. Mais Ellie avait tout changé. Elle avait transformé son appartement glacial en un foyer chaleureux. Elle avait appris à sa fille à aimer et lui avait donné confiance. Elle avait ensoleillé sa vie. Au point qu'il mettait au-dessus de tout son jugement et sa force. L'amour, c'était donc ça ?

Le soir, il ne pouvait plus s'endormir s'ils n'avaient pas fait l'amour. Il ne pouvait se lever le matin sans l'avoir embrassée, ni avoir contemplé son doux visage. Il ne pouvait s'imaginer, rentrant à la maison sans la trouver…

Maldição. Il aimait cette femme. Comment avait-il pu ne pas s'en apercevoir ? Il avait vraiment tout faux. Il ne fallait pas avoir peur de l'amour, bien au contraire. L'amour ne rendait pas un homme vulnérable. Savoir qu'il l'aimait et qu'elle l'aimait, elle aussi, lui donnait plus de courage et de détermination qu'il n'en avait jamais eu de sa vie…

On frappa à la porte et Ellie entra, le visage blême.

— Ellie, s'écria-t-il en se précipitant vers elle pour la prendre dans ses bras. *Meu amor.* Je suis si content que tu sois là. Il faut que je te dise, ce matin, quand j'ai…

— Ne me touche pas, répliqua-t-elle en reculant d'un pas.

Il resta figé sur place, sans cesser de l'observer. Son

expression était si distante, si bizarre. On aurait dit une étrangère.

— Je suis venue te dire adieu. Je m'en vais.

— Quoi ?

— Jamais tu ne m'aimeras, tu me l'as dit très clairement, dit-elle en plongeant dans ceux de Diogo ses yeux immenses, d'un bleu de porcelaine, mais dont le regard recélait comme une fêlure. Alors, je vais rentrer chez moi, à New York.

— Non ! s'exclama-t-il en l'attirant à lui d'un geste farouche.

Impossible. Elle ne partirait pas. Pas maintenant, au moment où il comprenait enfin qu'il l'aimait.

— Ellie, il faut que tu m'écoutes. Jamais je n'aurais dû te parler comme ça, ce matin…

— Je suis contente que tu l'aies fait. Il vaut mieux que je voie la vérité en face.

— Tu es ma femme. Tu es enceinte de mes enfants. Je ne veux pas que tu t'en ailles. Jamais.

— Je n'ai pas le choix, répondit-elle en détournant la tête.

Il prit une profonde inspiration.

— Ellie, je… je t'aime.

Ces mots étranges lui collaient littéralement à la gorge.

— Evidemment, reprit-il à voix basse, c'est toi qui décideras. Je ne t'ordonne pas de rester, je te le demande. Reste. Je t'en prie. Pour moi.

— Je ne peux pas, dit-elle en se dégageant, les larmes aux yeux. Je veux divorcer.

— Divorcer ? lança-t-il en serrant les poings, le souffle coupé. Mais, pourquoi ?

— Je suis amoureuse d'un autre.

— Et qui donc ?

— Timothy.

Il la fixa sans comprendre.

— Jamais tu ne m'as traitée comme je l'aurais voulu. Jamais tu ne m'as offert de fleurs ni lu un poème. Tu ignores tout de l'amour. Timothy, lui, sait ce que c'est.

Chaque mot qu'elle prononçait était comme un coup de

poignard enfoncé jusqu'à la garde dans la chair de Diogo. Une bouffée de colère le submergea.

— Timothy Wright est un monstre. Tu ne peux pas l'aimer.

— C'est pourtant le cas. Nous partagerons la garde des bébés et ils porteront ton nom. Mais je veux divorcer.

— Non, hurla-t-il en lui agrippant le bras pour l'attirer à lui. Non, Ellie ! Jamais je ne te laisserai partir !

— Tu me fais mal !

En la voyant grimacer de douleur, il la lâcha.

— Jamais Timothy Wright n'approchera de mes enfants ! Durant ces deux dernières années, il a bâti une fortune en détruisant des vies innocentes.

— Je les protégerai.

— Toi ? Mais tu en es incapable. Tu es aussi faible que je l'imaginais. Tu n'as pas la moindre loyauté envers eux, ni envers…

Il allait dire : « envers moi », quand une pensée horrible lui traversa l'esprit.

— Et que vais-je dire à Catia ? articula-t-il avec peine tant il avait la gorge serrée. Vais-je devoir lui raconter que sa nouvelle mère l'a abandonnée, comme la précédente ?

— Dis-lui…, commença Ellie avant de s'arrêter pour ravaler ses larmes. Dis-lui simplement que je l'aime. Et que j'aurais voulu continuer à veiller sur elle.

Il n'arrivait pas à y croire.

— Non, s'écria-t-il, incapable de maîtriser l'angoisse qui le dévorait, une angoisse qu'il n'avait encore jamais ressentie auparavant. Tu es ma femme. Ellie, j'ai besoin de toi.

— Diogo…

Il la prit dans ses bras et l'embrassa avec passion. Un baiser profond et sauvage que rendaient amer les larmes de la jeune femme. Il plaqua contre lui son ventre rebondi comme pour créer un cercle de famille absolument parfait.

Puis il s'écarta d'elle pour observer son visage, y cherchant désespérément un signe d'amour ou de confiance. Mais les yeux d'Ellie demeuraient fermés, comme si elle continuait indéfiniment à goûter le baiser qu'ils venaient d'échanger.

— Et à moi, chuchota-t-il, qu'as-tu à me dire ?

Elle ouvrit des yeux pleins de larmes.

— Une seule chose : au revoir.

Il poussa un gémissement, bien décidé à lui rappeler qu'elle était sa femme et la mère de ses enfants. Il la forcerait à rester car elle était à lui.

Puis il comprit qu'il s'était trompé. Ils s'appartenaient l'un à l'autre. Si elle désirait être libre, il ne pouvait la contraindre à rester. Il lui était impossible, désormais, d'ignorer les sentiments d'Ellie pour satisfaire ses propres désirs.

Il l'aimait.

Il reprit son souffle, cherchant à retrouver l'emprise qu'il avait eue sur elle. Il aurait voulu la soulever et la fourrer dans la Bentley pour la ramener à la maison et l'embrasser tout son soûl. L'emprisonner et la forcer à rester jusqu'à ce qu'elle retrouve la raison. Mais il en était incapable.

Un juron mourut sur ses lèvres. L'amour le rendait faible, comme il l'avait toujours redouté. Pourtant, puisqu'il l'aimait, il était bien forcé de la laisser partir. Il serra les poings.

— Jusqu'à la naissance des enfants, Pedro ne te quittera pas d'un pas, dit-il froidement. Après, tu feras ce que tu voudras. Je t'accorderai même le divorce.

— Pedro m'attend déjà.

— *Sai fora,* Ellie, articula-t-il en détournant la tête, les larmes aux yeux. Je ne peux plus supporter de te voir. Ne quitte pas Rio. Mon avocat te contactera.

Au mot « avocat », Ellie sentit tout son corps se raidir. Elle tourna les talons, mais s'arrêta sur le seuil.

— Adieu, Diogo, souffla-t-elle sans le regarder. Je t'aimerai toujours.

Dès qu'elle eut refermé la porte, Diogo s'assit lourdement à son bureau, la tête entre les mains. Il avait été stupide de tomber dans le piège et de lui offrir son cœur. Ce qu'il avait pris pour un amour sincère et passionné n'était qu'une illusion destinée à l'affaiblir. Il avait eu confiance en elle. Il l'avait aimée. Et il avait été convaincu qu'elle l'aimait en retour.

« Je t'aime ». Il se rappelait encore la façon dont le visage d'Ellie s'était illuminé quand elle avait prononcé ces mots.

Il pressa ses poings sur ses yeux fermés. Quel imbécile ! En réalité, jamais elle ne l'avait aimé. Pour elle, tout ça n'avait été qu'un…

Il ouvrit lentement les yeux.

« Dis-lui simplement que je l'aime, avait chuchoté Ellie. Et que j'aurais voulu continuer à veiller sur elle. »

Catia !

Il se précipita sur le téléphone posé sur son bureau. Tout en arpentant la pièce, il appela d'abord Ellie sur son mobile, puis Pedro, sans obtenir de réponse. Il appela la sécurité au rez-de-chaussée où on l'informa que Mme Serrador avait quitté les lieux en compagnie de son garde du corps.

En tremblant, Diogo téléphona à ses hommes postés à l'hôtel. Là encore, personne ne répondit. Il finit par joindre le chef de la sécurité.

— Je viens d'arriver au Carlton Palace, monsieur Serrador, dit l'Australien. Il semble que quelqu'un a endormi tous vos gardes en mettant un produit dans leur café. Ils ne sont pas morts, mais je viens de retrouver Guilherme ligoté dans un placard de l'escalier de service. Il respirait à peine, comme s'il avait été chloroformé. J'ai appelé une ambulance.

— Et Catia ? demanda Diogo, le souffle court.

— Nous ne l'avons pas vue, monsieur Serrador, répondit MacCandless. Nous fouillons l'immeuble. Mais Pedro Carneiro l'accompagnait, en début de soirée, quand elle a quitté l'hôtel.

Diogo ferma les yeux en poussant un gémissement. Pedro… Le garde du corps en qui il avait toute confiance et à qui il avait confié sa femme et sa fille. Le frère de son ancien rival de la favela. L'homme qui ne lui avait jamais pardonné de l'avoir abandonné pour réussir dans un monde meilleur.

Il comprenait maintenant comment il avait été trahi. Comment ces billets menaçants étaient arrivés chez lui, à son bureau et dans sa voiture.

Pedro.

Un rugissement sortit de sa gorge.

— Pedro Carneiro nous a trahis, hurla-t-il au responsable de la sécurité. Si nous mettons la main sur lui, nous retrouverons aussi Catia, et Ellie.

Son corps se couvrait d'une sueur froide, et pourtant il ne put s'empêcher de se réjouir. Ellie l'aimait encore, puisqu'elle avait tenté de les préserver.

Il bondit sur ses pieds.

Protéger sa famille, tel était son seul souci.

L'amour l'avait peut-être rendu vulnérable, mais il lui avait aussi donné la force et le courage d'un lion. Il serait mort volontiers pour sauver les siens.

Jamais ce trafiquant d'enfants ne verrait se lever une aube nouvelle !

15

La voix tranquille d'Ellie s'éleva dans l'obscurité de la pièce.

— Je t'ai obéi. Je lui ai dit que je voulais divorcer parce que je t'aimais. Maintenant, il faut que tu remplisses ta part du contrat et que tu la libères.

Timothy lui sourit, de ce sourire chaleureux qu'elle lui connaissait depuis des années. Mais tout le reste avait changé. Lui qui était naguère mince, pâle et très soigné, ne s'était pas rasé depuis des mois, et ses vêtements étaient sales et déformés.

Il était méconnaissable, bien au-delà de la simple apparence. Jamais Ellie ne l'aurait cru capable de prendre en otage une fillette de six ans pour assouvir sa vengeance. En voyant le visage terrorisé et maculé de larmes de Catia qui s'accrochait à son ours en peluche, la jeune femme avait du mal à comprendre comment elle avait pu se désespérer de la façon dont elle avait traité Timothy Wright.

— Beau travail, reconnut-il en hochant la tête d'un air satisfait. Je savais que tu bondirais sur le premier prétexte pour te débarrasser de lui.

— Dans ce cas, rends-lui sa liberté, dit-elle en le fixant droit dans les yeux.

— Je vais le faire. D'ailleurs, je n'ai jamais adoré les enfants.

Il poussa Catia vers Pedro qui l'attendait près de la porte.

— Ramène-la chez elle. Ou le plus près que tu pourras sans risquer de te faire prendre, dit Timothy avant de se tourner vers Ellie en souriant. Tu vois, je ne suis pas si méchant. C'est toi qui m'as forcé à me comporter de cette façon.

Catia laissa échapper un sanglot et la jeune femme s'agenouilla devant elle pour la serrer dans ses bras.

— Tout va bien. Il va te ramener à l'appartement où tu seras en sécurité. Quant à vous, dit-elle en se tournant vers Pedro, s'il lui arrive quoi que ce soit…

— Il ne lui arrivera rien. Tout ce qui m'intéresse, c'est l'argent. S'il y a quelqu'un à qui il faut vous en prendre, ce n'est pas moi, *senhora,* coupa-t-il en jetant un coup d'œil à Timothy. *Tchau.*

Tandis qu'ils quittaient la pièce, Ellie ferma les yeux, priant pour que la fillette revienne chez son père, saine et sauve. Diogo saurait la retrouver. En cet instant, il avait sûrement compris qu'elle n'avait jamais voulu divorcer. Pas après lui avoir dit qu'elle l'aimerait toujours.

— Enfin seuls, soupira Timothy en souriant.

Ellie contempla les murs de béton et les rideaux déchirés de la vieille maison enfouie au cœur de la favela et sentit son ventre se contracter douloureusement. Depuis le matin, les contractions se succédaient sans répit. Elle avait ressenti la première lorsque Diogo lui avait dit qu'il ne l'aimait pas, et elles s'étaient intensifiées quand Pedro lui avait remis le billet de Timothy.

Elle fixa l'homme qu'elle avait failli épouser lors de cette belle journée de printemps qui lui semblait désormais si lointaine.

— Pourquoi as-tu fait ça ? demanda-t-elle. Pourquoi m'as-tu forcée à dire toutes ces horreurs à Diogo ?

— Je voulais qu'il sache ce que ça fait de perdre ce qu'on aime le plus au monde. Et que ça lui brise le cœur.

— Tu t'es complètement trompé : il ne m'aime pas.

— Je vous ai observés tous les deux pendant des mois. Durant tout ce temps, il n'a jamais regardé une autre femme. Il rentre tous les soirs à 5 heures pile. Et toi, tu te plains qu'il ne t'aime pas ? Il en fait pourtant beaucoup.

Brusquement, le cœur d'Ellie se gonfla de joie. Etait-il vrai que Diogo puisse l'aimer ?

— Diogo Serrador se croit tout-puissant, déclara Timothy avec un ricanement. Il a tout pour lui : le physique, le charme et les milliards. Et pourtant, j'ai réussi à le battre, puisque maintenant, tu m'appartiens.

Elle sentit une nouvelle contraction. Longue et puissante, différente des précédentes. Son corps se couvrit de sueur et ses membres faiblirent. Non, dit-elle aux bébés d'une voix désespérée. Pas tout de suite. Le travail ne devait pas encore commencer. Il fallait qu'elle laisse du temps à Diogo.

Assis sur la vieille couverture élimée qui recouvrait le lit, Timothy leva vers elle des yeux de chien battu.

— Je t'aime tant, Ellie. Je ferais n'importe quoi pour toi. Depuis que je t'ai vue au Dairy Burger avec tes cheveux blonds, aussi rayonnante qu'un ange… Je savais que tu n'étais pas comme les autres. Jamais tu ne t'es moquée de moi. Tu me respectais. Tu m'admirais. J'étais certain que tu serais à moi. Mais tu te faisais tellement de souci pour l'argent. Je savais qu'il fallait que je devienne riche. Pour toi.

— Tu as vraiment fait ça ? Tu t'es vraiment livré à un trafic de bébés ?

Il haussa les épaules.

— D'un côté, il existe des couples sans enfant, ou des femmes, cadres de haut niveau, incapables de renoncer à leur carrière. Tous riches et tous désespérés de ne pas pouvoir faire de bébés. Et de l'autre de pauvres femmes sur le point de donner le jour à des enfants qu'elles ne pourraient pas élever. Je n'ai fait que leur rendre service, et je l'ai fait pour toi, Ellie. Toujours pour toi.

Elle sentit une nausée lui monter aux lèvres. Comment avait-elle pu se tromper à ce point sur la personnalité de cet homme ? Comment ne s'était-elle pas rendu compte qu'il cherchait simplement à s'emparer d'elle ? Comment avait-elle pu penser qu'il l'aimait vraiment ?

— Mais Serrador a détruit tout cela, continua-t-il, avec un regard sur le ventre d'Ellie qui la fit frissonner. Sans lui, maintenant, c'est de moi que tu serais enceinte. C'est dans mon lit que tu passerais tes nuits. C'est moi que tu désirerais. Moi seul.

— Non, Timothy, protesta-t-elle d'une voix calme. J'ai commis une erreur. Jamais je n'aurais dû accepter de t'épouser. Ce que tu ressens pour moi, ce n'est pas de l'amour. Tu ne sais même pas qui je suis.

— Peut-être as-tu raison, répondit-il avec un sourire qui ressemblait à un rictus. La fille que j'aimais était innocente et pure. Jamais elle ne se serait donnée à un play-boy brésilien comme une fille à matelots.

Le souffle court, elle vit Timothy bondir du lit pour lui prendre le bras.

— Désolé, s'écria-t-il. Je sais que ce n'est pas ta faute. Il t'a violée, il n'y a pas d'autre explication. Mais vois-tu, l'amour vous fait parfois faire des choses insensées. En te voyant enceinte, j'ai cru que je devenais fou. Enfin, ça ne durera pas…

— Que veux-tu dire ?

— Je connais un médecin, ici. En une heure, il te fera accoucher et après ça, tu seras libre de partir avec moi.

Libre ? Le mot la fit frémir. En proie à une nouvelle contraction, elle vacilla sur ses jambes et dut se raccrocher au cadre du lit de peur de tomber.

— Les bébés… ils ne doivent naître que dans deux semaines, balbutia-t-elle.

— Le terme est suffisamment proche pour qu'ils naissent en bonne santé. Leurs futurs parents les attendent à Manhattan. Ils m'ont déjà versé une somme rondelette sans me poser de question. Désormais, je suis riche, Ellie. Pas autant que Serrador, mais assez pour t'acheter tout ce que tu voudras. Jamais plus tu n'auras à travailler. Tout ce que tu auras à faire, c'est de m'aimer toute la journée.

Il fallait absolument qu'elle sorte de là, se dit-elle, les mains crispées sur son ventre tendu. Si les jumeaux naissaient maintenant, il les lui prendrait et ni elle ni Diogo ne les reverraient jamais.

Il fallait qu'elle soit forte. Pour ses enfants. Pour l'homme qu'elle aimait.

— Si tu prends les bébés, Diogo te tuera, dit-elle en s'asseyant sur le lit car ses jambes ne pouvaient plus la porter.

— Jamais il ne me retrouvera. Dès que nous serons partis d'ici, nous disparaîtrons à jamais.

Il fallait absolument qu'elle fasse diversion. Le cœur battant, elle déboutonna le haut de son chemisier pour dévoiler la naissance de ses seins.

— Il fait très chaud ici, dit-elle en faisant mine de s'éventer de la main. Pourquoi ne laisses-tu pas tout simplement les enfants à Diogo ? Après ça, toi et moi, nous pourrons tranquillement partir ensemble.

Timothy s'approcha d'elle, les yeux fixés sur sa poitrine, son front pâle dégoulinant de sueur.

— Je veux faire souffrir Serrador, lança-t-il. Et ces enfants doivent me rapporter quatre millions de dollars. Ensuite, un avion privé nous conduira en Afrique de l'Ouest, quelque part où il ne nous retrouvera jamais.

Ellie tenta de dissimuler sa terreur.

— Pourquoi partir si vite ? demanda-t-elle en s'appuyant au lit. Pourquoi ne pas rester tout simplement ici pour en profiter ?

— Tu as raison, murmura-t-il en enfouissant son visage dans la chevelure de la jeune femme.

Sentant qu'il essayait de lui caresser les seins, elle eut une nausée, mais se força à rester impassible.

Diogo, où es-tu ? pensa-t-elle désespérément. Il était si intelligent, si efficace. Elle savait qu'il réussirait à les retrouver. Mais il fallait qu'elle lui en laisse le temps…

— C'est si bon, souffla Timothy en lui palpant la poitrine à pleines mains. Exactement comme je l'ai toujours imaginé.

Soudain le dégoût submergea Ellie et comme il tentait de l'embrasser, elle ne put s'empêcher de se débattre. Au moment où il se penchait sur elle, elle lui asséna un coup de poing en plein visage.

Il recula d'un pas, sonné, mais quand elle tenta de se

ruer vers la porte, il l'empoigna par les cheveux et, avec un grognement de fureur, la jeta sur le lit.

— Ah, c'est comme ça que tu le prends ? Très bien. Tu l'auras voulu, s'écria-t-il en s'emparant d'un couteau posé sur une table.

En le voyant lever sur elle l'arme luisante, elle poussa un hurlement de terreur. Soudain, une ombre se dressa au-dessus d'elle, tel l'ange de la mort. Un mètre quatre-vingt-dix de muscles puissants qui soulevèrent Timothy avant de le jeter sur le sol. Diogo le plaqua sous lui, les traits déformés par la fureur.

— Serrador, bredouilla-t-il en tremblant. Comment ?

Diogo ne répondit pas, mais au-delà de la rage, Ellie lut sur son visage une atroce angoisse. Oui, il avait redouté de la perdre.

Avec l'énergie du désespoir, Timothy parvint à se redresser pour tenter d'asséner un coup de couteau à son rival. Avec un grognement, ce dernier le frappa au visage et le cloua au sol. Puis il s'empara de la lame qu'il enfonça dans la main de son adversaire. Le sang jaillit sans que le visage de Diogo exprime autre chose qu'une terrible colère.

Avec un bruit retentissant, le couteau tomba sur le sol.

— Pitié ! s'écria Timothy en tentant de se protéger le visage. Ne me faites pas de mal !

— J'ai déjà eu pitié de toi, souffla Diogo avant de lui lancer son poing en plein visage. Et ça ne t'a pas empêché de menacer ma femme et mes enfants.

— Diogo, murmura Ellie, je t'en prie. Il ne m'a pas fait de mal. Laisse-le partir.

— Oui, laissez-moi partir, répéta Timothy avant de s'effondrer sur le sol, comme une masse, en gémissant.

Diogo prit une profonde inspiration pour s'efforcer de contrôler la rage qui l'animait.

— Je vais te laisser partir, Wright, dit-il à voix basse. Parce qu'elle me l'a demandé. Mais si jamais je te recroise sur mon chemin…

— Ça ne se reproduira pas.

Une nouvelle contraction raidit soudain le corps d'Ellie.

— Diogo, souffla-t-elle, aide-moi. Les bébés…

Il se précipita vers elle, et s'agenouillant au bord du lit, lui prit le visage entre ses mains.

— Ellie, que se passe-t-il ?

— Et Catia ? balbutia-t-elle. Tu l'as… retrouvée ?

— Elle est en lieu sûr. Et nous avons retrouvé Pedro. Mais si Wright t'a fait le moindre mal…

— Tout va bien, sanglota-t-elle en se blottissant contre lui. Mais les contractions ont commencé. Les bébés vont naître.

Il la serra dans ses bras à l'étouffer.

— Désormais, *querida,* tu es en sécurité, murmura-t-il à son oreille. Mes gardes du corps vont arriver et nous allons t'emmener à l'hôpital.

— Tu es venu me chercher, dit la jeune femme en lui caressant le visage. Tu as compris que jamais je n'aurais pu te quitter de mon plein gré. Tu sais que je t'aimerai toujours.

— Je l'ai compris, répondit-il en levant vers elle des yeux pleins de larmes. Mais ça m'a pris bien trop longtemps. Pardonne-moi d'avoir été si lâche et si stupide. Je t'aime, Ellie. J'aime ta force, la pureté de ton cœur, ta gaieté. Et je t'aimerai jusqu'à l'heure de ma mort.

Il l'aimait.

Une vague de bonheur la submergea tout entière.

Soudain, elle aperçut Timothy qui se relevait, brandissant un revolver…

— Diogo, hurla-t-elle. Attention !

Sans la lâcher, Diogo se retourna. Mais trop lentement.

— Puisqu'elle ne sera jamais à moi…, souffla Timothy avant de tirer.

Épilogue

— Oh ! Maman ! Regarde la neige !

Le jour se levait, clair et brillant en ce matin de Noël. Toute la nuit, il avait neigé sur New York. Assise sur un canapé, Ellie achevait de nourrir un de ses deux bébés, âgés maintenant de six semaines, tandis que l'autre dormait à ses pieds dans un couffin. La maison était exceptionnellement sombre et silencieuse car les employés étaient en congé. La jeune femme contemplait d'un air songeur les lumières bleues qui scintillaient sur le gigantesque sapin quand elle entendit Catia — désormais devenue officiellement sa fille adoptive — qui battait des mains en riant.

— On peut sortir, maman ? supplia la petite fille en sautillant devant la vaste baie vitrée, comme seules savent le faire les fillettes de six ans. S'il te plaît !

— Mais c'est Noël, protesta Ellie en riant. Tu ne veux pas ouvrir tes cadeaux ?

Catia jeta à l'arbre un coup d'œil hésitant avant de se tourner de nouveau vers la fenêtre.

— Si, mais… Je n'ai jamais encore vu de neige.

Ellie entendit un bruit dans l'escalier. Elle adorait cette maison presque centenaire qui craquait de partout. Surtout quand elle reconnaissait ce pas.

— Diogo ! s'écria-t-elle, envahie de joie en le voyant entrer dans la pièce.

Même vêtu d'un T-shirt blanc et d'un pantalon de pyjama, le menton ombré de barbe naissante et les cheveux en bataille, pour elle, il restait le plus bel homme au monde.

— Ellie !

Ses yeux s'illuminèrent quand il lui sourit et qu'il se pencha pour lui effleurer les lèvres.

— *Feliz Natal, meu amor !*

— Joyeux Noël, répondit-elle en lui caressant la joue.

— Papa ? intervint Catia. On peut aller jouer dans la neige ?

Diogo poussa un grognement en s'étirant et en bâillant.

— Une petite minute, s'il te plaît.

— Merci d'avoir pris en charge Gabriel la nuit dernière, dit Ellie en remarquant les cernes sombres sous les yeux de son mari.

— Pour rien au monde je n'aurais voulu rater ça, répondit-il en adressant une petite grimace au bébé qu'elle tenait dans ses bras.

La vie était prodigieuse, songea-t-elle, au comble du bonheur. Depuis que Diogo lui avait dit qu'il l'aimait, chaque jour était pour elle un nouveau miracle.

A plus d'un titre. Quand Timothy avait levé son arme sur elle, dans la favela, elle avait vraiment cru que leurs vies étaient finies. Mais elle avait senti le corps de Diogo s'enrouler autour du sien pour la protéger, ainsi que les jumeaux. Et au moment où les gardes du corps faisaient irruption dans la pièce, Timothy avait poussé un cri de rage et retourné l'arme contre lui.

Les bébés étaient nés dans la Bentley de Diogo, sur le chemin de l'hôpital. En dépit des difficultés liées à une naissance multiple sur le siège arrière d'une voiture, Ana et Gabriel étaient vigoureux et en parfaite santé. Encore une raison de se montrer reconnaissante en ce magnifique matin de Noël.

Noël à New York… Trois semaines plus tôt, Diogo avait offert à Ellie cet ancien hôtel particulier de neuf chambres, doté d'une cour intérieure, ce qui était extrêmement rare dans l'Upper East Side, et d'un toit en terrasse avec vue sur Central Park. Acheté pour la bagatelle de cinquante millions de dollars.

Décidément, quand il faisait un cadeau, Diogo ne lésinait pas, songea-t-elle avec un petit sourire. Chaque jour, il trouvait un nouveau moyen de lui faire plaisir, sans se rendre compte que, pour elle, il n'existait pas de plus beau cadeau que de se sentir aimée et de contempler leurs enfants.

— Où est Ana ? s'enquit-il.

— Elle dort dans son couffin.

— Elle a bien de la chance, soupira Diogo en bâillant avant de se diriger vers la cuisine pour se verser une tasse de café. Il avait passé la plus grande partie de la nuit avec son fils, car le sommeil ne semblait gagner Gabriel que si son père arpentait le couloir en le tenant serré contre sa poitrine.

Ellie jeta un regard plein d'amour à Ana qui dormait à poings fermés dans son couffin. Elle semblait beaucoup plus raisonnable que son frère, sans doute parce qu'elle était l'aînée. De quatre minutes.

— Papa ! s'impatienta Catia en sautillant sur place.

Elle avait enfilé un manteau sur son pyjama et chaussé une paire de bottes.

— Je peux t'aider si tu veux, déclara Lilibeth en descendant l'escalier. Je te montrerai comment on fait un bonhomme de neige. Laisse-moi seulement le temps de mettre du rouge à lèvres.

— Du rouge à lèvres ? s'étonna Ellie. Mais qui t'attends-tu à trouver au fond de cette cour ?

— Une femme ne sait jamais où elle va rencontrer son prince charmant, répondit Lilibeth. Même si je ne suis libre que jusqu'au trente et un décembre, car Harold Wynn doit m'emmener au bal de l'usine, à Flint.

Ellie ne put s'empêcher de sourire. Depuis qu'ils étaient rentrés aux Etats-Unis, Lilibeth était rayonnante. Toutefois, elle avait tenu à garder sa maison de Flint, même si elle venait souvent passer le week-end à New York pour voir ses petits-enfants et faire des courses dans la Cinquième Avenue. Au volant de sa Ferrari jaune, elle était la reine de sa petite ville et avait reçu Diogo chez elle quand il était venu négocier le rachat de l'ancienne usine.

Après avoir créé une filiale spécialisée dans la vente de

métaux à l'étranger, il avait pensé que Flint serait le lieu idéal pour y établir le siège. Comme Ellie ne tenait guère à voyager avec des bébés si petits, Lilibeth l'avait accueilli dans la belle maison qu'elle venait de racheter dans la Grand Rue, une maison qui avait été remise en vente après le suicide de Timothy.

— Je n'ai jamais aimé cet homme, avait-elle déclaré à sa petite-fille quand elle lui avait appris qu'il se livrait à un trafic d'enfants. Je t'ai toujours dit d'attendre de tomber vraiment amoureuse. Heureusement que tu as fini par m'écouter !

Le visage d'Ellie s'assombrit, comme chaque fois qu'elle repensait à la façon dont Timothy s'était donné la mort ce jour horrible, dans la favela, même si elle se sentait soulagée de savoir qu'il ne menacerait jamais plus sa famille et ne volerait plus d'enfants à leurs malheureuses mères.

Tout en serrant plus fort son fils dans ses bras, elle contempla sa grand-mère, si chic aujourd'hui avec son rouge à lèvres orangé et son élégant manteau noir, tandis qu'elle s'élançait hors de la maison pour aller jouer dans la neige avec Catia.

— Papa, viens, toi aussi, insista la fillette en s'arrêtant sur le seuil. Viens tout de suite !

— Je crois qu'il faut vraiment que j'aille faire des boules neige, soupira Diogo. A moins que tu aies besoin de moi ?

En observant son regard plein d'espoir, Ellie lui sourit.

— J'ai toujours besoin de toi. Mais en ce moment, je pense que Catia doit avoir la préférence, dit-elle en contemplant le bébé rassasié qui s'endormait contre sa poitrine. D'ailleurs, il va falloir que je m'occupe de ton fils.

Ils restèrent quelques instants à admirer leurs bébés.

— Merci pour ce cadeau de Noël, le plus beau qu'un homme ait jamais reçu, déclara Diogo en la fixant droit dans les yeux. Je t'aime, Ellie.

Elle ouvrit la bouche pour lui répondre, mais il l'arrêta d'un baiser affamé.

— Tu vas devoir attendre encore un peu pour recevoir ton cadeau de Noël, déclara-t-il avec un sourire entendu.

— Un cadeau ? Mais tu m'as déjà offert cette maison !

— J'ai autre chose en tête, dit-il en la contemplant avec un sourire gourmand.

En comprenant de quoi il s'agissait, elle sentit un frisson de désir au creux de ses reins et son cœur se mit à battre plus vite. Cela faisait si longtemps qu'ils n'avaient pas fait l'amour. Depuis la naissance des bébés, ils n'avaient plus une minute à eux.

— Dès qu'ils seront endormis, je suis à toi, murmura-t-il en se dirigeant vers le placard pour en sortir un manteau de cachemire noir qu'il enfila sur son T-shirt. J'ai toujours rêvé de faire l'amour à une femme qui ne porterait rien d'autre qu'une rivière de diamants de cent carats.

— Mais je ne possède pas…

— Attends de voir ce qu'il y a pour toi sous le sapin, chuchota-t-il malicieusement avant de filer.

Par la fenêtre, Ellie contempla sa grand-mère, son mari et sa fille lancés dans une grande bataille de boules de neige. Jamais elle n'avait connu un tel bonheur. Puis son regard revint se poser sur les jumeaux qui dormaient profondément. Le destin lui avait offert une vie dont elle n'aurait même pas osé rêver. Le destin, et Diogo.

— Moi aussi, je t'aime, chuchota-t-elle.

Prêtant l'oreille au doux sifflement du vent et à la respiration tranquille de ses bébés endormis, elle bénit la nuit lointaine où il l'avait séduite, dans la fièvre de Rio.

COLLEEN FAULKNER

La surprise d'un été

Traduction française de
MARIE-CHRISTINE DERMANIAN

HARLEQUIN

Titre original :
BAREFOOT AND PREGNANT?

Ce roman a déjà été publié en 2012.

Prologue

Elise Montgomery appuya sur le bouton « marche » de l'imprimante, et attendit, une main posée sur la hanche. Elle vit alors arriver Linda, sa collègue et amie, au bout du couloir de Waterfront Realty, l'agence immobilière où elles travaillaient.

— Hé, Linda ! lança-t-elle. Est-ce que tu as une seconde ?

Celle-ci s'arrêta pour regarder sa montre. Les deux jeunes femmes portaient des tailleurs en gabardine de coupe à peu près identique mais de couleur différente. Elise, l'un des membres les plus efficaces de l'agence, arborait un ton pêche. Linda était vêtue de marine.

— Je dispose de dix minutes, pas plus, déclara Linda. J'attends de nouveaux clients qui voudraient visiter les appartements de Mallory Bay.

Elise prit l'une des copies que la machine venait de rejeter dans le bac prévu à cet effet.

— Voici la fameuse liste dont je t'ai parlé. Celle qui figurait dans le livre que j'ai acheté récemment.

Une moue sceptique aux lèvres, Linda prit l'ouvrage en question, toujours posé sur la photocopieuse.

— J'espère que ce n'est pas encore un de ces livres destinés à nous faire atteindre le nirvana grâce à des efforts personnels ! Je ne te cacherai pas que le titre ne m'inspire pas trop…

— Bon, je te concède que « Comment trouver un mari » manque d'originalité. Mais écoute bien ce qui va suivre.

Elise ouvrit le livre au premier chapitre et enchaîna :

— Voici le point de vue de l'auteur. « De nos jours, les femmes accordent plus de temps à choisir leur prochaine voiture que leur futur mari. Quand une femme active du XXIe siècle décide d'acheter une voiture, elle note les points qu'elle juge essentiels : le prix, le type de carburant, la consommation, le confort, l'esthétique, etc. Elle essaie ensuite plusieurs modèles et les classe en fonction de ses exigences. Puis elle finit par acheter le véhicule qui lui convient le mieux. Pourquoi ne pas utiliser une méthode tout aussi logique pour choisir son mari ? »

— C'est une plaisanterie, j'imagine ? Sélectionner un mari comme on sélectionne une voiture…

— Moi je trouve que ce n'est pas aussi absurde que ça en a l'air. J'ai fait des photocopies de cette liste pour chacune de nous. Regarde, il y a différents chapitres divisés en sous-chapitres. Il te suffit de remplir la grille des qualités que tu recherches — l'auteur fait même quelques propositions —, et d'additionner ensuite le nombre de points.

Les sourcils froncés, Linda prit la feuille que lui tendait son amie et l'examina.

— Reconnais, reprit Elise, que nous n'avons pas beaucoup de temps à consacrer aux hommes qui n'envisagent pas une relation à long terme.

— En d'autres termes, au *mariage*. Mm… Voyons. Dans la colonne « voiture », il y a « cabriolet, voiture de sport, monospace »… Et un bonus de dix points pour une voiture qui coûte plus de quarante mille dollars ! Parfait. Si un homme me plaît et qu'il conduit en plus une belle voiture… eh bien, il me plaît davantage encore !

Elise éclata de rire.

— Cette histoire de bonus me semble un peu exagérée, mais je suppose qu'il existe des femmes qui attachent beaucoup d'importance à ce genre de détail. Qui plus est, le véhicule en question peut fournir des informations tant économiques que socioculturelles sur son conducteur.

Hochant la tête, Linda poursuivit sa lecture.

— Bien, voyons la suite. A la rubrique « premier

rendez-vous » il y a « dîner, dîner et sortie en boite de nuit, cinéma et dîner ». Passons aux « Sujets de conversation ». « Il parle de vous, il parle de lui, il parle de ce qui se passe dans le monde, ou il n'est au courant de rien. »

Ce fut au tour de Linda d'éclater de rire.

— Et à en croire cet ouvrage, la méthode est censée porter ses fruits ?

— Rien n'est garanti, bien sûr, lui répondit Elise avec un haussement d'épaules. Mais qui pourrait garantir quoi que ce soit, dans ce domaine ? Par ailleurs, ce manuel regorge de conseils judicieux. J'en ai surligné quelques-uns qui me paraissaient tout particulièrement intéressants.

Elle feuilleta l'ouvrage, pour montrer à son amie les passages surlignés au marqueur rose. Comme Linda ne semblait toujours pas convaincue, Elise lui donna un petit coup de coude dans les côtes.

— Allez ! Et ton goût pour l'aventure, alors ? Tu verras, on va bien s'amuser.

— Si tu le dis... Bon, donne-moi ce précieux document.

— Tiens. N'oublie pas de noter tous les points que tu juges importants. Ensuite, fais des photocopies. Tu utiliseras une liste pour chaque « candidat ». Il y a un endroit pour inscrire son nom, en haut à gauche.

Linda roula les prunelles et rit de nouveau.

— Tu as déjà eu des idées loufoques, Elise, mais celle-ci remporte la palme ! Enfin, pourquoi pas ? Après tout, je n'ai rien à perdre !

— Fais-moi confiance. Cette méthode sera efficace. Je le sens !

— Il faut que je te quitte maintenant, ma belle. A plus tard !

Elise suivit son amie du regard tandis qu'elle s'éloignait dans le couloir.

— N'oublie pas le cocktail de vendredi ! s'exclama-t-elle soudain.

— Je passerai te chercher à 18 heures.

Elise baissa les yeux sur le bac de la photocopieuse. Une

check-list pour trouver un mari. C'était vraiment « loufoque », pour reprendre le terme de Linda.

Désespéré, plutôt.

Après des années de relations légères et peu concluantes, Elise s'apercevait qu'elle était prête à s'investir sur le plan sentimental. Elle possédait désormais tout ce qui, croyait-elle, pouvait la rendre heureuse : un poste intéressant et bien payé, un bel appartement, et un bon plan de retraite. Mais cela ne suffisait pas.

Son père, Edwin Montgomery, P.-D.G. de la compagnie pétrolière Dallas Montgomery, lui avait toujours dit que, finalement, on ne devait compter que sur soi-même. Sur soi-même, et surtout le travail sérieux et acharné qu'on fournissait. Depuis l'enfance, il lui répétait sur tous les tons que rien n'était aussi capital que sa carrière. A ses yeux, le bonheur personnel était inconséquent. Donc, Elise avait suivi cette voie toute tracée. Pendant un certain temps, sa carrière lui avait suffi.

Mais ces derniers mois — cette dernière année, même — la situation avait évolué. Son emploi ne la satisfaisait plus autant. Elle n'était pas même certaine d'aimer encore ses activités dans l'immobilier. La solitude commençait à lui peser, et elle n'avait aucune envie de finir comme son père : seule et acariâtre.

Son regard se porta de nouveau sur les photocopies de la *check-list*. Le jeu en valait bien la chandelle.

1

Ne jamais tenir compte du magnétisme qui peut surgir entre un homme et vous. L'attirance physique est fugace.

Elise porta son verre d'eau gazeuse à ses lèvres et balaya du regard le grand salon de l'hôtel, rempli de membres du personnel hospitalier et de généreux donateurs. Résolue à se mettre en valeur ce soir-là, elle avait revêtu sa petite robe noire préférée, et portait un nouveau ton de rouge à lèvres nommé *Séduction*. A son avis, il s'agissait plutôt d'un rose tendre, mais bien sûr, quand on payait un tube de rouge à lèvres trente-cinq dollars, les fabricants considéraient sans doute qu'on avait droit à une appellation plus sophistiquée.

D'ordinaire, Elise ne raffolait pas de ce genre de soirée. L'agence Waterfront Realty avait toutefois jugé utile d'y être représentée, et les avait mandatées, Linda et elle. Il était donc de son devoir de sourire et bavarder avec divers convives, en quête de potentiels clients. Elle avait assisté à bon nombre de cocktails au cours de ces dernières années, et en connaissait le déroulement par cœur. Après avoir échangé des banalités avec des inconnus, elle grignoterait des petits fours plus ou moins bons, puis rentrerait chez elle et dînerait d'un sac de pop-corn en regardant une émission télévisée.

Mais ce serait différent, ce soir. Elle le pressentait. Elle allait rencontrer des hommes qui deviendraient de nouveaux clients et lui permettraient d'augmenter son score de ventes déjà très élevé. Elle allait aussi rencontrer celui qui deviendrait son mari.

Elise en était là de ses réflexions lorsqu'elle vit Linda avancer vers elle à petits pas. Le fourreau noir qui la gainait ne lui permettait pas d'en faire de plus grands. Elle buvait un verre de vin, qui n'était sans doute pas le premier. Elise, elle, ne s'octroyait pas ce genre de liberté en public. Et ce, pour une raison très simple : il lui suffisait d'un verre, pas plus, pour se comporter de façon stupide. Elle racontait alors à qui voulait bien l'entendre, qu'enfant, elle avait toujours rêvé d'avoir un chiot, et que son père avait toujours refusé d'en acheter un, afin de ne pas abîmer la moquette ivoire du salon.

Comme cette pensée traversait l'esprit de la jeune femme, elle fronça imperceptiblement les sourcils, s'apercevant qu'elle avait choisi de la moquette ivoire pour son propre appartement.

Et qu'elle n'avait pas de chien.

Comment son existence avait-elle pu s'éloigner à ce point de ce qu'elle désirait autrefois ? Elle s'était juré à maintes reprises de ne pas ressembler à son père. Pourtant, elle en prenait le chemin…

— Alors, ma belle ? fit Linda avec un grand sourire. Tout se passe bien ? Est-ce que tu as repéré des éléments intéressants ?

— Jusqu'ici, rien de bien nouveau.

Il y avait des hommes en smoking un peu partout dans la salle. Elise les connaissait presque tous. Elle était même sortie avec certains d'entre eux. Avec Joe Kanash, par exemple, qui lui avait avoué à leur troisième rendez-vous, qu'il n'était pas tout à fait divorcé. Et avec Bobby Rent, qui maîtrisait mal son langage quand il s'énervait, ce qui, avait-elle découvert, se produisait assez fréquemment. Ainsi qu'avec Mark Wrung, le dermatologue, et Alex Bortorf, l'informaticien. Et d'autres encore. Linda avait d'ailleurs également eu des relations sans lendemain avec certains de ces messieurs. Pas en même temps qu'elle, grâce au ciel.

La jeune femme soupira. Le doute commençait à s'insinuer en elle. Pourquoi ce manuel s'avérerait-il plus probant que les précédents ? Elle ferait aussi bien de rentrer sans plus tarder chez elle, manger un paquet de pop-corn allongée sur le divan, face au petit écran. Qui plus est, ses nouveaux escarpins la faisaient souffrir. Elle avait hâte de se déchausser.

La voix de Linda la tira de sa songerie morose.

— Tiens, tiens, tiens... Un nouveau spécimen à l'horizon. Et il ne porte pas d'alliance.

Linda était plus douée qu'elle pour distinguer les célibataires au premier regard. Elise se tourna vers le buffet, prête à boire une énième gorgée d'eau. Mais elle s'immobilisa. C'était bien un nouveau spécimen qui venait d'apparaître, comme par magie. Et plutôt pas mal du tout !

L'homme qui prenait un canapé sur le plateau présenté par un serveur semblait avoir une trentaine d'années. Ses cheveux, très blonds, bouclaient sur sa nuque. Bien bâti, le teint hâlé, il ne ressemblait cependant pas à ces individus qui hantent les salles de sport et les salons où l'on pratique les séances d'U.V. Il était grand, mais pas trop. Un peu plus d'un mètre quatre-vingts. Son smoking lui allait comme un gant, ce qui signifiait qu'il ne l'avait pas loué pour l'occasion.

Il se tourna lentement vers Elise, et leurs regards se croisèrent. Elle fut surprise de sentir ses joues s'enflammer. Il y avait des lustres qu'elle n'avait pas rougi.

Linda lui donna un léger coup de coude.

— Hé, je l'ai vu la première !

Elise crut distinguer alors une lueur d'amusement dans le regard de l'adonis, et se demanda s'il avait entendu la remarque de Linda. A moins qu'il ne soit tout simplement habitué à susciter l'intérêt des femmes qu'il rencontrait sur son chemin.

Elle le scrutait toujours, incapable de détacher son regard de lui, quand elle le vit avancer vers elle. Et elle se figea, partagée entre l'envie de courir dans la direction opposée et celle de lui ouvrir les bras.

— Bonsoir, dit-il, s'arrêtant à quelques pas d'elle.

Elise serra son verre. Des hommes, elle en connaissait des centaines. Pourquoi diable celui-ci la laissait-il sans voix, alors qu'elle s'exprimait toujours avec une remarquable aisance ?

— Bonsoir, déclara-t-elle enfin en souriant.

— Je m'appelle Zane. Zane Keaton.

Elle prit la main qu'il lui tendait, non sans remarquer que Linda observait la scène avec beaucoup d'intérêt.

— Je crois qu'il est inutile que je me présente, fit son amie avec une petite moue éloquente. A plus tard, ma belle.

Et elle s'éloigna, toujours à petits pas.

Zane n'avait pas lâché la main d'Elise, qui éclata de rire.

— Je suis très gênée, voyez-vous. Je me comporte correctement, d'habitude !

— Moi aussi.

— Je n'avais pas l'intention de vous fixer comme je l'ai fait. Elise Montgomery.

— Enchanté. Je suppose que vos amis vous appellent Ellie ?

— Du tout. On ne m'a jamais appelée Ellie.

Cette fois, ce fut Zane qui éclata de rire.

— Je trouve pourtant que vous ressemblez à une Ellie !

Si un autre que lui avait tenu ces propos à Elise, elle les aurait jugés ridicules. Au mieux, elle aurait trouvé cette façon de l'aborder assez médiocre. Mais curieusement, elle se sentait flattée. *Ellie*. Ce surnom reflétait pour elle l'insouciance, la désinvolture, des traits de caractère qu'Edwin Montgomery n'avait jamais encouragés chez elle.

— Vous assistez souvent à ce genre de soirée ?

Debout à côté d'elle, Zane désignait l'assemblée d'un geste du menton.

— Trop souvent.

— Moi aussi. Je les ai en horreur !

Il eut un petit rire.

— Je devais venir accompagné, mais ma cavalière s'est décommandée au dernier moment.

Elise remarqua qu'il avait employé le terme *cavalière.* Pas *petite amie* ou *fiancée.*

— Elle était souffrante ?

— Oui. Ou bien elle craignait de l'être après avoir mangé ces sempiternels petits fours !

Elise rit si fort à cette remarque, que le couple le plus proche se tourna vers eux. Embarrassée, elle porta la main à sa bouche.

— Les gens vont croire que j'ai trop bu, chuchota-t-elle. Ne me faites pas rire comme ça.

— A quoi bon vivre, si on ne peut pas de temps en temps rire de bon cœur ?

Elle recula d'un pas pour mieux observer son interlocuteur. Zane Keaton existait-il « pour de vrai », comme disent les enfants ? Etait-il possible qu'elle soit en ce moment même en train de bavarder avec un homme à la fois séduisant, charmant et drôle ? Son regard se porta sur sa main gauche. D'après Linda, il était célibataire, mais Elise regarda néanmoins son annulaire, en quête d'une trace d'alliance ou d'une marque blanche, s'il l'avait enlevée pour la circonstance. Rien.

— Puisque votre cavalière s'est décommandée, pourquoi êtes-vous venu quand même ?

Il lui sourit avant de répondre à sa question.

— C'est ma sœur, Meagan, qui devait m'accompagner. Notre grand-père a très largement contribué au financement de cet hôpital, construit dans les années soixante. Il séjourne actuellement dans un centre réservé aux personnes âgées, et ne peut pas se déplacer pour assister à ce genre d'événement. Je suis ici pour le représenter, remettre un chèque, et saluer certains membres du personnel hospitalier.

Ce qu'elle venait d'entendre lui parut si touchant que, pendant un instant, Elise ne sut que dire. Cet homme attachait donc de l'importance aux liens familiaux, se souciait des générations précédentes ? Elle n'avait pas connu ses grands-parents.

— C'est très gentil à vous d'être venu à sa place.

— Mm…

Il soupira.

— Je lui ai dit que je viendrais, pas que je resterais. Je suis arrivé il y a une heure, j'ai serré la main à tous les chefs de service, j'ai goûté à des choses dont je ne saurais décrire la composition, et maintenant je m'ennuie. Il est temps de partir. Qu'en pensez-vous ?

Zane Keaton était peut-être un peu trop sûr de lui. Un peu, seulement.

— La soirée n'est pas finie, déclara-t-elle avec un sourire moqueur. Les desserts n'ont pas été servis, et il manque aussi le discours du président de l'association, ainsi que celui du directeur de l'hôpital.

— Vous avez raison. Nous pourrions nous rendre malades à manger les habituelles tartes à la crème, et avoir des crampes à la mâchoire à force d'étouffer des bâillements, ou bien…

Il avait baissé le ton, comme s'il s'apprêtait à lui confier un secret.

— Ou bien ? insista-t-elle.

— Ou bien nous éclipser et faire une promenade sur la plage. Si vous avez faim après ces amuse-gueules, nous nous arrêterons manger un hamburger sur le chemin du retour. Je connais un petit bar qui ne paie pas de mine, mais qui propose d'excellents sandwichs.

Elise le dévisagea, médusée.

S'éclipser ? Elle avait passé plus d'une heure à se préparer pour ce cocktail. Elle avait même acheté une paire d'escarpins, et le fameux rouge à lèvres *Séduction*. En outre, Waterfront Realty avait versé cinq cents dollars pour qu'on la voie là. Il était donc hors de question qu'elle *s'éclipse*. A moins que…

L'agence immobilière n'avait pas vraiment payé le repas au complet, après tout. Si elle ne prenait pas le dessert, ce ne serait pas dramatique. Et puis le chèque était un don destiné à financer la construction d'une nouvelle aile pour la maternité.

Un sourire se dessina sur ses lèvres. Partir à la sauvette ne lui ressemblait pas. Elise Montgomery n'avait pas coutume de se détourner du droit chemin. Elle considérait donc que si son patron avait dépensé cinq cents dollars pour qu'elle mange des tartelettes à la crème — aussi médiocres fussent-elles —, son devoir était de manger des tartelettes à la crème. De toute évidence, Zane Keaton ne partageait pas cet avis.

— Ah, tu l'as trouvée, Zane !

Richard Milton, un éminent avocat de la région, se dirigeait vers eux.

Zane haussa un sourcil.

— Elise Montgoméry, reprit l'avocat, est la personne dont je te parlais il y a quelques minutes. Si tu souhaites acheter un terrain dans le coin, c'est à elle que tu dois t'adresser.

— Vous êtes agent immobilier ? demanda Zane à la jeune femme, comme s'il mettait en doute la parole de son interlocuteur.

— En effet.

— Bon, je vous laisse, les enfants. Appelle-moi si Elise trouve ce que tu cherches.

— Vous cherchez un terrain ? s'enquit-elle avec un sourire.

— Peut-être. Alors, vous êtes toujours d'accord ?

— D'accord ? répéta-t-elle, étonnée. Pour quoi ?

— Pour que nous prenions la poudre d'escampette.

Il se pencha vers elle. Son souffle chaud lui caressait la joue, lorsqu'il ajouta, dans un murmure :

— Allons, laissez-vous tenter. Ce sera sûrement plus drôle que de rester ici. Sans compter le plaisir de désobéir aux grandes personnes ! J'espère que c'est quelque chose qui vous plaît à vous aussi ?

Décontenancée, Elise s'éclaircit la voix. Ce fut à ce moment-là que Zane lui adressa un clin d'œil. *Un clin d'œil* ! Comme dans les films en noir et blanc qu'elle aimait tant regarder le dimanche soir, au lieu de travailler sur les dossiers qu'elle rapportait chez elle.

— Bon… D'accord…, dit-elle. Mais je dois d'abord avertir mon amie Linda de mon départ. Elle est passée me chercher chez moi en voiture.

Zane lui prit des mains le verre vide qu'elle tenait toujours, et le posa sur le plateau d'un serveur.

— Dites-lui que vous n'aurez pas besoin d'elle pour rentrer. Je vous donne deux minutes pour me retrouver devant la porte.

L'esprit un peu engourdi, Elise le regarda marcher vers la sortie. Cette soirée serait-elle celle dont elle rêvait ?

Elle trouva Linda au bar.

— Ce ne sera pas la peine que tu me raccompagnes.

— Alors, est-ce qu'il correspond à ta fameuse *check-list* ? lui demanda son amie avec un sourire.

— C'est un peu tôt pour se prononcer.

Elle ne révéla pas à la jeune femme qu'elle avait le cœur qui battait bien plus fort qu'au début de la soirée.

Linda hocha la tête.

— Je t'appellerai plus tard, murmura-t-elle avec une mine de conspiratrice.

Sa pochette coincée sous le bras, Elise gagna la sortie. Etait-ce bien elle qui *désobéissait aux grandes personnes*… et qui en éprouvait une telle joie ?

Zane l'attendait dans le hall de réception de l'hôtel. Il lui offrit son bras, et accompagna ce geste d'un sourire qui lui donna l'impression d'être la femme la plus merveilleuse du monde.

— Je propose que nous sortions en toute dignité.

Il redressa la tête et continua d'avancer, avec l'élégance d'une altesse royale.

— Quand nous serons sur la plage, ajouta-t-il, nous lancerons nos chaussures dans les dunes, et nous courrons jusqu'à l'eau !

Elle secoua la tête en riant.

— Je vais avoir du mal à marcher sur le sable. Je porte des bas.

— Eh bien, enlevez-les ! s'exclama Zane tandis qu'il poussait la porte de l'hôtel donnant accès à la terrasse.

Enlever ses bas ? Elise avait l'impression que, face à cette nouvelle situation, son esprit fonctionnait au ralenti.

Son compagnon lui suggérait-il de rester debout sur un pied, comme un flamant rose, et de se déshabiller ? Sur une plage publique ?

— Nous allons jouer au jeu des vingt questions, ajouta-t-il, tandis qu'ils descendaient l'escalier de bois conduisant à la plage de sable blanc.

— Pardon ?

— Je vous proposais de jouer au jeu des vingt questions. Selon mes propres règles. C'est-à-dire que je pose une question, je fournis ma réponse, et puis vous fournissez la vôtre.

Ils étaient arrivés au pied de l'escalier, et il se déchaussa le plus naturellement du monde. Avec précaution, Elise enleva un premier escarpin à haut talon, puis le second. Le contact du sable tiède sur sa peau, à travers le collant, lui parut délicieux.

— Quel genre de question ? s'enquit-elle, prudente.

D'ordinaire, à un premier rendez-vous — et ce tête-à-tête en prenait l'allure —, elle s'en tenait à des sujets plutôt impersonnels. L'université où elle avait fait ses études, par exemple, ou bien l'actualité culturelle, ou encore le cours de l'indice NASDAQ.

— Des questions faciles, rassurez-vous. Quelle est votre couleur préférée, par exemple ? La mienne est le noir.

— Le noir ? Le noir n'est pas une couleur.

— Désolé, c'est ma réponse. Le noir est ma couleur préférée. Noir comme une nuit sans lune, comme le dos d'un pingouin. Quelle est la vôtre ?

— Le vert, lui répondit-elle en riant. Vert comme le visage d'un homme qui vient de goûter au pot-au-feu de sa belle-mère !

— Bravo ! La balle est dans votre camp. Qu'attendez-vous pour enlever vos bas ? Je me demande comment les femmes peuvent porter de pareilles horreurs !

Une main sur la rampe de l'escalier, Elise hésita. Devait-elle glisser discrètement les mains sous sa robe, ou plutôt essayer de faire rouler les collants sous le vêtement ?

Mais Zane mit fin à son dilemme en lui tournant le dos.

— Allez-y. Personne ne vous regarde.

Elise hésita encore, puis s'exécuta. Mais au moment où elle soulevait une jambe, elle perdit l'équilibre et poussa un petit cri. Vif comme l'éclair, Zane fit un demi-tour et tendit le bras pour la rattraper. Elle remarqua, amusée, qu'il avait fermé les yeux de façon comique, et finit en hâte de se dénuder les jambes.

— Voilà qui est fait ! s'exclama-t-elle, aussi fière que si elle avait vendu une propriété d'un million de dollars. Vous pouvez rouvrir les yeux.

— Prête ?

— Oui, lui répondit-elle après avoir roulé son collant et l'avoir mis dans un des escarpins.

— Bien, je propose donc que nous passions à la question numéro deux.

Il l'avait prise par la main, et se rapprochait du rivage.

— Quel parfum de glace préférez-vous, Elise ? Le chocolat ou la vanille ?

— Chocolat-vanille. En glace à l'italienne.

Cette réponse lui valut un grand sourire de son compagnon.

— Il n'y a pas meilleur. Je sens que je vous aime déjà !

Ils rirent à l'unisson, et il lui posa les questions numéros trois et quatre tandis qu'ils franchissaient la distance les séparant de l'océan.

— A moi de poser les questions, maintenant, déclara-t-elle. Quel est votre sport préféré ? En qualité de spectateur, s'entend. Le mien est le base-ball.

Zane la fixa, surpris.

— Pas le patinage artistique ? Toutes les femmes que j'ai connues raffolaient du patinage artistique.

— Je suis fan de l'équipe des « Orioles » quasiment depuis ma naissance.

— Avez-vous l'intention de vous marier ?

Elise éclata de rire. Il plaisantait, bien sûr, mais cela ne l'empêcha pas de ressentir un délicieux émoi. Du moins ne paraissait-il pas farouchement opposé à cette institution.

— Ce n'est pas du jeu ! protesta-t-elle, riant toujours. Posez-moi une autre question.

— Soit. Vous préférez les céréales au chocolat ou aux fruits rouges ?

— Ni l'un ni l'autre. J'aime le muesli.

— Désolé, mais cette réponse m'oblige à annuler notre mariage. Dans un tout autre registre, quel est le nom de votre première maîtresse de maternelle ?

Les questions s'enchaînaient. Ils dépassèrent la vingtaine sans même s'en apercevoir, et ne revinrent sur leurs pas que lorsque le soleil commençait à décliner à l'horizon. Elise n'avait quasiment pas cessé de rire depuis le début de leur promenade. Zane était extrêmement drôle. Il tenait des propos amusants, avec une assurance naturelle qui les rendait plus comiques encore.

Ils s'apprêtaient à récupérer leurs chaussures au pied de l'escalier de l'hôtel, lorsqu'il la prit par le bras.

— Je suis affamé. Ces petits fours n'ont fait que me mettre en appétit. Que diriez-vous d'une halte dans ce bar dont je vous ai parlé, Ellie ?

Ellie. Il l'appelait de nouveau Ellie. Et cela lui plaisait. Beaucoup, même.

— Votre proposition est très tentante, mais j'espère que le bar en question n'est pas très loin, parce que je doute de pouvoir marcher longtemps encore dans ces escarpins. Surtout sans bas…

Il lui tendit ses chaussures en riant.

— Rassurez-vous, je suis garé sur le parking de l'hôtel.

Et, tandis qu'ils parcouraient la faible distance, il lui expliqua quels étaient les ingrédients nécessaires pour préparer un bon hamburger, ainsi que le temps de cuisson. Puis il s'arrêta devant une BMW verte, et ouvrit la portière côté passager.

Un gentleman, qui conduisait en plus une BMW ? Verte, de surcroît ? Voilà qui méritait un triple bonus !

Elise lança ses collants roulés en boule et ensablés dans la panière de la salle de bains.

— But ! s'écria-t-elle.

Et elle pouffa de rire. Jouer au football avec du linge sale, parler seule… Que lui arrivait-il ? Très simple. Zane Keaton avait fait irruption dans sa vie !

Vêtue d'un pyjama de soie écrue, la jeune femme se dirigea vers la pièce qui lui servait de bureau, et prit un stylo avant d'ouvrir la chemise cartonnée dans laquelle elle avait rangé les photocopies de la fameuse *check-list.*

Zane Keaton, écrit-elle tout en haut de la feuille. Glissant derrière son oreille une mèche qui la gênait, elle commença à remplir la fiche réservée aux caractéristiques physiques. *Blond aux yeux bleus (un bleu plutôt clair), environ un mètre quatre-vingts…* Elle savait bien que cette *check-list* s'adressait aux relations « officielles ». Mais, « officielle » ou pas, la soirée qu'elle venait de passer en compagnie de Zane était dix fois — cent fois ! — plus agréable que tout ce qu'elle avait connu avec d'autres petits amis. A l'exception, peut-être de celle passée avec Johnny Carlisle, un soir d'été, lors d'un concert en plein air auquel elle avait assisté en sortant de chez elle par la fenêtre. Elle n'avait cependant que quinze ans cette fois-là, et dans la mesure où Johnny était le premier garçon qui l'embrassait, l'expérience ne comptait probablement pas.

Munie de la photocopie et de son stylo, Elise se leva et gagna le salon. Son regard se posa soudain sur la colonne suivante : « Profession ». Elle s'arrêta net au beau milieu de la pièce. Elle ignorait tout des activités professionnelles de Zane. Ils avaient passé toute une soirée ensemble à bavarder, à rire, et elle ne savait pas comment il gagnait sa vie ! Le temps était passé aussi vite que quand elle mangeait une coupe de glace onctueuse, et elle n'avait pas songé à lui poser cette question pourtant cruciale. Son père en serait horrifié.

Elise fronça le nez en avisant les différentes options. « profession libérale, propriétaire de commerce ou d'entreprise, autre ». Elle décida de marquer « autre », pour ne pas laisser la ligne non remplie. Elle détestait les espaces vides et cette façon qu'ils avaient de vous fixer, l'air accusateur. Après tout, le métier que Zane exerçait n'avait pas grande importance. Le score qu'il atteindrait avec les autres rubriques lui permettrait très largement d'accéder à un prochain rendez-vous.

Le téléphone sonna à ce moment-là, et elle regarda l'horloge posée sur le buffet. Il était presque minuit. Presque 23 heures au Texas. Une heure trop tardive pour son père, qui avait coutume de se lever aux aurores. Elise décrocha. Linda lui avait promis de l'appeler plus tard, pour savoir comment s'était déroulée sa soirée avec Zane. Il lui tardait de dire à son amie qu'elle avait passé un merveilleux moment avec cet homme. Il avait même réussi à la convaincre de commander des frites avec son hamburger ! Ce qui se soldait à combien de calories ? Elle s'en moquait.

— Linda ! commença-t-elle, tout excitée.

— Ellie ?

Elle tressaillit en entendant la voix masculine. Une seule personne au monde l'appelait Ellie.

— Zane ?

Il rit doucement, et elle sentit un délicieux frisson dans tout son corps.

— J'ai pensé que vous ne dormiriez sans doute pas encore.

Elise se tourna de nouveau vers l'horloge. Il l'avait raccompagnée une demi-heure à peine plus tôt. Il avait dû rentrer chez lui, et décrocher aussitôt son téléphone pour lui parler.

Elle ne savait que dire. Les hommes avec lesquels elle sortait d'ordinaire n'étaient pas très pressés de la rappeler. Quelquefois, ils ne se manifestaient même plus jamais.

— En effet, je ne dormais pas, murmura-t-elle en s'asseyant sur le divan vert amande.

Ce meuble ancien était un cadeau de son père. Il avait coûté si cher qu'elle osait à peine l'utiliser. Elle préférait le vieux canapé en cuir qu'elle avait rapporté de chez elle et qui occupait maintenant son bureau. Il l'avait suivie partout depuis l'adolescence, d'abord dans sa chambre d'étudiante, quand elle fréquentait l'université, puis dans son premier appartement. Elle adorait l'odeur du vieux cuir.

— J'étais en train de…

Son regard se posa sur la *check-list*, qu'elle tenait toujours à la main. D'instinct, elle la cacha, comme s'il avait pu la voir.

— Je choisissais un peu de lecture pour m'aider à m'endormir, reprit-elle d'un ton jovial.

— Je voulais seulement vous dire que j'ai passé une excellente soirée en votre compagnie.

— Eh bien… moi aussi.

— Je me demandais donc…

Elise retint son souffle. En cet instant précis, elle se moquait de ce qu'affirmait le manuel au sujet de l'attirance physique.

— Vous pensez que nous pourrions nous revoir, en fin de semaine ?

— Bien sûr. Je veux dire… pourquoi pas ?

— J'aurais ainsi l'occasion de vous expliquer ce que je recherche comme terrain.

La jeune femme avala sa salive. Ainsi donc, c'était un rendez-vous d'affaires qu'il lui proposait.

— Bien sûr, répéta-t-elle.

— J'ai une semaine assez chargée, mais est-ce que le vendredi vous conviendrait ?

— Le vendredi ? Oui, très bien.

— Je vous rappellerai dans le courant de la semaine.

— D'accord, fit-elle, dans un effort pour paraître aussi naturelle que son interlocuteur. Parfait.

— Bonne nuit, Ellie.

Ces trois petits mots, il les avait prononcés plus bas, d'une voix presque caressante. Un sourire se dessina sur ses lèvres tandis qu'elle murmurait :

— Bonne nuit, Zane.

Elle venait tout juste de couper la communication du téléphone sans fil, qu'il sonna de nouveau. Cette fois, il s'agissait probablement de son amie.

— C'est toi, Linda ?

— Qui espérais-tu entendre à cette heure ? Leonardo, peut-être ? Ou Brad ?

Se pelotonnant sur le précieux divan, Elise poussa un long soupir.

— Tu ne me croiras jamais quand je te raconterai ma soirée…

— C'était si bien que ça ?

— Mm… Je crois. Zane vient tout juste de m'appeler pour me donner rendez-vous en fin de semaine prochaine.

— C'est génial ! s'exclama Linda.

— Pour parler immobilier.

— Oh…

— Mais il me plaît beaucoup. Et il couvre pas mal de critères.

— Ecoute, va à ce rendez-vous, présente-lui nos affaires les plus intéressantes, et laisse-lui le temps de te connaître. Ces rencontres ne tarderont pas à prendre un caractère plus romantique. Ça se passe souvent comme ça.

Elise sourit.

— Merci Linda. A lundi.

2

Vous n'êtes plus en âge de croire aux contes de fées : les crapauds ne se transforment pas en princes charmants. La femme d'affaires contemporaine doit se fier aux apparences ! On nous juge par ce que nous portons, ce que nous conduisons, et l'endroit où nous vivons.

— Alors, Pops, comment vas-tu ce matin ?

Zane se pencha et embrassa le crâne chauve de son grand-père.

— Regarde qui je t'ai amené.

Scooty, le labrador noir de Zane, remua la queue et lécha les mains ridées de Tom Keaton. Le vieil homme eut un sourire vague, et caressa la tête de l'animal lorsqu'il lui posa le museau sur les genoux.

— Je me suis dit que nous pourrions faire une petite promenade dans le jardin. Qu'en penses-tu, Pops ?

Il examina le visage de son grand-père, guettant une réponse, quelle qu'elle soit. Mais rien ne vint.

— Bien, poursuivit Zane. Allons-y !

Il baissa le frein du fauteuil roulant, et quitta le salon de l'aile Alzheimer de l'établissement.

— J'emmène Pops en balade, Katie ! lança-t-il d'un ton jovial tandis qu'ils passaient devant le bureau des infirmières.

— Parfait. Bonne promenade !

— Elles sont toujours excellentes !

Le chien à ses côtés, Zane poussa le fauteuil roulant le long du couloir bleu pâle, et bifurqua vers le jardin fleuri.

— Je suis allé hier à la soirée de bienfaisance pour l'hôpital, Pops. J'ai remis ton chèque à M. Johann, et je lui ai dit combien tu regrettais de ne pouvoir assister à cette manifestation. Tu ne devineras jamais ce qui s'est passé, après…

Zane plaqua la main sur un gros bouton argenté qui ouvrait les portes donnant accès au jardin. Scooty bondit aussitôt au-dehors en jappant, ravi de profiter du beau soleil matinal.

— J'ai rencontré une jeune personne du sexe opposé. Elle te plairait, Pops. Elle est jolie, drôle, intelligente.

Les portes se refermèrent derrière eux dans un doux chuintement.

— En tout cas, elle me plaît beaucoup, à moi. Elle est agent immobilier. Une vraie battante, à en croire Richard.

Arrivé au bout de l'allée des rosiers, Zane emprunta celle qui était bordée d'herbes aromatiques, au bout de laquelle se trouvait le « champ » de tomates. Tom Keaton avait toujours produit les meilleures tomates du comté de Sussex, et l'établissement avait eu la gentillesse de lui confier un carré de terre où Zane en plantait tous les ans. D'autres pensionnaires venaient les cueillir. Tom, lui, aimait les regarder pousser.

— Tu connais ma position à l'égard de ce genre de femmes. Elles ne me conviennent pas. Rien ne compte pour elles, excepté leur boulot. Elles fuient les liens familiaux afin de pouvoir travailler douze heures par jour. Or je cherche une femme qui fasse partie de ma vie, comme grand-mère faisait partie de la tienne.

De son côté, la mère de Zane entrait dans la catégorie des femmes qui plaçaient leur carrière avant toute chose. Absorbée comme elle l'était par ses activités dans le milieu de la publicité, elle n'avait jamais eu de temps à leur consacrer, à sa sœur et à lui. Pas une seule fois elle n'avait assisté aux rencontres amicales de base-ball organisées par l'école. Ni, plus tard, aux concerts qu'il donnait avec son groupe.

Pas une seule fois elle n'avait apporté à l'école un gâteau d'anniversaire préparé par elle-même, comme le faisaient les mères de ses copains.

Ses parents avaient fini par divorcer quand il avait douze ans. Sa mère vivait à présent à New York, et travaillait pour une firme publicitaire de renommée internationale. Il ne la voyait pratiquement jamais, et en ces rares occasions, ils se comportaient l'un envers l'autre comme des étrangers.

— Quand j'ai appris quel était le métier d'Ellie — parce qu'elle s'appelle Ellie — j'aurais dû me tenir à distance. Ne pas demander à la revoir, en tout cas. Mais je lui ai donné rendez-vous.

Il se baissa pour ramasser une petite branche qu'il lança au loin. Scooty détala dans cette direction.

— Enfin, en quelque sorte…

Riant doucement, il rapprocha le fauteuil roulant de la « plantation » de tomates et s'inclina pour arracher une mauvaise herbe.

— Je n'ai pas pu m'en empêcher. Je me sentais si bien, avec elle.

A ce moment-là, il baissa les yeux sur son grand-père, qui fixait attentivement les plants de tomates.

— Je ne lui ai pas *vraiment* donné rendez-vous. Ou plutôt, si, mais en prétendant vouloir acheter un terrain. Ce qui est d'ailleurs vrai. Nous sommes toujours en quête de bonnes terres pour notre ferme, n'est-ce pas ?

Il marqua une pause.

— Je n'aurais pas dû, j'en suis conscient. Je cours au-devant de graves ennuis. Comme si mon expérience avec Judy ne m'avait pas suffi… Un simple coup de fil, et hop ! elle s'envolait pour Singapour, où on lui offrait une promotion. Tant pis pour la bague de fiançailles. Tant pis pour moi.

Il se baissa de nouveau et prit une petite poignée de terre, qu'il plaça dans la main de son grand-père. Il crut alors distinguer dans le regard bleu pâle du vieil homme un éclair de lucidité. Comme s'il reconnaissait cette matière, qui avait peuplé toute son existence.

— Quoi qu'il en soit, elle me plaît beaucoup, Pops. Vraiment beaucoup. Je crois te l'avoir déjà dit, mais tant pis. A tel point que j'envisage de lui proposer une promenade en bateau, vendredi. Pour lui montrer le terrain qui appartenait à ton père. Qu'en penses-tu ?

Il s'agenouilla devant son grand-père et, avec précaution, lui retira la terre des mains.

— Je sais. Tu vas me conseiller d'écouter mon cœur et d'agir pour le mieux. Tu me soutiendras jusqu'à la fin de tes jours.

Soupirant, il rapprocha le fauteuil d'un banc et s'y laissa tomber. Scooty, qui était revenu, lâcha la branche à ses pieds. Zane saisit le message. Il la prit et la lança le plus loin possible. La réaction du labrador fut immédiate : il partit à fond de train dans cette direction. Face à cette scène, Pops sourit et Zane en éprouva un bonheur intense.

— Tu es content quand j'amène Scooty, n'est-ce pas ? Regarde, il revient déjà ! Que dirais-tu d'un petit tour dans les bois ?

Il s'était levé et avait repris les poignées du fauteuil roulant.

— Prêt ?

Il s'engagea vers le bout de l'allée qui menait au parc de l'établissement. Le chien, qui connaissait le chemin pour le parcourir plusieurs fois par semaine, se mit à gambader devant eux.

— Tu crois qu'on peut le rattraper, si on accélère l'allure ? Je le crois moi aussi !

Poussant le fauteuil devant lui, il se mit à courir.

Un sourire épanoui aux lèvres, le vieil homme écarta les bras pour sentir la caresse du vent sur sa peau.

Pour Zane, ce sourire valait des millions de dollars.

Mercredi matin, Elise prit sa voiture pour se rendre dans le centre-ville, où elle devait déposer un dossier chez l'un de ses clients. Elle n'avait eu aucune nouvelle de Zane depuis leur rencontre, mais pensait qu'il se manifesterait dans la soirée. Comme elle ne lui avait pas laissé le numéro de son téléphone portable, elle envisageait de ne pas rester jusqu'à la fin de son cours de gymnastique, afin d'être chez elle quand il l'appellerait. Elle essayait cependant de ne pas se bercer d'illusions. Zane lui avait dit qu'il l'appellerait, certes, mais parce qu'il avait besoin de ses services en qualité d'agent immobilier, lui avait-il précisé.

Après avoir mis son clignotant, Elise tourna à gauche, empruntant une route à deux voies qui conduisait au centre-ville. Elle doublait une vieille camionnette quand elle vit, du coin de l'œil, un visage qui lui était familier.

C'était impossible !

La jeune femme ralentit. Le pick-up brinquebalait sur la route dans un vacarme assourdissant, lâchant çà et là des brins de paille. Dans son rétroviseur, elle remarqua que la plaque d'immatriculation de l'Etat du Delaware avait été remplacée par une inscription en lettres noires. « Véhicule fermier », lut-elle.

Elle crispa les doigts sur le volant de sa rutilante voiture d'importation, tandis que le conducteur de la vétuste Ford entrait de nouveau dans son champ visuel. Le volume de sa radio, qui diffusait un air de rock, était poussé au maximum. Une casquette poussiéreuse enfoncée presque jusqu'aux sourcils, il chantait à tue-tête, et battait la mesure de son bras musclé sur la portière.

Ce fermier ressemblait à Zane.

Mais ce n'était évidemment pas lui. Zane conduisait une BMW. Et même si elle ignorait quel métier il exerçait, elle était prête à parier qu'il travaillait dans un bureau. Bureau dans lequel il se trouvait en ce moment même, vêtu d'un costume gris, en train de donner des ordres à ses subalternes. A moins qu'il ne soit plutôt en train de déjeuner avec un client, dans l'un de ces petits restaurants en vogue du quartier des affaires.

Ne disait-on pas que tout le monde avait un sosie ?

Elise retint sa respiration tandis que le pick-up, toujours sur la file de droite, la dépassait dans un gros nuage de fumée. Elle s'efforça aussi d'ignorer les coups de Klaxon des conducteurs qui la suivaient et s'impatientaient.

Cet homme était, à n'en pas douter, le sosie de Zane. Quelle étrange coïncidence, qu'ils vivent dans la même ville, Nassateague Bay. A moins que Zane ait un frère jumeau, et qu'il ait omis de le lui dire. Ce fermier était peut-être son frère. Très certainement, même. Le mouton noir de la famille. Il devait travailler dans une ferme où on produisait des pommes de terre, et se nourrir de pousses de soja.

Au prix d'un effort, elle parvint à se détendre, et appuya de nouveau sur l'accélérateur. Le chauffeur de la camionnette tourna à droite au carrefour suivant. D'instinct, elle changea de file afin de pouvoir le suivre.

Elle savait que ce fermier n'était pas Zane. Il ne pouvait pas être Zane. Le mot *fermier* n'était inscrit nulle part sur sa *check-list*. Elle cherchait un compagnon qui entre dans la catégorie « homme d'affaires », et soit apte à comprendre qu'elle accorde, elle-même, autant d'importance à sa carrière.

S'employant à ne pas céder à la panique, Elise continua de suivre la Ford à une distance prudente. Deux rues plus loin, il ralentissait et tournait de nouveau à droite. Le conducteur de ce tas de ferraille n'était pas Zane, et elle allait se le prouver à elle-même !

Le pick-up s'arrêta sur un parking couvert de gravier. Elle n'était jamais venue dans cette partie de la ville. Une enseigne apposée sur le bâtiment en béton annonçait la vente de… de *graines et aliments ?* Oui, c'était bien ça. Voilà donc le genre d'endroit où les éleveurs s'approvisionnaient en nourriture pour leurs animaux. Quant aux graines, elles étaient sûrement destinées aux oiseaux.

Elise ralentit et se dissimula en partie derrière son pare-soleil, tandis que le chauffeur descendait du véhicule et saluait l'homme posté sur une aire de chargement.

Elle connaissait cette voix. Elle reconnaissait ces cheveux un peu trop longs, qui dépassaient de la casquette.

Passant la première, elle redémarra. Elle craignait de fondre en larmes.

Fermier. C'était donc ce métier que Zane exerçait ? Que faire, à présent ? La profession jouait un rôle primordial dans la *check-list* de « Comment trouver un mari ». Cette colonne était imprimée en caractères gras. Elise avait déjà ignoré le passage mettant en garde contre l'attirance physique. Avait-elle le droit de tirer carrément un trait sur celui qui concernait les activités professionnelles ? La *check-list* serait-elle encore valable ?

Après s'être garée devant chez son client, la jeune femme sortit son portable de son sac et composa le numéro de la ligne directe de Linda.

— Linda Jefferson à l'appareil, entendit-elle.

— Linda…

Quel besoin avait-elle d'appeler sa collègue au beau milieu de la journée, pour l'informer de ce qu'elle venait de découvrir ? Linda était sûrement en train de travailler. Les problèmes personnels ne devaient pas franchir l'enceinte de l'agence.

— Elise ?

— Tu ne vas pas me croire, commença-t-elle. Je viens de croiser Zane en ville.

— Et il a annulé votre rendez-vous ? Enfin… votre rendez-vous d'affaires. Quel crétin !

— Non, non. Je ne lui ai pas parlé. Je l'ai juste vu passer.

— Il y avait une femme assise à côté de lui, et un bébé à l'arrière ? Il est marié. Le nul !

— Non, Linda. Ecoute-moi une seconde. J'ai vu Zane au volant de… d'un vieux pick-up. Un *très vieux pick-up.*

Elle prit une inspiration avant d'ajouter :

— Il s'est arrêté devant un magasin d'approvisionnement pour fermiers, et il… il portait un bleu de travail.

— Sainte mère du ciel !

— Je ne pense pas qu'il soit médecin ou avocat. A ton avis, que dois-je faire ?

— Comment ? s'écria Linda. Annuler votre rendez-vous, évidemment ! C'est toi qui as réalisé les meilleures ventes à l'agence, ces derniers mois. Tu ne sors pas avec des fermiers !

Elise prit le dossier qu'elle devait remettre à son client. Elle se doutait bien que son amie lui répondrait en ces termes-là. Bien que délurée sous certains aspects, Linda pouvait aussi se montrer très conventionnelle.

— Tu crois ? insista-t-elle d'une petite voix.

— Si *je crois* ? J'en suis sûre, ma belle ! Jette un œil à cette *check-list* qui t'est si chère. Que je sache, le mot « fermier » n'y est pas mentionné une seule fois. Et que ce type soit superbe n'y change rien !

— Il faut que je te laisse, Linda. Je vais remettre les contrats pour cet entrepôt à Joe Carmine.

— Appelle ton fermier pour annuler votre rendez-vous. Laisse un message sur son répondeur. Dis-lui qu'il t'est impossible de le revoir, mais qu'il peut te contacter à l'agence s'il souhaite acheter un terrain, et que tu seras enchantée de l'avoir pour client.

— On m'attend. A tout à l'heure, Linda.

Vingt minutes plus tard, Elise remontait dans sa voiture. Elle ouvrit son sac, prit son portable et le fixa. Linda avait-elle raison ? Devait-elle annuler ce rendez-vous avant que sa relation avec Zane ne prenne une autre tournure ? Devait-elle laisser un message sur son répondeur, comme le lui conseillait son amie ? Zane ne correspondait pas au profil qu'elle recherchait. Ce n'était pas ce genre d'homme qu'elle désirait épouser. Il l'attirait, rien de plus.

Avant de changer d'avis, elle pianota sur les touches du petit combiné et répéta mentalement les mots qu'elle allait prononcer après le message et le bip. En supposant qu'il ait un répondeur automatique. Ce n'était peut-être pas un produit de première nécessité, pour un fermier.

— Allô !

Sidérée d'entendre la voix de Zane, Elise faillit couper la communication. Il était *là* ? Ne venait-elle pas de le voir dans ce magasin ? N'aurait-il pas dû être en train de conduire un tracteur ou quelque chose dans ce goût-là ?

— Allô ! répéta-t-il.

Elle avala sa salive.

— Z-Zane…

— Ellie.

Elle eut l'impression de le voir sourire.

— Oui, c'est bien Elise.

Voilà. Il ne lui restait plus qu'à ajouter qu'elle ne pourrait pas le voir le vendredi soir, comme prévu. Elle n'était même pas obligée de fournir un prétexte. En affaires, ce n'était pas indispensable.

— Hé, j'espère que vous n'appelez pas pour vous décommander ! lança-t-il.

— Ne… non, bien sûr.

Les mots avaient franchi ses lèvres avant qu'elle puisse les retenir.

Il l'avait appelée Ellie. Il avait sans nul doute souri en prononçant ce charmant surnom. Il était adorable.

Elise inspira de nouveau. Pourquoi écouterait-elle d'autres gens, au lieu de s'écouter elle-même ? Pourquoi se soucier des conseils de Linda ? Ou de la voix de son père, qui s'obstinait à résonner dans sa tête ?

— Non, je ne me décommande pas, répéta-t-elle d'un ton plus ferme.

— Tant mieux, parce que j'ai hâte de vous revoir ! Je n'ai pas arrêté de penser à vous de la semaine.

— C'est vrai ?

— Absolument ! J'ai même décliné l'invitation à dîner de ma sœur pour vendredi, alors qu'elle va préparer un gigot d'agneau aux herbes. Croyez-moi, c'est héroïque de ma part !

Elise réprima un soupir de bien-être. Quel plaisir d'écouter Zane ! Aucun homme n'avait jamais renoncé pour elle à un gigot d'agneau mitonné par sa sœur.

— Eh bien… je vous remercie. Mais comment se fait-il que vous soyez chez vous à cette heure de la journée ? Je pensais avoir affaire à votre répondeur automatique. J'ai décidé subitement de vous appeler pour… savoir quel genre de tenue je devais porter vendredi, improvisa-t-elle. Vous m'avez dit que vous souhaitiez parler immobilier, n'est-ce pas ? Est-ce que ça signifie que nous boirons un verre ensemble ?

« Peut-être même, que nous dînerons ensemble ? » ajouta-t-elle en son for intérieur, sans oser formuler la question de crainte de paraître trop pressante.

— Mettez une tenue dans laquelle vous serez à l'aise. Evitez les bas, par exemple ! Je voudrais vous emmener faire un tour sur mon bateau, pour vous montrer une propriété qui m'intéresse. Quant à la raison de ma présence chez moi, elle est très simple : je voulais savoir comment se portaient mes poules, avant de retourner au bureau.

La jeune femme se raidit. *Des poules*, avait-il dit. Il ne dirigeait quand même pas un bar rempli de serveuses aux seins nus ?

— Vos… poules ? répéta-t-elle d'une voix étranglée.

Le rire masculin retentit sur la ligne.

— Des poulettes, plutôt. Ou des poulets, comme vous voudrez. Des *gallus domesticus*, même, si vous préférez ! J'élève des poulets.

Un fermier qui élevait des poulets ? Le prince qui allait la sauver de dîners composés de pop-corn et de soirées télévisées en solitaire, était aviculteur. Où noter cela, sur la *check-list* ?

— Des poulets, réussit-elle à articuler. Vous élevez des poulets.

— Je produis surtout des œufs. Ces poules que je surveille de près sont une nouvelle race, ce qui explique que je leur apporte une attention toute particulière. 18 heures ?

— 18 heures ? Oui. Très bien. Parfait. 18 heures, donc.

Elise ne gardait pas le souvenir de s'être jamais comportée de façon aussi gauche et stupide.

— Je serai prête, enchaîna-t-elle néanmoins, incapable de se taire. Donnons-nous directement rendez-vous sur le port. Je vous y retrouverai en sortant de l'agence.

Pendant qu'il lui fournissait des détails précis sur l'emplacement où il mettait habituellement son bateau à l'eau, Elise ne cessa de hocher la tête, pareille à une demeurée.

— Je dois vous quitter maintenant, conclut-il. Il faut que je retourne travailler.

Elise tressaillit, comme prise en faute.

— Moi aussi.

— A vendredi sur le port ?

— A vendredi.

Après avoir coupé la communication, elle garda les yeux rivés sur le téléphone. Puis elle sourit, gagnée par un étrange sentiment de confiance. Zane élevait des poulets ? Soit. Mais il était le plus séduisant aviculteur qu'elle ait jamais vu en smoking.

Le seul, à vrai dire.

Zane reposa en sifflotant le téléphone sur son support mural, à côté du réfrigérateur. Il lui tardait de revoir Ellie. Il se félicitait d'avoir réussi à ignorer la méfiance que lui inspirait le métier qu'elle exerçait.

Il ouvrit le réfrigérateur et se servit un verre de limonade. Elise Montgomery ne ressemblait pas au genre de femmes avec lesquelles il sortait d'habitude. Il était en général attiré par un style plus… nature : jupes longues fleuries, cheveux longs, fanatiques de la protection de l'environnement. Elles étaient souvent enseignantes, ou bien assistantes sociales.

Il regretta de ne pas avoir posé à Elise davantage de questions sur ses activités. Elle lui avait seulement dit qu'elle travaillait dans une agence immobilière, et il se demanda si ce métier était pour elle une façon comme une autre de gagner sa vie, ou si sa carrière arrivait en tête de liste de ses priorités. Jusqu'ici, il n'avait pas eu beaucoup de chance avec les femmes qui plaçaient leurs ambitions professionnelles au-dessus de tout. A tel point qu'il s'était juré de se tenir à l'écart de cette espèce.

Il y avait d'abord eu sa mère, qui n'aurait jamais dû se marier ou avoir d'enfant. Et puis Judy, une jeune femme qui faisait partie de son équipe de chercheurs en agro-alimentaire. Leur relation avait duré deux ans. Ils venaient de fixer leur date de mariage quand la lettre lui proposant un poste à Singapour était arrivée. Sa fiancée lui avait alors expliqué qu'elle avait pour lui des sentiments profonds, mais qu'elle se trouvait à un stade de sa vie où sa carrière était prioritaire.

Bien qu'il lui en coûtât encore de l'admettre, cette décision l'avait réellement fait souffrir. A présent, pour aussi archaïque que cela puisse paraître, Zane cherchait une femme qui soit prête à s'occuper de son mari et de sa famille. Ou en tout cas, qui ne les relègue pas au dernier plan de son existence !

Il finit son verre de limonade, poussa la porte arrière et traversa la cour de la ferme dans laquelle il avait grandi. Ses grands-parents ainsi que son père en avaient fait un foyer chaleureux et accueillant, et il espérait un jour y vivre lui aussi avec la famille qu'il aurait fondée.

Bien entendu, il lui faudrait d'abord trouver une épouse. Jusque-là, cette recherche s'était avérée plutôt infructueuse. Il en avait assez de passer d'une relation à l'autre, mais aucune des femmes qu'il rencontrait ne faisait jaillir en lui la flamme tant attendue. Or il y avait en Ellie quelque chose de différent.

En dépit de sa tenue élégante et de ses allures mondaines, il avait perçu en elle une certaine innocence. Il s'imaginait bien la retrouver le soir, devant la grande cheminée en pierre. Blottis l'un contre l'autre, ils se raconteraient leur journée. Il s'imaginait bien aussi lui faire des enfants dans le grand lit où il dormait seul. Il s'imaginait partager avec elle ses rêves. Sa vie.

Aurait-il perdu la tête ? A cette soirée de bienfaisance, Richard lui avait décrit Elise Montgomery comme une battante. Quand il l'avait trouvé en compagnie de la jeune femme, il aurait aussi bien pu ajouter : « Elle n'est pas pour toi, Zane ».

Mais elle lui plaisait beaucoup, comme il l'avait dit à son grand-père. De surcroît, leur rendez-vous avait une connotation professionnelle.

Il prendrait soin de ne pas oublier ce détail, vendredi.

3

Méfiez-vous des sentiments. Ne tenez compte que des aspects concrets lorsque vous jugerez votre homme. La femme d'affaires du XXIe siècle ne ressemble en rien à ses consœurs de l'époque romantique.

Elise s'agitait nerveusement sur le siège de sa voiture, et tournait la tête toutes les trente secondes vers la jetée. Elle était en avance. Zane lui avait donné rendez-vous à 18 heures, mais elle avait quitté l'agence à 17 heures pour faire des achats. Un achat, du moins.

Incapable de se maîtriser, elle baissa de nouveau les yeux sur ses tennis blanches, flambant neuves, et sourit. Elle avait trouvé au fond de son armoire un bermuda en jean et un vieux T-shirt, mais aucune paire de chaussures ne lui avait semblé adaptée à une sortie en bateau. Pas plus celles qu'elle mettait pour faire de la gymnastique en salle, que celles qu'elle portait pour courir.

En sortant de l'agence, elle s'était arrêtée d'instinct dans la solderie située non loin de là, et y avait acheté une paire de tennis en toile blanche, toutes simples, qu'elle n'avait payée que cinq dollars. Jamais elle n'était entrée dans ce genre de magasin, et elle avait pris beaucoup de plaisir à aller de rayon en rayon. En plus des tennis, elle avait acheté des gants matelassés pour le four, des aimants à mettre sur le réfrigérateur, et une boîte de Post-It. Elle n'aurait jamais imaginé qu'on puisse se faire plaisir à si bas prix.

Elle en était là de ses pensées quand un bruit qui lui était maintenant familier retentit derrière elle. Elle regarda dans le rétroviseur et reconnut le vieux pick-up Ford, auquel était fixée une remorque qui transportait le bateau. A l'instar du pick-up, l'embarcation avait connu des jours meilleurs.

Zane agita la main à la portière pour la saluer.

Elise n'avait pas coutume de sortir avec des hommes qui la saluaient avec autant de naturel. Enchantée, elle agita elle aussi la main dans sa direction. Il ne se comportait pas comme quelqu'un qui souhaitait ne parler que d'immobilier.

Tandis qu'il faisait glisser le bateau sur la rampe de la jetée, afin de le mettre à l'eau, elle prit son sac et son téléphone portable. Sur le point de fermer la portière à clé, elle hésita. Son sac ne lui serait d'aucune utilité, dans la baie. Elle ouvrit le coffre et l'y déposa. Restait le problème du téléphone. Elle ne se déplaçait jamais sans son portable. Et si son patron voulait la joindre ? Ou un client ?

— Vous n'en aurez pas besoin, lui lança Zane, à l'autre bout du parking, comme s'il avait lu dans ses pensées. Les sonneries de téléphone font fuir les crabes !

— Vraiment ?

Elise, pour qui l'univers des crabes était un mystère, lui décocha un regard suspicieux.

— Eux je ne sais pas, mais moi oui !

— Allons, détends-toi un peu..., marmonna-t-elle, se parlant à elle-même.

Le manuel ne mentionnait rien de précis sur ce point. Il laissait tout de même entendre qu'une femme devait trouver un homme qui cadre avec *son* mode de vie. Elle glissa le téléphone dans son sac, referma le coffre et mit les clés dans la poche arrière de son bermuda.

— Est-ce que je peux vous aider ? proposa-t-elle en allant à sa rencontre.

Mais, avec une dextérité et une force qui témoignaient d'une grande habitude, Zane avait déjà réussi à faire glisser l'embarcation dans l'eau.

— Je veux bien que vous m'apportiez la glacière, qui

se trouve sur le siège avant du pick-up. Et le sac en toile bleue, aussi.

Elle s'exécuta, et s'arrêta à côté du petit bateau.

— Quand j'aurai mis mon « hors-bord » à l'eau, il faudra que vous teniez la corde d'amarrage pendant que je gare le pick-up.

Elise lui tendit la glacière et le sac, puis attrapa la corde.

— Vous êtes sûr que cette chose va sur l'eau ?

Le bateau mesurait environ vingt pieds de long, et, pour tout confort, possédait trois banquettes de bois. Si sa coque était intacte, elle ne paraissait pas de toute première jeunesse. Elise n'était jamais montée sur un petit bateau à moteur. En matière de navigation, elle ne connaissait que de grands voiliers et quelques yachts. Ces expériences remontaient à l'époque où elle habitait encore au Texas.

Zane donna une tape sur l'avant du bateau, comme s'il flattait le flanc d'une pouliche.

— Cette bonne vieille Betsy est parfaitement fiable, et en plus elle sait où se nichent les crabes.

— Betsy ?

— Elle appartenait à mon père. Je crois qu'elle porte le nom de l'une de ses anciennes petites amies.

Quelques minutes plus tard, Elise acceptait la main que lui tendait son compagnon pour monter dans l'embarcation. Elle apprécia sa poigne ferme, à la fois virile et simple. C'était cette même simplicité, dont il faisait preuve à chaque instant, qui lui plaisait tant en lui. Auprès de cet homme, tout paraissait naturel.

Il sortit des coussins plastifiés d'un rangement situé à l'avant.

— Voilà qui devrait rendre notre sortie dans la baie digne d'une croisière de luxe ! Au fait, est-ce que vous savez nager ?

— Je faisais partie de l'équipe de natation du lycée. J'ai même été sélectionnée pour les championnats régionaux, et j'ai été classée très honorablement.

— Parfait. Vous nagez donc beaucoup mieux que moi.

De toute façon il y a des gilets de sauvetage sous votre banquette.

Il mit la clé de contact, et le grondement du moteur se fit entendre.

— Prête ?

Elise acquiesça. Elle pensait au départ n'apprécier que modérément cette sortie dans la baie : le vent lui fouettant le visage, le sel dans les cheveux… Mais c'était une belle fin d'après-midi, et elle ne fut pas longue à éprouver une agréable sensation de bien-être. Comme ils longeaient le rivage, Zane lui montra quelques espèces d'oiseaux au plumage superbe. De toute évidence, cet endroit n'avait aucun secret pour lui.

Ils ne parlèrent pratiquement pas tandis qu'ils traversaient la baie. Le bruit du moteur ne facilitait pas la conversation, et de plus, Elise était trop absorbée par ce qu'elle voyait, ce qu'elle ressentait. L'atmosphère était gorgée de parfums, la nature s'était parée de tons d'une incroyable richesse, et elle se laissait gagner par une joie spontanée qu'elle n'avait pas éprouvée depuis longtemps.

Au bout d'une vingtaine de minutes, Zane se rapprocha de la berge puis coupa le moteur.

— Nous voici arrivés, déclara-t-il.

Elise regarda le terrain vers lequel Zane pointait le menton.

— J'ai appris par la rumeur publique que le propriétaire serait prêt à vendre. Je l'ai approché à plusieurs reprises, mais il refuse de me parler. Il a eu des démêlés avec ma famille pour une sombre affaire de cageot de poulets, me semble-t-il. Ça s'est passé dans les années quarante. Vous pourriez peut-être intervenir en ma faveur…

Il avait prononcé ces derniers mots en posant sur elle un regard plein d'espoir.

Les yeux plissés, Elise examina le terrain en question. De là, elle ne distinguait que de hautes herbes qui conduisaient à une pinède.

— Qu'y a-t-il derrière ? s'enquit-elle.

— Il y avait autrefois une ferme et des champs. Maintenant,

c'est devenu une prairie abandonnée. Mon grand-père a grandi sur ces terres. Son père les a perdues pendant la crise de 29. Il m'emmenait souvent sur son bateau pour me montrer cet endroit. J'ai toujours pensé que j'aimerais le racheter. Pour le lui rendre, en quelque sorte, conclut-il avec un faible sourire.

Zane Keaton était décidément doté d'un cœur d'or. Pourquoi cette immense qualité n'apparaissait-elle pas sur la liste ?

— Alors, prête pour la pêche aux crabes ? enchaîna-t-il en frappant dans ses mains.

— Euh… je ne sais pas. Je suis surtout venue pour voir ce terrain. Mais vous pouvez pêcher, je vous regarderai.

En vérité, Elise avait envie d'essayer. Cependant elle n'avait pas l'habitude de se retrouver dans une situation où tout lui était étranger. Or en ce moment même, dans ce bateau, elle se sentait complètement hors de son élément.

— Tss, tss ! Arrêtez donc de dire des bêtises, madame l'agent immobilier ! C'est simple comme bonjour. Et dès que vous aurez attrapé votre première bête à pinces, vous serez « accro » !

Il souleva l'une des banquettes et en sortit quelque chose qu'il lui lança. D'instinct, la jeune femme leva les bras pour l'attraper. La chose était humide, visqueuse même.

— Beuh…, fit-elle en grimaçant.

Puis elle la fixa, tandis que Zane posait à ses pieds une corde ainsi que des espèces de boulons en métal.

— Que… qu'est-ce que c'est, *ça* ? s'enquit-elle, lui montrant l'étrange chose qu'elle tenait toujours.

— Un cou de poulet. Il servira d'appât. Les crabes bleus en raffolent.

Horrifiée, Elise fut sur le point de se défaire illico du morceau de chair. Et puis soudain, elle eut envie d'en savoir davantage, de s'initier aux joies de la pêche aux crabes.

Du poulet. Ce n'était jamais qu'un cou de poulet. Rien de plus.

— Et que dois-je faire, maintenant ?

— L'attacher à la corde, comme ceci. Ensuite, vous le

jetterez à l'eau. Les boulons servent de poids. Pour éviter que la ligne dérive trop, avec le courant. Et après, vous fixez la corde au bateau. De cette façon.

— Vous êtes sûr que votre méthode est la bonne? Je croyais qu'on pêchait le crabe avec des boîtes…

— Ce sont les paresseux qui utilisent des boîtes. Ou ceux qui gagnent leur vie en vendant le produit de leur pêche. Je suis un puriste, moi !

Elise observait les mains de Zane, qui s'agitaient sous ses yeux. De belles mains masculines. Puissantes, habiles. Intéressantes. Et attirantes.

Elle se surprit à se demander quel effet lui produiraient ces mains sur son visage. Sur son corps. Elle était certaine qu'il saurait, d'instinct, comment la faire vibrer.

— Vous voulez un autre appât ? lui demanda-t-il.

La voix qui la ramena à la réalité la fit presque sursauter.

— Euh… non. Je pense qu'un seul suffira, pour l'instant.

Zane hocha la tête. Il continua de s'affairer, préparant d'autres appâts, qu'il lança à l'eau. Elise se pencha par-dessus bord et scruta les eaux sombres. Impossible de distinguer quoi que ce soit.

— Et maintenant, que faisons-nous ?

— Maintenant nous attendons. Et nous nous restaurons.

Il s'était rapproché de la glacière, qu'il ouvrit.

Ils partagèrent des plats achetés chez un traiteur : carottes rapées, macédoine de légumes, rosbif mayonnaise, et comme dessert, du raisin. Elise mangea avec plaisir ce repas aussi appétissant qu'équilibré — un choix qui l'étonna de la part d'un célibataire. Comme boisson, il avait apporté un Thermos de thé glacé.

Au cours du dîner, ils vérifièrent à deux reprises leurs lignes. Elise finissait sa deuxième grappe de raisin lorsque Zane s'exclama :

— Passez-moi le filet !

Elle se redressa si vite que le bateau se mit à tanguer.

— Ohohoh…

Zane, qui était debout, lui passa le bras autour de la taille pour la retenir. Et ils restèrent serrés l'un contre l'autre jusqu'à ce que l'embarcation recouvre sa stabilité.

— Ça va ? s'enquit-il alors d'une voix calme.

Elise remarqua que la bouche de Zane n'était qu'à quelques centimètres de la sienne. Une bouche bien dessinée, sensuelle, généreuse.

Le bateau ne tanguait plus, mais elle avait l'impression de ne pas bien tenir sur ses jambes. Cette sensation étrange était due à la proximité de Zane, elle le savait. Et aussi à la fragrance légère de son eau de toilette. Elle n'aurait jamais imaginé que les aviculteurs portaient des eaux de toilette de prix. Car elle était certaine que celle-ci ne provenait pas d'un supermarché.

— Ça va, lui répondit-elle en s'écartant de lui, assez doucement pour ne pas provoquer de nouvel incident.

— Vous pensez que nous pouvons nous occuper de ce crabe, à présent ?

Il avait parlé à voix basse, sans la quitter du regard. Heureusement, il s'était exprimé d'un ton espiègle.

— Oui, bien sûr !

Agenouillé près du bord, Zane tira sur l'une des cordes, avec des gestes lents et précis. Elise, qui s'était elle aussi rapprochée du bord, se pencha à son tour. En évitant cette fois tout geste brusque.

— Je le vois ! s'écria-t-elle, tout excitée.

Il prit le filet qu'elle lui tendait, et, avec adresse, fit glisser un gros crabe bleu à l'intérieur.

— Il est magnifique, Zane ! Vous croyez que j'ai moi aussi une prise ?

Sans attendre de réponse, elle regagna l'endroit où elle avait fixé sa ligne, et la souleva tout doucement, comme elle avait vu Zane le faire.

— J'en ai un ! Moi aussi j'en ai attrapé un !

— Vous voulez le filet ?

Il fit tomber son crabe dans le grand panier en osier qu'il avait apporté à cet effet.

— Je préfère que vous vous en chargiez. J'ai peur de le laisser échapper.

Il récupéra donc le produit de sa pêche.

— C'est incroyable ! Je n'en reviens pas ! ne cessait-elle de s'extasier. Qui sait… je pourrais peut-être en attraper un autre ? Vous avez raison. Il me faudrait une autre ligne.

Zane regarda sa compagne en riant.

— A vos ordres, m'dame !

Le soleil s'apprêtait à disparaître à l'horizon lorsque Zane et Elise décidèrent qu'il était temps de rentrer. Elle l'aida à remettre le bateau sur la remorque et à tout ranger dans le pick-up, y compris le grand panier, aux trois-quarts rempli de crabes.

— Je n'arrive toujours pas à croire qu'on en ait pêché autant !

— Ce n'est pas tout. Maintenant, il faut que vous m'aidiez à les manger ! Il y aura une « crabe-party » chez moi demain, à 13 heures.

Elise rejeta en arrière ses cheveux tout emmêlés, et grimaça. Son short était trempé. Elle sentait la baie, le crabe. Et elle s'en moquait éperdument.

— Je ne sais pas… D'habitude je travaille, le samedi après-midi.

— Il est impensable que vous pêchiez des crabes et que vous ne les mangiez pas !

Zane vint se planter devant elle, et, les mains sur les hanches, la dévisagea.

— Car j'espère que vous mangez du crabe… Sinon, autant nous dire adieu à jamais ici même !

Elise éclata de rire.

— Je suis originaire du Texas, mais j'habite la côte Est depuis pas mal de temps. Et donc, je mange du crabe !

— Parfait. A demain, donc. Et pas de « mais », de « peut-être » ou de « si ». J'appellerai ma sœur et mes cousins pour leur proposer de se joindre à nous.

Elise s'adossa à la portière de sa voiture, qu'elle avait rejointe. Sa famille ? Les réunions familiales la terrifiaient.

Au Texas, toutes les réunions familiales étaient synonymes de cocktails, de cris, et de verre cassé. De plus, elle n'était pas très sûre de la nature de leur relation. Au départ, elle l'avait retrouvé pour qu'il lui parle d'un terrain. Pour être honnête, elle devait toutefois admettre que cette sortie ne ressemblait guère à un rendez-vous d'affaires. Si elle acceptait son invitation, il n'y aurait plus grand-chose de professionnel dans leurs rapports.

— Je ne sais pas, répéta-t-elle, hésitante.

— Allons ! Vous vous entendrez bien avec eux. Ma sœur et mes cousins sont des gens très agréables. Et ma cousine Mattie a la petite fille la plus merveilleuse du monde. Olivia n'a que quatre ans, mais elle est déjà très rusée.

Zane lui souriait, et Elise ne résista pas au désir de lui rendre son sourire.

Il se rapprocha d'elle.

— Je suis content que vous soyez venue, Ellie. Je veux dire que... je suis content d'avoir pu vous montrer ce terrain.

Pour un homme qui affichait d'ordinaire une telle assurance, il ne paraissait soudain plus aussi sûr de lui, et ce changement était vraiment délicieux. Elise s'aperçut qu'elle ne parvenait pas à détourner le regard de ces superbes yeux bleus.

— Je suis bien conscient de vous avoir proposé ce rendez-vous dans un but... semi-professionnel, dirons-nous. Il n'empêche. J'ai quand même très envie de vous embrasser.

Il lui souriait, de cette façon qui était déjà familière à Elise, et qu'elle jugeait irrésistible.

— Pourquoi ne le faites-vous pas ?

Zane haussa les épaules.

— Parce que je manque de cran, peut-être ?

Séduite par tant de franchise, Elise secoua la tête en riant. Lorsqu'elle se tut, Zane la fixait toujours. De cette façon intense qui la troublait.

— Supposons que je veuille que vous m'embrassiez ? s'entendit-elle murmurer.

— Dans ce cas...

Ce fut avec un frisson d'anticipation qu'elle le vit franchir la faible distance qui les séparait. Puis il lui posa les mains sur les épaules, et, au moment où il inclinait son visage vers le sien, elle entrouvrit les lèvres. La bouche de Zane était ferme, chaude. Elle avait le goût de la baie, du soleil, de cette douce soirée. Spontanément, Elise lui passa les bras autour du cou. Jamais baiser ne lui avait paru aussi merveilleux. Ni aussi bref.

— Bon sang, je ne devrais pas faire *ça*…, chuchota-t-il, sans pour autant la lâcher.

La jeune femme souleva les paupières et le regarda droit dans les yeux.

— Que voulez-vous dire par là ?

« Pourvu qu'il ne soit pas marié… »

— Rien, lui répondit-il avec un soupir.

— Vous n'êtes pas marié, n'est-ce pas ?

— Non, et je ne l'ai jamais été. J'ai failli, mais… Vous n'êtes responsable de rien, Ellie. Ça vient de moi. Une longue histoire…

Il recula d'un pas, et cette fois la lâcha.

— Je vous attends donc demain, pour cette « crabe-party » ?

Encore étourdie par le baiser qu'ils venaient d'échanger, Elise ouvrit la portière de sa voiture et hocha la tête.

— Je viendrai. Et tant pis pour le travail !

Le téléphone sonnait quand la jeune femme passa le seuil de son appartement. Serait-ce Zane, de nouveau ?

— Allô ! dit-elle, lançant son sac sur un fauteuil.

— Elise Anne.

— Père.

Ses épaules s'affaissèrent, mais elle s'efforça de cacher sa déception. Pourquoi fallait-il que son père l'appelle justement à ce moment-là ? Elle se sentait divinement bien, et n'avait aucune envie de lui parler. Lorsqu'il s'adressait à elle, elle avait l'impression de redevenir une petite fille. Quelqu'un d'incompétent, en tout cas.

— J'ai essayé de te joindre au bureau. Tu n'y étais pas. Tu faisais visiter une propriété à un client ?

— Mm… Oui, répondit-elle en sortant une bouteille d'eau du réfrigérateur.

Ce n'était qu'un demi-mensonge.

— Comment vas-tu ? enchaîna-t-elle.

— Je n'ai pas une minute de libre. Je prépare la prochaine réunion avec les sociétaires. Ça représente une importante surcharge de travail. Je pensais à toi, tout à l'heure, et je me disais que si tu étais là…

Il marqua une pause, afin de donner plus de poids à ses propos.

—… si tu étais là, tu m'aiderais à gérer l'entreprise. Ça me faciliterait considérablement la tâche.

Oh non, de grâce… Voilà qu'il revenait à la charge. Elle avait l'impression d'entendre un disque rayé.

— Je suis agent immobilier, père. Je ne connais rien aux compagnies pétrolières.

— Tu sais en tout cas ce que signifie travailler dur, répliqua-t-il d'un ton bourru. Combien de fois t'a-t-on décerné le prix de meilleur vendeur du mois, cette année ?

— Tous les mois.

— Cinq mois d'affilée, donc. Et je suis sûr que tu le remporteras aussi en juin. Nous avons ça dans le sang, nous, les Montgomery. Nous ne ménageons pas nos efforts.

Elise se rapprocha de la porte de la cuisine, et observa son salon-salle à manger. Son regard se posa d'abord sur le tapis persan, puis erra dans la pièce spacieuse, meublée avec recherche et goût. Savoir que tous ces objets lui appartenaient, ne lui procurait cependant pas la moitié du plaisir qu'elle avait eu ce soir-là à pêcher des crabes. Elle pourrait s'asseoir mille fois sur ce canapé, et ne ressentirait jamais rien de semblable à ce qu'elle avait connu dans les bras de Zane.

— Mm… J'ai une nouvelle à t'annoncer.

— Tes employeurs ont enfin compris qu'ils devaient te proposer de t'associer ?

Elise se déchaussa tout en se dirigeant vers son bureau. La blancheur de ses tennis n'était plus qu'un lointain souvenir, constata-t-elle, amusée.

— J'ai rencontré un homme qui m'a l'air très bien.

— Elise Anne, je crois t'avoir déjà dit que, de nos jours, les prétendues relations amoureuses représentent une perte de temps. Nous venons de demander le divorce, Monique et moi.

Monique était la quatrième épouse de son père. Elise l'avait rencontrée une seule fois, le jour du mariage. Elle l'avait trouvée plutôt froide et ennuyeuse — parfaite pour son père.

— Oh, je suis désolée.

Et elle ne mentait pas. Elle était en effet désolée pour son père, qui devait se sentir bien seul. Mais il ne s'en apercevrait sûrement pas.

— Grâce au ciel, je me suis fié aux conseils de mon avocat, avant le mariage. Cette séparation sera donc tout à fait anodine. Bien, il faut que je te laisse maintenant. On m'appelle de Californie.

— D'accord. Merci d'avoir appelé.

— A bientôt.

Elise coupa la communication et fixa le combiné. Comment son père aurait-il réagi si elle lui avait révélé la profession de Zane ?

Reportant son attention sur la *check-list* qui trônait sur son bureau, elle prit un stylo et, d'une main ferme, écrivit : « éleveur de poulets » à la rubrique « profession ».

Puis les propos qu'il lui avait tenus sur son grand-père et le terrain qu'il lui avait montré lui revinrent à la mémoire ; alors, sans hésiter, elle inscrivit en gros, tout en haut de la première page : « Un cœur d'or. Dix points de bonus ».

Et elle sourit, plus en harmonie avec elle-même qu'elle ne l'avait été depuis fort longtemps.

4

Il est impératif que l'homme et la femme aient sensiblement le même mode de vie. Deux personnes qui ont reçu la même éducation, ont grandi dans le même milieu socioculturel, ont toutes les chances de voir leur mariage couronné de succès.

Le jour suivant, dès le réveil, Elise eut la sensation qu'un changement s'opérait dans sa vie. Elle assista le matin à un cours de gymnastique, puis rentra chez elle faire un peu de rangement et prendre un bain moussant au chèvrefeuille. A 12 h 30, munie d'un bocal de champignons marinés — l'une des rares spécialités comestibles qu'elle fût capable de préparer ! —, elle partit chez Zane.

Pas une seule fois elle n'avait appelé le bureau, ni écouté les messages sur son répondeur professionnel, ni même consulté son courrier électronique. Elle voulait essayer de rentrer dans la peau du personnage qui, pensait-elle, lui faisait envie. Si son père qui travaillait sept jours sur sept l'avait appris, il en aurait eu une attaque.

C'était probablement son premier samedi de congé dcpuis qu'elle avait fêté ses dix-huit ans, et qu'il lui avait proposé un poste de secrétaire à Dallas Montgomery. Et cela lui procurait une extraordinaire sensation de bien-être.

Suivant les instructions de Zane, Elise emprunta une route de campagne tortueuse, puis descendit un long chemin sans trop savoir ce qui l'attendait au bout. Son expérience en matière de fermes se limitait à de rutilantes photos exposées à l'agence. Elle-même n'avait jamais eu affaire à un client qui en cherchait une, et n'en avait donc jamais visité.

Elle se gara dans la cour, sous un chêne imposant, à côté du vieux pick-up et d'autres véhicules parmi lesquels se trouvait la BMW avec laquelle Zane l'avait raccompagnée chez elle le soir de leur rencontre. De la fenêtre de sa voiture, Elise contempla la grande bâtisse blanche aux volets verts. Avec sa pelouse fraîchement tondue et ses haies bien taillées, la propriété avait une allure pimpante qui rappelait les maisons des films de Walt Disney. Une balançoire suspendue à un arbre complétait ce décor enchanteur.

Après avoir pris une profonde inspiration, elle descendit de voiture et, le bocal de champignons serré contre sa poitrine, traversa la pelouse. Un labrador courut à sa rencontre, tenant dans sa gueule une petite chaussure de tennis blanche. Elle vit aussitôt apparaître derrière le chien deux garçons identiques, d'une huitaine d'années. Ils passèrent à côté d'elle en poussant des cris de joie. L'un des garçons marchait à cloche-pied.

Elise entendit une porte se fermer. L'instant suivant, Zane avançait dans sa direction tout en s'essuyant les mains à un torchon. Il portait un bermuda bleu marine et un grand T-shirt gris. Il repoussa en arrière ses cheveux blonds, et lui sourit.

A ce moment-là, Elise ressentit un pincement au cœur. Zane Keaton était vraiment beau. Et dans cette tenue, il ne ressemblait en rien à l'idée qu'elle se faisait d'un éleveur !

— Ah, vous êtes venue ! s'exclama-t-il.

Elle lui sourit à son tour, plus nerveuse qu'elle ne l'aurait voulu. Presque un jour avait passé depuis leur baiser, pourtant elle avait encore le goût de ses lèvres sur les siennes. Il lui semblait sentir aussi la pression de ses mains sur sa taille.

— Je vous ai apporté des champignons marinés. Je ne suis pas certaine que ça se marie très bien avec les crabes, mais c'est l'un des rares mets non toxique que je sois à même de préparer.

— J'en déduis donc que vous n'êtes pas un cordon-bleu ?

— Pas trop…, lui répondit-elle avec une grimace comique.

Zane examina Elise quelques instants en silence, comme si, pareil à un ordinateur, il traitait le message qu'il venait de recevoir.

— Bien… Ma sœur prépare en revanche une salade de pommes de terre à damner un saint. Allons sur la terrasse. Les crabes seront bientôt prêts. En attendant, je vais vous dire qui est qui dans cette famille de fous qui est la mienne.

Elle le suivit.

— Le chien que vous venez de croiser s'appelle Scooty. Et sous la véranda, il y a Meagan, ma sœur. Le bébé qu'elle porte dans les bras est sa dernière née, Alyssa. Elle a trois autres bambins, tous des garçons, qui doivent être en train de courir par là. La plupart du temps, nous ne prenons pas la peine de les appeler par leur prénom. Des numéros suffisent ! Ted est son mari. C'est lui qui est posté tout au fond, devant la grande marmite où cuisent les crabes. Il travaille dans la police. La jeune femme rousse est ma cousine, Mattie. Et la petite fille assise sur ses genoux est Olivia, la gamine de quatre ans dont je vous ai parlé. Les jumeaux de Mattie, Noah et Clint, sont les sauvages que vous avez vus — et surtout entendus ! — à votre arrivée. Le mari de Mattie, Joe, et mon autre cousin, Carter, ne vont pas tarder à revenir. Ils sont partis acheter de la bière. Carter va bientôt se marier. Sa fiancée, Amy, n'a pas pu se joindre à nous.

Il marqua une pause et se tourna vers Elise, qui souriait, apparemment submergée par ce flot d'informations.

— Rassurez-vous, il n'y aura pas d'interrogation écrite !

Zane s'arrêta sur la dernière marche de l'escalier qui conduisait à la terrasse.

— Et voici mon grand-père, déclara-t-il d'une voix calme.

Elise suivit son regard et vit un vieil homme assis dans le fauteuil roulant, près de la table de pique-nique recouverte d'une nappe en papier rouge. Quelqu'un avait placé son fauteuil face au champ.

— Il souffre de la maladie d'Alzheimer, ajouta-t-il sur le

même ton. Il vit dans un centre, à présent. Nous ne pouvions plus nous occuper de lui, mon père et moi.

Il parlait sans cesser de fixer son grand-père, et tout en lui reflétait l'amour qu'il lui portait. L'amour, ainsi que le chagrin provoqué par cette triste situation. D'instinct, elle lui caressa la main.

— Nous ne savons pas trop ce qu'il comprend encore. Certains jours, il a l'air beaucoup plus alerte que d'autres. Quoi qu'il en soit, nous continuons de nous adresser à lui comme à une personne dotée de toutes ses facultés mentales.

A ces mots, il avança d'un pas, celui qui le séparait de la terrasse où était réunie sa famille.

— Ouh-ouh ! lança-t-il. Une petite seconde d'attention, s'il vous plaît. Voici Elise. Je vous laisse le soin de vous présenter individuellement. J'espère que vous vous conduirez bien !

Puis il se tourna vers la jeune femme et désigna la porte de la maison.

— Vous voulez bien venir m'aider ?

Elise lui sourit, soulagée. Elle ne se sentait pas encore prête à se jeter dans la fosse aux lions…

L'intérieur de la maison était aussi coquet et suranné que l'extérieur : une grande cuisine carrelée de jaune, un salon clair et spacieux, avec une cheminée… et une télévision à écran géant ! Elise avait visité bien assez de maisons dans sa vie, pour deviner que celle-ci était habitée par un célibataire. Il y avait aussi, au rez-de-chaussée, une pièce tapissée de lambris que Zane utilisait comme bureau, et une salle de bains de taille supérieure à la moyenne. Son œil averti d'agent immobilier avait repéré tous ces détails en quelques secondes, alors qu'elle traversait le couloir. Au fond de ce même couloir, un escalier de bois conduisait certainement aux chambres.

La maison de Zane ne ressemblait en rien à la demeure luxueuse et dénuée d'âme dans laquelle avait grandi Elise. Elle ne ressemblait pas non plus à son propre appartement, où chaque chose était à sa place. Quels que soient ses efforts pour jouer sur les tons pastels, cet endroit restait désespérément froid et inhospitalier. Chez Zane, tout respirait la chaleur humaine : l'édredon jeté sur le sofa n'aurait pas déparé dans un magasin d'antiquités. Journaux et magazines jonchaient la table basse, et elle avait même remarqué des dessins d'enfants fixés par des aimants à la porte du réfrigérateur.

Elle aida son hôte à transporter des sauces et des plats sur la table, puis passa les deux heures suivantes assise à côté de lui, à écouter ce qui se disait autour d'elle. Et à entendre le vacarme généré par cette réunion familiale : les enfants qui criaient ou pleuraient, le chien qui aboyait, le téléphone qui sonnait… Tout cela ajouté au bruit des conversations, et aux rires, car la bonne humeur régnait dans l'assistance.

Fascinée, Elise regardait autour d'elle. Les membres de cette famille étaient tous si aimables les uns envers les autres ! Pas de disputes, pas de regards noirs. Personne ne menaçait qui que ce soit de le rayer de son testament. Personne ne jetait son verre de Martini sur le sol de marbre.

A la fin du repas, tout le monde aida à débarrasser et tandis que Zane préparait du café et du thé, Elise fit quelques pas dans le jardin, où les enfants jouaient à la balançoire. Ils arboraient des chapeaux de pirate en papier journal, que quelqu'un leur avait confectionnés. Tom Keaton était installé sous un pommier. Zane avait poussé son fauteuil jusque-là, déclarant que son grand-père avait toujours adoré l'odeur des feuilles de pommier.

Elise se tourna vers la terrasse. Zane n'était toujours pas revenu. D'une démarche hésitante, elle approcha du vieux monsieur et s'agenouilla auprès de lui.

— Bonjour. Je m'appelle Elise. Je suis une amie de Zane.

Son regard, jusque-là lointain, se posa sur elle. Elle aurait juré qu'il l'écoutait.

— Vous avez une belle propriété, ajouta-t-elle avec un sourire.

D'après les commentaires saisis pendant le repas, elle avait compris que Zane et Meagan avaient grandi là, élevés par leur père et leurs grands-parents. Elle essaya d'imaginer leur enfance et adolescence, entourés de gens qui les aimaient tels qu'ils étaient.

— Et un petit-fils vraiment charmant. Une famille exquise.

Le vieil homme étudiait son visage. Il semblait très intéressé par ses propos.

— Zane m'a emmenée faire un tour en bateau, hier, reprit-elle donc. Mais il vous en a peut-être parlé. Il voulait me montrer un terrain qui, paraît-il, appartenait autrefois à votre père. C'est là que vous avez grandi, m'a-t-il dit.

Elle marqua une pause.

— Il m'a chargée de savoir si elle est à vendre. Ça vous ferait plaisir, n'est-ce pas ? Que les terres de votre père reviennent à la famille, après tant d'années ?

Il ne lui fit aucune réponse. Elise serra les lèvres et se redressa.

— J'avais juste envie de bavarder un peu avec vous.

Elle tournait déjà les talons, prête à s'éloigner, quand elle sentit un contact très léger, pareil à celui d'une feuille, sur sa main. Elle s'arrêta. Tom avait tendu la main vers elle. Et il souriait. Il *lui* souriait !

Le cœur gonflé de tendresse, elle lui rendit son sourire. Et à ce moment-là, il détourna le regard pour replonger dans son monde.

La jeune femme souriait encore lorsqu'elle revint vers la maison. Elle y entra pour se laver les mains dans la salle de bains, afin de se débarrasser de l'odeur tenace de crabe, que les lingettes parfumées au citron n'avaient pas réussi à chasser. En sortant de la salle de bains, elle s'arrêta sur le seuil du bureau, attirée par le panneau de photos de famille suspendu à un mur. Il s'agissait de vieux clichés en noir et blanc. L'un d'eux représentait un jeune garçon, dont le sourire lui rappela celui de Zane.

Elle s'en approchait pour le regarder de plus près, quand elle entendit la voix de Zane, provenant de la cuisine. Il s'entretenait avec quelqu'un. Sa sœur ?

— Je ne voudrais pas me mêler de ce qui ne me regarde pas…

C'était bien Meagan, qui venait de prendre la parole. Meagan avec sa jupe fleurie qui lui arrivait aux chevilles, ses longs cheveux, son visage dénué de toute trace de maquillage. Meagan, femme au foyer, et mère de famille avant toute chose. Durant le repas, elle n'avait parlé que de son nouveau-né, de la crèche, de l'école maternelle, et des activités de loisir de l'aîné de ses fils. Elle n'était pas désagréable, mais Elise voyait en elle une sorte d'extraterrestre. Elles ne vivaient pas sur la même planète.

—... mais tu n'aurais pas dû l'inviter ici. Elle ne te convient pas. Elle n'est pas dans son élément, avec nous.

Elise retint son souffle. Elle savait très bien de qui parlait Meagan. Que faire, à présent ? Devait-elle entrer dans la cuisine et défier la jeune femme du regard ? Rejoindre plutôt la terrasse en passant par la porte principale, et feindre ne rien avoir entendu ? Elle pouvait aussi s'en aller. Monter dans sa voiture et rentrer chez elle. Mieux encore. Prendre la direction de l'agence et travailler sur un dossier en attente. Lorsque Zane l'appellerait, plus tard, pour lui demander ce qui s'était passé, elle ne décrocherait pas le téléphone et ne répondrait pas non plus à ses messages.

— Tu ne la connais pas, Meagan.

— Toi non plus. Mais tu connais des femmes qui lui ressemblent. N'est-ce pas ?

— Je n'ai pas envie de parler de maman, si c'est à elle que tu fais allusion ! répliqua Zane d'un ton rageur.

— Et Judy ? Tu n'as pas envie de parler d'elle, non plus ? Bon sang, Zane, réagis ! Elle t'a brisé le cœur. Cette expérience ne t'a pas suffi ? Il y a des femmes qu'on épouse, d'autres pas. Et je crois, mon cher frère, que tu as passé l'âge de butiner de fleur en fleur ! Surtout si tu as toujours l'intention de fonder une famille…

Elise entendit un bruit sec. Zane venait sans doute de poser quelque chose sur le comptoir ou sur la table de la cuisine.

— Tu as raison. Ça ne te regarde pas. Cette maison est la mienne, et jusqu'à preuve du contraire j'ai le droit d'y inviter qui je veux. De plus, je ne vois pas l'intérêt d'en faire une affaire d'Etat. C'est quelqu'un que j'ai rencontré par hasard. Elle est agent immobilier. Nous allons bientôt savoir, par elle, s'il est possible de racheter les terres de notre arrière-grand-père.

«… Quelqu'un que j'ai rencontré par hasard. Elle est agent immobilier… »

Dans un tout autre genre, ces propos étaient aussi blessants que ceux de Meagan.

— Tu ne peux pas me mentir, Zane. Pas à moi ! J'ai bien remarqué comment tu la regardais, sur la terrasse. Comme si elle était une coupe de glace, et toi un type au régime depuis des mois !

Elise se détendit un peu. Ainsi donc, Meagan pensait qu'elle plaisait à son frère ?

Mais qui était cette Judy ? Quel était son lien avec leur mère ? Et quel lien y avait-il entre ces deux femmes et elle-même ?

Elle commençait à être contrariée. De quel droit Meagan se permettait-elle de la juger ?

— Meagan…, commença Zane.

— Je t'ai dit ce que j'avais à te dire. Je vais maintenant rejoindre les autres et me resservir une part de tarte aux prunes. Libre à toi d'agir à ta guise.

— C'est bien ce que j'ai l'intention de faire, rétorqua-t-il avec humeur. Et si j'ai besoin d'un conseil, je ne manquerai pas de m'adresser à toi !

La porte de la cuisine s'ouvrit et se referma. Elise entendit un bruit d'eau qui coulait. Zane n'était donc pas ressorti, lui. Rassemblant son courage, elle quitta le bureau et se dirigea vers la cuisine.

— Ellie ?

Tourné vers elle, il ferma le robinet de l'évier.

Elise le fixait, immobile. Elle n'aimait pas le ton sur lequel Meagan avait parlé d'elle, ni ce qu'elle avait dit. Ces propos l'avaient heurtée. Zane avait raison. Après tout, sa sœur ne la connaissait pas. Comment pouvait-elle affirmer qu'elle ne convenait pas à Zane ? Et comment Zane avait-il pu laisser entendre qu'elle n'était qu'un agent immobilier avec qui il était en rapport pour raisons professionnelles ? Le baiser qu'ils avaient échangé la veille au soir ne signifiait donc rien pour lui ?

Apparemment, non.

Il regarda par la fenêtre, qui donnait sur la terrasse, puis reporta son attention sur Elise.

— Vous avez tout entendu ?

La jeune femme acquiesça. Son agacement était en train de se transformer en colère. Aucun de ses précédents petits amis ne lui avait infligé un tel affront. Si tel avait été le cas, elle serait partie, et sans prendre la peine d'expliquer le motif de son départ. Elle jouait à merveille le rôle de reine de glace, quand elle le voulait. C'était un trait des Montgomery qu'elle avait appris dès son plus jeune âge.

— Désolé, dit-il en se dirigeant vers elle.

— Qui est Judy ?

Zane s'arrêta près du comptoir et croisa les bras.

— Mon ex-fiancée. Nous aurions dû nous marier l'an dernier. Le 4 juillet.

Il rit, mais de toute évidence, ces mots n'évoquaient pour lui rien d'amusant.

— Elle est partie pour Singapour. On lui proposait un poste qu'elle *ne pouvait pas* refuser.

Au ton de sa voix, Elise baissa les yeux sur ses chaussures. Un nœud vint se loger dans sa gorge. Elle devinait ce qui allait suivre. Il allait lui dire qu'elle ne correspondait pas au genre de femme qu'il cherchait, parce qu'elle accordait trop d'importance à sa carrière.

Dans un coin de sa tête, elle crut alors entendre la voix de son père. Edwin lui disait qu'elle ne devait jamais compter sur personne. Ni faire complètement confiance à un homme. Ni accorder de l'importance à une relation amoureuse. C'était sa carrière qui passait avant tout.

— Vous devriez avoir honte de vous, asséna-t-elle. Parler de moi en cachette !

— Ellie…

— Il n'y a pas de Ellie qui tienne. Meagan ne me connaît pas assez pour me juger de la sorte. Elle n'en a pas le droit. Pas plus que je n'ai le droit de vous juger parce que vous élevez des poulets !

Elle avança d'un pas vers lui.

— Sachez aussi que je suis enchantée d'apprendre que je suis pour vous un agent immobilier avec qui vous allez traiter une affaire ! C'est réjouissant de découvrir que vous envisagiez de m'utiliser, rien de plus !

— Ellie…

Il se rapprocha d'elle, la main tendue, mais elle l'évita.

— Merci beaucoup pour l'invitation. J'ai passé un très agréable moment.

Puis elle pivota sur ses talons, prête à repartir par la porte principale.

— Vous pouvez garder ces maudits champignons !

Elise bouillait toujours de rage quand elle foula le sol de son appartement. Sans hésiter, elle traversa le couloir, entra dans son bureau et prit la *check-list* qui portait le nom de Zane. Ignorant la mention « cœur d'or » inscrite au haut de la feuille, elle la roula en boule et la jeta dans la corbeille à papier.

— Je savais bien que ça ne fonctionnerait pas ! fulmina-t-elle. C'était une idée stupide !

Suite à quoi, en bonne Montgomery, elle s'installa à sa table et se mit au travail. Elle nota ses messages, consulta ses e-mails… et eut l'impression de voir les images de la veille défiler sur l'écran de son ordinateur. La promenade dans la baie, la pêche aux crabes, le baiser…

Quelle idiote ! Tout était sa faute. Dès qu'elle avait appris qu'il était fermier et s'entendait bien avec sa famille, elle aurait dû partir au pas de course. Le manuel avait bien raison d'affirmer que les personnes issues du même milieu socioculturel avaient toutes les chances de s'entendre.

Simplement parce qu'elles avaient davantage de points communs, et donc davantage de sujets de conversation. Que pourrait-elle bien dire à Zane, sur l'aviculture ? Que pouvait bien savoir Zane d'une femme qui travaillait dur, dans un univers presque essentiellement masculin, et qui s'efforçait de gravir les échelons ? Enfin, pourquoi avait-elle imaginé un seul instant qu'elle s'intégrerait dans une grande belle-famille ?

A ce moment-là, l'image du grand-père Keaton lui traversa l'esprit. Et celle du terrain qu'elle avait vu, depuis le bateau. Elle avait en quelque sorte promis au vieil homme de prendre l'affaire en main. Une idée stupide, d'ailleurs. Tom ne l'avait probablement pas entendue. Et en supposant qu'il l'ait entendue, il n'avait sans doute pas compris ce qu'elle lui disait.

Mais une promesse était une promesse.

Elle se mit à surfer sur l'un des meilleurs sites Web en matière d'immobilier, et entreprit des recherches. Elle agissait ainsi pour le vieux monsieur et pour lui seul.

— Désolé, Pops, j'ai bien peur d'être de piètre compagnie, ce soir.

Après avoir aidé son grand-père à se mettre en pyjama, Zane s'était assis en face de lui. Ni l'un ni l'autre ne prêtait attention à l'écran de télévision, sur lequel défilaient les actualités sportives.

— Ça n'a pas été une très bonne journée, contrairement à ce que je pensais.

Zane soupira.

— Je suppose que tu as remarqué que la fille que j'avais invitée, Ellie, est partie fâchée.

Il rapporta à son grand-père l'essentiel de sa conversation avec Meagan, et soupira de nouveau.

— Tu sais comme moi que ma sœur a tendance à surprotéger les gens. Elle craint que je m'engage dans une relation pareille à celle que j'ai eue avec Judy. Mais elle se trompe. Ellie ne ressemble pas à Judy.

Il s'interrompit et se tourna vers son grand-père.

— Je crois en fait que Meagan a raison, Pops. J'ai bien peur qu'une bonne partie de la vie d'Ellie soit centrée sur son travail. Elle n'aurait pratiquement pas de temps à me consacrer. Ce serait idiot de ma part de m'impliquer dans cette relation.

Pops était-il en train de le regarder ? De le regarder *vraiment,* comme il en avait l'impression ?

— L'ennui c'est qu'elle me plaît beaucoup. Auprès d'elle je me sens… comment t'expliquer ? Différent. Elle est drôle. Intelligente, aussi. Pourtant, pour une fille intelligente, il y a des tas de choses qu'elle ne connaît pas. Elle n'avait jamais pêché de crabes, par exemple. Tu te rends compte ?

Zane marqua une pause, et se rapprocha de son grand-père. Le gris-bleu de ses yeux lui semblait plus soutenu qu'à l'accoutumée.

— Qu'y a-t-il, Pops ? Tu voudrais me dire quelque chose ?

Il attendit. Comme rien ne venait, il sourit. Son imagination lui jouait des tours.

— De toute façon, ça n'a plus aucune importance. Elle m'a dit ce qu'elle avait sur le cœur, et elle est partie. On ne la reverra pas de sitôt. Et c'est très bien comme ça.

Le regard de Pops se fit de nouveau plus intense.

— Tu penses que je devrais l'appeler ? Mm… Je pourrais lui présenter des excuses, soit. Et après ? Elle me prend déjà pour un idiot. Elle sait que Judy m'a quitté pour un job à l'étranger. Si je lui raconte que ma mère nous a abandonnés pour diriger une campagne publicitaire de cigarettes, elle me donnera le nom d'un psychiatre, et cette fois disparaîtra pour de bon !

Il s'inclina vers le vieil homme, et lui sourit tristement.

— Il vaut mieux en rester là, je t'assure. Je sais que tu l'aimais bien, mais il faut que tu admettes que nous ne sommes pas faits l'un pour l'autre. Donc, je ne veux plus que tu abordes le sujet. Marché conclu ?

Zane prit la main de son grand-père pour la serrer, mais celle-ci resta de bois dans la sienne, et il se sentit plus abattu encore.

5

Pour la femme active du XXIe siècle, trouver le compagnon idéal passe par l'intellect, pas par les émotions. Ne vous laissez surtout pas guider par vos sentiments. Ce serait le plus sûr moyen de vous fourvoyer.

Installée dans le bureau personnel qu'elle occupait à Waterfront Realty, Elise regarda le numéro de téléphone inscrit sur son calepin, et joua avec le capuchon de son stylo Mont Blanc. Ce numéro était celui de Zane.

Il fallait qu'elle l'appelle, qu'elle lui dise qu'il ne s'était pas trompé. Le terrain où avait grandi son grand-père allait être mis en vente dans deux ou trois semaines. Le plus sage consisterait à faire une proposition raisonnable au propriétaire, avant qu'il ne soit officiellement à vendre. Lorsqu'il serait sur le marché, un promoteur risquait de faire une offre très élevée, afin de transformer ce coin presque sauvage de la baie en une forêt d'immeubles, où les appartements coûteraient horriblement cher.

Elle avait l'impression que le numéro clignotait sous ses yeux. C'était celui du lieu de travail de Zane. Il était hors de question qu'elle l'appelle chez lui. S'il avait eu envie de lui parler personnellement, il aurait eu tout le loisir de lui téléphoner durant la semaine qui venait de s'écouler.

Alors pourquoi hésiter ? Zane était un client comme les autres. Ils s'étaient exprimés sans détour, le samedi précédent, et savaient bien qu'ils n'étaient pas faits l'un pour l'autre. Mais cela ne l'empêchait pas d'être son agent immobilier, et de gagner une commission conséquente sur la vente de ce terrain.

— Qu'attends-tu pour te ressaisir ? marmonna-t-elle tout en pianotant sur le téléphone. Tu n'es plus une collégienne, Ellie !

Ellie ?

— La Ferme du Vallon en ligne. Quel service dois-je vous passer ? lui demanda une charmante réceptionniste.

Elle fut sur le point de raccrocher, mais s'agrippa au combiné.

« Je ne suis plus une collégienne. Je ne suis plus une collégienne. Je ne suis plus… »

— Allô ! insista la voix. Que puis-je pour vous ?

— Je voudrais parler à Zane Keaton, s'il vous plaît. Elise Montgomery à l'appareil.

Craignant soudain qu'il ne prenne pas la communication, elle ajouta :

— Il a essayé de me joindre, je le rappelle.

— Une petite minute, s'il vous plaît.

Quelques secondes plus tard, un déclic résonnait dans l'appareil, et la voix de Zane, chaude, sensuelle, se faisait entendre.

— La réceptionniste m'a dit que vous me « rappeliez »…

— Désolée pour ce petit mensonge, déclara-t-elle d'un ton professionnel, mais il fallait absolument que je vous parle, et je craignais que vous décidiez d'être « occupé » en entendant mon nom.

— Quelle idée ! Je suis content que vous appeliez. En fait… je voulais vous téléphoner dans la semaine et m'excuser pour…

— Il ne s'agit pas d'une communication personnelle, Zane.

— Ça m'est égal. Ce que j'ai à vous dire, moi, est personnel. Et donc, je ne vous ai pas appelée parce que j'ai été débordé de travail.

Il reprit son souffle, ce qui laissait à Elise le temps de rétorquer que ce qu'il avait à lui dire ne l'intéressait pas, et ce pour un motif très simple : parce qu'*il* ne l'intéressait pas. Suite à quoi elle l'informerait de ce qu'elle avait appris au sujet de la propriété.

Mais il fut plus rapide qu'elle ne l'avait imaginé, et poursuivit presque aussitôt :

— C'est faux. Je n'ai pas été si débordé que cela. J'ai vos numéros de téléphone dans ma poche, et je les ai regardés si souvent dans la semaine que je les connais par cœur. Je ne vous ai pas appelée tout simplement parce que j'étais persuadé que vous refuseriez de me parler. Vous étiez assez en colère quand vous êtes partie…

Sa voix était sincère, dénuée de tout artifice. Désarmée par la nature de ses propos, Elise sentit ses résolutions faiblir. Mais elle tint bon.

— Zane, je ne vous ai pas téléphoné pour que nous discutions encore de ce fâcheux incident. J'ai un rendez-vous dans cinq minutes. Voulez-vous, oui ou non, que je vous transmette les informations que j'ai obtenues sur le terrain ?

— Le terrain ?

— Celui que vous m'avez montré quand nous nous promenions en bateau. Vous m'avez bien dit que vous souhaitiez vous porter acquéreur s'il était à vendre, n'est-ce pas ?

— Le terrain de Pops ! s'exclama-t-il, visiblement surpris. Vous vous en êtes occupée…

— Je suis une femme de parole. Je vous avais promis de faire mon possible. Et je l'avais promis aussi à votre grand-père.

— Soit, mais après le fiasco de l'autre jour, je pensais que…

Il s'arrêta net.

— Comment ? reprit-il. Vous l'avez promis à Pops ?

Elise inspira profondément. Elle se sentait ridicule. Non, pas ridicule. Gênée, plutôt. Le grand-père de Zane l'avait émue. Ce vieil homme avait suscité en elle une tendresse qu'elle n'avait jamais éprouvée jusque-là.

— Nous étions en train de… bavarder, et je lui ai dit que j'allais m'en occuper.

— Eh bien…

Il y avait une sorte d'admiration, dans ces deux petits mots. Elise, préféra revenir sur un sujet matériel. Elle avait tendance à fuir les émotions. Encore un trait hérité des Montgomery.

— Ces terres appartenaient à un certain Leonard Jacobs. Mais je suppose que vous le savez. C'est sans doute avec lui que vous avez essayé de négocier.

— L'homme qui ne nous a pas pardonné cette stupide erreur au sujet d'un cageot de poulets !

— Probablement. Cet homme-là est décédé il y a quelques mois, et ses héritiers désirent vendre.

Elle baissa les yeux sur son calepin et réprima le gémissement qui lui montait aux lèvres. Tout en parlant, elle avait inscrit son nom à côté de celui de Zane… et les avait entourés d'un cœur ! Elle s'empressa de tout rayer au stylo.

— Si ça vous intéresse toujours et si vous souhaitez que je vous représente, je peux m'arranger pour vous mettre en relation avec le notaire des Jacobs.

Elle hésita.

— Mais je comprendrais bien sûr que vous préfériez travailler avec quelqu'un d'autre. Je peux charger Linda de…

— Il n'en est pas question ! Et bien sûr que ça m'intéresse. Beaucoup, même ! Vous imaginez, si je pouvais emmener Pops sur les terres où il a grandi ? Le promener sous ces mêmes arbres où il jouait, enfant ?

Face à ces manifestations d'enthousiasme, Elise sourit. Zane ressemblait à un gamin, pas à un important P.-D.G. C'était pourtant ce qu'il était. Il lui avait suffi de faire des recherches sur Internet pour découvrir qu'il dirigeait une entreprise multimillionnaire. La Ferme du Vallon, réputée pour la qualité de ses volailles et de ses œufs, exportait ses produits partout dans le monde. Apprendre que Zane comptait parmi les hommes d'affaires notoires l'avait presque choquée. Les seuls représentants de cette espèce qu'elle ait connus étaient des collègues de son père. Tout comme Edwin Montgomery, ceux-ci travaillaient d'une manière qui frisait l'acharnement, avaient un sens aigu des affaires et manquaient des notions les plus élémentaires en matière de relations humaines. Des gens stricts, rigides même, y compris au sein de leur propre famille.

L'inverse de Zane.

— Alors, quand sera-t-il possible de mettre cette affaire en route ?

— Euh…

La question de Zane la fit sortir brusquement de ses réflexions. Il l'avait prise au dépourvu, situation qui ne lui était pas familière.

— Je dois d'abord passer quelques coups de fil. Je vous rappellerai ensuite pour vous tenir au courant.

— Parfait. Vous avez mon numéro de téléphone à la maison et au bureau, mais je vais vous donner aussi celui de mon portable.

Elise inscrivit les chiffres sur son calepin, à côté du cœur raturé.

— Je vous rappelle bientôt.

Elle préférait mettre un terme à la conversation, avant de tenir des propos qu'elle risquait de regretter.

« Je regrette moi aussi ce qui s'est passé l'autre jour. Je peux comprendre vos a priori défavorables… Nous pourrions peut-être dîner ensemble pour en discuter ? »

— Passez une bonne journée, s'entendit-elle dire.

— Vous aussi. Et Ellie…

— Oui ?

Il fallait qu'elle raccroche. Sans plus tarder.

— Vous n'imaginez pas ce que cette affaire représente pour moi. Ce qu'elle représentera pour Pops…

Elise marmonna quelques mots inintelligibles et reposa le combiné sur son support. Puis elle le fixa pendant une minute entière, immobile.

Voilà qui était fait. Si Zane lui avait présenté une nouvelle fois ses excuses, il ne lui avait pas proposé de la revoir. Elle aurait d'ailleurs décliné son invitation. Fidèle aux conseils de

« Comment trouver un mari », elle refusait de s'investir dans une relation vouée à l'échec. Ce serait une perte de temps.

— Remets-toi donc au travail, au lieu de divaguer !

Pendant les deux heures qui suivirent, elle finit le montage d'un dossier. Son père lui-même n'aurait pas fait mieux. Elle le refermait, prête à joindre le client, quand un coup retentit à sa porte.

— Elise ?

Elle leva les yeux et vit Linda dans l'embrasure de la porte.

— C'est pour cette dame, dit-elle, s'adressant à quelqu'un qui se tenait derrière elle.

Elise écarquilla les yeux à la vue de l'énorme bouquet de fleurs qui avançait vers elle, porté par un livreur.

— Seigneur ! s'exclama-t-elle, stupéfaite.

Un sourire espiègle aux lèvres, Linda la dévisagea, les bras croisés.

— Espèce de cachottière ! Et tu prétendais ne pas avoir très envie de dîner avec Bob, hier soir… Je suppose que tu as commencé une nouvelle *check-list* ? Vu la taille du bouquet, vous avez dû passer une excellente soirée…

Elise s'était levée.

— Je n'ai pas dîné avec Bob. Il avait des rendez-vous, j'avais des rendez-vous…

Elle accompagna ses mots d'un geste vague de la main, et chargea le livreur de poser son superbe fardeau sur une table basse. Qui pouvait bien lui offrir ces fleurs ? Zane. Sans l'ombre d'un doute, Zane. Lui seul était capable d'envoyer à une femme cette étonnante et superbe composition de fleurs des champs. A croire qu'elles avaient été cueillies au bord d'un chemin de campagne.

— Merci, murmura-t-elle à l'adresse du livreur, qui quittait la pièce après avoir reçu un généreux pourboire de sa part.

— Alors qui t'a envoyé ce bouquet ?

Plus rapide que son amie, Linda prit la petite enveloppe agrafée au cellophane et l'ouvrit.

— « Vous êtes la meilleure ! Tendrement. Zane et Tom. », lut-elle.

Lorsqu'elle eut terminé, l'un de ses sourcils s'était levé, formant un arc parfait. Elise réprima un sourire, et s'empara de la carte avant de retourner à son bureau, où elle la glissa dans l'un des tiroirs.

— Ce n'est pas du tout ce que tu crois.

— Ah non ? fit son amie. C'est quoi, alors ?

— Une relation professionnelle. Rien de plus.

— Tu en es sûre ?

Elise tendit la main vers son calepin, et la garda posée sur la première feuille. Si Linda voyait son nom attaché à celui de Zane, dans un cœur… Elle préférait ne pas imaginer la suite.

— Certaine. Et maintenant, si tu veux bien m'excuser, je dois appeler un client.

Elle s'apprêtait à décrocher son téléphone lorsque Linda reprit la parole.

— Tu commets une erreur. Ton manuel a au moins raison sur un point : on doit chercher un homme qui cadre avec ce que nous sommes. Or, celui-ci n'est absolument pas ton genre.

Elise leva le regard. En temps normal, elle n'aurait pas pris la peine de relever. Mais il lui parut soudain impossible de laisser passer un commentaire de cet acabit.

— Et comment sais-tu quel est le genre d'homme qui me conviendrait ? Je ne suis pas persuadée de le savoir moi-même. Supposons que je ne sois pas aussi attachée que je le croyais à certaines valeurs ?

Linda, qui s'était rapprochée de la porte, leva les yeux au ciel.

— Est-ce que tu t'es entendue ? Un homme n'est pas censé te changer, mais te compléter ! Comme un accessoire de marque.

Elise glissa un œil vers le calepin qu'elle couvrait toujours de sa main.

— Tu sais quel genre de femme tu es, et tu sais sans doute aussi quel genre d'homme est Zane Keaton. Regarde-le. Regarde sa sœur — je ne la connais que par ce que tu m'as dit d'elle, soit dit en passant. Il ne tient pas à avoir une femme qui soit son égale. Tu vas te retrouver pieds nus à la ferme, enceinte de ses œuvres !

— Je te trouve assez injuste, Linda. Tu l'as vu en tout et pour tout une fois, et vous n'avez échangé que quelques mots.

— D'après ce que tu m'as raconté, il ressemble à certains de mes anciens petits amis, qui rêvaient d'une épouse du XVIIIe siècle. Elliot par exemple…

Elise, qui avait entendu Linda à maintes reprises parler de cet Elliot, leva la main pour l'interrompre.

— Zane n'est pas Elliot, déclara-t-elle sèchement, agacée par le comportement de son amie. En outre, cette conversation me semble tout à fait déplacée, dans la mesure où je ne sors pas avec cet homme. Je prépare une vente qui devrait me permettre d'accéder à un partenariat avec Gallagher. Tu sais bien que c'est ce que je recherche.

Linda fronça les sourcils.

— Ecoute, je n'essaie pas de te dire ce que tu dois faire ou pas, mais je veux t'éviter les pièges dans lesquels je suis déjà tombée. Si j'ai bien compris, cette *check-list* est destinée à nous guider vers une relation sérieuse, non ?

Elise ne réussirait pas à expliquer sa position à Linda — d'autant qu'elle avait du mal à la comprendre elle-même —, et elle décida donc de mettre fin à leur conversation.

— J'apprécie beaucoup tes conseils, dit-elle avec un sourire forcé. Mais il faut vraiment que j'appelle ce client maintenant.

Elise souleva donc le combiné et attendit que Linda sorte. Linda, qui l'avait exaspérée autant qu'elle-même avait dû l'exaspérer… Ce n'est que quand le bruit des hauts talons disparut, au fond du couloir, qu'elle raccrocha.

Une heure plus tard, le téléphone sonnait.

— Ellie ?

— Zane !

En entendant sa voix, elle avait aussitôt reposé le document qu'elle étudiait.

— Merci beaucoup pour les fleurs, ajouta-t-elle avec un

grand sourire. Mais ce n'était pas nécessaire. Je vends des propriétés pour gagner ma vie, donc ces démarches font partie de mon quotidien.

— Je suis content que le bouquet vous ait plu.

Un silence se fit sur la ligne. Silence que, bizarrement, Elise ne jugea pas du tout gênant.

— Je tenais à m'assurer qu'on vous avait bien livré ce bouquet, mais je vous appelle aussi parce que j'ai une requête à formuler. Une requête qui s'adresse à mon agent immobilier.

Voilà qui était mieux.

— Avez-vous déjà parlé avec ce notaire ? reprit-il.

— Pas encore. J'attends qu'il me rappelle. Pourquoi ?

— Je me demandais s'il vous serait possible d'obtenir une autorisation pour que nous allions visiter le terrain avant que je fasse une proposition officielle. En temps normal je me passerais de cette permission, mais la dernière fois que j'ai voulu pénétrer sur ces terres, le vieux Jacobs m'a accueilli avec un fusil !

Elise, qui arrivait sans peine à jouer sur plusieurs tableaux à la fois, ne l'écoutait plus que d'une oreille distraite. Qu'entendait Zane par « nous » ? Désirait-il y aller avec elle, ou avec quelqu'un d'autre ? Avec sa sœur, peut-être ?

— Vous voudriez le visiter avec votre conseiller juridique ?

— Non. Avec mon agent immobilier. J'aimerais avoir l'avis d'un professionnel. Voyez-vous, je suis attaché à ce terrain, mais j'envisage de l'exploiter pour agrandir le département « recherche » de notre entreprise. Je sais qu'une partie de la propriété a été déclarée marécageuse.

« Le revoir hors du bureau ou du cabinet du notaire ? »

Elle ne sut que répondre. Lorsqu'elle avait entrepris ces recherches sur le terrain, elle n'avait pas envisagé d'autre tête-à-tête. Son regard se posa sur le superbe bouquet de fleurs, qu'elle avait mis dans un vase à peine assez grand, et elle sentit ses joues s'enflammer. Cette réaction ne manqua pas de l'alerter. Mieux valait que leur relation reste strictement professionnelle. Qu'ils se parlent par téléphone, ou dans un bureau.

— Je crains de ne pas vous être d'une grande utilité, dans ce domaine. Je vends surtout des appartements.

— Allons… Pour vous remercier, je vous ferai monter dans mon pick-up. Je suis sûr que vous ne connaissez pas les joies d'une antiquité pareille !

Comment résister à son charme ?

— Je ne peux rien vous promettre. Je vais voir…

Cette fois encore, elle lui avait répondu d'un ton très professionnel, mais elle était bien consciente que son cœur fondait.

— Appelez-moi dès que vous en saurez davantage, fit-il.

— Bon… A bientôt.

Elise souriait toujours quand elle quitta l'agence, à 17 heures pile. Dans la mesure où elle y arrivait à 7 heures du matin, il s'agissait, selon les critères des Montgomery, d'une journée de travail insignifiante.

Que lui passait-il donc par la tête ? *Qui*, plutôt…

Le lendemain, vendredi, Elise permit à Zane de passer la chercher chez elle à 18 heures. Elle ne lui proposa cependant pas de monter à son appartement. Une façon comme une autre de préserver le caractère professionnel de ce rendez-vous. Il était prévu qu'ils visitent le terrain, puis qu'il la raccompagne chez elle. Elle lui avait dit qu'elle avait des projets pour la soirée. Ce qui était d'ailleurs vrai. Elle envisageait de regarder la télévision en mangeant un paquet de pop-corn.

— Bonsoir ! lança-t-il à travers la vitre ouverte de son pick-up, tandis qu'il approchait de l'entrée de l'immeuble.

Comme elle descendait les marches pour venir à sa rencontre, elle eut l'impression qu'il la jaugeait du regard et ne sut trop que penser. Elle s'était changée trois fois. D'habitude, elle portait un tailleur et des escarpins à talons pour faire visiter un appartement ou une villa. Mais dans la mesure où il s'agissait cette fois d'un terrain, cette tenue de ville lui avait paru peu appropriée. Elle avait fini par opter pour un jean — le seul de sa garde-robe ! —, un T-shirt blanc, et les chaussures en toile achetées quelques jours plus tôt.

— Bel endroit, observa Zane, face à l'immeuble de stuc rose, entouré de jardins bien entretenus.

Elise grimpa sur le siège recouvert d'une serviette de plage, et prit soin de placer son attaché-case à sa gauche, afin d'éviter tout contact avec le chauffeur.

— Merci. C'était un excellent investissement. Le prix de mon appartement a déjà augmenté de trente-trois pour cent depuis que je l'ai acheté.

— Ah… Vous ne l'avez pas choisi parce qu'il vous plaisait ?

Elle crut percevoir un accent critique dans sa voix, mais peut-être n'était-ce qu'un effet de son imagination. Avec son père, la critique était toujours réelle. Comment savoir, avec Zane ? Il était si différent des hommes qu'elle avait connus jusque-là.

— Mon père m'a appris que les décisions d'ordre financier devaient être dictées par la raison, pas par le cœur. Je suppose que ce point de vue ne vous est pas étranger, puisque vous êtes vous-même un homme d'affaires accompli.

Zane haussa ses larges épaules. Il portait un T-shirt de surfeur, d'un bleu pâle qui rappelait celui de ses yeux, avec un short et des chaussures de sport qui paraissaient dater d'une vingtaine d'années. Des lunettes de soleil de marque complétaient cette tenue. Il n'avait vraiment pas l'allure d'un homme d'affaires multimillionnaire.

— J'essaie toujours de prendre des décisions raisonnables au sein de l'entreprise, mais quelquefois il faut aussi se fier à ce qu'on ressent. Et ce qu'on ressent n'est pas toujours fondé sur la raison, n'est-ce pas ?

Elise regarda par la vitre de sa portière. Elle se demanda s'il faisait allusion à ce qu'elle éprouvait pour lui, ou s'il avait lu ce passage dans « Comment trouver un mari », qui trônait sur sa table de chevet. Mais bien entendu, aucune de ces hypothèses n'était plausible.

Comme elle ne lui répondait pas, Zane hocha la tête, songeur, et passa les grilles de l'immeuble.

— Vous avez de la famille, Ellie ?

— Mon père, qui vit au Texas. Il possède une compagnie pétrolière. Ma mère est partie quand j'étais petite.

Elle remarqua que sa voix s'était faite plus dure tandis qu'elle prononçait ces derniers mots. Pourquoi avait-elle parlé de sa mère ? C'était là un sujet qu'elle évitait toujours.

— La mienne aussi. J'imagine que vous l'avez compris quand vous nous avez entendus, l'autre jour, discuter dans la cuisine, ma sœur et moi. Nous étions jeunes, au moment du divorce de mes parents. Notre père est mort d'un cancer l'an dernier, mais nous sommes restés très proches de notre famille paternelle, Meagan et moi. Les cousins que vous avez rencontrés samedi chez moi sont des enfants de son frère et de sa sœur. Et il y a aussi Pops, bien sûr.

Après avoir hasardé un regard en direction d'Elise, il ajouta :

— Mon père me manque beaucoup. Ça ne doit pas être facile pour vous de vivre si loin du vôtre.

Elise avait choisi de faire ses études dans l'Est pour s'éloigner de son père, de ses critiques et de ses manœuvres destinées à la manipuler. Quand il avait décrété qu'il n'assumerait les frais de ses études que si elle les suivait au Texas, Elise s'était inscrite à l'université du Maryland. Et elle avait travaillé la nuit et le week-end pour ne rien avoir à lui demander.

— Je ne suis pas très proche de mon père, déclara-t-elle d'une voix sereine.

— Je vois. Dommage. Je pensais que…

— Je propose que nous examinions les caractéristiques de ce terrain avant d'arriver.

Ce disant, elle sortit un document de son attaché-case et se mit à le lire. Pendant la demi-heure qui suivit, elle fournit à Zane toutes les informations matérielles qu'elle avait pu réunir, y compris celles concernant la zone marécageuse. Elle l'écouta ensuite parler de La Ferme du Vallon, et apprit ainsi qu'il s'agissait au départ d'une exploitation familiale. C'était lui qui en avait fait une entreprise d'une telle envergure.

Elle était impressionnée, mais pas comme l'aurait été une Montgomery. Elle admirait la simplicité que Zane avait su garder, tout en allant de succès en succès.

Simplicité. Ce mot ne figurait pas sur la *check-list*.

Elise n'avait pas menti à Linda. Elle commençait à se demander si elle savait vraiment ce qui pourrait la rendre heureuse.

— Nous voici arrivés, dit Zane. Je me sens déjà chez moi !

Il ne leur fallut pas moins d'une heure et demie pour visiter le terrain. Heure et demie qu'Elise passa à escalader des buttes, grimper sur des troncs d'arbres abattus, se faufiler entre des branchages. Et aussi à écouter Zane lui exposer avec enthousiasme ses projets. Elle avait de plus en plus de mal à se rappeler qu'il était un client. Un client comme les autres. Difficile de garder cela à la mémoire, alors qu'elle prenait tant de plaisir en sa compagnie ! Et il lui semblait que ce plaisir était réciproque.

Le soleil s'apprêtait à disparaître lorsqu'ils retournèrent vers le pick-up. Les mains dans les poches de son short, Zane marchait tout près d'Elise. Il avait l'air de vouloir lui dire quelque chose, mais hésitait. Il ne le fit que lorsqu'il lui ouvrit la portière.

— Je sais bien que vous n'êtes pas libre ce soir, mais… vous êtes sûre que nous ne pourrions pas grignoter quelque chose ensemble ?

Elle le regarda dans les yeux, et sut alors qu'elle était perdue.

— Pour parler du terrain ?

— Oui, bien sûr.

Il se gratta le bout du nez et lui sourit.

— En fait non, Ellie. Je me moque du terrain. Façon

de parler ! Je ne m'en moque pas, mais j'avais décidé de l'acheter, quel qu'en soit le prix…

— Ne le dites surtout pas aux héritiers ! s'exclama-t-elle en riant, étonnée de sa propre réaction.

— Pour ne rien vous cacher, cette visite n'était pour moi qu'un prétexte pour vous revoir. Je n'arrête pas de penser à vous, depuis le soir où nous nous sommes rencontrés.

Elise se mordit la lèvre. Elle n'oubliait pas ce qu'elle avait entendu ce fameux samedi, chez lui. Zane savait quel genre de femme lui conviendrait, et ce n'était manifestement pas le sien.

Comme elle se taisait il se rapprocha d'elle, une moue irrésistible aux lèvres.

— Je suis conscient de ne pas m'en tirer très bien, mais ce que j'essaie de vous dire c'est que vous me plaisez, Ellie. Beaucoup. Je regrette ce qui s'est produit avec Meagan, et je voudrais que vous me donniez une seconde chance.

Elise avala sa salive. Cette forte attirance s'exerçait de nouveau entre eux, pareille à une réaction chimique. Il lui semblait sentir sur les siennes les lèvres de Zane.

— Je vais être plus franc encore. Tout ce qu'il y a de logique et de raisonnable en moi me dit que vous n'êtes pas celle qu'il me faut. Que vous ferez toujours passer votre carrière avant moi. Pourtant…

Il lui prit la main et la serra.

— Alors, quelle est votre réponse ?

Il s'était penché vers elle. Dans la pénombre du crépuscule, ses yeux paraissaient plus lumineux que jamais. Elise était cependant résolue à se montrer ferme.

Sa résolution dura quelques secondes. Jusqu'à ce que Zane l'embrasse. A cet instant-là, elle oublia tout. Tant la résolution, que leur querelle, et tout ce qui les séparait. Il n'y avait plus rien au monde que cet homme et elle, serrés l'un contre l'autre en rase campagne. Seulement le goût de ses lèvres, une petite brise nocturne, et une sensation infinie de bien-être.

— D’accord pour le dîner ? murmura-t-il d’une voix caressante.

— D’accord.

« D’accord aussi pour un autre baiser », ajouta-t-elle en son for intérieur.

6

Votre famille, vos amis et vos collègues de travail vous connaissent peut-être mieux que vous ne vous connaissez vous-même. S'ils n'approuvent pas votre choix, prenez garde. Il se pourrait bien qu'ils ne se trompent pas.

Un mois plus tard, en un magnifique samedi après-midi, Elise s'affairait chez elle au lieu d'être à l'agence. Le matin elle était allée à son cours de gymnastique, puis faire quelques courses, et avait remis un semblant d'ordre dans son appartement. Au cours de ces dernières semaines, entre ses sorties avec Zane et son activité professionnelle, elle avait l'impression de perdre un peu le contrôle de son existence. Ce n'était d'ailleurs pas forcément une mauvaise chose. Mais ce rythme était si différent de celui qui était le sien, avant de le connaître…

Zane agissait de façon spontanée, alors qu'elle-même avait coutume de tout planifier. Et de ce fait, tout ce qu'il disait, proposait ou faisait, l'enchantait. Ce qui l'enchantait moins, c'était le retard qu'elle était en train de prendre dans son travail. Son patron attendait un contrat qu'elle aurait dû être en train de rédiger, au lieu de rempoter ce plant de marguerites acheté le matin même.

Le téléphone sonna et elle s'empressa de décrocher, espérant entendre la voix de Zane. Ils avaient prévu une promenade en bateau cet après-midi-là, mais n'avaient pas fixé d'heure.

— Bonsoir ! lança-t-elle avec entrain.

— Elise Anne ?

— Comment vas-tu, père ? fit-elle, s'efforçant de dissimuler sa déception.

Elle aplatit le terreau à l'aide d'une cuiller, et recula pour admirer son œuvre. Zane lui avait offert ce pot un jour où ils visitaient une exposition artisanale. Indigo et jaune avec quelques taches fuchsia, il jurait avec la décoration de son appartement. Elle l'adorait.

— J'ai essayé de te joindre à l'agence, déclara Edwin Montgomery d'un ton désapprobateur. J'ai parlé à cette charmante personne, Linda, qui m'a dit qu'on ne t'y avait pas vue de la journée, et qu'il n'était pas prévu que tu y passes.

— En effet… J'avais certains détails à régler.

Elise souleva le pot et, pieds nus, quitta la cuisine pour se diriger vers son bureau. Sans hésiter, elle plaça les marguerites tout près de la fenêtre. Zane lui avait expliqué, la semaine précédente, que les plantes avaient besoin d'eau mais *aussi* de soleil.

— Tu n'étais pas non plus à l'agence samedi dernier.

— Désolée d'avoir manqué ton appel. J'ai laissé un message à ta secrétaire. Zane et moi sommes allés sur l'île d'Assateague pour voir les poneys sauvages. Il n'arrivait pas à croire que je vive depuis presque dix ans sur la côte Est, et que je ne les aie jamais vus.

— Tu sors donc toujours avec lui ?

Après avoir redressé une fleur, Elise se laissa tomber dans son fauteuil.

— Je pense qu'il te plairait bien, père. Zane est un homme d'affaires, comme toi. Comme je te l'ai dit, il possède une entreprise dont il est le P.-D.G. et en l'espace de dix ans, il s'est fait connaître sur le marché international.

— Est-ce que Waterfront a déjà décerné son prix de meilleur vendeur, pour le mois de juin ?

Elise serra les lèvres. Le meilleur vendeur avait été choisi deux semaines plus tôt, mais elle avait préféré ne pas en parler à son père.

— Oui. Et c'est Linda qui l'a remporté, cette fois. La jeune femme avec laquelle tu as parlé au téléphone. Elle a fait une vente incroyable à…

— Ne pas travailler le samedi, quitter son lieu de travail avant 18 heures… Tu connais comme moi les clés du succès, Elise Anne.

Elle se mit à triturer un stylo. En dépit de son âge et de la distance qui la séparait de Dallas, Elise avait l'impression de redevenir une petite fille quand son père s'adressait à elle de cette façon. A la différence près qu'aujourd'hui elle était en mesure de lui répondre, au lieu de l'écouter, tête basse.

— Ce n'est pas parce que je n'ai pas obtenu ce mois-ci le prix du meilleur vendeur que je renonce au succès ! Le remporter cinq mois d'affilée relevait de l'exception, père. Ça ne s'était jamais produit dans l'agence, et ça ne se reproduira sans doute plus. Au fait, je ne suis pas sûre de te l'avoir dit, mais si la vente du terrain de Zane aboutit, je crois avoir toutes les chances d'accéder au statut d'associée.

— Ah…

La désapprobation avait cédé la place à une satisfaction non déguisée.

— Je vois, reprit Edwin Montgomery. Tu t'accroches pour remporter le gros lot !

Machinalement, Elise ouvrit le premier tiroir de son bureau, et y vit la *check-list*. La seule et unique qu'elle ait jamais dressée. « Un cœur d'or ». Ces mots étaient toujours inscrits en gros, en tête de la première page.

— Exact. Je m'accroche pour remporter le gros lot…, répéta-t-elle, avec aux lèvres un sourire attendri.

— Je ne peux que me réjouir d'apprendre que tu te sers de ta tête au lieu d'utiliser d'autres ressources moins fiables.

Il marqua une courte pause.

— Monique ne me facilite pas les choses, pour le divorce. Elle refuse de signer les documents. Il y a eu des larmes, des histoires…

— Je suis désolée d'entendre ça. Vous aviez l'air faits pour vous entendre, Monique et toi. Tu es sûr qu'il n'y a pas moyen de vous réconcilier ? Quelquefois, un conseiller conjugal peut…

— Les Montgomery ne consultent pas, déclara-t-il d'un ton sec, lui coupant la parole. Nous lavons notre linge sale en famille. Monique est en train de se donner en spectacle, et elle le regrettera quand elle lira le montant de la pension que je suis prêt à lui verser !

Elise soupira.

— Ça m'ennuie vraiment que tu te retrouves de nouveau seul.

Personne ne devrait vivre seul dans une grande maison vide. Pas même un vieux grincheux comme son père.

— Il faut que je te quitte, dit-il soudain. Faxe-moi les détails de cette association. Je demanderai à mon avocat d'examiner le contrat. On n'est jamais trop prudent.

— Merci, père, mais je ne suis toujours pas sûre de…

— On essaie de me joindre sur une autre ligne. Je t'appellerai à l'agence samedi prochain. Passe une bonne semaine de travail !

Il raccrocha sans lui laisser le temps de lui répondre. Comme elle reposait à son tour le combiné, son regard fut attiré par le dossier qu'elle avait rapporté de l'agence. Elle n'avait pas encore écrit un traître mot du contrat qui devait arriver lundi matin sur le bureau de M. Gallagher.

Elise se mordilla la lèvre inférieure. Elle avait déjà promis à Zane de l'accompagner le lendemain matin à l'église, avec Tom. Suite à quoi ils feraient une promenade sur la plage, et iraient tous les trois déjeuner chez Meagan. Zane tenait beaucoup à ce qu'elle assiste à ce repas, et ne cessait de répéter que, dès qu'elles se connaîtraient mieux, elles se lieraient d'amitié, sa sœur et elle. Si toutefois elles consentaient à se montrer un peu moins têtues, autant l'une que l'autre !

Elle regarda le téléphone. Puis de nouveau le dossier. Les sourcils froncés, elle appela Zane.

— Zane ? C'est moi.

— Bonsoir mon cœur ! On a bien raison de dire que les

grands esprits se rencontrent. J'allais te téléphoner. Tu es prête à perfectionner ton bronzage sur le bateau ?

Ils avaient depuis longtemps abandonné le vouvoiement.

Cette remarque sur son hâle la fit sourire. C'était la première fois de sa vie que sa peau avait ce joli ton cuivré. La première fois de sa vie aussi qu'elle s'octroyait du temps pour… s'amuser.

— Je t'appelais justement pour te dire que ça ne va pas m'être possible aujourd'hui. J'ai une tonne de travail.

Il y eut un silence.

— Je sais, Zane. Je t'avais dit que j'irais me promener en bateau avec toi, mais il se trouve que je n'ai pas écrit un traître mot du contrat que je dois remettre lundi matin à Gallagher.

— Il me semble que nous avons abordé ce sujet, Ellie. Et que nous avions décidé d'un commun accord que si nous voulions donner à notre relation des chances d'exister, il faudrait que chacun de nous tienne compte du « bagage » de l'autre.

Elise se raidit en entendant ce terme. Le « bagage » de Zane était sentimental, pas le sien !

— J'ai eu une semaine très chargée, répliqua-t-elle d'un ton ferme.

— J'étais d'accord pour ne pas insister sur le fait que tu agis souvent pour te calquer sur l'image que les autres ont de toi.

Les autres étaient avant tout son père. Peut-être aussi Linda. Sans nul doute son patron.

— Et tu m'as promis de respecter nos rendez-vous, poursuivit-il.

— Désolée, mais j'ai déjà raté deux ventes ce mois-ci. L'une, parce que nous étions sortis faire du windsurf, l'autre, parce que je te tenais compagnie pendant que tu réparais ton bateau. Je me permets donc de te rappeler que je dois travailler pour gagner ma vie ! conclut-elle d'un ton plus acerbe qu'elle ne l'aurait voulu.

Le silence s'établit de nouveau sur la ligne. Elise avait l'impression de retenir sa respiration.

— Soit, dit-il enfin.

Elle lâcha son souffle. C'était leur première querelle depuis qu'ils avaient renoué. Elle aurait dû se douter que ce différend surviendrait tôt ou tard.

— Ecoute, si je m'y mets sérieusement j'aurai fini ce soir. Et nous pourrons passer toute la journée de demain ensemble, comme prévu.

— Parfait. Mais ne t'inquiète pas, tout va bien.

Sa voix lui parut cependant moins chaleureuse qu'à l'accoutumée.

— Tu as raison, reprit-il, sincère cette fois. Excuse-moi. J'ai bien peur d'avoir réagi un peu trop vivement. Ce sont des choses qui arrivent.

— En effet. A demain, devant l'église ?

— Nous y serons, Pops et moi.

— Bien.

Elle se tut, consciente néanmoins de vouloir ajouter quelque chose. Les mots « Je t'aime » lui vinrent à l'esprit, mais elle ne les prononça pas. Ils n'avaient jamais parlé d'amour, Zane et elle. Elle n'était d'ailleurs pas sûre de l'aimer. Et moins sûre encore qu'il l'aime.

— A demain, fit-elle d'une voix douce.

— A demain, Ellie.

Après avoir raccroché, Elise soupira. Un long et fastidieux après-midi de travail l'attendait.

Zane emprunta la porte de service de la maison qu'habitait sa sœur, et se retrouva dans sa cuisine. Postée aux fourneaux, Meagan remuait quelque chose dans une grande casserole. Une bonne odeur de sauce tomate flottait dans l'air.

— Coucou ! Est-ce qu'il y aurait une place libre ce soir, à table ?

Elle se tourna dans sa direction et lui sourit.

— Il y a toujours une place libre pour toi, frérot !

Il lui posa un baiser sonore sur le front, puis ouvrit le réfrigérateur en quête d'une boisson fraîche. C'était une chaude journée de juillet, et il avait passé trois heures à travailler d'arrache-pied dans son jardin. Il ne ménageait pas ses efforts quand il était en colère. Or ce changement de programme annoncé par Elise l'avait mis en colère. Déçu, aussi. Déçu parce qu'il avait très envie de la voir. Et irrité parce qu'il devinait bien qu'il suffirait de pas grand-chose pour que cette relation s'engage sur la mauvaise pente. Ce ne serait pourtant pas faute de l'avoir prévenu !

— Je suis ravie de te voir, mais tu sais, je suppose, que tu es en avance de quelques heures pour le déjeuner dominical…

Zane, qui s'était servi un verre de limonade, en but une longue gorgée avant de se laisser tomber sur l'un des bancs posés de part et d'autre de la grande table en chêne.

— Nous serons là demain Ellie, Pops et moi, mais j'avais envie de vous rendre une petite visite impromptue. Qui plus est, je me suis dit que ça vous permettrait peut-être de sortir, Ted et toi. Je garderai les enfants pendant que vous irez au cinéma, ou même boire un verre. Je sais bien que vous n'avez pas eu une minute pour vous retrouver tous les deux, depuis la naissance du bébé.

Sans lâcher la grosse cuiller de bois avec laquelle elle remuait la sauce, Meagan se tourna vers lui. Elle était coiffée n'importe comment, et portait un T-shirt informe de Ted sur un vieux bermuda. Zane aimait sa sœur, mais cela ne l'empêcha pas de constater qu'elle prenait trop à cœur son rôle de mère au foyer. Au point d'en oublier sa véritable identité. Il n'y avait pas si longtemps, Meagan ne sortait de sa chambre que bien coiffée, maquillée, et dans une tenue coquette. Bien sûr, l'arrivée d'Alyssa datait de quelques mois à peine, et s'occuper de quatre enfants n'était pas de tout repos. Surtout avec un mari qui avait des horaires impossibles.

— *Sortir* ? répéta-t-elle dans un éclat de rire. Nous ne sommes pas sortis depuis la naissance de Justin. Ça fait donc trois ans. Nous ne saurions même pas où aller ! D'autant que Ted boude les salles de cinéma.

— Vous pourriez vous promener sur la plage, manger une glace. Parler ensemble. La soirée promet d'être magnifique. Il y a déjà de très belles couleurs sur la baie.

— Parler ? Ted et moi ?

Meagan rit de nouveau.

— Passé 19 heures, je suis souvent hors service ! Tu sais, quand j'ai mis les monstres au lit, il me reste tout juste assez de force pour arriver jusqu'au mien.

Zane finit son verre de limonade et haussa les épaules.

— Je voulais juste vous proposer de m'occuper des petits. J'adore rester avec eux.

— Et ils t'adorent eux aussi, Zane. Tu feras un excellent père, le moment venu.

Meagan posa sa cuiller, puis sortit du réfrigérateur un sac de pousses de salade provenant de son potager, qu'elle se mit à trier sur la grande table.

— Mais… nous sommes samedi ? Je perds la notion du temps ! Tu n'as pas de rendez-vous galant, un samedi soir ?

— Ellie n'était pas libre.

— A cause de son travail ?

— Meagan… tu m'as promis de lui laisser une chance. Elle me plaît vraiment. Je crois même… que je l'aime.

La jeune femme redressa la tête d'un geste brusque.

— Oh non, Zane… De grâce ! Tu la connais depuis un mois à peine. Ce n'est pas possible que…

— Pourtant, si ! Je l'aime, Meg. Je pense même être tombé amoureux d'elle le soir où je l'ai connue, à cette soirée de bienfaisance. Elle est intelligente, drôle… Mieux encore, elle me trouve drôle ! ajouta-t-il en riant.

— Le mariage n'est pas une comédie.

— Je me sens merveilleusement bien avec elle, enchaîna-t-il, comme s'il se parlait à lui-même. Je prends un plaisir infini à la regarder, à l'écouter. Elle est en plus d'une ténacité incroyable. Elle a remué ciel et terre pour que je puisse acheter ce terrain, et elle ne lâche pas prise.

— J'espère que tu ne t'égares pas, que tu ne mélanges pas les sentiments que tu crois lui porter et ton affection pour Pops…

— Non, Meagan, je ne m'égare pas.

Il s'était levé et fit quelques pas dans la pièce avant de revenir se placer devant sa sœur.

— J'aime Ellie. C'est avec elle que je veux passer le restant de mes jours. Et je voudrais que tu l'aimes aussi. Mais en supposant que tu n'y parviennes pas, je l'épouserai quand même !

Il avait martelé ces derniers mots, et Meagan ne put s'empêcher de sourire en dépit de la gravité du sujet.

— Zane… je n'essaie pas de te rendre la vie impossible. Tu as raison, je ne connais pas Ellie. Ceci dit, je connaissais Judy et je l'aimais bien.

— Non. Tu la trouvais égoïste et entêtée.

— C'est faux. Mais dès le début j'ai su qu'elle ne te convenait pas, parce qu'elle ne te donnerait jamais ce dont tu as besoin. Et j'ai bien peur que tu aies choisi une autre femme qui lui ressemble, voilà tout.

— Ellie ne ressemble pas à Judy.

Meagan leva les deux bras, comme si elle se rendait.

— Parfait, dit-elle en s'éloignant.

— Oui, parfait. Et maintenant, va te changer et te promener, ou faire des courses, ou ce que tu voudras, mais *sors* ! Je m'occupe des monstres.

Elle s'arrêta et le dévisagea, un sourire attendri aux lèvres.

— Tu sais quoi ? Je t'aime !

— Je sais…, lui répondit-il, souriant à son tour.

Il était plus de 22 heures quand Elise entendit frapper à sa porte. Gratter, plutôt. Elle avait fini de rédiger le contrat qu'attendait Gallagher et devait le relire, mais tenaillée par la faim, elle inspectait sa cuisine. Jusqu'ici, elle n'avait trouvé que deux cornichons au fond d'un bocal, un demi-pain au sésame rassis, et, sur la dernière étagère de son réfrigérateur, un carton de nourriture chinoise qui avait pris une étonnante teinte bleue. Dépitée, elle le jeta dans le vide-ordures avant de traverser le couloir.

— Qui est là ?

— Quelqu'un qui fait un bien piètre petit ami…, lui répondit Zane. Mais j'arrive les bras chargés de présents. Ou presque.

Elle lui ouvrit, souriante, et se serra contre lui quand il l'embrassa.

— Doucement ! Tu vas écraser mes cadeaux !

Il brandit un sac en plastique.

— Voici des spaghettis bolognaise, et une salade du potager avec une sauce à la moutarde préparée par moi-même.

— C'est un miracle ! s'exclama Elise. Comment as-tu deviné que j'étais affamée ?

— Mon petit doigt me l'a dit ! Alors, est-ce que tu as réussi à travailler « sérieusement », comme tu en avais l'intention ?

Elle acquiesça tout en se dirigeant vers la cuisine, suivie de Zane.

— Plus qu'une petite heure de relecture, et le dossier sera lundi matin sur le bureau de Gallagher. Mm… Ça sent diablement bon.

— Ellie… je voulais aussi te présenter mes excuses, pour tout à l'heure. J'ai réagi de manière ridicule et tout à fait disproportionnée.

— A cause de Judy ?

Il acquiesça.

— Je crois avoir moi aussi réagi un peu plus vivement que nécessaire. Il se trouve que…

Elle détourna le regard et mit les spaghettis à réchauffer.

— Oui ? insista-t-il.

— Mon père m'a appelée aujourd'hui.

— Et tu t'es retrouvée dans la peau d'une gamine de cinq ans, c'est bien ça ?

En guise de réponse, elle se mordit la lèvre.

— Je ne comprends pas que tu continues à l'écouter, Ellie.

— Il est mon père.

— Bien sûr. Mais j'ai l'impression que quoi que tu dises, quoi que tu fasses, il ne sera jamais satisfait. Tant que tu ne retourneras pas au Texas, en tout cas, où il aura ainsi le loisir de régenter ton existence.

Elise baissa les paupières. Zane avait-il raison ? Cette pensée lui avait effleuré l'esprit à plusieurs reprises, ces dernières semaines. Ces derniers mois, même.

— Je préférerais que nous ne nous étendions pas sur ce sujet maintenant.

Il hocha la tête et l'enlaça. Blottie contre lui, Elise se sentit rassérénée. Et quand il l'embrassa, le mot « amour » lui vint de nouveau à l'esprit.

— Il vaut mieux que je te laisse, murmura-t-il, sans quoi tu n'auras jamais terminé dans une heure…

Lorsqu'il fut parti, elle se mit à déguster son repas improvisé, un sourire rêveur aux lèvres. Dans quelle rubrique de la *check-list* inscrirait-elle : « M'apporte de quoi manger quand je suis sur le point de mourir d'inanition » ?

7

N'adaptez pas votre mode de vie au sien. Préservez votre personnalité.

La première semaine d'août, Joe Gallagher convoqua Elise dans son bureau. C'était un homme d'une soixantaine d'années, au visage anguleux et aux cheveux grisonnants, qui ne mesurait pas plus d'un mètre soixante-dix.

— Asseyez-vous, Elise. Alors, comment se déroule cette semaine ? lui demanda-t-il en la regardant par-dessus ses petites lunettes.

— Très bien. J'ai vendu un appartement à Mallard Lake, et la maison des Brenner.

Un peu nerveuse, Elise prit place dans l'un des fauteuils en cuir fauve. Ce n'était pas tous les jours que Joe Gallagher, l'associé principal de l'agence, recevait l'un de ses employés.

— Celle qui a quatre chambres et une cuisine peinte en rouge vif ?

— Tout juste, lui répondit-elle avec un sourire.

Il hocha la tête.

— J'étais en train d'examiner les chiffres de juillet. Les vôtres en particulier…

Il prit une feuille remplie de colonnes, posée sur une pile d'autres documents.

— Vous avez été si brillante pendant les cinq premiers mois de l'année, que je vous mentirais si je prétendais ne pas être un peu déçu par ce résultat.

Elise sentit ses épaules s'affaisser.

— Ce mois a été un peu plus calme…, allégua-t-elle.

— Tout va bien ?

— Absolument.

— Je vous pose la question parce que vous me paraissez un peu préoccupée. Je ne vous vois plus le samedi et le dimanche, depuis un certain temps.

Il lui sourit avant d'ajouter :

— Le soir, nous ne fermons plus l'agence ensemble…

Elise lui rendit son sourire, mais le ton de sa voix était sec quand elle reprit la parole. Il lui semblait voir son père assis dans le fauteuil de son patron, et cela ne lui plaisait pas.

— Je n'avais pas compris qu'il fallait être là le week-end aussi, Joe ! Je travaille du lundi au vendredi, de 9 heures à 17 heures.

— Bien sûr. Je sais bien que vous faites vos heures. Le problème n'est pas là. Je vais être franc avec vous, Ellie. Marshall étant parti depuis peu à la retraite, nous souhaiterions, nous autres associés encore en activité, proposer ses parts à l'un de nos vendeurs.

Elise redressa les épaules. Cette offre à peine déguisée ne lui procurait pas tout le plaisir qu'elle en attendait. C'était pourtant là ce qu'elle souhaitait ardemment, non ? Ce pourquoi elle se battait depuis cinq ans.

— Ça m'intéresserait beaucoup, Joe.

— Je n'en doute pas. Ça intéresserait aussi beaucoup Linda et Ralph. Vous êtes tous les trois en compétition. Jusqu'ici, c'était vous ma favorite. Mais en juillet, c'est encore Linda qui a réalisé le meilleur chiffre. Deux mois de suite. Vous ne voudriez pas qu'elle vous supplante, n'est-ce pas ? conclut-il en riant.

Elise ne riait pas, elle, lorsqu'elle secoua la tête.

— C'est bien ce que je pensais, reprit Joe. Alors, où en sont les transactions de ce terrain que La Ferme du Vallon désire acheter ?

Elise croisa les jambes, et, pour la énième fois, se félicita d'avoir échangé ses sempiternels petits tailleurs avec jupe droite contre des ensembles pantalon. Elle s'y sentait tellement plus à l'aise !

— La direction sanitaire de la ville, qui s'est rendue sur les lieux et a constaté qu'une partie des terres était en effet marécageuse, n'est visiblement pas pressée de nous remettre son rapport. Il reste par ailleurs le problème des héritiers. Informés de la querelle ancestrale entre leur arrière-grand-père et celui des Keaton, ils se font tirer l'oreille. Bref, c'est une affaire compliquée, admit-elle avec une grimace.

Joe examina de nouveau la feuille qu'il tenait toujours à la main.

— Sans cette vente, votre candidature me semble compromise…

Il lui sourit.

— Je compte donc sur vous pour redresser la situation, Elise.

Elle se leva.

— C'est là tout ce que vous aviez à me dire, Joe ?

— Oui. Si vous avez besoin d'aide pour ce terrain de La Ferme du Vallon, passez-moi un coup de fil. Et je souhaiterais, en attendant que la situation se débloque, que vous fassiez quelques recherches sur cette compagnie.

Il griffonna quelques mots sur un calepin, en détacha la page et la tendit à Elise.

— Société Lindsborg ? lut-elle. Ce sont bien les Lindsborg qui construisent des terrains de golf ?

— Exact. Il se pourrait qu'ils décident de venir faire un tour par ici. Si tel était le cas…

— Il leur faudrait un lopin de terre d'une taille conséquente. Merci Joe, dit-elle en glissant la feuille dans la poche de sa veste.

— De rien.

Comme elle regagnait son bureau, Elise croisa Linda dans le couloir. Depuis l'échange un brin houleux qu'elles avaient eu au sujet de Zane, les liens qui les unissaient s'étaient distendus. Elise regrettait que son amie ne se réjouisse pas davantage pour elle. Elle ne comprenait d'ailleurs pas que

Linda accorde autant d'importance à ce qu'elles avaient lu dans « Comment trouver un mari ». D'autant que ce projet était *le sien,* au départ. Sa collègue n'avait même pas voulu se servir de la *check-list*.

— Toutes mes félicitations pour le prix de meilleure vendeuse, que tu as encore remporté en juillet ! lança-t-elle avec un entrain un peu forcé.

— Merci.

Linda serra une chemise en carton contre sa poitrine. La jupe de son tailleur vert anis était assez courte pour dévoiler presque aux trois-quarts ses jambes parfaites.

— Comment vas-tu ? reprit Linda. Je… j'ai été si occupée que je n'ai même pas eu le temps de t'appeler pour avoir de tes nouvelles.

— Je veux bien te croire. Je sais par expérience toutes les heures supplémentaires qu'exige l'obtention de ce prix…

Linda hocha la tête.

— Comme tu dis ! Mais ça ne me dérange pas trop de rester au bureau, dans la mesure où je n'ai personne avec qui passer mes soirées.

En entendant ces mots, Elise fronça les sourcils. Linda serait-elle jalouse de sa relation avec Zane ? Cette entrée en compétition pour accéder à un poste d'associée revêtirait-elle un caractère personnel ?

Après s'être assurée que le couloir était vide, Elise se rapprocha de sa collègue.

— Désolée, Linda, mais il faut que je te pose la question : est-ce que j'ai dit ou fait quelque chose qui t'a déplu ?

— Non, bien sûr. Quelle idée !

Elle s'écarta d'elle et lui adressa l'un de ces sourires qu'Elise connaissait bien et qu'elle réservait en général à ses clients.

— Excuse-moi, je dois te fausser compagnie maintenant. Joe n'aime pas attendre…

D'humeur morose, Elise retourna dans son bureau et se laissa tomber dans son fauteuil en soupirant. Quelques secondes plus tard, elle composait le numéro de téléphone de Zane.

— Zane Keaton à l'appareil.

Le simple fait d'entendre sa voix lui mit du baume au cœur.

— Allô, monsieur le fermier du Vallon ?

— Allô, madame l'agent immobilier ?

Elle eut l'impression de le voir en face d'elle en train de sourire, et sourit elle aussi sans même s'en apercevoir.

— Que t'arrive-t-il ?

— Rien. Rien du tout. Il faudrait donc qu'il *m'arrive* quelque chose, pour que je t'appelle ?

— Comme ça, au beau milieu de la journée ?

— Mm… Une journée pas très réussie, fit-elle avec un petit soupir. J'avais envie de te parler. Mais si tu es occupé…

— Je ne suis jamais trop occupé pour toi, Ellie. Alors, raconte-moi pourquoi tu n'es pas contente de ta journée.

Elise soupira de nouveau.

— Le comptable a remis à Gallagher le chiffre d'affaires de juillet, et mon cher patron m'a convoquée dans son bureau pour me rappeler à l'ordre. Avec douceur, bien sûr. En s'entourant de précautions oratoires.

— Ça veut dire que tu n'as pas été la reine des abeilles, le mois dernier ?

— C'est un métier où la compétitivité joue un rôle primordial, rétorqua-t-elle, sur la défensive. Je te l'ai déjà dit, Zane.

— Excuse-moi, je ne voulais pas te froisser. Tu m'as dit que tes ventes avaient baissé, mais je n'ai pas eu l'impression que ça te dérangeait.

— Ça ne me dérangeait pas. Jusqu'à ce que Joe me parle en ces termes.

— Je suis désolé, mon cœur. Pourtant je ne peux décemment pas regretter que, ce temps, tu l'aies passé avec moi au lieu de le passer à l'agence ou avec tes clients.

Réconfortée par cette remarque, la jeune femme sourit de nouveau.

— Je dois te laisser. J'ai beaucoup de travail !

— Je te rappellerai ce soir.

— A plus tard.

Au moment où elle raccrochait, Elise entendit un baiser sonore dans le combiné. C'était la première fois qu'un homme l'embrassait ainsi, par téléphone. Elle doutait que l'auteur de « Comment trouver un mari » apprécie ce genre de comportement.

— Je crois que je suis amoureuse, murmura-t-elle.

Et à ce moment-là, Linda, Gallagher, et une éventuelle association sombrèrent dans l'oubli.

Une semaine plus tard, Elise se garait sur le parking de l'hôpital, devant le centre qui accueillait Tom. Elle prit vivement le paquet-cadeau posé sur son siège et descendit de voiture. La nuit tombait. Elle était terriblement en retard. Ce fut presque au pas de course qu'elle parcourut la distance qui la séparait du hall d'entrée. Après avoir salué en hâte l'infirmière de la réception, elle traversa les couloirs, pressée d'arriver dans le grand salon, où, lui avait dit Zane, serait servi le gâteau. Le clan des Keaton fêterait l'anniversaire de Pops le week-end suivant chez Meagan, mais Zane avait tenu à organiser aussi une petite réception avec les autres pensionnaires.

Le salon était vide.

— Oh non…, gémit-elle.

Elle s'était retrouvée bloquée dans une réunion de travail. Une réunion obligatoire. Joe et ses associés n'avaient aucun respect pour la vie privée de leur personnel. Ces gens-là n'avaient-ils personne qui les attendait, en fin de journée ?

La gorge nouée, Elise rebroussa chemin. Elle se dirigeait vers la chambre de Tom quand elle vit Meagan qui arrivait dans l'autre sens, Alyssa dans les bras.

— Zane se trouve dans la chambre de Pops, lui dit celle-ci. Il l'aide à se mettre au lit. Le moindre effort le fatigue, ces derniers temps.

Elise s'arrêta devant la jeune femme et caressa la joue potelée du bébé, qui lui sourit et s'agrippa à son doigt.

— Je regrette tellement d'être en retard…, murmura-t-elle.

Elle releva la tête, et croisa le regard désapprobateur de Meagan.

— Il a appelé l'agence. Il n'arrêtait pas de nous répéter que vous alliez arriver. Quelqu'un lui a dit que vous étiez en réunion, et qu'on ne pouvait pas vous déranger.

— Cette réunion a été décidée au dernier moment. Elle n'en finissait pas ! Je…

— Si vous devez lui briser le cœur, j'aimerais autant que vous le fassiez sans plus tarder, assena Meagan.

— Pardon… ?

Alyssa se mit alors à pleurer, et Meagan reprit sa marche vers la sortie en grommelant :

— Désolée, je dois vous quitter. Elle a faim.

— Meagan !

Mais la sœur de Zane ne se retourna pas, et Elise lâcha un long soupir. Meagan n'avait apparemment pas changé d'avis à son sujet depuis le jour où elle l'avait entendue discuter avec Zane dans la cuisine. Elle était persuadée qu'elle ne pensait qu'à sa carrière, et qu'elle ne pourrait donc pas rendre son frère heureux. D'après Zane, Meagan n'aimait pas non plus Judy. Elise se passa la main sur la nuque. Peut-être devrait-elle cesser d'accorder autant d'importance à l'opinion de la jeune femme ?

La mort dans l'âme, elle poussa la porte de la chambre de Tom.

— Bonsoir. Navrée d'être en retard.

Zane pliait les vêtements de son grand-père, déjà installé dans son lit.

— Impossible d'attendre davantage, déclara-t-il d'une voix atone. Les autres pensionnaires voulaient manger leur part de gâteau.

— Ce n'est pas grave. Je ne pouvais pas t'appeler pendant la réunion, et quand je suis enfin sortie, je me suis dit que j'aurais aussi vite fait de venir que de te téléphoner de mon portable.

Elle avança vers le lit.

— Comment va le plus charmant monsieur du monde ?

Tom leva les yeux sur elle, et ses lèvres s'étirèrent en un faible sourire.

— Joyeux anniversaire ! Je vous ai apporté un cadeau.

Elle l'aida à ouvrir le paquet. Zane s'affairait toujours dans la pièce. Elle savait qu'il était en colère contre elle. Mais *très* en colère, ou seulement *un peu* en colère ?

Le sourire de Pops s'était élargi.

— Voyons ce qu'il y a là-dedans, reprit-elle. Vos bonbons préférés… Un mouchoir rouge… Je sais que vous adorez le rouge. Et aussi un chien en peluche ! J'ai trouvé qu'il ressemblait beaucoup à Scooty ! Pas vous ?

Le vieil homme prit l'animal dans ses mains et l'examina avec intérêt. Zane s'était enfin immobilisé à côté de la porte. Il avait le regard sombre, les traits durcis.

— Je suis désolée d'arriver si tard, lança-t-elle d'un ton sec. Mais j'ai eu une journée longue et difficile — une parmi tant d'autres ! —, et je ne tiens pas à subir tes remontrances. Tu crois peut-être que je n'avais pas envie d'être ici ?

D'un geste du menton, elle désigna Tom, qui observait toujours le chien en peluche.

— Je n'ai rien dit, répliqua-t-il, glacial.

— Ce n'est pas nécessaire. Ta sœur, que j'ai croisée dans le couloir, s'en est chargée !

— J'avais vraiment envie que tu sois avec nous.

— Moi aussi, Zane. Mais je ne pouvais quand même pas me lever au beau milieu de la réunion et partir !

D'un geste rageur, il plongea les poings dans les poches de son jean.

— Bon sang, Elise, je comptais sur toi !

— Je suis en retard, soit. Ce n'est quand même pas un crime ?

Elle se pencha vers Tom pour embrasser sa joue ridée.

— Bon anniversaire, murmura-t-elle.

Puis elle reprit son sac et se dirigea vers la porte.

— Où vas-tu ?

— Chez moi !

— Je pensais que nous dînerions ensemble quelque part.

— Eh bien tu t'es trompé, Zane. Je suis fatiguée. Je vais donc rentrer, prendre une douche et me coucher.

Une seconde à peine plus tard, elle passait devant lui et quittait la pièce. Tandis que le bruit de ses pas diminuait dans le couloir, Zane reporta son attention sur son grand-père. Celui-ci tenait toujours le chien en peluche dans ses mains. C'était un joli cadeau. Le sosie de Scooty avait l'air de lui plaire. Ce n'était cependant pas le jouet, que regardait Pops en ce moment même. Il fixait son petit-fils.

— Qu'y a-t-il ? C'est elle qui a pris la mouche ! J'avais le droit d'être en colère, non ? Elle m'avait dit qu'elle se joindrait à nous, et elle est arrivée quand tout était fini. Apparemment, elle tient plus à sa maudite agence qu'à nous !

Pops gardait ses yeux pâles rivés sur lui. Des yeux qui reflétaient la désapprobation. Tout comme l'expression de son visage, d'ailleurs.

Zane soupira et, d'un geste nerveux, repoussa ses cheveux en arrière.

— Tu ne comprends pas… Le problème, c'est que je crois être amoureux d'elle. Et que j'ai peur de souffrir de nouveau. De me retrouver dans la même situation.

Il y avait bien longtemps que le regard du vieil homme ne lui avait paru aussi insistant.

— Tu trouves qu'elle mérite bien que je coure le risque, hum ?

Il se tourna vers la porte.

— Mais elle a dû déjà partir. Peut-être même, retourner à son sacro-saint bureau !

Pops le fixait toujours.

— Bon, d'accord. Je vais sortir. Juste pour te prouver que j'ai raison. A tout de suite !

Zane venait tout juste de passer les portes de l'établissement, qu'il vit la Toyota bleue garée sous un lampadaire du parking. Surpris que la jeune femme soit encore là, il rejoignit le véhicule en quelques pas. Les mains agrippées au volant, Elise regardait droit devant elle. Le véhicule n'émettait aucun bruit. Elle n'avait même pas démarré.

Il frappa à la vitre.

— Ellie ?

Sursautant, elle se tourna dans sa direction.

— Baisse ta vitre.

Elle le dévisagea quelques instants avant de tourner la clé de contact pour baisser la vitre automatique. Elle semblait avoir pleuré.

— Que se passe-t-il, Ellie ?

— Que se passe-t-il ? Rien. Rien du tout. Tout va merveilleusement bien. Mon père me considère comme une ratée parce que je n'ai pas remporté le prix de meilleure vendeuse ces deux derniers mois. Ma meilleure amie m'évite, soit parce que nous sommes en compétition pour un poste d'associée, soit parce qu'elle me jalouse du fait que je suis toujours célibataire. Je me suis démenée comme un diable pour que tu puisses acheter ce terrain, et j'ai l'impression que mes efforts ne vont pas aboutir. Enfin, cerise sur le gâteau, Meagan me déteste.

— Elle ne te déteste pas.

— Ah ? Dans ce cas elle joue rudement bien la comédie ! Et pour finir… toi, ajouta-t-elle en reniflant. Donc, tout va très bien !

Zane se pencha à la portière.

— Comment ça, *moi* ?

— Je ne sais pas que faire de toi ! Tu ne corresponds pas du tout à ce que j'attendais d'un homme, mais…

— Merci beaucoup ! l'interrompit-il avec un petit sourire tendre.

La colère de Zane n'avait pas résisté à la vue du charmant visage défait d'Elise. Il n'avait qu'une envie : la prendre dans ses bras, et l'embrasser jusqu'à ce qu'elle oublie son chagrin.

— Mais ? insista-t-il.

— Je… voudrais tellement que ça fonctionne entre nous.

Zane ouvrit alors la portière et fit sortir la jeune femme en la tenant par les mains.

— Moi aussi je voudrais que ça fonctionne entre nous, murmura-t-il. Parce que je t'aime, Elise.

— Tu… m'aimes ?

Il lui sourit.

— L'occasion me semble rêvée, si tu souhaites ajouter quelque chose. Que tu m'aimes, par exemple…

Riant aux éclats, elle se pendit à son cou.

— Oh, Zane ! Bien sûr que je t'aime ! Je le sais depuis des semaines, mais je…

Comme elle se taisait, il l'incita à poursuivre d'un simple geste du menton.

— J'ai peur de tout gâcher entre nous, admit-elle à voix basse. De ne pas réussir… à avoir une relation normale avec un homme.

— Si tu arrêtais de dire des bêtises, ma chérie ? Ecoute-moi bien, maintenant : je voudrais que tu cesses de t'inquiéter à propos de ce terrain. Si nous ne pouvons pas l'acheter, nous ne l'achèterons pas.

— Tu m'as pourtant expliqué que tu y tenais beaucoup…

— Oui. Mais si je dois y renoncer, je n'en mourrai pas. Et je pense que Pops m'aimera tout autant, même si je ne parviens pas à racheter ces terres avant qu'il ne nous quitte ! Quant à Meagan, il faudra bien qu'elle comprenne que mes affaires de cœur ne concernent que moi.

— Il n'empêche. Ça me plairait qu'elle me juge un peu moins sévèrement. Parce que je sais que ta famille joue un rôle très important dans ta vie. Et aussi… parce que je n'ai pas de famille, moi. Je n'ai pas eu de sœur.

— Je le sais, chuchota-t-il après avoir effleuré d'un baiser ses lèvres tremblantes. Pour en revenir à notre relation, il faut être deux pour tout gâcher. Je propose donc que nous avancions pas à pas.

Elle hocha la tête et il l'attira contre lui pour l'embrasser.

Ce furent des applaudissements qui les incitèrent à mettre un terme à leur étreinte. Etonnés, ils se tournèrent vers le grand bâtiment blanc et virent deux vieilles dames postées à une fenêtre, qui les regardaient, ravies.

La tête renversée en arrière, Zane éclata de rire. C'était si bon, d'aimer de nouveau.

8

Toute relation commence par une lune de miel. Mais cette période a une fin, et la réalité reprend le dessus…

Quinze jours plus tard, Elise raccrochait le téléphone et poussait un cri de joie. Puis, gênée par cette manifestation intempestive, elle regarda la porte, s'attendant à avoir déclenché l'étonnement sinon l'inquiétude de l'un de ses collègues. Mais nul ne se manifesta, et, un sourire triomphant aux lèvres, elle souleva de nouveau le combiné pour composer le numéro du téléphone portable de Zane.

— Où es-tu ? s'exclama-t-elle dès qu'il prit la communication.

Elle était si excitée qu'elle pouvait à peine parler.

— Bonjour à toi aussi, mon cœur ! répliqua-t-il, amusé. J'ai quitté le bureau pour ramasser les derniers épis de maïs à la ferme. Il fait beau en ce moment, mais la météo a annoncé des orages.

— Est-ce que tu peux venir me chercher ?

— *Maintenant* ?… Un mardi, à 15 h 30 ? Tu es sûre que tout va bien ?

— Sublimement bien ! Je t'attends devant l'agence.

Dix minutes plus tard, au volant de sa voiture, Zane ralentissait devant l'enseigne Waterfront Realty. Elise monta à côté de lui, lâcha son sac à ses pieds et, levant les deux bras, s'écria :

— Ça y est !

— Qu'est-ce qui… ?

Le visage de Zane s'illumina tandis qu'il s'exclamait à son tour :

— Ça y est ? Oh, tu y es arrivée, Ellie !

Il lui passa les bras autour du cou et la serra fort contre lui.

— J'ose à peine y croire… C'est merveilleux ! Ce terrain va de nouveau appartenir aux Keaton !

— L'avocat des Jacobs m'a appelée il y a un quart d'heure à peine pour me dire que ses clients étaient prêts à accepter ta proposition. Les documents sont prêts. Les héritiers ont rendez-vous demain pour les signer. Plus que quelques semaines, et ton projet pourra commencer à voir le jour !

— C'est extraordinaire, Ellie. *Tu* es extraordinaire ! s'exclama-t-il en l'embrassant sur le bout du nez. Pops va être ravi. En tout cas, nous le sommes tous pour lui.

— J'ai donc pensé, reprit-elle après avoir bouclé sa ceinture de sécurité, que nous pourrions passer le chercher au centre, nous arrêter à une pâtisserie, et prendre le goûter sur ce qui sera très bientôt ta nouvelle acquisition. Sous ce vieux chêne à coté duquel se dressait autrefois la ferme, comme tu me l'as dit.

Une heure plus tard, assis sur une couverture à carreaux qu'ils avaient étendue sous le vieux chêne, ils dégustaient des petits fours. Pops, quant à lui, était installé dans son fauteuil. Il arborait un air profondément heureux, que la jeune femme n'aurait jamais imaginé possible chez une personne atteinte de cette maladie.

— Je pense qu'il sait où nous sommes, murmura-t-elle, émue, à l'adresse de Zane.

— Moi j'en suis sûr. Et je ne sais pas comment te remercier.

Il lui avait pris la main et la serrait dans la sienne.

— Tu n'as pas à me remercier, Zane. Le sourire de Pops me rétribue largement de mes peines !

Elle s'était rapprochée de lui pour l'embrasser.

— Mm… Tu as le goût de ces délicieuses tartelettes à la framboise.

— Toi aussi.

Il chercha ses lèvres, tout en caressant ses jambes nues. Elle avait mis ce jour-là une jupe courte en jean avec un T-shirt jaune citron, ce qui lui avait d'ailleurs valu une remarque désobligeante de Linda. Sa très chère collègue lui avait demandé si toutes ses affaires étaient au pressing !

Zane retirait à son grand-père son assiette vide, quand ils entendirent un grondement de tonnerre. Il leva les yeux vers le ciel, où s'amoncelaient de gros nuages noirs.

— Le présentateur de la météo ne s'est pas trompé. Je pense qu'il vaudrait mieux rentrer.

Pendant qu'il installait son grand-père à l'arrière de la voiture, Elise rassembla leurs affaires. Il pleuvait à verse quand ils prirent place dans le véhicule.

— Formidable ! s'exclama Zane en riant. Nous sommes trempés jusqu'aux os.

Elise, qui venait de baisser les yeux sur son T-shirt jaune mouillé, s'aperçut qu'il était transparent.

— Oh non…, gémit-elle avec une grimace comique.

— Pourquoi « non » ? Ça ne me déplaît pas, à moi !

Face à sa mimique de chat gourmand, Elise ne put s'empêcher de rire. Elle lui donna un coup de coude dans les côtes avant de croiser les bras sur sa poitrine.

Lâchant un petit soupir, il démarra.

— Qu'allons-nous faire d'elle ?

La main sur le repose-tête de sa compagne, il se tourna pour effectuer une marche arrière.

— Qu'en penses-tu, Pops ? Que faire d'Ellie ? L'épouser, peut-être, avant qu'elle se réveille et s'enfuie…

Elise sentit un frisson la parcourir. Zane avait-il bien dit ce qu'elle croyait avoir entendu ? Pétrifiée, elle fixait le pare-brise ruisselant de pluie.

Zane fit demi-tour pour reprendre le chemin caillouteux qui menait à la route. Il lança un regard dans sa direction, mais elle ne bougea pas. Elle ne savait que dire, que faire. Et si elle avait mal compris ? Si ce n'était qu'une plaisanterie de sa part ?

De longues minutes s'écoulèrent avant qu'elle trouve le

courage de lui décocher un regard. Il s'était tourné vers elle au même moment, et elle remarqua qu'il souriait.

— C'est bien la première fois que tu passes autant de temps sans souffler mot ! Je ne voulais pas jouer les trouble-fête…

Elle frissonna de nouveau, et tendit la main pour mettre le chauffage.

— Je t'aime, reprit Zane, d'une voix grave cette fois. Je n'avais pas l'intention d'aborder ce sujet de cette façon. C'est venu tout seul. Je propose que nous en reparlions plus tard.

Il redressa la tête pour regarder dans le rétroviseur, et y vit son grand-père, qui souriait toujours.

— Je t'aime aussi, murmura Elise.

Elle attendait encore que les battements de son cœur se calment. Zane lui caressa la joue avant de concentrer toute son attention sur la route. Tandis que les champs lavés par la pluie défilaient sous ses yeux, Elise ressassait sans arrêt les mêmes mots dans sa tête. Des mots étonnants.

« Eh bien, Edwin, ça a été rentable de quitter l'agence si tôt, aujourd'hui… »

Ils raccompagnèrent Pops au centre, et après l'avoir laissé en compagnie des autres pensionnaires, repartirent bras dessus bras dessous.

— Je te ramène au parking de l'agence pour que tu récupères ta voiture, ou tu préfères que nous passions chez moi ?

— Que nous passions chez toi.

Son T-shirt avait séché, et elle se sentait plus à l'aise.

Ils ne parlèrent pas pendant le trajet, mais ce silence était confortable. Elise ne se rappelait pas s'être sentie si bien auprès de quelqu'un.

Arrivés à la ferme, ils prirent place sur la balancelle de la terrasse et, côte à côte, admirèrent la palette de tons pastels dont s'était paré le ciel, après l'orage.

— Je pensais réellement ce que je t'ai dit tout à l'heure, murmura Zane en lui caressant la nuque.

— Ce que tu m'as dit ?

Elle savait très bien à quoi il faisait allusion. Cette phrase avait occupé toutes ses pensées, depuis l'instant où il l'avait prononcée. Mais elle désirait l'entendre de nouveau.

— Que je voudrais t'épouser…

Il la regardait droit dans les yeux, et elle retint son souffle. Elise n'avait pas lu les chapitres du manuel concernant la demande en mariage ou le mariage lui-même, et le regrettait presque.

Elle passa la langue sur ses lèvres sèches.

— Serais-tu… en train de me demander en mariage ? articula-t-elle.

Après avoir réfléchi, Zane hocha la tête en souriant.

— Je crois bien. Et je n'y suis pas du tout préparé. Je n'ai pas prévu de bague, pas de discours… Ça m'est venu à l'esprit quand nous sommes montés en voiture, tout à l'heure. J'ai compris que j'avais envie de vivre avec toi. Pour toujours. D'être ton mari, avec tout ce que cela implique.

Il attendit quelques secondes.

— Alors, quelle est ta réponse ?

— Oui.

— Oui ?

— Oui, je veux vivre avec toi. Oui, je veux t'épouser, Zane Keaton ! Mais à condition que tu m'acceptes telle que je suis. Tu me connais, maintenant. Seras-tu capable de m'aimer longtemps encore, avec mes défauts et mes qualités ?

— Je te connais et je t'aime, Ellie, dit-il en l'enlaçant pour prendre ses lèvres déjà offertes.

Ce baiser, plus ardent que tous ceux qu'ils avaient échangés jusque-là, suscita en eux un désir aussi puissant que l'orage qui venait de s'abattre sur la région. Les caresses de Zane se faisaient plus pressantes. Serrée contre lui, Elise gémit tout doucement.

— J'ai envie de toi, ma chérie…, lui murmura Zane à l'oreille.

Pour toute réponse, elle s'agrippa à lui. Ses précédentes relations avec la gent masculine étaient restées assez sages.

Elle n'avait pas souhaité dépasser un certain stade, s'investir davantage.

Ils se trouvaient sur un terrain dangereux, et le savaient.

— Moi aussi, lui dit-elle d'une voix rauque.

Il s'écarta de sa compagne pour lui soulever le menton.

— Mais je crois que nous devrions attendre.

Elise hésita avant de hocher la tête. Elle ne savait pas si ces mots la décevaient, ou lui rendaient Zane plus cher encore. Les deux, sans doute. Elle ne mentait pas en déclarant le désirer elle aussi, mais elle gardait à la mémoire une pensée qui lui était venue à l'esprit quand elle était adolescente. Elle s'était dit, alors, que la succession d'aventures sans lendemain de son père était peut-être responsable de ses échecs conjugaux. A l'inverse d'Edwin, elle accordait beaucoup d'importance au mariage. Elle voulait épouser Zane, et passer le restant de ses jours auprès de lui.

— Tu as raison, admit-elle avec un petit soupir. Mais j'espère que… qu'il ne faudra pas attendre trop longtemps.

Cette remarque provoqua le rire de Zane.

— Ecoute bien ce qui va suivre, mon cœur. Mon cousin Carter se marie dans un mois en Caroline du Sud. J'avais de toute façon l'intention de t'inviter à la noce. Si nous annoncions nos fiançailles à cette occasion ? Toute ma famille sera là… et ça me laissera le temps de te choisir une bague !

— Je ne trouve rien à redire à ce plan.

— Le mariage a lieu un samedi. Il faudra donc partir un vendredi.

— Pas de problème.

— Tu es sûre qu'il te sera possible de t'absenter deux jours de l'agence ? Je ne voudrais pas annoncer ton arrivée à tout le monde, et me retrouver ensuite en solo…

— Tu n'as aucune crainte à avoir. Promis juré, j'y serai !

— Parfait. Maintenant, dis-moi quel est le genre de bague qui te plairait.

— A toi de choisir. Je crois que tu me connais mieux que je ne me connais moi-même.

— Ce sera donc une surprise ! Allons-y, à présent. Je te raccompagne.

— Déjà ? Il est encore tôt, Zane…

— Peut-être, répliqua-t-il, l'œil luisant, mais si tu restes plus longtemps, je ne résisterai sans doute pas au désir de te prendre dans mes bras pour t'emmener là-haut, dans ma chambre…

Riant doucement, elle prit la main qu'il lui tendait et le suivit dans le jardin. En cet instant, elle l'aurait suivi jusqu'au bout du monde.

Le téléphone sonnait lorsqu'elle ouvrit la porte de son appartement. Après l'avoir reconduite à sa voiture, puis suivie afin de s'assurer qu'elle rentrait bien, Zane l'avait laissée à l'entrée de l'immeuble, alléguant qu'il valait mieux ne pas tenter le diable.

— Que penses-tu des mariages d'automne ? avait-il lancé, comme elle s'engageait dans le hall.

— Je les trouve merveilleux. Aussi merveilleux que toi ! avait-elle ajouté, sans se soucier de l'air gêné du gardien.

Elise referma en hâte la porte de chez elle, et s'empressa de décrocher le téléphone.

— Allô !

— Dieu du ciel, te voilà enfin ! s'exclama Linda. Où étais-tu ? Je me demandais si on ne t'avait pas kidnappée ou quelque chose dans ce genre…

— Comment ?

La jeune femme tendit la main pour allumer une lampe, et enleva en même temps ses sandales.

— Il y a des heures que j'essaie de te joindre ! Ta voiture était garée dans le parking. Nous avons pensé que tu étais sortie faire visiter un appartement ou une maison à un client. Mais comme tu ne prenais pas les appels sur ton portable…

Les sourcils froncés, Elise se rappela avoir lâché son sac dans la voiture de Zane, et ne plus s'en être souciée.

— Je suis désolée. Je n'ai pas imaginé un seul instant que mon absence puisse t'inquiéter.

L'appel de Linda la touchait. Finalement, leur relation ne s'était peut-être pas dégradée autant qu'elle le croyait.

— J'ai bien cru que Gallagher allait devenir fou ! Il a dû te laisser une bonne centaine de messages chez toi et sur ton portable !

Gagnée par la culpabilité, Elise baissa les yeux sur son répondeur, dont la petite lumière rouge clignotait furieusement.

— Pourquoi avait-il un besoin si urgent de me joindre ?

— Un type de la société… Lindsborg a appelé.

Linda avait prononcé le nom avec lenteur, comme si elle le lisait.

— *Lindsborg* ?

Occupée comme elle l'avait été par les démarches pour le terrain de Zane et par les visites habituelles, elle avait oublié l'affaire Lindsborg. Le responsable qu'elle avait eu en ligne une quinzaine de jours plus tôt lui avait dit qu'il la rappellerait. Elle ne gardait même pas un souvenir précis de son nom. Etait-ce Stroudsburg ? Stromburg ? Quand elle lui avait parlé, elle était persuadée de ne plus jamais avoir affaire à lui.

— Oui. Un dénommé Robert Stroudsburg a cherché à te joindre deux fois dans l'après-midi.

— Je le rappellerai demain matin dès mon arrivée au bureau. Merci, Linda. Et encore une fois, je regrette de t'avoir donné tous ces soucis.

— Mm… Et où étais-tu, pendant tout ce temps ? Mark a déclaré t'avoir vue aux alentours de 15 heures à la photocopieuse, et puis pffft, plus rien !

— L'affaire Jacobs est bouclée. Zane achète ce terrain.

— Oh… Bravo ! J'avais dit à Joe que tout rentrerait dans l'ordre. Que tu menais bien ta barque avec Zane Keaton.

— Je ne « menais pas ma barque », Linda.

Elle inspira profondément. Si elle n'annonçait pas la nouvelle à quelqu'un, elle en mourrait !

— Il m'a demandée ce soir en mariage, lâcha-t-elle d'une traite.

Il y eut un silence sur la ligne. Bref, certes, mais néanmoins un silence.

— Et que lui as-tu répondu ?

Elise fut déçue par la morne réaction de son amie. Elle aurait aimé que celle-ci manifeste un peu plus d'enthousiasme.

— *Oui*, bien sûr. C'est ce que j'attendais depuis longtemps. Ce dont nous avons si souvent parlé ensemble, Linda. Finalement, ce manuel et cette *check-list* m'ont été utiles !

— Zane ne ressemble en rien à l'homme que tu cherchais au départ.

— Je pensais que tu te réjouirais pour moi.

— Je me réjouis, Elise, dit-elle d'un ton qui démentait ses propos. J'espère que tu sais ce que tu fais.

— Moi aussi, admit Elise, songeuse. Moi aussi…

9

Des modes de vie trop différents conduisent au désastre conjugal. Les extrêmes s'attirent peut-être, mais ne restent pas longtemps ensemble.

Joe Gallagher entra dans la salle de conférences de Waterfront Realty et tendit la main à Zane, qui venait de se lever.

— Zane Keaton, je suppose ? lança-t-il en lui serrant chaleureusement la main. Joe Gallagher, principal associé de l'agence.

Zane se tourna vers Elise, qui triait des documents sur la grande table en acajou, afin de s'assurer que chaque feuille avait été tirée en deux exemplaires. Il ne serait même pas obligé de se rendre le lendemain chez le notaire. Son conseiller juridique le représenterait.

— Enchanté, fit Zane. Elise m'a parlé de vous.

— Nous sommes très fiers d'elle. Elle s'est débrouillée comme un chef, sur cette affaire.

— A qui le dites-vous !

— Mais cela ne me surprend pas vraiment, poursuivit Joe avec emphase. Non contente d'être ravissante, Elise est aussi très fine et compétente.

Zane, dont le sourire s'était élargi, hocha la tête.

— Vous prêchez un convaincu…

Elise lui décocha un regard en biais. Elle n'avait mis que Linda dans la confidence. A Waterfront Realty, nul autre qu'elle n'était au courant de ses projets de mariage. Elle n'en avait pas même parlé à son père. Après tout, il n'y avait pour l'instant rien d'officiel. Ils n'annonceraient leurs fiançailles que dans une dizaine de jours, à l'occasion de la réunion familiale précédant le mariage de Carter et d'Amy. Il lui offrirait la bague le vendredi soir. Et il était prévu qu'ils se marient le premier samedi de novembre.

Les yeux rivés sur Zane, Elise fronça imperceptiblement les sourcils, espérant qu'il saisirait le message. Elle devinait qu'il avait envie d'évoquer le sujet de leur mariage, mais ne se sentait pas tout à fait prête. Gallagher n'avait encore pris aucune décision en ce qui concernait une future association, et il était possible que la nouvelle ne le transporte pas de joie.

A vrai dire, elle-même n'était pas non plus très décidée. Ce partenariat était ce dont elle rêvait depuis le jour où elle avait commencé à travailler à l'agence, mais elle n'était désormais plus aussi enthousiaste. Cette association lui coûterait cher. Aussi bien en argent qu'en temps. Or elle n'avait plus envie de travailler sept jours par semaine, entre dix et douze heures par jour. Elle voulait avoir du temps à consacrer à Zane. Ainsi qu'à leurs futurs enfants. Car depuis qu'elle connaissait Alyssa, elle s'imaginait volontiers avec un bébé dans les bras…

— Nous sommes fiancés, Elise et moi, déclara alors Zane.

La jeune femme réprima une grimace. Ne pouvait-il donc pas se taire ? Elle continua cependant à sourire et à trier les documents.

— Vraiment ? fit Gallagher.

Elise, qui connaissait bien ce dernier, remarqua que sa voix était un rien plus froide, plus tendue.

— Eh bien… toutes mes félicitations, ajouta-t-il en les regardant tour à tour. Vous serez très heureux ensemble, j'en suis certain.

— Merci. J'en suis moi aussi certain, parce que j'aime profondément Ellie.

La jeune femme vit les sourcils en broussaille de son patron se rapprocher.

— Ravi d'avoir fait votre connaissance, monsieur Keaton. Quand vous aurez une petite minute, vous pourrez passer me voir dans mon bureau, Elise ?

— Bien sûr, Joe.

Zane attendit que Gallagher ait quitté la pièce pour se rapprocher d'elle.

— Tu n'*en* as parlé à personne.

Elle baissa les paupières et laissa échapper un petit soupir.

— Tu as dit que nous annoncerions officiel-lement nos fiançailles à l'occasion du mariage de Carter. J'ai donc pensé que…

— Et ton père ? lança-t-il, sans prendre la peine de cacher son agacement. Est-ce que tu as appelé Edwin ?

— Chaque fois que je l'appelle il est occupé, et vice versa.

Zane lâcha un petit rire sec.

— Je n'ai pas eu beaucoup de temps libre, ces derniers jours, Zane. Entre ton contrat à préparer, la recherche de terrains pour la société Lindsborg, et pour finir la location de ces nouveaux bungalows sur la baie…

Il enleva la veste de son costume en lin et, les yeux toujours rivés sur elle, croisa les bras.

— Veux-tu toujours m'épouser, Ellie ?

— Evidemment ! lui répondit-elle sans hésiter. Je t'aime, Zane.

Après l'avoir examinée quelques secondes en silence, il hocha la tête.

— Je t'aime aussi. Et je n'ai pas envie de le cacher.

Il marqua une pause. Juste avant de s'écrier :

— J'aime Elise Anne Montgomery !

Les yeux clos, elle porta les mains à ses tempes. Un début de migraine commençait à se faire sentir.

— Je travaille ici, Zane…

— Et alors ? Les agents immobiliers ne tombent jamais amoureux ? Ils ne se marient pas ?

Il élevait de nouveau la voix, et elle tendit la main pour la poser sur son bras.

— Bien sûr que si. Mais les hommes voient les femmes

d'un œil différent sur leur lieu de travail, tu le sais aussi bien que moi. Je dois soigner mon image professionnelle, ici.

— Ah, il s'agit donc de ta carrière…

Les yeux plissés, Elise scruta le regard de l'homme qu'elle allait épouser.

— Je ne comprends pas très bien ta réaction. Tu m'as dit toi-même que nous annoncerions nos fiançailles la veille du mariage de ton cousin. J'envisageais de prévenir tout le monde, y compris mon père, à notre retour.

Radouci, Zane se pencha vers elle pour l'embrasser au coin des lèvres.

— Je ne voudrais pas que tu te défiles, mon cœur.

— Je ne me défilerai pas, dit-elle d'une voix tendre.

Elle venait de comprendre qu'elle n'était pas la seule à éprouver une certaine angoisse, à l'approche de la date fatidique. Zane lui aussi était anxieux, nerveux. Qui ne le serait pas ? Ne s'apprêtaient-ils pas à passer un cap important ?

— Ne t'inquiète pas, reprit-elle, personne ne s'apprête à me proposer un poste à Singapour. Et quand bien même, je le refuserais !

Cette fois, il ne se contenta pas d'un petit baiser. Ne se souciant guère que quelqu'un entre et les surprenne, Zane attira Elise contre lui et l'embrassa passionnément.

— A plus tard, lui chuchota-t-il à l'oreille avant de disparaître.

Elise attendit un peu, le temps que sa respiration recouvre un rythme normal, puis se dirigea vers le bureau de Gallagher, son dossier sous le bras.

— Vous vouliez me voir, Joe ?

— Oui. Entrez, Elise, et fermez la porte derrière vous.

Comme elle s'exécutait, Elise songea qu'elle pourrait très bien présenter sa démission à son patron. Ainsi elle ne serait pas obligée d'écouter ce qui allait suivre. Elle pourrait lui remettre le contrat du terrain des Jacobs dûment complété, et partir.

Que ferait-elle, alors ? Ce qu'elle voudrait. Quand elle terminait ses études commerciales, elle avait eu envie de s'orienter vers l'enseignement. Mais son père lui avait toujours dit que les Montgomery ne s'épanouissaient que dans le monde des affaires. Elle commençait à comprendre qu'il n'avait pas toujours vu juste, loin de là, et sur ce point précis aussi, probablement.

— Vous allez donc vous marier ?

Elle acquiesça.

— Joli coup ! Keaton est un très bon parti.

Elise fixa son patron, mais préféra ne pas répondre.

Les deux mains posées à plat sur son bureau, Gallagher s'inclina légèrement dans sa direction.

— Je tiens à m'assurer que nous n'allons pas, vous et moi, au-devant de certaines difficultés…

— Je peux très bien travailler tout en étant mariée.

Joe l'observa par-dessus la monture en écaille de ses petites lunettes.

— Bien sûr, bien sûr, lui répondit-il d'un ton apaisant.

— Pour autant que je sache, tous les hommes qui travaillent à Waterfront Realty — vous inclus ! — sont mariés.

— Absolument, Elise. Mais pour ne rien vous cacher, entrer dans le cercle des associés requiert un investissement important. Un investissement en temps, en énergie…

— J'en suis capable, Joe, et vous le savez.

— Oui, je le sais. Mais il faut que j'en discute avec les autres associés.

— Je crois avoir de bonnes chances de faire affaire avec Lindsborg, déclara-t-elle à brûle-pourpoint.

Elise avait décidé de se taire tant qu'elle ne serait sûre de rien, mais Gallagher l'avait mise hors d'elle avec ses platitudes et son attitude pseudo-amicale.

— Ah ?

Elle distingua un brusque regain d'intérêt dans le regard de son interlocuteur.

— Le vice-président de la compagnie, John Lindsborg, devrait se déplacer bientôt pour visiter la propriété des Johnston. Elle serait parfaite pour en faire un terrain de golf. Même au prix exorbitant qu'ils en demandent, ça reste une affaire à saisir.

Elise ponctua ce discours d'un sourire satisfait. Elle était fière d'elle. La société Lindsborg serait gagnante, mais les Johnston aussi, et la commission de Waterfront Realty ne serait pas négligeable. L'argent n'était pas, et de loin, ce qui l'intéressait le plus dans cette affaire. Elle se réjouissait en revanche de retrouver sa place de meilleure vendeuse. Son père lui-même, qui s'adonnait de temps en temps aux joies du golf, serait impressionné.

— Ma foi, Elise, si vous réussissez cette vente, je pense que l'association coulera de source…

— Très bien.

Elle pivota sur ses talons et sortit. Sans un mot de remerciement.

Deux jours plus tard, le téléphone posé sur la table de nuit sonna au moment où elle commençait à s'assoupir.

— Ellie ?

C'était Zane, mais cette voix ne lui ressemblait pas.

— Que se passe-t-il ? s'enquit-elle aussitôt en se redressant.

— Pops… Pops nous a quittés. Dans son sommeil.

— Oh, Zane…

— J'aurais aimé qu'il reste avec nous plus longtemps, Ellie, tu le sais. Mais il a choisi son moment, et je dois le respecter. Nous organiserons quelque chose de simple pour les derniers adieux. Pops n'aurait pas voulu que son départ gâche la noce de Carter. Il a toujours adoré les fêtes, et surtout les mariages. Il prenait un plaisir fou à danser avec la mariée.

— J'arrive.

Cette nuit-là, Elise resta dormir avec Zane dans le grand lit familial. Au réveil, elle se sentit plus proche de lui qu'elle ne l'avait jamais été.

Le jeudi suivant, Elise essayait de mettre un semblant d'ordre sur son bureau. Le lendemain, Zane et elle partiraient pour la Caroline du Sud. La famille Keaton au grand complet serait là.

Exception faite de Pops. Ce décès, survenu la semaine précédente, avait beaucoup affecté Elise. Les liens qui l'unissaient à Zane s'en étaient trouvés renforcés. En cette douloureuse occasion, elle avait eu l'impression de faire réellement partie de la famille. Même Meagan s'était montrée plus accessible. Elles ne deviendraient peut-être jamais les meilleures amies du monde, mais cesseraient en tout cas de se considérer comme des ennemies.

Elle prit une pile de contrats en attente et les mit dans un classeur qu'elle rangea sur les étagères de son placard. Lorsqu'elle revint vers son bureau, un petit papier rose attira son attention. Elle s'en approcha, intriguée. La note était datée du vendredi précédent, mais Elise était sûre de ne l'avoir jamais vue jusque-là. Sans s'en apercevoir, elle avait dû poser des dossiers dessus.

Message téléphonique de J. Lindsborg, lut-elle. « Ravi de vous avoir parlé. Je prends l'avion vendredi prochain, dans l'après-midi. Réservez une table pour deux dans un restaurant de votre choix. Vous me fournirez tous les détails sur ce terrain, qui présente apparemment bon nombre d'avantages. A très bientôt, donc. »

— Oh non…, gémit-elle.

Au bord des larmes, elle roula le papier dans sa main.

— Non, non, non !

— Qu'est-ce qui t'arrive ? s'enquit Linda, qui venait de passer la tête dans l'embrasure de la porte.

— Une catastrophe ! Martha a probablement laissé ce message sur mon bureau vendredi dernier, et il s'est sans doute retrouvé coincé sous des papiers.

— Et que dit-il, ce message ?

— Que le vice-président de la société Lindsborg prendra l'avion vendredi — demain, donc ! — pour dîner avec moi. Il est signé de John Lindsborg.

— Où est le problème ? Emmène-le dans un bon restaurant, vante-lui les mérites de la propriété des Johnston, et tu rejoindras Zane par la suite.

— Linda… C'est ce week-end que nous devons annoncer nos fiançailles à toute la famille. Vendredi soir, précisément.

Sa collègue réfléchit.

— Dans ce cas, appelle Lindsborg pour lui proposer un autre rendez-vous.

— Alors qu'il est censé arriver demain ?

— Mm… Difficile, en effet. Il ne te reste plus qu'à dire à Zane que tu le retrouveras sur place.

Elise, qui s'était mise à faire les cent pas dans son bureau, secoua la tête.

— Il ne comprendra pas…

Linda hésita.

— Je sais bien que tu n'as pas envie d'entendre ce qui va suivre, mais s'il n'est pas capable de comprendre ce genre de situation, c'est qu'il ne te convient pas, Elise. Cette vente te mènera droit au partenariat. A-t-il une idée de ce que cela représente pour ton avenir ?

Le petit papier rose toujours roulé dans sa main, Elise prit son sac.

— Je serai de retour dans une heure.

Durant le trajet jusqu'à la ferme, elle répéta les mots qu'elle prononcerait, chercha les tournures de phrases les plus adéquates. Elle prendrait le premier vol du samedi matin. Il comprendrait. Parce qu'il l'aimait.

Elle se gara sous les arbres qui commençaient à perdre leurs feuilles en cette fin septembre. Il faisait encore chaud, mais l'air n'était plus le même. Il lui suffisait d'inspirer à pleins poumons pour sentir le changement de saison approcher.

Comme elle se dirigeait vers la terrasse, elle embrassa la jolie bâtisse du regard. Elle était idyllique. L'autre soir, Zane et elle avaient discuté ensemble des transformations qu'ils y feraient après leur mariage. C'était là, dans la ferme familiale, qu'elle avait envie de vivre. Là qu'elle voulait élever ses enfants.

— Zane ? cria-t-elle en approchant.

Scooty vint à sa rencontre, remuant la queue, et elle lui caressa la tête tandis que la voix de Zane couvrait le bruit des jappements.

— Ellie ? Je suis dans le jardin.

Elle emprunta l'allée qui y menait, et le trouva en train de ramasser des haricots.

— Coucou !

Il la rejoignit, tout sourire.

— Quelle bonne surprise !

Il l'embrassa longuement sur la bouche avant d'ajouter :

— Que me vaut l'honneur de cette visite ?

— Je voudrais te parler. A propos de demain.

En un éclair, elle vit ses traits s'assombrir.

— *Tu ne viens pas.*

— Zane…

Mais il lui avait déjà tourné le dos et retournait vers les plants de haricots.

— Tu ne me laisses même pas le temps de t'expliquer ! lança-t-elle, sentant la colère monter en elle.

— J'en ai assez entendu pour savoir que nos fiançailles sont annulées !

10

Au fur et à mesure que la relation avance, prenez garde aux nids-de-poule sur la route. Ils ne feront que se creuser, au fil du temps. Autant changer de route…

Debout dans le jardin, Elise regardait Zane s'éloigner, stupéfaite.

— Tu n'envisages pas de me laisser te dire ce qui s'est passé ? lui demanda-t-elle, se décidant à le suivre.

— A quoi bon ? Ça me semble très clair.

Elle le rejoignit en quelques enjambées.

— Zane ! Il y a eu un problème avec les messages, et je viens tout juste d'en retrouver un qui date d'une semaine. C'est un message téléphonique de John Lindsborg, le vice-président de la société du même nom. Il m'annonce qu'il sera ici demain soir, et il voudrait que nous dînions ensemble pour avoir davantage d'informations sur le terrain des Johnston. Je pense qu'ils sont prêts à faire affaire. Je ne peux pas ne pas le rencontrer…

Elle tendit la main vers lui, mais il s'écarta. Elle ne l'avait jamais vu aussi en colère.

— Bien sûr que si ! Appelle-le pour retarder la date. Explique-lui que tu n'as eu son message qu'aujourd'hui, et qu'il t'est impossible de te rendre à ce rendez-vous parce que tu seras en Caroline du Sud avec ton fiancé, pour assister à un mariage familial.

— Je te rejoindrai le samedi matin. Je serai présente au mariage de Carter et d'Amy !

— Bon sang, tu ne comprends donc pas ? explosa-t-il. Ce n'est pas ce mariage qui me chagrine, mais *le nôtre* ! Tu es en train d'annuler *notre* mariage !

— Non, Zane ! Je n'annule pas notre mariage. Je serai là le samedi matin.

Elle s'était efforcée de parler patiemment, en détachant chaque syllabe, comme si elle s'adressait à un enfant.

— Formidable ! Tu ne pourras donc pas être auprès de ton fiancé au moment où il annoncera officiellement vos fiançailles, et tout ça à cause d'un rendez-vous professionnel ! Il semblerait que la vente de ce terrain de golf soit pour toi plus importante que la bague que je voulais t'offrir.

Elise baissa la tête. Lorsqu'elle la redressa, son regard reflétait une colère identique à celle qu'exprimait son compagnon. Elle se doutait bien qu'il réagirait ainsi. Au fond d'elle-même, *elle le savait.* Quelle folie, d'imaginer que tout se passerait bien ! Son père l'avait prévenue, Linda l'avait prévenue. Même ce stupide manuel l'avait prévenue !

— Linda m'avait dit que tu réagirais de cette façon…, fit-elle, les mâchoires crispées.

— Ton père aussi, j'imagine, t'a mise en garde contre moi ? Le grand Edwin Montgomery a dû te répéter sur tous les tons que tu ne pouvais pas m'épouser et être heureuse. Bien entendu, tu les as écoutés, n'est-ce pas ?

Les mains sur les hanches, elle darda sur lui un regard noir.

— C'est faux ! Et injuste, de surcroît !

— Tu arrives peut-être à te mentir, mais tu ne me mentiras pas à moi, Elise. Toute ta vie, tu t'es efforcée de plaire aux uns et aux autres, de faire ce qu'ils avaient envie que tu fasses. Maintenant, il faudrait que tu aimes aussi ce qu'ils ont envie que tu aimes !

— Tu délires !

— Non, Ellie, je ne délire pas. Pendant toute ton existence, tu as cherché à être acceptée — *aimée* ! — de ton père. Mais cette quête n'aboutira jamais. Il ne pourra jamais te donner cet amour, pour la bonne et simple raison qu'il ne l'a pas en lui.

Elise sentit des larmes lui brûler les paupières. Il était toutefois hors de question qu'elle pleure devant Zane.

— Tu ne connais pas mon père !

— Ô que si ! Je le connais parce qu'il est identique à ma mère. Ellie…

Cette fois, c'était elle qui avait tourné les talons et s'éloignait à pas pressés.

— Si tu es incapable de comprendre que j'ai des obligations professionnelles, autant en rester là ! lança-t-elle.

La gorge nouée, elle caressa la tête du labrador, qui la regardait, l'œil triste, puis elle monta dans sa voiture. Reniflant, elle démarra et partit dans un crissement de pneus. Elle devait se mettre à l'œuvre afin de préparer son rendez-vous avec Lindsborg.

Ce jour-là, Elise resta jusqu'à 22 heures à l'agence. Suite à quoi elle rentra chez elle et sombra dans un sommeil agité. Elle ne voulait pas penser à Zane. Il lui avait brisé le cœur, mais elle se réjouissait que cette dispute ait eu lieu avant le mariage. Car elle était résolue à ne pas reproduire le schéma conjugal de son père. Elle préférait rester célibataire plutôt qu'essuyer cette succession d'échecs sentimentaux.

Zane et elle n'étaient pas faits l'un pour l'autre, voilà tout.

Le lendemain, elle arriva tôt au bureau, vêtue d'un tailleur de soie émeraude dont la jupe ample lui couvrait le mollet, et chaussée de sandales à hauts talons. Elle avait repris sa tenue d'agent immobilier prête à tout — ou presque ! — pour arriver à ses fins.

A 9 h 05, Linda poussait la porte de son bureau.

— Alors, comment ça s'est passé avec Zane ?

Elise, qui finissait de compléter le dossier Lindsborg, ne leva pas les yeux sur son amie.

— Aussi mal que possible.

— Oh, je suis désolée…

Linda semblait en effet sincèrement désolée. Elise redressa la tête. A force de retenir ses larmes, elle avait l'impression d'avoir les yeux remplis de sable. Mais elle ne pleurerait pas.

— Et alors ? insista Linda, qui s'était adossée au chambranle.

— Alors il n'y aura pas de mariage. Et je vais vendre ce terrain à Lindsborg !

Prête à se replonger dans son travail, elle feuilleta des documents concernant d'autres terrains de golf aménagés par son client, informations qu'elle avait obtenues via Internet.

— Moralement, tu te sens comment ? lui demanda Linda d'une voix calme.

Elise haussa les épaules. Si elle parvenait à tenir toute la journée et la soirée, le pire serait passé.

— J'ai vécu de meilleurs moments… Mais tout devrait rentrer dans l'ordre après quelques heures de travail acharné et une vente magistrale.

En entendant ces mots, Linda sourit. Puis elle redevint sérieuse et se rapprocha du bureau auquel était assise son amie.

— Elise, je voudrais te présenter des excuses pour la façon dont je me suis comportée avec toi ces derniers temps.

— Je ne sais pas de quoi tu parles…

— Bien sûr que si, tu le sais ! Le fait est que j'étais jalouse de toi. Jalouse que tu aies quelqu'un dans ta vie, et pas moi. Jalouse aussi que… tu sois plus compétente que moi d'un point de vue professionnel.

— Linda…

— Laisse-moi finir, ma belle. Ce n'est pas tous les jours que Linda Jefferson fait son *mea culpa* ! Je tiens juste à te dire que je regrette d'avoir agi ainsi. Tu es mon amie, j'aurais dû me réjouir pour toi. Et en ce qui concerne ce fameux manuel, c'est aussi par jalousie que je me suis moquée de toi. En tout cas, cette méthode a porté ses fruits.

— Certainement ! grommela Elise, sarcastique.

— Je crois que tu me comprends. Tu as pris la peine d'essayer. Tu sais ce que tu veux, et tu te donnes les moyens d'y arriver. Maintenant je te laisse travailler. Et n'oublie surtout pas de m'appeler ce soir, pour me raconter comment se présente l'affaire Lindsborg !

Elise lui sourit. Elle était enchantée que leur différend se soit réglé.

Le soir venu, Elise arriva en avance au luxueux restaurant de fruits de mer, afin de s'assurer que la table qui leur avait été réservée était bien placée. Elle s'installa et commanda une eau minérale en attendant l'arrivée de John Lindsborg. Et, contre son gré, Zane s'insinua dans ses pensées.

Elle avait peine à croire qu'il ne l'ait pas appelée de la journée. Il lui avait dit maintes fois qu'il l'aimait, et pourtant, il avait rompu de façon si soudaine qu'elle en arrivait à s'interroger sur la sincérité de cet amour. Puis elle songea à tous les moments forts qu'ils avaient vécus ensemble, au cours de l'été. Si ce n'était pas de l'amour, cela y ressemblait. Mais le manuel ne l'avait-il pas mise en garde contre ces sentiments, qui brouillaient toutes les pistes ?

Tout en buvant, elle vit du coin de l'œil le maître d'hôtel escorter un couple d'un âge avancé à la table voisine. Dès qu'ils furent assis, l'homme tendit la main par-dessus la table pour prendre celle de sa femme. Celle-ci lui sourit, et ils échangèrent quelques mots à voix basse en se regardant dans les yeux. Tout en eux reflétait l'amour mutuel qu'ils se portaient.

Elise se demanda depuis combien de temps cet homme et cette femme étaient mariés. Trente ans ? Quarante ? Comment avaient-ils su qu'ils étaient faits l'un pour l'autre ? Comment avaient-ils su qu'ils s'aimaient, et que leur amour durerait ? Certainement pas grâce à un manuel ! Elle doutait aussi que ce soit leurs pères ou amis respectifs qui les aient guidés dans leur choix.

Elise sentit ses yeux s'embuer de larmes. Elle avait commis une erreur. Il était probablement trop tard pour…

— Mademoiselle Montgomery ?

Un homme à l'allure distinguée, d'une petite cinquantaine d'années, se tenait devant elle. Elise se leva aussitôt pour lui serrer la main.

— Enchantée, monsieur Lindsborg.

— Mon père est absolument ravi que vous nous ayez contactés, mademoiselle Montgomery. Votre proposition l'a…

— Je vous prie de m'excuser, monsieur Lindsborg.

— Je vous en prie, appelez-moi John.

— John…, dit-elle en prenant son sac. Vous voulez bien m'excuser ? Je n'en ai pas pour longtemps.

Sans lui laisser le temps de répondre, elle s'éloigna en direction d'un fumoir. Comme elle passait devant un miroir, elle grimaça. Elle se trouvait séduisante, certes, mais ce tailleur ne lui allait pas, ne lui ressemblait pas, et ne lui avait d'ailleurs jamais ressemblé.

Assise dans son salon, Linda tendit la main vers le téléphone, qui venait de sonner.

— Linda ?

— Elise ! Quelle heure est-il ? Ton dîner avec Lindsborg n'est quand même pas déjà terminé ?

— Ecoute-moi bien. Combien de temps te faut-il pour arriver au Lobster ?

— Comment ?…

— Tu as bien entendu. Combien de temps te faudrait-il pour enfiler l'un de tes tailleurs de *businesswoman*, et me rejoindre ?

— Je… ne me suis pas encore déshabillée. Je pourrais être là dans dix minutes.

— Parfait. Tu vas retrouver John Lindsborg. Il est marié et père de trois enfants. Tous les documents relatifs au terrain des Johnston sont rangés dans le classeur que je laisserai sur la table à ton intention.

— Que tu… laisseras sur la table ? Mais que me chantes-tu là, Elise ? Est-ce que tu te sens bien ?

— Très bien, Linda.

Toujours devant le miroir doré, Elise se sourit à elle-même. Son plan risquait d'échouer. Mais tant pis. Cette décision, elle l'aurait prise *seule*.

— Merveilleusement bien, même !

— Que se passe-t-il ? C'est *toi* qui as monté ce dossier. La vente est quasiment faite. Peux-tu m'expliquer pourquoi tu ne veux plus dîner avec M. Lindsborg ?

— Parce que je pars tout de suite en Caroline du Sud, où j'ai des excuses à présenter à une certaine personne de ma connaissance. Et aussi parce que je démissionne.

— Tu… *démissionnes* ? répéta Linda, visiblement choquée.

— Oui. Je n'aime plus l'immobilier. En supposant que je l'aie jamais aimé !

— Mais tu es pourtant la meilleure de nous tous.

— Eh bien, je serai la meilleure dans un autre secteur !

— Mm… Tu vas donc renouer avec Zane ?

— Je vais essayer, en tout cas. Il n'est pas sûr que Zane me pardonne, mais je considère que je lui dois des excuses.

— Et lui, il ne t'en doit pas ? C'est quand même lui qui a décidé de rompre, non ?

— L'amour n'est pas une affaire de compétition, Linda. Et notre rupture est un peu plus compliquée que ça. Je dois te quitter, maintenant. Je file à l'aéroport !

De retour à la table où l'attendait John Lindsborg, elle lui expliqua qu'il lui était impossible de rester plus longtemps, mais que sa collègue était sur le point d'arriver pour la remplacer.

Se sentant plus légère qu'elle ne l'avait été depuis bien longtemps, Elise se dirigea alors vers la sortie. Au passage, elle lança un dernier regard au couple âgé, qui se tenait toujours par la main, et sourit. C'était cela, qu'elle attendait de la vie ! Quoi que prétende son père, ou Linda, ou un manuel, c'était cela et rien d'autre qui lui convenait.

Elise baissa les yeux sur sa montre. Même s'il n'y avait pas de vol et qu'elle devait conduire toute la nuit, elle serait en Caroline du Sud avant que Zane se réveille.

Assis sur le rebord de son lit, en boxer-short, Zane regarda par la fenêtre de la chambre d'hôtel. Il faisait encore nuit, mais il distinguait de faibles lueurs qui commençaient à poindre à l'horizon. Il avait passé la nuit éveillé, à réfléchir. A se répéter ce qu'il avait dit à Ellie, ce qu'elle lui avait répondu.

— C'est son choix ! s'exclama-t-il, la mine butée.

Le silence qui régnait dans la chambre obscure était oppressant.

Pops lui manquait tellement qu'il en ressentait une douleur physique. Ellie lui manquait davantage encore.

Il eut l'impression de voir son grand-père en face de lui, qui le fixait d'un air désapprobateur, et glissa les doigts dans ses cheveux déjà tout ébouriffés.

— Cette fois, j'ai bien l'impression d'avoir tout gâché… Quel crétin ! A croire que j'attendais le premier prétexte pour tirer un trait sur notre histoire. Parce que j'avais peur, Pops. Tu venais de me quitter. Maman m'a quitté. Papa m'a quitté. Judy m'a quitté. Je ne me sentais pas assez fort pour supporter un autre abandon. Oui, je sais, c'est une réaction stupide.

Il secoua la tête en soupirant.

— Et maintenant, que faire ?

Un petit rire monta en lui, et il se redressa d'un bond pour ouvrir l'armoire.

— Aller la rejoindre, bien sûr ! Il me semble que je lui dois des excuses. Carter et Amy pardonneront mon absence à leur mariage. Il s'agit d'un cas de force majeure !

Tout en lançant ses affaires dans sa valise, il soupira de nouveau.

— Ce voyage de retour ne servira probablement pas à grand-chose. Elle refusera de m'écouter. Il est trop tard pour lui présenter des excuses. Elle ne voudra pas m'épouser. A sa place, je ne voudrais pas moi non plus ! Mais tant pis. J'essaie.

Sur le point de boucler sa valise, il leva la tête vers le plafond et cligna de l'œil.

— Ça te plairait d'avoir des arrière-petits-enfants, non ?

Elise se gara et descendit de voiture pour demander des indications dans une boulangerie, l'un des rares commerces ouverts à cette heure matinale. Par chance, elle avait retenu le nom de l'hôtel où Zane avait fait des réservations.

Elle avait roulé toute la nuit, et envisageait d'attendre qu'il se réveille, assise devant la porte de sa chambre d'hôtel. Il serait furieux, elle le savait. Peut-être même refuserait-il d'écouter ce qu'elle avait à lui dire. Mais elle trouverait un moyen de l'y obliger !

De loin, elle repéra l'enseigne lumineuse de l'établissement, mit son clignotant et tourna pour entrer dans le parking. A ce moment-là, une voiture en sortit. Une voiture qui ressemblait étrangement à celle de Zane. Le chauffeur ressemblait d'ailleurs lui aussi étrangement à Zane…

Elle tourna la tête en direction du véhicule. Le jour se levait à peine, et elle n'y voyait pas très clair, mais elle était sûre et certaine que cet homme était Zane. Où allait-il donc, si tôt ?

Il s'était tourné au même moment qu'Elise, et la regardait, l'air ébahi.

Elle se gara sur la place la plus proche et coupa le contact, mais continua de serrer le volant entre ses doigts. Elle tremblait comme une feuille.

Après avoir fait demi-tour, Zane vint se garer à côté d'elle.

Elle ouvrit sa portière, et l'éclairage de la voiture illumina la chaussée.

Il ouvrit à son tour sa portière et elle le vit, superbe, décoiffé. Il avait l'air de sortir du lit. Ou de ne pas s'être couché.

— Ellie ?

Les yeux de la jeune femme se remplirent de larmes tandis qu'elle descendait de voiture et avançait vers Zane, dans son ensemble de soie froissé, et ses sandales à talons qui lui faisaient mal.

Zane sortit lui aussi de son véhicule et vint à sa rencontre.

— Que fais-tu là ? Lindsborg a raté l'avion ?

— Oh, Zane, je regrette tellement…

Elle s'était rapprochée de lui pour lui poser les mains sur les bras.

— Tu avais raison et j'avais tort.

— Non. C'est moi qui avais tort, Ellie. Je n'aurais jamais dû te poser un ultimatum de ce genre. A ta place, j'aurais réagi de la même façon.

Il lui souleva le menton, l'enveloppant d'un regard où se mêlaient tristesse et tendresse.

— Je n'aurais jamais, non plus, dû te comparer à Judy ou à ma mère. Dès l'instant où nous nous sommes rencontrés, j'ai su que tu étais différente d'elles. Pops le savait, lui !

Elle eut un rire mal assuré, et se sentit fondre de bonheur quand il lui mit les mains sur les hanches.

— Tu ne te trompais pas, en tout cas, quand tu m'as dit que je suivais les conseils de tout le monde : ceux de mon père, de Linda, de Gallagher… et même d'un manuel absurde qui était censé m'aider à trouver l'âme sœur ! Or c'est à moi et à moi seule de savoir qui me rend heureuse. Et c'est toi, Zane.

— Ellie, je regrette aussi de t'avoir tenu des propos pareils au sujet de ton père.

— Tu n'as pas à le regretter, murmura-t-elle. Ce que tu m'as dit est vrai. Si je ne deviens pas, comme lui, heureuse en affaires et malheureuse en amour, il ne m'acceptera jamais. Mais c'est son problème, pas le mien.

Zane lui sourit et lui caressa la joue.

— Sais-tu ce à quoi je pensais il y a quelques minutes à peine, pendant que je faisais ma valise ?

Elise secoua la tête, peu soucieuse désormais de retenir ses larmes.

— Que ça m'est bien égal que tu veuilles travailler douze heures par jour, sept jours sur sept. Je t'aime, Ellie, et je dois donc t'accepter telle que tu es. Je continuerai de t'aimer quoi qu'il advienne. Même si tu remportes la coupe du meilleur agent immobilier de toute la côte Est !

Les larmes d'Elise cédèrent la place au rire. Un rire de moins en moins contrôlé.

— Hé, calme-toi ! Ce n'est quand même pas si drôle…

— J'ai bien peur de ne jamais la remporter, cette coupe. Parce que je vais présenter ma démission à Gallagher.

— Pardon ? fit-il, sidéré.

— Finalement, l'immobilier ne me plaît pas autant que je le croyais. Qui plus est, je n'ai pas envie d'avoir des journées de travail aussi longues. Je ne tiens pas à passer à côté des bons moments de l'existence. Et j'aimerais aussi voir nos enfants grandir.

— En d'autres termes ?

— Je ne suis sûre de rien pour l'instant, lui répondit-elle avec un haussement d'épaules. Tout ce que je sais, c'est que je veux t'épouser, Zane Keaton. Et puis avoir un enfant de toi. Et peut-être ensuite reprendre des études pour devenir enseignante. Mais je souhaiterais prendre le temps d'y réfléchir.

Elle se rapprocha de lui pour lui passer les bras autour du cou.

— En d'autres termes… es-tu prêt à entretenir ta femme pendant quelque temps ?

— Je crois que ça devrait être possible, lui répondit-il en riant, avant de la soulever de terre pour la faire tourner dans ses bras.

Épilogue

Un an plus tard

Installée sur la terrasse, Elise ôtait les fils des haricots verts fraîchement cueillis par Zane, quand elle vit le cabriolet Mercedes de Linda s'arrêter sous le gros chêne. Son amie descendit de voiture et avança vers la maison, devancée par un Scooty tout joyeux.

— Tu es magnifique ! s'exclama Elise lorsqu'elle l'eut rejointe.

Linda portait un tailleur en coton jaune pâle, dont la jupe courte révélait des jambes toujours aussi longues et bien galbées.

Elise écarta les bras pour montrer son ventre très arrondi.

— Je ne suis enceinte que de sept mois, mais on dirait que je suis sur le point d'exploser, non ?

— Pas vraiment, lui répondit Linda en s'asseyant à côté d'elle, sur la balancelle. Je te trouve surtout un air épanoui.

Elle baissa le regard et ajouta dans un éclat de rire :

— Mais je crois que tu exagères un peu…

Elise remua les doigts de pied et rit à son tour.

— Je vois… « Pieds nus à la ferme, et enceinte ! » Comme tu me l'avais prédit ! C'est moi qui ai voulu avoir un bébé si vite. Zane aurait peut-être préféré attendre un peu, lui. Pour le reste… entre la grossesse et la chaleur, j'ai un peu de mal à me chausser !

Linda secoua la tête, amusée, puis regarda sa montre.

— Je ne peux pas rester longtemps. J'ai rendez-vous pour

faire visiter une maison sur cette route. J'ai voulu m'arrêter pour savoir si tu allais bien.

— Je vais très bien, Linda. Je regrette seulement que tu ne passes pas plus souvent nous voir. Tu me manques.

— Et le travail à l'agence ne te manque pas ?

— Du tout. Quand le bébé sera né, je m'occuperai de lui pendant quelque temps, et ensuite j'envisage de reprendre des études.

— J'ai encore du mal à croire que tu sois partie comme ça, du jour au lendemain... Tu imagines la somme que tu as perdue, avec l'affaire Lindsborg ? Je viens de m'acheter un terrain et j'y fais construire une villa avec cinq chambres et trois salles de bains !

— Ça fait beaucoup de salles de bains à nettoyer..., observa Elise avec une moue comique.

Elles rirent toutes deux de bon cœur de cette boutade. Sur le point de se lever, Linda posa la main sur le bras de son amie.

— Tu es heureuse, n'est-ce pas ?

— Ce choix était celui qui me convenait. Je mène la vie que je voulais mener.

Linda se leva, et Elise s'apprêtait à l'imiter quand son amie l'en empêcha.

— Non, ne bouge pas. Je ne voudrais surtout pas que tu exploses à cause de moi !

Elise riait encore lorsque Zane grimpa les marches de la terrasse, quelques minutes plus tard.

— Tout va bien ? lui demanda-t-il, étonné.

— Très bien. Il ne me manque qu'un baiser...

— Tu sais bien que mon sens du devoir n'a pas de limites, railla-t-il tendrement avant de se pencher vers elle.

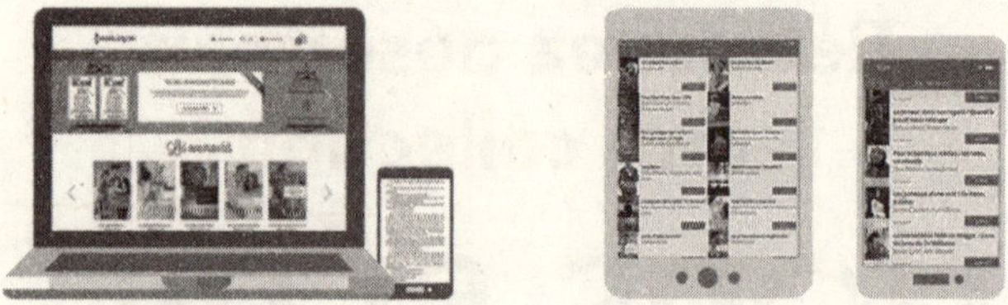

Composé et édité par HarperCollins France.

Achevé d'imprimer en août 2020.

CPI
BLACK PRINT

Barcelone

Dépôt légal : septembre 2020.

FSC
www.fsc.org
MIXTE
Papier issu de
sources responsables
FSC® C108412

Pour limiter l'empreinte environnementale de ses livres, HarperCollins France s'engage à n'utiliser que du papier fabriqué à partir de bois provenant de forêts gérées durablement et de manière responsable.

Imprimé en Espagne.